時の万葉集

高岡市万葉歴史館編

笠間書院

時の万葉集　目次

時の万葉集

「時の万葉集」序説

大久間　喜一郎

一　時の観念

「時」の観念の中で、最も我々の身近に在るものは、恐らく時間の観念であろうと思う。その時間をどのような形で捉えるかということは、古来重要な問題であったに違いない。時間を知り、時間を計ることは、古くは日出・日没・月の出・月の入り、或いは星の位置・潮の干満などの現象に拠っていたかと思われるが、時刻の報知が行われるようになった漏刻設置以後の古代宮廷の官人たちの世界では、人為による時間の設定が可能になった。そして、時刻を知らせる制度が官人のみならず庶民の世界にまで拡大したのが近世の都市の生活であった。さらに時計が普及するようになった近現代では、時間に制約される行動あるいは時間そのものの操作は完全に個人のものとなり、地域も都市にのみ限定されることなく、農村も漁村も離島も均等化され得る状況となった。

大自然が示す時間とは異なり、人間がその能力で時間を示そうとした漏刻《ろうこく》の試みは、大自然から人間が汲み取った時間が受け身であるのに対して、積極的な時間の操作を意味していた。『日本書紀』天智天皇紀は次のように言っている。

（天智天皇の十年）夏四月丁卯《ひのとう》の朔《ついたち》辛卯《かのとうのひ》に漏刻《ろこく》を新しき台《うてな》に置く。始めて候時《とき》を打つ。鐘鼓を動《とどろか》す。始めて漏刻を用ゐる。此の漏刻は、天皇の、皇太子に為《ましま》す時に、始めて親《みづか》ら製造《つく》る所なりと、云々。　（天智天皇紀）

これは天智天皇が皇太子時代に造った漏刻を、新たに設置しなおした記事だが、これより以前、孝徳天皇の大化三年（六四七）是歳《ことし》の記事に、

天皇（孝徳天皇）、小郡《をごほり》宮に処《おは》して、礼法《ゐやのり》を定めたまふ。其の制《のり》に曰はく、「凡そ位有《たも》ちあらむ者は、要《かなら》ず寅の時に、南門の外に、左右羅列《つらな》りて、日の初めて出づるときを候《うかが》ひて、庭《おほば》に就《ゆ》きて再拝《をが》みて、乃ち庁《まつりごとどの》に侍れ。若し晩《おそ》く参《まうこ》む者は、入りて侍ること得ざれ。午《うま》の時に到るに臨みて、鐘を聴きて罷《まか》れ。其の鐘撃《つ》かむ吏《つかさ》は、赤《あかいろ》の巾《ちぎり》を前に垂れよ。其の鐘の台《うてな》は、中庭に起てよ」といふ。　（孝徳天皇紀）

とあって、自然現象が示す時間と人為によって操作された時間を組み合わせることによって、人間の

行動を管理しようとした有様がはっきりと読み取れる記事である。
「時」の観念の中で、最も人間生活に近く、人間生活と切り離しがたい「時間」というものは、大自然の中に遍在する「時」と比較して異なった性格のものではないが、人間によって細分化され操作されるとき、「時」は人間を支配する道具ともなったのである。為政者が己れの支配下にある人間を支配する道具として、「時」を利用したことは勿論であったが、あらゆる人間が「時」に支配され、「時」に制約されるようになったのである。

二　万葉集の題詞と「時」

以上のような次第で、我々の身近にあって、我々の生活から切り離すことの出来ない時間という観念を含む——広く言って「時」の観念を概観から始めてみようと思う。そこで評価の高い国語辞書二種の記載に基づいて、「時」とは何かを見て行くことにする。辞書は、『日本国語大辞典』と『広辞苑』（第五版）に拠ることとした。以下、その「時」の要点を整理しつつ記してみたい。

〔日本国語大辞典〕
過去・現在・未来と連続して、永遠に流れ移ってゆくと考えられるもの。
① 時の流れをさしていうことば。時間。
② 時法によって示される一昼夜のうちの一時点。
③ 時の流れの一部分、または一点。

イ　意識される時の一点。時点。
ロ　時代。年代。世。
ハ　時節。季節。時候。
ニ　その時点。現在。
④　順当な時機。然るべき機会。
イ　ふさわしい時期。
ロ　時運にめぐまれ栄えている時期。
ハ　陰陽道で、何か事を行なうに適当な日時。
ニ　密教で行なう、定時の勤行《ごんぎょう》。
⑤　そうする場合。そういう状態である場合。ほど。折。
⑥時制。

〔広辞苑〕第五版
①　過去から現在、さらに未来へと連続して過ぎゆく現象。
②　一昼夜の区分。
③　時候。季節。
④　かなり長い期間。ころ。時期。
⑤　特定の時期。

イ　そのおり。　ロ　大切な時機。　ハ　好機。　ニ　その場限り。臨時。
⑥　イ　時代。年代。世。　ロ　当時。当代。
⑦　イ　時世。　ロ　栄える時分。
⑧　動詞・助動詞の時制。
⑨　世人が話題にする時。
⑩　（接続助詞的に）条件を示す。……の場合。

「時」一般の観念としては、『日本国語大辞典』の最初に掲げたような、過去・現在・未来への流れとして永遠に移って行くものといった考え方は、『広辞苑』も大体同じである。また、細かい意味分類も大筋は共通点を持っている。ただ、陰陽道でいう「時」と密教の勤行をいう「時」との二義は『広辞苑』には見えない。そこでこれらを総合して言えることは、両辞典に共通している「そういう状態である場合」あるいは「接続助詞的に条件を示す」といった用法の「時」と、文法などでいう時制における「時」の二点を除いては、その他の「時」は広義および狭義の「現実の時間」だということである。

ただし、「そういう状態である場合」または「接続助詞的に条件を示す」といった用法の「時」と、時制を指す「時」との二つの場合は「現実の時間」とは関係がない。今、前者の、「そういう状態である場合」あるいは「接続助詞的に条件を示す」ものといった例を『万葉集』の中に求めれば、題詞の中に多く見ることができる。

イ　天皇、香具山に登りて国を望たまふ時の御製歌。（巻一・二）
ロ　天皇、蒲生野に遊猟したまふ時に、額田王が作る歌。（巻一・二〇）
ハ　大宝元年辛丑の秋九月に、太上天皇、紀伊の国に幸す時の歌。（巻一・五四）
ニ　柿本朝臣人麻呂、石見の国より妻に別れて上り来る時の歌二首。（巻二・一三一）
ホ　天皇の崩りましし後の時に（天皇崩後之時）、倭大后の作らす歌一首。（巻二・一四九）
ヘ　勝鹿の真間娘子が墓を過ぐる時に、山部宿禰赤人が作る歌一首。（巻三・四三二）

これらの例は、最初の方の巻だが、大体こうした形式で記されている。

イの場合の「時」は「際」と同じで、現実の年月日とは関わりは無いと言って好い。その理由は、こうした国見という公的行事は恐らく毎年恒例として行なわれたものと想像されるからである。それがロの場合となると、恒例行事だとは考えられないから、実際の年月日もかなり限定されてくる。だがそれだけの事で、現実の年月日の意識がこの歌の背後にあるとは言い得ない。それはニの場合もへの場合も同様である。

また、ハの場合には、「大宝元年辛丑の秋九月」という年次の指定があるところから見て、「時」は同じく「際」と置き換えられるにせよ、ここの「時」には年月日の意識に裏打ちされた意味を持っている。ホの場合では、天皇崩御の後という限定がある。「崩後」だけでも十分だと思われるのに、更に「時」の語が加えられている。これは恐らく、何かが行なわれたことを指す為であって、時間的には明白でなくても、「時」という語がある種の現象の生起を示すには必要な語であったことを語るものである。

題詞に用いられる「時」という語に代って、「後に」「日に」などを用いた例も多く見ることができる。幾つかの例を挙げてみよう。

ト　明日香の宮より藤原の宮に遷居りし後に、志貴皇子の作らす歌。（巻一・五一）

チ　柿本朝臣人麻呂、妻死にし後に、泣血哀慟して作る歌二首（巻二・二〇七）

リ　安積親王、左少弁藤原八束朝臣が家にして宴する日に、内舎人大伴宿禰家持が作る歌一首。（巻六・一〇四〇）

ヌ　筑波嶺に登りて嬥歌会《かがひ》を為《す》る日に作る歌一首。（巻九・一七五九）

ここに見る通り、「後に」というのは「時に」よりも後の時点の現象であることを示したもので、「時に」を「際・際に」という語に置き換えた場合も、「後に」はやはり後の時点における現象を示す役割をすることに変わりはない。明示することの出来ない時間を仮に不定時という語で表すとするなら、「時に」も「後に」も共に不定時なのである。但し、「時に」には「際に」と置き換えられる場合もあるが、「後に」にはそうした代用語は見出しにくい。

次に「日に」というのは、不定時であることは「時に」と同じであるが、その長さが一日に限定されていることが多い。リの場合などの例がそれである。しかし、日が何日か続く場合もあって、それでもその中の一日に視点を置いて「日に」と表現する場合もある。ヌの例がそれであると考えられる。

以上が万葉集の題詞に記された「時」、あるいはそれに準じた語句について、時間の面から考察してみたのであるが、題詞には仮定法を承けて叙述される「時」の用法は見出せないので、時間の観念を大幅に離れた「……の場合」といった用例を挙げることはできない。つまり、現代語で言えば「もしお気に召さない時は、何時でもお取替えいたします」のような「時」の例である。この言葉の中には、時間の観念は全くといってよい程存在しない。第一、お気に召す召さないは時間と関係のない嗜好に因るものだからである。

三　歳次について

（イ）和銅四年歳次辛亥、河辺宮人、姫嶋松原見二孃子屍一悲嘆作歌二首。

これは巻二、二二八・二二九番歌に添えられた題詞である。ところが、これと殆ど同じ題詞を持つものに、巻三の四三四〜四三七の四首があって、編者もその点に不審を懐いて左注を加えている。その題詞と左注は次のようなものである。

（ロ）和銅四年辛亥、河辺宮人、見㆓姫島松原美人屍㆒、哀慟作謌四首。

（イ）と（ロ）では、傍線の如き違いはあるものの、歌数を除いては殆ど同じ内容である。但し、歌に重複は無い。そして、（ロ）の場合には、次のような左注が施されている。

右は、案《かんが》ふるに、年紀并に所処また娘子の屍と歌を作る人の名と、已《すで》に上に見えたり。但し、歌の辞《ことば》相違ひ、是非別《わ》き難し。因りて累《かさ》ねてこの次《つぎて》に載す。

（「日本古典文学大系本」の訓読による）

（イ）の題詞中に見える「歳次」の語は、（ロ）には見えないが、恐らく編纂資料の中には存在したものを、（ロ）の場合には省略したのではないかと思われる。何故なら、巻三の題詞の形式として、挽歌部の四二四番歌以降——つまり、（ロ）以降の題詞は、年紀の次に干支を加えた形で題詞を書き始めるといった書式を巻末まで維持している。これは偶然ではなくて、部分的ながら意識的に統一を計った結果と思われるからである。

なお、「歳次」の語は、巻二、二三〇番歌にも見える。

（ハ）霊亀元年歳次《さいじ》乙卯《いつぼう》九月、志貴親王薨《かむあがりましし》時《とき》作歌一首。

「歳次」の語は、万葉集中では（イ）（ハ）の二例のみに限っている。

さて、「歳次」の語を諸注釈はどのように読んでいるのだろうか。今、手近にある主だったものを一覧すると、大体、サイジあるいはサイシと読むものが多い。ただ、武田祐吉博士の『萬葉集全註釋』は、「和銅四年歳次辛亥」を「和銅の四年《よとせ》歳《ほし》の辛亥《かのとゐ》に次《やど》れる年《とし》」と訓読している。その他、金子元臣氏の『萬葉集評釋』が「歳次辛亥」を「としなみ、かのとゐ」と訓読しているのが目立つ程度である。そして、「歳次」を「ほしにやどれる」と訓読するのは、次の理由に拠る。

古代中国では、太陽系第五惑星で惑星中最大の木星を、歳星あるいは太歳と称した。木星の公転周期は11.862年であるところから、これを約十二年と考え、黄道上の移動を十二等分し、それぞれを一年間に割り当てた。その割り当てられた黄道上の位置に木星が存在していることを「次（やどり）」と称したのである。それ故、「歳次辛亥」は星の次《やどり》が辛亥に当たるという意味なのである。こうしたところから武田祐吉博士のような訓読が出てきたわけであるが、因みに、この題詞をこのように読むのが正しいかどうかは問題である。何故かと言うなら、萬葉集の場合、題詞や左注は歌とは異なって、文体は漢文形式である。これは歌とは違って表現上の制約は無いから、意味さえ正しく把握できれば、どのように読んでも差し支えない訳であるが、現代風の言い回しになることだけは避けなければならないと考えられる。それについて一つの例を挙げて置きたい。

「羈旅」という語の例であるが、これは題詞中に五ヵ所、書簡に一ヵ所、部立名として一ヵ所に見える。意味は単なる「旅」の意である。しかし、歌中には「羈」という語はあっても、「羈旅」という語は用いられていない。歌中の「羈」はすべて「たび」と訓読される。題詞などに用いられる「羈旅」という語は漢文における用語であって、漢語としての意識が強かった筈で、和語ではないのである。こうした表記上の区別がある故、題詞の「羈旅」の語に「たび」というルビを付けている現今の大方の注釈書は、漢語風に「きりょ」とするのが正しいのではないかと思う。(注)

右は一例であるが、こうした例からみても、題詞の「歳次」を「ほしにやどる」とまで訓読する必要はないと思われる。

四　万葉歌の中の「時」の意識

(1) 有限の「時」・無限の「時」

万葉集中にしばしば見える「時じ」という語は、シク活用の形容詞だと考えられている。

イ　み芳野の　耳我の山に　時自久曽《ときじくそ》　雪は降るとふ　間なくそ　雨は降るとふ
　その雪の　不時如《ときじきがごと》　その雨の　間なきが如　（下略、巻一・二六）

ロ　不時《ときじくに》　斑の衣着欲しきか島の榛原時にあらねども　（巻七・一二六〇、時に臨む）

これらの例に見る「時じ」という語は、「時が定まっていない」という意味だとされている。それでは、その「時」というのは、時の観念そのままを言うのであろうか。つまり、一切の条件設定のない純粋な「時」そのものを指すのであろうか。イ・ロの例に見るように、原文表記では「不時」と書く場合が幾つかある。また、この「不時」を「時ならず」と訓読する場合もあるが、それは別の問題として、「時じ」という語には「時」を否定する意味があると考えての表記なのであろう。それにしても、この場合の「時」は純粋な意味での「時」そのものでないことは明らかである。それは特定の「時」を指しているのだと考えられる。つまり、イの歌で言えば、「雪の降るべき時」を指しているのである。

ロの作品は、「時に臨む」という題詞の下に十二首の短歌（一二五五〜一二六六）を配置した中の一首であるが、この「時に臨む」の「時」は、何かを予期する時とか、何物かを印象づけられた時などといった「特定の時」を指しているのである。まさに、イ・ロの歌に見える「時じ」の「時」もそうした類の「時」なのである。これは次に掲げる赤人の「不盡山を望《みさ》くる歌」に見える「時じくそ　雪は降りける」もそれであって、「絶え間なく雪は降っている」といった意味ではない。

ハ　天地の　分れし時ゆ　神さびて　高く貴き　駿河なる　布士の高嶺を　天の原　振り放け見れば……時自久曾　雪は降りける　語り継ぎ　言ひ継ぎ行かむ　不盡の高嶺は

（巻三・三一七、山部宿禰赤人）

これまで見てきた「時じ」の「時」は特定の時であると共に、有限の「時」の一部である。これに対して、無限の「時」に関わる語に「常《とこ》（等己《とこ》）」がある。「等」も「己」も共に乙類の仮名である。

「常」は元来「床」から来た語と言われ、堅固な土台の意味から不変の意を有する語だと説明される。音韻関係も両音節とも乙類であることは変わらない。

袁登売能　登許能辨爾　和賀淤岐斯　都流岐能多知　曾能多知波夜　（景行天皇記）

（嬢子の　床の辺に　我が置きし　つるきの大刀《たち》　その大刀はや）

「常《とこ》」が不変の意であるということは、有限の「時」を超越したものを言い表す語であるということである。今、それを検証する為に、「常《とこ》」と接合して出来た言葉を万葉集の中からその幾つかを挙げてみよう。

常処女（二二）　常闇（一九九、三七四二）　常花（三九〇九）　常初花（三九七八）　常葉（一〇〇九、三四三六）　常宮（一九六、一九九）　常夏（四〇〇〇、四〇〇一、四〇〇四）　常世（五〇、四四六、四一一一）　常世国（六五〇）　常しへ（五二、一六八二）　常とば（一八二三）

これらの語は、何れも不変の状態を保つものとしての「処女」であり、「闇」であり、「花」であるわけだが、「常宮」などは不変の宮殿として、「死」に結びついた観念による造語と見られる。

御食向《みけむか》ふ　城上《きのへ》の宮を　常宮と　定め給ひて　あぢさはふ　目言も絶えぬ

（巻二・一九六、明日香皇女の木䧟《きのへ》の殯宮《あらきのみや》の時、柿本朝臣人麻呂の作る歌）

また、この事から「死」をもって不変の姿と観ずる思想が確認できる。

続く「常世」「常世国」には多少の問題があるかも知れない。「常世」は不変の世の中の意から転じて、現在の世の中がそのままの形で継続する姿を考えるようになった。

吾妹子が見し鞆の浦のむろの木は常世にあれど見し人ぞなき　（巻三・四四六、旅人）

しかし、この「常世」も「常世国」の意味で使われることが多い。だが、「常世国」が理想郷のイメージを持っていても、何故「常世」なのかということは必ずしも明確ではない。『古事記』「天の岩屋戸」の条に見える「常世の長鳴鳥」について、本居宣長は『古事記伝』の中で、次のように述べている。

常世の長鳴鳥とは鶏をいふ、常世は常夜にて、常世とは本より別なり。されど言の同ジきままに通はして、字には拘ず書るは古への常なり。　（巻八）

つまり、「常夜の長鳴鳥」と書かねばならぬところを、『古事記』は「常世の長鳴鳥」と書いているのだとの説で、「言の同ジきままに通はして」という解説によって、「夜」も「世」も同音なので転用させたとしているのだが、「夜」の音は甲類、「世」は乙類だから、同音故、自在に文字を転用したということにはならない。『古事記』に記された「常世の長鳴鳥」は、常世国の長鳴鳥の意味であった。「天の岩屋戸」の条に見えるこの鶏の役割は、夜の闇を追放し夜明けをもたらす呪術として、その鳴き声が利用されたのである。それでは常世国と鶏とはどのような関係から結び付いたのであろうか。

古代の人々は、死者の赴く西方の国とは逆に、東方は生の喜びに満ちている国があると考えていた。それが常世国の原形であった。東方の国ゆえ太陽の昇る国でもある。夜明けを予告する鶏鳴の響く国でもある。それ故、鶏は常世の長鳴鳥なのであった。

それでは何故、この東方の理想国を常世国と称したのであろうか。この場合、「世」は人間の齢《よわい》の意であろうかと思われる。国歌「君が代」の原義としては、「代」は「世」であって、本来は齢の意で、在地支配者などの寿命を言祝ぐ祝賀の歌であったとする説からでも理解し得るように、「常世国」の「常世」は不変の齢の意であった。

不変の齢は、永遠の生命を意味する。「永遠」とは「時」を超越した「時間的長さ」である。それは無限の「時」である。無限の「時」は既に「時」ではない。時空の関係から言えば、時間が無ければ空間も無い筈であるが、常世国を脳裏に描いた古代の人々は、そこまでは考えていなかったのである。

なお、蛇足ながら、宣長が問題にした「常夜」は、夜明けを迎えることのない永遠の夜という意味で、「常夜往く」という成句が古代の人々の間に存在した。この句は、『古事記』では、「天の岩屋戸」の条に見え、『日本書紀』では、「神功皇后紀」に見える。極地の白夜といった現象を知らなかった古代の日本人が、何故「常夜往く」といった成句を使ったのか不思議なことであったが、冬至における太陽の衰弱という事実が生んだ恐怖の念が疑心暗鬼を深めた結果であったかも知れない。

(2) 生者の「時」・死者の「時」

現実の生活における「時」の観念は、我他人《われひと》共に同じ流れの上にある。互いに求め合う男女が同じひと時を過ごす場合には、二人の間に介在しなかった「時」の意識も、それぞれ互いに隔てられた環境に置かれた場合には、痛切なものとなるのが常である。

○ 月見れば国は同じぞ山隔《へな》り愛《うつく》し妹は隔りたるかも　(巻十一・二四二〇)

○ うらもなく去にし君ゆゑ朝な朝なもとなぞ恋ふる逢ふとは無けど　(巻十二・三一八〇)

○ 曇り夜のたどきも知らぬ山越えて往ます君をば何時とか待たむ　(巻十二・三一八六)

最初の歌は次のように理解される。

幾重にも隔てた山の彼方で愛する妹は暮らしている。自分は遠く隔てたこの地へ来たが、空にかかる月の姿は変わらない。それ故、妹も我も同じ国にいるのだとは思うものの、もう逢いたくても逢うことが出来ない程、二人の間は遠く隔たっている。

この歌には表立って「時」は歌われていない。しかしながら、山を隔てた彼方の国へ赴いて妹と逢うためには多くの時を要する。時の問題が無ければ、どの様な事情が有っても二人は逢えるに違いない。遠く隔てた空間も愛情はそれを克服すると思われるが、時を克服することは出来ないのである。この歌が悲痛な愛の悲しみを滲ませているのは、別れた二人の間に横たわるのは空間ではなくて、克服できない時間なのである。

次の歌は、思い残すこともなく去っていった男を忘れることが出来ないで、残された女は日々の生活の中で、男と別れた朝の思い出が、朝を迎える度に男への恋心をつのらせるといった歌である。ここでは、男と別れた朝という「時」が、現実の時間として強調されている。

最後の歌は、旅に出るとて、曇り日の中を不安な山越えをせねばならぬ夫なのだが、無事に帰るにしても、それが何時になるだろうかというのは、こうした場合、誰もが懐《いだ》く時間的な期待なのである。むしろ、現世の生活の中での健康な期待であると言えよう。

次に死者の関わる「時」について考えてみたい。

人生の果敢ないことは、「いくばくも　生けらじものを」と、真間娘子の歌の中で虫麻呂が述懐したように、何も奈良時代の文人に始まった人生観ではないが、生は儚く、それに対して死は永遠の相にあることを古代の人々は知っていた。

去年《こぞ》見てし秋の月夜《つくよ》は照らせれど相見し妹はいや年放《さか》る　（巻二・二一一、人麻呂）

柿本朝臣人麻呂のいわゆる泣血哀慟歌、長短歌十首の中の一首である。歌意は、去年眺めた秋の美しい月は、今年も美しく照っている。去年、秋の月を共に眺めた妻は、今は亡くなって、いよいよ妻と自分と二人の間に年が離れてゆく、といった意味になろう。

歌中の「年」とは何であろうか。「年」とは、元来は穀物が熟すという意味で、それが一年間を要するところから、「時」の一定の基準を示す語となった。これについて、農作物の豊作を願う祭を「祈年祭」と言い、これをトシゴヒノマツリと読ませるのは周知のことである。しかし、この場合は農作とは関係は無いが、ここで言う「年」の意味について考えてみたい。「年放る」の「年」とは、妻の死んだ年月を言ったものであろうか。それとも、妻の死んだ時の年齢であろうか。いや、妻の死んだ年月は決まっているのだから、それが現在から遠のいて行くと解するのは無理である。また、妻の享年という考察も同様である。ここでは、死者となった妻は「時」の支配を受けない存在となった故に、「時」の流れに従う現身の己れは、死んだ妻との間に時間の差を次第に広げてゆくといった嘆きがこの歌を成したものと思われる。

明日香川しがらみ渡し塞《せ》かませば流るる水ものどにかあらまし　（巻二・一九七、人麻呂）

明日香皇女殯宮挽歌として知られる長歌に付けられた短歌二首の中の一首である。明日香川にしがらみを渡して水を塞き止めたなら、急流として知られた明日香川もゆったりと流れることだろう、という内容の歌であるが、明日香皇女の生涯を明日香川の流れに譬えての作と考えて好かろう。明日香川のしがらみは、人間に譬えれば何に相当するかは判らないが、この皇女の優雅な生活を表現した人麻呂の歌から推測されるところでは、ゆったりとした川の流れというのは、皇女の長寿の比喩なのであろう。ゆるやかな川の流れに譬えられた亡き皇女の、かくあって欲しかった生涯というのは、死者を追慕する者が思う死者の時間なのである。川水を人間の寿命に譬えようとするなら、川水の流れる距離こそ寿命への比喩に相応しい。それを知らぬ人麻呂ではあるまい。その流れの距離を無視したこの作は、今は死者となった皇女の寿命は如何ともしがたい故に、川水の流れの様を以て死者の時間を表現したのではなかったかと思われる。

(3) 異次元世界の「時」

現世界の他《ほか》に存在すると考えられた異境には、常世国・黄泉国・綿津見神の国などがあった。常世国は中国から学んだ知識によって、蓬萊山と同じものだとも考えていた。これらの国々を古代の人々は、現実世界の何処かに存在する国と考えることによって、生活の中に夢を育《はぐく》んできたのである。だが、実際は現実世界の余所《よそ》にある筈の国々で、こうした国々を異次元世界と名付けたのは、確か三浦佑之さんが最初ではなかったかと思う。高天の原も本来は現世界の他の異境であった筈だが、日本の建国神話の原点となったが故に、異境としての異次元的性格を失ったと考えられる。

この他、万葉集中には、『荘子』内篇・「逍遙遊」に見える「無何有《むかう》の郷《さと》」や「藐姑射《はこや》の山」（巻十六・三八五二）なども あって、恐らく知識人のみが知る理想郷であった。

『古事記』に見る火遠理命の海宮訪問説話は、恐らく浦島子説話のプロットを借用して出来たものと思われるが、浦島子のこの名高い異境訪問説話は、『日本書紀』では現実の事件として「雄略天皇紀」にも記されていることは、誰も知るとおりである。今、高橋連虫麻呂の「水江《みずえ》の浦島の子を詠む一首」（巻九・一七三九）の一部を引けば次の通りである。

海界《うなさか》を　過ぎて漕ぎ行くに　海若《わたつみ》の　神の女《をとめ》に　たまさかに　い漕ぎ向ひ　相誂《あいあとら》ひ　こと成りしかば　かき結び　常世に至り　海若の　神の宮の　内の重《へ》の　妙《たへ》なる殿に　携《たづき》はり　二人入り居て　老いもせず　死にもせずして　永き世に　ありけるものを……墨吉《すみのえ》に　還り来りて　家見れど　家も見かねて　里みれど　里も見かねて　恠《あや》しと　そこに思はく　家ゆ出でて　三歳《みとせ》の間《ほど》に　垣も無く　家滅《う》せめやと　（下略）

浦島子が海若の常世国へ誘《いざな》われ、不老不死の仙境での生活が巧みな表現で描かれている部分である。歌中の「海界」とは、人間たちが行動する海と、神が支配する海との境目を言う言葉である。浦島は海若の神の国へと入って行ったのである。そして、老いもせず死にもせぬ不老不死の世界は、人の世にみるように、「時」に支配されることは無い。人の世の「老い」も「死」も、「時」の経過と深く関わっている。それ故、不老不死の仙境には「時」は有っても、「時」の支配を受けないならば、

「時」は無いに等しい。

浦島子は仙境に三歳を過ごして、この国に戻って来るのだが、その三年の間に浦島の家も垣も消失していたのである。仙境に三歳滞在していたという記憶が有るのだから、仙境にも「時」が有ったことは間違いない。しかし、この国の「時」とは食い違うところが有った。仙境はまさに三浦佑之さんの言う異次元の世界であった。

『釋日本紀』に見える『丹後国風土記』逸文に浦嶋子の伝承がある。この逸文の初めに「旧《もと》の宰《みこともち》伊預部《いよべ》の馬養《うまかひ》の連《むらじ》が記せるに相乖《あひそむ》くことなし」という一文が有って、馬養の記述した浦島子の伝記と食い違わないというのである。一方、『日本書紀』雄略天皇紀には、雄略二十二年の条に、浦嶋子が丹波国（後に丹後国となる）から舟出をした記事があり、「語は別巻にあり」と記して、今は存在しない『書紀』の別巻を挙げている。

持統三年、撰善言司に選ばれた伊預部の馬養は、それ以前に丹波国司に任命されていたらしく、恐らくその時に在地伝承であった浦島子の話を採取して、それを神仙譚風に脚色したものが『書紀』の別巻に載っていたのであろう。逸文の浦島子伝が馬養の記述とくい違わないという説明から、そのような経過が想像されると共に、これも神仙譚風に叙述されている風土記の逸文は、実際は中央政府が公認している『日本書紀』別巻から作られた可能性が高い。

さて、『丹後国風土記』逸文では、仙境滞在の時間と、この国の時間とがどのような関係にあるかを、次のように記している。

時に嶼子《しまこ》、旧俗《もとつくに》を遺《わす》れて仙都《とこよ》に遊ぶこと、既に三歳《みとせ》に逕《な》りぬ。忽に土《くに》を懐《おも》ふ心を起し、独《ひとり》、二《かぞ》親《いろ》を恋ふ。
爰に、郷人《さとびと》に問ひて曰《い》ふ。「水江の浦嶋の子の家人《いへびと》は、今何処にか在る」と。郷人の答へて曰く、「君は何処の人なればか、旧遠《むかし》の人を問ふぞ。吾が聞けるは、古老等《おきなたち》の相伝へて曰《い》へらく、先世《さきつよ》に水江浦嶼子なるものあり。独蒼海《ひとりうみ》に遊びて、復還《またかへ》り来ず。今、三百余歳《みももとせあまり》を経つといへり。

つまり、仙境の三年はこの国の三百年に相当するということである。仙境は人間世界から見れば楽土であり、理想郷である。人間世界は仙境から見れば、苦界である。楽土の楽しい生活は、三百年をも三年にしか感じさせないといった人間的な感情が、こうした異次元の時間を作り上げたのであろうかと考えられる。したがって、これが逆の形式で説かれることはない。そしてまた、楽土での楽しい生活が、仙境の時間を短いものと考えたという私見は根拠のない思い付きではない。

時代は下がって、寛和元年（九八五）成立の、しかも仏教思想の世界となるが、源信の『往生要集』によれば、罪科の最も軽い者が堕ちる等活地獄《とうかつぢごく》の説明の中に、

人間の五十年を以て四天王天《してんおうてん》の一日一夜となして、その寿《よはひ》五百歳なり。四天王天の寿を以てこの地獄の一日一夜となして、その寿五百歳なり。

とある。これは仏教の教義として、三界（欲界・色界・無色界）の教説などで説かれる形であると思うが、六欲天・人間界・八大地獄という欲界の三世界を比較しているのが面白い。「四天王天」は六欲天の中でも最も人間界に近い世界だが、それでも人間界よりは遙に聖なる存在であって、その一日一夜は人間界の五十年に相当すると言っている。そしてその「四天王天」の寿命は五百歳だと言う。因みに、人間世界に当て嵌めれば九百万年以上になろう。またそれが等活地獄に堕ちた者の一日一夜で、それが五百年続くというのである。こうした教説を見ても、その根源には楽しみは短く感じ、苦しみは長く感じるという人間の本性から生じた意識があるのであろう。

以上を総括すれば、異次元世界の「時」というものは、そうした理想の世界を憧れるところから生じたもので、仏教の教説のように、聖なる世界と、それより劣った世界との間に一定の格差があって、そこに住む人の寿命にも差があって、その換算率までが定まっているのなら、異次元世界の「時」の絡繰《からくり》も明らかになるに違いない。

五　むすび

「時」というものを広い目で眺めて、記紀における「時」の捉え方の相違、あるいは神話的世界観に見る「時」の性格、日本人の生活環境に影響を及ぼした仏教における「時」の観念、あるいは語法における時制の問題など、それぞれが大きな問題であって、それらを踏まえた上で本稿に手を着けるべきであったのかも知れない。それらを反省しつつ、不十分な考察のまま筆を措く次第である。

注

拙稿「羇旅歌のこころ」（拙著『古代歌謡と伝承文学』所収）参照

（引用の『古事記』・『日本書紀』・『万葉集』の本文は、岩波書店発行の「日本古典文学大系」本に準拠しつつ、私意をもって改めた部分もある。）

年・月・日 ——万葉集の時間——

身﨑　壽

0　時間の発見

然らば時間とは何か。もし誰も私に尋ねないならば、私は知つてゐる。もし私が尋ねる者に説明しようと欲するならば、私は知らない。（アウグスティヌス『告白』より——三木清の訳による）

＊

時間とは畢竟、人間にとって永遠のなぞのひとつでありつづけるだろう。人間はこのとらえがたいものになまえをあたえ、そのことを通じて、あるいはそのことと並行して、透明人間にカラースプレーをかけでもするようにより具体的なイメージを付与し、そしてそれを分節化する——計測する——すべをあみだした。だが、それで時間が領略できたわけではもちろんなかったし、それどころか、かえって、みずからがつくりだした「時間」に管理され支配される事態すらもたらしてしまった。現代の寓話作家は「時間貯蓄銀行」という資本家のすがたをまとった「時間どろぼう」のものがたりを作時間そのものをぬすみ出したが、人間の生を人間自身のてからうばおうとするのは「時間どろぼう」ではなくて、時間それ自体なのかもしれない。

しかし、時間意識の問題を論ずるのが本稿にあたえられた課題ではなかった。古代日本人が時間を分節化する単位として、また時間の経過をあらわすのにもちいた「年《とし》」「月《つき》」「日《ひ》」といったことばが、万葉集のうたにどうあらわれ、万葉歌の表現にどのようなゆたかさをもたらしているか、具体的にさぐってみるのが本稿の使命だとおもわれる。

もっとも、ことはそのように単純には区別しがたい。やはりそこ——時間をあらわすことばや表現——には、時間というとらえがたく不可思議なものに古代日本人がよせたさまざまなおもいが封じこめられているはずだ。というわけで、ここでは時代の表現と時代の精神と、そのあわいにしばらくまなざしをむけることになるだろう。

*

わたくしたち現代人の時間に対する日常レベルでのイメージは、だいたいにおいて過去→現在→未来と、一方向にたえまなくながれきたり、またながれさる、というものといってよいだろう。ゆえにしばしばそれは、みずのながれにたとえられる。昭和を代表するといわれた歌手の晩年のヒット作にも、たしかそのようなうたがあったようだ。それに、そのようなイメージがわたくしたちの文化伝統のなかでかならずしもことあたらしいものでないことは、たとえば有名な『方丈記』冒頭の一節をおもいおこしてみればよい。

だが、そうしたものが日本人のつくりだした唯一の時間イメージではなかったこともいまではよくしられている。洋の東西をとわず、時間イメージ――もうすこしかたくるしくいうなら時間意識――にいくたびかの変遷のあったことは、時間について論じた著作ではかならずといってよいほど言及されている（たとえば先掲の訳文をのせる三木清『歴史哲学』一九三二、全集6など）。西欧のことはさておくとして、古代の日本ではどうだったか。しばしばエリアーデ（『聖と俗』邦訳一九六九ほか）などがひきあいにだされるばあいがおおいが、ここではエドマンド・リーチ「時間の象徴的表象に関する二つのエッセイ」（『人類学再考』邦訳一九七四）によりつつ真木悠介（『時間の比較社会学』一九八一）が指摘するところにみみをかたむけてみよう。真木によれば、古典古代のギリシャにおいては「円環する時間」（おなじことを三木は「回帰的時間」と表現していた）のイメージが主流だったが、一般に原始共同体社会において、また上代日本においても、主流だった時間イメージはそれとはことなり、「くりかえす逆転の反復、対極間を振動することの連続」といったものだった、とする（リーチの「振動する時間」）。このような反復的な時間イメージは、一面ではかのエリアーデの時間論ともかようものをもつといえるだろう。

だが、重要なことは、万葉の時代が、こうした古代共同体的な時間意識からの脱却が進行しつつあった時代だということだ。それは、別のいいかたをすれば、「時間の発見」がおこなわれつつあった時代、ということでもある。

柿本朝臣人麻呂従近江國上来時至宇治河邊作歌一首
もののふの八十宇治川の網代木にいさよふ波の行くへ知らずも（巻三・二六四）

不可逆的にながれさる時間——人麻呂のこの著名な一首は直接に時間のことをいっているわけではないが、それがはやくも万葉人のこころのうちに胚胎しつつあったことを暗にものがたっている——のイメージは、なによりも人間の生と死についての認識を通じて、徐々に形成されつつあっただろう。呪術的な世界認識からのめざめ、一方ではまた、仏教的なそれの浸透、そうした精神的な混沌のなかで呻吟していたのが、わが万葉人たちではなかったか。

＊

だが、ともかくもかれらは、呪術的、歌謡的な「今《いま》」「此処《ここ》」のみの世界からはばたいて、かれらなりのしかたで時間をうたいはじめる。それなら、たとえば初期万葉を代表する歌人額田王は、時間というものをどうとらえ、どううたったか——これについては、以前にも多少ふれたことがある（身﨑『額田王』一九九八）。また、万葉集最大の歌人と目される柿本人麻呂のそれについても、いくつかの論文を通じて検討してみている（身﨑「近江荒都歌論」『万葉學藻』一九九六、「『石見相聞歌』論」『万葉集研究』二二、一九九八など）。

しかしいまは、それらとはことなる方面からのアプローチをこころみることにしたい。すなわち、本稿に課せられた課題、「年《とし》」「月《つき》」「日《ひ》」といったことばに即して、時間表現の問題に接近してみようとおもう。ただ、これらのことばをふくむうたをすべて、網羅的にあつかうことは、用例数からみても容易ではない。そこで、便宜的ではあるけれど、ここでは用例をかぎる意味で、「年月《としつき》」「月日《つきひ》」「日月《ひつき》」など、時間の単位をかさねた語彙に注目して、それらの用法から、万葉人の時間認識と時間表現の問題をおってみることにする。

1　イメージの重層

1……朝言に御言問はさず日月《ひつき》のまねくなりぬれ……（巻二・一六七）

2ひさかたの天知らしぬる君故に日月《ひつき》も知らず恋ひわたるかも（巻二・二〇〇）

3……天地日月《ひつき》と共に足り行かむ神の御面《みおも》と……（巻二・二二〇）

4……いかにあらむ歳月日《としつきひ》にかつつじ花にほへる君がにほ鳥のなづさひ来むと……（巻三・四四三）

5白たへの袖解きかへて帰り来む月日《つきひ》を数《よ》みて行きて来ましを（巻四・五一〇）

6見まつりていまだ時だに変はらねば年月《としつき》のごと思ほゆる君（巻四・五七九）

7恋にもぞ人は死にする水無瀬川下ゆ我痩す月《つき》に日《ひ》に異に（巻四・五九八）

8……息だにもいまだ休めず年月《としつき》もいまだあらねば……（巻五・七九四）

9……この照らす日月《ひつき》の下は天雲の向伏《むかぶ》す極みたにぐくのさ渡る極み……（巻五・八〇〇）

10世の中のすべなきものは年月《としつき》は流るるごとし……（巻五・八〇四）

11……日月《ひつき》は明しといへど我がためは照りやたまはぬ……（巻五・八九二）

12天地の遠きがごとく日月《ひつき》の長きがごとく……（巻六・九三三）
13年月《としつき》もいまだ経なくに明日香川《あすかがは》瀬々ゆ渡しし石橋も無し（巻七・一一二六）
14冬過ぎて春の来たれば年月《としつき》は新たなれども人は古りゆく（巻十・一八八四）
15天の川川門に居りて年月《としつき》を恋ひ来し君に今宵《こよひ》逢へるかも（巻十・二〇四九）
16月日《つきひ》選《え》り逢ひてしあれば別れまく惜しかる君は明日さへもがも（巻十・二〇六六）
17息の緒に妹をし思へば年月《としつき》の行くらむわきも思ほえぬかも（巻十一・二五三六）
18今だにも目な乏《とも》しめそ相見ずて恋ひむ年月《としつき》久しけまくに（巻十一・二五七七）
19相見ては幾久《いく》さにもあらなくに年月《としつき》のごと思ほゆるかも（巻十一・二五八三）
20慰もる心は無しにかくのみし恋ひやわたらむ月《つき》に日《ひ》に異《け》に（巻十一・二五九六）
21玉の緒の現《うつ》し心や年月《としつき》の行き変はるまで妹に逢はざらむ（巻十一・二七九二）
22あらたまの年月《としつき》かねてぬばたまの夢に見えけり君が姿は（巻十二・二九五六）
23月《つき》も日《ひ》も変はらひぬとも久に経る三諸の山の離宮所《とつみやところ》（巻十三・三二三一）
24……ももしきの大宮人は天地日月《ひつき》と共に万代にもが（巻十三・三二三四）
25天なるや月日《つきひ》のごとく我が思へる君が日に異《け》に老ゆらく惜しも（巻十三・三二四六）
26……波の上ゆなづさひ来にてあらたまの月日《つきひ》も来経ぬ……（巻十五・三六九一）
27草枕旅去《い》にし君が帰り来む月日《つきひ》を知らむすべの知らなく（巻十七・三九三七）
28……息だにもいまだ休めず年月《としつき》も幾らもあらぬに……（巻十七・三九六二）

29春花のうつろふまでに相見ねば月日数《つきひよ》みつつ妹待つらむぞ（巻十七・三九八二）
30……朝寝髪掻きも梳《けず》らず出でて来し月日数《つきひよ》みつつ嘆くらむ心なぐさに……（巻十八・四一〇一）
31かくしても相見るものを少なくも年月《としつき》経れば恋ひしけれやも（巻十八・四一一八）
32……天地日月《ひつき》と共に万代に記《しる》し継がむぞ……（巻十九・四二五四）
33年月《としつき》は新た新たに相見れど我が思ふ君は飽きだらぬかも（巻二十・四二九九）
34……若草の妻をもまかずあらたまの月日数《つきひよ》みつつ……（巻二十・四三三一）
35天地を照らす日月《ひつき》の極みなくあるべきものを何をか思はむ（巻二十・四四八六）

＊

ところで、ここにもちいられた「年《とし》」「月《つき》」「日《ひ》」といったことばは、むろんいずれも原義はより具体的なもので、それが時間という抽象的な存在を分節化し計量するために、いわば転用されているかにみえる。——もっとも、いま転用ということばをもちいたが、これは実際の経緯からいえばはなはだ不正確ないいかただ。「年《とし》」「月《つき》」「日《ひ》」のたゆみないくりかえし、それが人間生活にあたえる明確なサイクルによって、時間が分節化されていった経緯があったのだ。「月《つき》」「日《ひ》」が、中国でも日本でも天象としての太陰と太陽とを意味するものなのはいうまでもないことだが、「年《とし》」もおなじことで、「とし」「年」はいずれも穀物の「みのり」が原義だ。天空をかける太陽のみかけの運行、太陰のみちかけのリズム、またこれは人間のいとなみのくわわったものとして前二者とは多少ことなるものの、穀物の生長・成熟、そしてその栽培の過程、それらに対する観察から、ひとびとは時間の単位を発見していった。さらに、「日《ひ》」「月《つき》」「年《とし》」の相互の関係が整理・体系化され、「暦」が発明される。もっとも、古代日本のばあいは、みずからのてでそれをおこなうまえに先進中国文明の恩恵のひとつとして体系化した「暦」を導入してしまったわけだが、それでもそれにさきだって、固有の原始的な「こよみ」——農事暦的なものがあったことは想像にかたくない。

それはさておき、「年《とし》」「月《つき》」「日《ひ》」は結果的に、時間を分節することばと、その原義と、ふたつの意味をつねにせおってたちあらわれることになる。前掲の用例についても、「年月」はともかくとして、「月日」「日月」のばあいには、そうした解釈の問題が生じてくる（なおこうした問題は、当然のことながら「月日」「日月」以前にまず「月」「日」に関しておこるはずだが、これについてはすでに、本シリーズの一冊、『天象の万葉集』に所収の菅野・小野両氏の論文に言及がある）。

さきにあげたうち、すでに時間にかかわる語として確立していたとみられるおおくの用例も、実のところは、わたくしたちが感じるほどには語義が分化・独立していず、いまだなにほどかは天象としてのイメージを発散しつづけていたのではないだろうか。たとえば、

5白たへの袖解きかへて帰り来む月日《つきひ》を数《よ》みて行きて来ましを（巻四・五一〇）
30……朝寝髪搔きも梳《けず》らず出でて来し月日《つきひ》数《よ》みつつ嘆くらむ心なぐさに……（巻十八・四一〇一）
33……若草の妻をもまかずあらたまの月日《つきひ》数《よ》みつつ……（巻二十・四三三一）

というふうに「月日《つきひ》を数《よ》む」というとき、たしかにそれは経過した（する）月数・日数をゆびおりかぞえることなのだろう。ただそのとき、現代のわたくしたちならば、それは単に時間を計量する数字の羅列でしかない。しかし、これらのうたにおもいを託した万葉人たちにとっては、それは実に「月が満ち欠けする」くりかえし、「日が昇り日が沈む」くりかえしをかぞえることだったのではないか。
しかしまた、これとは逆方向のイメージの重層をも、すでにかれらは経験しつつあったのではないかとおもわれる。ふつう、時間ではなく天象をあらわしたものとみられている以下の例をみてみよう。

3……天地日月《ひつき》と共に足り行かむ神の御面《みおも》と……（巻二・二二〇）
9……この照らす日月《ひつき》の下は天雲の向伏《むかぶ》す極みたにぐくのさ渡る極み……（巻五・八〇〇）
11……日月《ひつき》は明しといへど我がためは照りやたまはぬ……（巻五・八九二）
24……ももしきの大宮人は天地日月《ひつき》と共に万代にもが（巻十三・三二三四）
25天なるや月日《つきひ》のごとく我が思へる君が日に異《け》に老ゆらく惜しも（巻十三・三二四六）
32……天地日月《ひつき》と共に万代に記《しる》し継がむぞ……（巻十九・四二五四）
35天地を照らす日月《ひつき》の極みなくあるべきものを何をか思はむ（巻二十・四四八六）

「照る」日月《ひつき》（9・11・34）が太陽と太陰なのは明白だし、「天なる」月日《つきひ》（25）もまちがいなくそうだが、3・24・32のばあいはどうか。「天地《あめつち》」とならべられていることからみて、これもひとまずは太陽と太陰というふうにみることができるだろうが、「足り行かむ」「万代に」といった時間の表現にかかわる点を考慮するとき、そこにひとつき・いちにちという暦日のニュアンスのまぎれこんでくるのを排除することは、もはや万葉人たちにとってもむずかしかったのではないだろうか。ちなみに、天象としての「日月」と「天地」とをならべて表現する例は、たとえば『懐風藻』釈道慈の「在唐奉本国皇太子」に、

寿共日月長　徳与天地久

とあり、また漢籍（『文選《もんぜん》』など）にも例が豊富にあることからみて、漢詩文からの影響といってよいとおもわれる。

要するに万葉人たちは不断に、天空に日月をあおいでは時間の経過を感じ、また時間の経過のなかに天象の変化を感じとっていた、ということだ。

2　発想と表現の諸相

さて、個別の問題にはいる前提として、「年月」「月日」「日月」などのそれぞれについて、発想・表現のおおまかな傾向といったものを確認しておくことにしよう。

「年月」

「年月」の発想の傾向でめだつものとして、「年月もいまだ〜」といったタイプのものがある。

8……息だにもいまだ休めず年月《としつき》もいまだあらねば……（巻五・七九四）
13年月《としつき》もいまだ経なくに明日香川《あすかがは》瀬々ゆ渡しし石橋も無し（巻七・一一二六）
28……息だにもいまだ休めず年月《としつき》も幾らもあらぬに……（巻十七・三九六二）

いずれのばあいも、実際には時間はそれほどにも経過していないのに、なにかが決定的にかわってしまった、のぞましくない事態がおこってしまった、という違和の心情の表現となっている。

これとちょうどうらはらの関係にあるのが、「年月のごと思ほゆ」というパターンで

6見まつりていまだ時だに変はらねば年月《としつき》のごと思ほゆる君（巻四・五七九）
19相見ては幾久《いく》さにもあらなくに年月《としつき》のごと思ほゆるかも（巻十一・二五八三）

などがそれにあたる。実際よりも時間が経過したように感じられる、という表現となっている。どちらにしても、「年月」という語は長期間ということを強調するばあいにもちいられているわけだ。

もうひとつ、表現の類型というほどではないが、おおくのうたに共通する発想として、「年月」がかわる、あらたまることをうたうというものがありそうだ。

14冬過ぎて春の来たれば年月《としつき》は新たなれども人は古りゆく（巻十・一八八四）

21玉の緒の現《うつ》し心や年月《としつき》の行き変はるまで妹に逢はざらむ（巻十一・二七九二）
22あらたまの年月《としつき》かねてぬばたまの夢に見えけり君が姿は（巻十二・二九五六）
33年月《としつき》は新た新たに相見れど我が思ふ君は飽きだらぬかも（巻二十・四二九九）

22をここにあげるのはばちがいにみえようが、枕詞「あらたまの」の語根は「あらた＝新た」だとする説があり、たとえそうでないとしても、「あらたまの年」と冠されたばあい、そこに「あらた」「あらたまる」の語感が感じられないはずはない。それはともかくとして、これらの用例から、「年月」は経過するものなのと同時に、くりかえされあらたまるものと実感されていたことがわかる。

それから、これはどこでとりあげてもよいのだが、

4……いかにあらむ歳月日《としつきひ》にかつつじ花にほへる君がにほ鳥のなづさひ来むと……（巻三・四四三）

と、「年」「月」「日」をたたみかけた例がある。父母・妻子が、官命をおびて任地におもむいたおとこの無事の帰還を一日千秋のおもいでまちわびていた、その心情を強調するものだが、その期待が本人の自経死によって無残にうらぎられる、というわけで、時間をあらわすこのことばが一種の伏線的表現になっている。独自な表現として評価してよいものだろう。

「月日」

「月日」でめだつのは「月日を数《よ》む」という表現だが、これについてはさきにものべたのでここではふれない。また、「月日」は暦日・時間をあらわすばあいがほとんどだが、なかで一例だけ

25天なるや月日《つきひ》のごとく我が思へる君が日に異《け》に老ゆらく惜しも（巻十三・三二四六）

は、天象としての太陰と太陽とをうたったものだということも、すでに指摘しておいた。ただ、これについてはのちにもう一度とりあげたい。

「日月」

「日月」は「月日」とは逆にもっぱら天象としての太陽と太陰をあらわす語なので、ここでは検討はひかえるべきだろう。ただ、

1……朝言に御言問はさず日月《ひつき》のまねくなりぬれ……（巻二・一六七）

2ひさかたの天知らしぬる君故に日月《ひつき》も知らず恋ひわたるかも（巻二・二〇〇）

の二例はあきらかに時間にかかわる表現だ。ともに柿本人麻呂の制作にかかる点も気になる。これについては、さきの25の例とともにこのあとで俎上にのぼせることにしたい。

3　各論㈠

「年月」「月日」「日月」なる語のおおまかな傾向をみてきたが、つぎにもうすこしたちいって検討してみよう。まず、いましがたみてきた「月日」と「日月」の語義について。なぜ一見するとおなじような、単に語順をいれかえただけのような二語があるのだろうか。それともそこには意味・用法上のちがいがあるのか。あるとすればそれはどういう理由でか――別のいいかたをすれば、なぜこの二語がならびたつような結果になったのか。

たとえば『時代別』の「日月」の項の、【考】の記述をみると、

　ツキヒともいう。人麻呂や憶良の歌では「日月」と記され、家持などが「月日」としているのは、前者が漢籍語を利用したもので、用語の時代差とみるべきではあるまい。「日月」も訓としてはツキヒだとする説も棄てがたい。

とある。

この件に関連して、訓詁をめぐる有名な議論の歴史がある。具体的に対象にあげられたのは、さきにもひいたようにいずれも柿本人麻呂の作で、「日並皇子殯宮挽歌」の長歌の

1……朝言に御言問はさず日月のまねくなりぬれ……（巻二・一六七）

と、「高市皇子殯宮挽歌」の第一の反歌

2ひさかたの天知らしぬる君故に日月も知らず恋ひわたるかも（巻二・二〇〇）

とだ。この「日月」は、文字どおりによめばさきにあげたように「ひつき」になるはずだが、『考』をはじめとして『略解』『桧嬬手』『古義』『美夫君志』『新考』といったおおくの注釈書が「つきひ」と訓じている。その根拠につきもっともくわしく論じているのは『古義』だが、煩瑣になるので引用は省略する。要するに「日月《ひつき》」は漢語に由来しその語義は天象としての太陽と太陰、つまり「照らす」ところの「日」と「月」で、「月次」「日次」をあらわす和語はあくまでも「つきひ」であるべきであり、ここは、殯宮への鎮座＝死から時日が経過したことをいっているのだから、文字面はどうであれ「つきひ」とよむべきだ、というものだ。むろん、『全釈』などのようにこれにはしたがわず、文字に忠実に「ひつき」とよむものもあったが、『考』以来の説に明確な反論をこころみたのは、石井庄司「巻二の『日月』」（『古典考究　万葉篇』一九四四、初出一九三〇、『奈良文化』一九、原題「万葉集巻二の『日月』の訓に就いて」）で、「日月」「月日」の用例を詳細に検討し、両者にはたしかに意味のちがいもみられるものの、それだけではすべてを律しきれず、さきの二例とは逆に「月日」とあっても「照らす」ところの「月」と「日」をあらわす

25天なるや月日《つきひ》のごとく我が思へる君が日に異《け》に老ゆらく惜しも（巻十三・三二四六）

のような例もあることから、むしろ意味のちがいをこえて「日月」から「月日」へという年代的な変化があったのではないかとする。さきにあげた『時代別』の記述は、こうした論議の経過をふまえたものだったのだ。

この石井論文を参照したかどうか不明だが、おなじ問題をあつかった後続論文として北原保雄「万葉集巻五　三題」（『和光大学人文学部紀要』一一、一九七六）がある。この論文は巻五所収の山上憶良作「令反或情歌」長歌の

9……この照らす日月《ひつき》の下は天雲の向伏《むかぶ》す極みたにぐくのさ渡る極み……（巻五・八〇〇）

という例を端緒として「月日」と「日月」の問題をとりあげ、さきにあげた『時代別』の「日月」についての記述には「不正確で、誤まっているところがあるように思われる」と指摘する。北原論文は「日月」が漢語に由来し「月日」の方は和語本来のもの、というちがいをほぼみとめるものの、それ以上に意味上の明確な区別の存在を重視する。

つまり、万葉集には、きわめて少数の例外を除いて、「日月《ひつき》」は天体としての太陽と月の意を表し、「月日《つきひ》」は暦月日つまり歳月とか日数の意を表すという明確な区別が認められるのである。

このように北原論は明快だが、それは上記の例外の存在をかならずしも注視していないからで、結果的に、石井論文が、結論はともかくとしてこまかにみようとした地点から、なにほどの前進もはたしていないことがおしまれる。

ただ、こうしてみると、従来の諸説は、最終的な結論のちがいはあっても、「日月」が漢籍由来の語だった、という点ではほぼ一致をみている。たしかに、やまとことばと漢語とで、意味のちがいの有無は別にして、語順が逆になっているような例はすくなくない。万葉時代の例では「よるひる」と「昼夜」などが典型的な例だ。すでに石井論文が指摘しているように、万葉集では「ひるよる」という語の確例はみられず、巻二・一九三、巻四・七一六（夜晝）巻九・一八〇四（宵晝）等すべて「よるひる」となっている。これは、つとに南方熊楠《みなかたくまぐす》が著名な小論文「往古通用日の初め」（全集4、初出一九三〇、『民俗学』二の九）において指摘して以来問題にされてきた、古代日本における「一日」とはどのような分節化によるものだったか（その始点はいつか）ということとかかわる現象だろう。一方、ともかくも正格の漢文体でかかれた『日本書紀』では、当然のことながら、表記でみるかぎりすべて「晝夜」で、逆の例はみられない。

そこで、例外の処理の問題もふくめ、「日月《ひつき》」と漢語「日月《じつげつ》」との関係をあらためて検討してみよう。まず、天象としての太陽と太陰とをあらわす漢語「日月」だが、さきにあげた『懐風藻』の例などがそれだ。これはごくありふれた語だから、このほかにわざわざ漢籍の例をあげるまでもないだろう。しかし、ここで問題なのは、漢語「日月」にも暦日・時間をあらわす用法があることだ。このことに、従来の諸説はまったくといってよいほどふれていない。それが前者ほどではないにしろ、けっして希少な用法でないことは、たとえば『大漢和』に『詩経』『書経』『論語』といった、万葉人にも周知の代表的な文献からの用例をのせていることでもしられる。ここでは、『大漢和』にあげている例は省略するとして、おなじく万葉人が親炙していた『文選《もんぜん》』の例のうちのいくつかをあげておこう。

朝夕論思　日月献納（巻一「両都賦」序）

ここでは日月は朝夕と対になっているので、その意味はあきらかだ。「日々月々に常に天子に献言した」という意。

露往霜来　日月其除（巻五「呉都賦」）

「除」は「去る」「過ぎ行く」。「秋から冬へと時間がすみやかに経過する」という意。李善の注は出典として『大漢和』もひく『詩経』の「蟋蟀」（唐風）をあげている。

惟日月之逾邁兮　俟河清其極（巻一一「登樓賦」）

「逾邁」は「越え行く」。この表現も『大漢和』がひく『書経』秦誓を典拠としている。「時間がどんどんすぎさっていくさまをおもう」の意。

靖潜処以永思兮　経日月而弥遠（巻一四「幽通賦」）

これは説明の必要がないだろう。

潜服膺以永観兮　綿日月而不衰（巻一五「思玄賦」）

「綿」は連綿の綿で「連ねる」の意、つまりここは、「月日が経過しても志は衰えない」となる。

乱離斯瘼　日月其稔（巻二〇「関中詩」）

「稔」はさきにもいったように一年のこと。「戦乱の期間が一年にもわたった」の意。

良時為此別　日月方向除（巻二一「秋胡詩」）

これも語義は明白。李善はこの出典を『詩経』小雅の「小名」にあおいでいる。

客行惜日月　崩波不可留（巻二七「還都道中作」）

これもわかりやすいだろう。「旅先で時日が経過するのを惜しむ」の意。

『文選《もんぜん》』の例はまだまだつづくが、あとは省略にしたがい、ついでに、『懐風藻』の例をみておこう。万葉歌人でもある麻田陽春《あさだのやす》の「和藤江守詠裨叡山先考之旧禅処柳樹之作」なる作品の一節だ。

日月荏苒去　慈範独依依
これも説明は必要ないだろう。

漢語「日月」の天象とはことなる意味での用法は万葉集にもみられる。巻十九の「遣唐使に酒を賜ふ歌」（四二六四、六五）の左注に
右発遣勅使并賜酒楽宴之日月未得詳審也
とある。これなど、「月日」、あるいはいっそ「年月」とでもある方が、題詞・左注の一般的な記載に

てらしても自然な感じがするが、やはり漢籍の用法にしたがったものだろう。もっとも、このばあいはこまかくみればみぎにあげた諸例とはことなり、「日付」の意。

このように、「日月」が暦日・時間をあらわす用法も、それこそ枚挙にいとまがない。このことからみて、「日月《ひつき》」が例外的に暦日・時間をあらわすとみえたさきの人麻呂の二例も、やはり漢籍由来の用法だったといえるのではないか。このことについては、あとでさらにくわしくのべよう。

では、もう一方の「月日」はどうか。これも実は漢語にもある。ただしそれは天象についてではなく、和語「月日《つきひ》」とおなじくもっぱら歳月・期間といった、時間についていう語だ。しかも、漢語でもそういったばあいはむしろ「歳月」をもちい、「月日」の用例はすくなく、また『文選《もんぜん》』にみえる三例はいずれも散文中の例で、それも歳月・期間をあらわすものですらなく、「某月某日」すなわち「日付」としてもちいられたものにかぎられる。こうしてみると、「月日《つきひ》」は「日月《ひつき》」とは正反対に、時間としての用例はもちろん、例外として天象をあらわすのにもちいられた25なども、和語本来ののとみてよいだろう。そして、そのどちらにも例外のようにみえる用法があることに関しては、さきにも指摘したように、もともと天象をあらわす語としての「日」「月」が、同時に時間を分節化するのにももちいられていることが作用しているとみるべきなのではないか。

ついでに、「年月」についても漢語との関係をみておこう。ここで注目すべきは、その用字だ。全一五例のうち、

4……いかにあらむ歳月日《としつきひ》にかつつじ花にほへる君がにほ鳥のなづさひ来むと……（巻三・四四三）

の一例をのぞき、「年月」となっている。漢語として一般的な用字「歳月」の影響をほとんどうけていないということか。むろん、上代日本人は「歳月」なる語を十分にしってはいたとおもわれる。たびたびひくが、ここでもやはり『懐風藻』に登場ねがおう。藤原宇合《うまかい》の「在常陸贈倭判官留在京」なる作の冒頭だ。

自我弱冠従王事　風塵歳月不曽休

このように「歳月」というごく一般的な用字をしっていたとおもわれるにもかかわらず、これをもちいず、「年月」を採用したわけはどうしてか。

「年」の原義がさきにものべたように和語「とし」とおなじく穀物の「みのり」だったのに対して、「歳」は歳星すなわち木星のことで、そのみかけのうえでの運動がやはり時間の分節化の指標となった（一二年で天空を一巡する）ことから、「年」と語義を共有するようになったという経緯を、上代日本人は無視しえなかったのではないだろうか。だとすればここにも、イメージの重層性という要素がはたらいているとみることも可能ではないだろうか。

さて、このあたりで石井論文の指摘の再検討をしておく必要があるだろう。語義のちがい、固有語と外来語由来の語とのちがい以外に、年代差もあるのだろうか。もしあるのだとすると、固有語の「月日《つきひ》」に対して漢語由来の「日月《ひつき》」の方があとから登場するというのが自然だが、石井論文の指摘だとそれとは逆の傾向になっている。その点からみても、やはりこれを年代差とわりきってしまうには無理があろうとおもわれる。いま、天象をさすばあいはさておき、暦日や時間にかかわるばあいに限定してかんがえてみると、当然のことながら「月日(つきひ)」の方が用例がおおい。「日月(ひつき)」の方は、すでにのべたように、本来天象をさすことがおおいものの時間にかかわる用法もある漢語「日月」を受容した結果とみるべきだろう。

ただ、そのばあい、そもそもの問題の発端になったこの用法（二例）が、いずれも柿本人麿の作品にかぎられる点に注目せざるをえないだろう。北原論文が、このことを重視して、人麿が表現上いろいろの創意・工夫をこらす作者であることは、今更ここに具体的な例を提示して説明をするまでもない周知のことである。その人麿が、いやそういう人麿だからこそ、本来「天地」と不離の関係にある「日月」を「天地」から切り離して、あえて暦日的な意にも用いたと解釈できないだろうか。

と指摘しているのは正鵠をえたものだとおもう。だが、問題はその「創意・工夫」のなかみ、「あえて暦日的な意にも用いた」ねらいのいかんだろう。そのことにおよばないかぎり、この指摘は画竜点睛をかくことになりはしないだろうか。

そこで、この二例がいずれも「殯宮(ひんきゅう)挽歌」とよびならわされている作品にみられることに注目したい。一方、人麿呂がもちいている「日月(ひつき)」がもう一例あって、それは一般的な天象としての用法なのだが、この

3……天地日月《ひつき》と共に足り行かむ神の御面《みおも》と……（巻二・二二〇）

は、おなじく巻二挽歌部におさめられているとはいえ、いわゆる行路死人歌の伝統につらなる、さきの二例とはまったくことなる系列の作品なのだ。そうした点からみて、つぎのようにはかんがえられないだろうか。固有語としてながい歴史をもち、天象をあらわす原義的用法から派生して時間にかかわる語として固定化しつつあった「月日《つきひ》」に対して、「日月《ひつき》」には、もとになった漢語「日月」の用法の圧倒的な趨勢もあって、天象のイメージがはるかにつよく付着していた。殯宮《ひんきゅう》挽歌という公的・儀礼的な性格の濃厚な作品、しかもいずれも王権にふかくかかわる（かたや皇太子、かたや太政大臣）天武の二皇子をいたむ公的・儀礼的な挽歌の制作にあたって、この天象のイメージが、神話性・荘厳性をかきたてるものとして積極的によびこまれたのではないだろうか。そういえば、皇太子草壁は、1の作品の題詞にもあるように、「日並皇子尊」とよばれていた。

4　各論㈡

ここですこし視点をかえて、個別の作品を一、二あつかってみよう。はじめに

15天の川川門に居りて年月《としつき》を恋ひ来し君に今宵《こよひ》逢へるかも（巻十・二〇四九）

いうまでもなく、これは七夕歌のなかの一首、織女のたちばにたって、牽牛をこいしたいつつひとりすごしたこの一年間のことをかきくどいているわけだが、そうした状況について「年月」をもちだしてくることには、わたくしたちの言語感覚からすると、なにかそぐわないものが感じられる。むしろ「月日」といったほうがこのばあい——二星があえなかったこの一年間のことをのべる——には適切なのではないだろうか。にもかかわらず「年月」の方がもちいられるのはなぜか。その理由はつぎのようなことなのではないか。さきに、「年月」は経過するものなのと同時に、あるいはそれ以前に、くりかえされ、あらたまるものだった、とのべたが、そのことに関連して、「年月」をへるというばあい、わたくしたちの理解とはことなり、万葉人たちにとって第一義的には、おおくの歳月を閲するというのではなく、「年を越える」「幾月にもわたる」ということだったのではないだろうか。「年月」はまず、あらたまるもの、そしてくりかえされるものだった。その点からいえば、わたくしたちの感覚からいってまったく違和のない(ともいえないかもしれないが)、というより常套表現といってもよい

10世の中のすべなきものは年月は流るるごとし……(巻五・八〇四)

といった発想の方が、外来の観念に影響されたあたらしい傾向を代表しているのかもしれない。このうたについては、あとでもうすこし検討してみよう。

つぎに、

＊

23　月《つき》も日《ひ》も変はらひぬとも久に経る三諸の山の離宮所《とつみやところ》（巻十三・三二三一）

について検討したい。このうた、本文に異同があり、訓もわれていて、やっかいな作品だ。いまはそのすべてにふれている余裕がないし、本稿の趣旨からいってその必要もないだろうから、時間に関係のある一、二の点の指摘だけにとどめる。

まず、初句は原文「月日」で、『新全集』は右記のように「月も日も」とよんでいるが、諸注「月は日は」（『新校』『注釈』など）とも「月日は」（『集成』『釈注』など）ともよんでいて、訓がわれている。ほかに根拠として参照すべき用例などもみあたらないので、この問題はたなあげにするほかないだろうが、あえてえらぶとすれば、『考』にはじまる「月日は」の訓がもっとも無理のないものだとおもう。

ただ、いま問題にしたいのはそこのことではない。二句め「変はらひぬとも」の解釈についてだ。実はここも、諸本・諸注でよみがわれている。旧訓はカハリユクトモだが、『元暦校本』ウツリユケトモ、『類聚古集』アラタマレユケトモ、『天治本』『廣瀬本』カハリユケトモで、仙覚本系統もカハリユケトモの訓をもつ。『古義』は本文をさかしらにおぎなってユキカハレトモまたはタチカハレトモの訓を主張し、近年では『大系』がこれに同調している。さらに、『新訓』や『全註釈』は二句め本文を「攝友久」までとしてユケドモヒサニ・カハレドモヒサニの訓を提唱している。現在採用されることのおおいカハラヒヌトモの訓を提示したのは『新校』が最初のようで、『注釈』をはじめ、『集成』『釈注』などもこれにしたがっている。だがそれとても、積極的な根拠にめぐまれているわけではないようだ。集中には巻一・九、一五をはじめ、なだたる難訓歌がめじろおしの状態だが、このうたなども『新全集』頭注がいみじくも指摘するように、かくれた難訓歌というべきかもしれない。

　よみはともかくとして、問題は解釈だ。カハラヒヌトモとよんだばあい、「たとえ変ってしまっても」というふうに仮定のこととして解釈してしまいがちだが、それでよいものか。たしかに、将来かけて離宮の不変をうたうという発想は「宮ぼめ」の讃歌にふさわしいものだろう。だが、このばあいは、

志賀の大わだ淀むとも――（巻一・三一）

とおなじく、いわゆる修辞的仮定（佐伯梅友「『淀むとも』考」『万葉語研究』、初出一九三六、『奈良文化』三〇）とみるべきものではないだろうか。つまり、未来かけてのことではなく、「月日（歳月）は移り変わってしまったけれど」と既定のこととして解するべきなのではないか。このうたは三三〇の長歌の反歌なのだが、その長歌の終結部には

……朝宮に仕へ奉りて吉野へと入ります見れば古思ほゆ

とある。そこには讃歌性がないとはいわない、というよりたしかにそれが意図されてはいるのだが、ここでの抒情の中心はあくまでも懐旧という点にある。「久に経る」は将来のことではなく、離宮のこしかたをいったものと解するべきだろう。

だが、そのこと自体が重要なのではない。ここでは時間の経過に対して人間（とりわけ王権）のいとなみが不変であることの主張がされているが、それがすでに讃美の表現の類型になっているのかいなか、という問題だ。いかにもそれは常套的な発想におもわれよう。だが、実際に「月日」の用例を検討してみると、一見いくらでもみいだせるようなこの種の発想が、他にはみられないのだ。ならば「年月」はどうか。しかし、そこにもそうした発想はみられない。さきにもおおまかな傾向として指摘しておいたように、「年月」はかわる・あらたまるもの、という観念にもとづく表現の類型がみられるが、そこでは「人は古りゆく」（巻十・一八八四）というふうに、「年月」の更新に対比されるものはむしろ逆に人事の「うつろい」だったのだ。その意味では、当該歌はむしろ例外的な発想のうただった、といえようか。

このことは、ことばとしての「月日」「年月」の性格のある面をかたっているのではないだろうか。「月日」にせよ、「年月」にせよ、それらの語がこうした讃美の表現にもちいられるためには、それがながれさるものとしての「時間」をあらわすことばへと、十分な抽象化をとげていなければならないだろう。ところが、これらのことばは、さきにものべたように、時間・暦日以前の具体的な意味を保留していた。しかもそれらは、太陽の運行、太陰の盈虚、穀物のみのりといった、反復される事象のイメージだった。時間の分節化のために利用されるのだからそうした反復のイメージを有するのは当然なのだが、その具体的なイメージこそが、ながれさる「時間」をあらわすことばとしての成熟をさまたげるやくわりをはたしたのではないだろうか。そういえば、さきに例外的な発想のものとしてあげておいた10の「年月は流るるごとし」だが、これをうたったのも、漢籍表現におおく依拠し、またなにかと特異な発想をとりざたされることのおおい山上憶良だったことは象徴的な事実だ。

ともあれ、「月日」や「年月」が、ながれさるものとしての「時間」をあらわすことばとして十分な抽象化をとげていなかった、そうした結果として、これらの語がみぎにのべたような讃美の発想にむすびつくことがなかったのではないか。

ところで、もう一点、なぜこのうたでは「月日は（月も日も、月は日は）」なのだろうか。たとえ例外的な発想にもせよ、離宮の不変に対比されるべきながい歳月の経過をいうのなら、むしろ「年月」の方がふさわしくはないだろうか。だが、それについてはすでに「年月」のところで、15の七夕歌をとりあげた際に指摘しておいた。つまり、15で「年月」をもちいたのとおなじ理由が、ここでは逆に「年月」をもちいることをさまたげた、ということなのではないだろうか。

＊

さてここで、いままでにたびたびひいてきた

10世の中のすべなきものは年月は流るるごとし……（巻五・八〇四）

という表現についてあらためてかんがえてみたい。さきにものべたように、「年月は流るるごとし」というような表現は、不可逆的にながれさる時間の観念からいえば陳腐とさえいえる表現ではある。だが実際には、「年月」についてかかる表現はここ以外にみいだせないことをわたくしたちはいましがた確認したばかりだ。むしろそれは外来の観念に影響されたあたらしい傾向を代表しているのではないか――さきにそう指摘しておいたが、その点をたしかめてみよう。

この「年月は流るるごとし」という表現については、ごくごく常套の表現とみてか、『全注』巻五（井村哲夫校注）にも伊藤『釈注』にもとくに記述はみられない。そこですこし注釈史をさかのぼってみると、契沖『代匠記』（精撰本）に

文選孔文挙論盛孝章書云。歳月不居、時節如流。

と漢籍を引用しており、『攷証』もそれにしたがっている。これは『文選』巻四一所収、孔融の作の冒頭部だ。

すこしとんで、土屋『私注』には、

此の表現は恐らく支那風の直訳であらう。「歳月不居、時節如流」等の類句は少くない。

と簡潔に指摘している。もっともくわしいのは澤瀉『注釈』で、契沖のひいた孔融の作以外に、謝霊運の「擬魏太子鄴中集詩」序（『文選』巻三〇）の

歳月如流　零落将盡

や徐陵の「与楊僕射書」（『陳書』徐陵伝、『文苑英華』六九〇）の

歳月如流　半生何歳（『全陳文』所引では「人生何幾」）

などの例をくわえている。

また、さきの孔融の書の例に付した李善の注は後漢の傅毅の「迪志詩」（『後漢書』傅毅伝）から

徂年如流　鮒茲暇日

をひいている。この詩は『芸文類聚』巻二三にも抄出されていて、当該部分はそこにもとられている。徂はゆく・おもむくで、「徂年」はすぎゆく年月の意。この「徂年」をもちいた例では、おなじ『後漢書』の馬援伝の賛に

徂年已流　壮情方勇

という例もある。

それはともかく、こうしてみるとたしかに土屋『私注』がいうように、この種の「類句は少くない」ようだ。10の作者憶良は当然これらの漢籍にしたしんでいたとおもわれるので、やはり、「年月は流るるごとし」といった観念は、漢籍由来のものとみた方がよいだろう。「ながれさる時間」という時間意識は、たしかにこの時代にめばえつつあったろうが、それがうたの表現のなかに一般化するまでには、もうすこし時間を必要としたのではないだろうか。

＊

このことは、わたくしたちに、万葉歌を——というよりひろく文芸作品を——よむばあいの、方法上の反省をせまるものだろう。わたくしたちはしばしば、うたにこれこれの観念がよまれているから、当時のひとびとはそうした精神を獲得していたのだ、とか、逆に、当時のひとびとはかくかくの精神段階を獲得していたはずだから、このうたの表現はこう解釈できる、とか推論したりする。だが、時代の精神と、時代の表現とは、かならずしも並行しない。まれには（表現の直輸入などもあって）表現が精神に先行するばあいもあるが、おおかたは、表現は精神の変化をおいかけてゆっくりとかわっていく。問題なのは、この種のずれにこそ、文芸表現の本質にかようなにものかがひそんでいるにちがいないことだ。単純な反映論的解釈は、そこのところをとりおとしてしまうおそれがある。

このことは、そのまま本稿の方法にもかえってくる。「年月」「月日」「日月」といった語句をもちいたうたの表現をとりならべて、そこになにが、どううたわれているかを論じつつ、いつのまにか、そこにそのまま万葉人たちの時間意識のありようを直接に、性急によみとろうとしてはいなかったか。

必要なのは、ひとつひとつの用例について、いきたうたの表現としてその生態のままに、予断をまじえずよみとる態度だろう。表現を表現そのものとして、性急に精神の問題に還元せずに受容することからはじめなければなるまい。本稿はその意味でも、いまその探求のとばぐちにやっと到達したところというべきか。

＊引用は基本的に新編日本古典文学全集本によったが、一部わたくしにあらためたところがある。

〔追記〕
荻原井泉水『奥の細道ノート』「発端」の章の冒頭に、「月日は百代の過客」の「月日」に関して、私が本稿1でのべたのと同様なイメージの重層の指摘があることに、脱稿後気づいた。

万葉びとの春・秋

阿蘇瑞枝

一　はじめに

冬過ぎて春し来《きた》れば年月は新《あら》たなれども人は古《ふ》り行く（巻十・一八八四）

万葉びとの中にも、新春を迎えた喜びの中にも人の老いゆく嘆きを詠むものもいたが、その多くの人にとっては、寒い冬に別れを告げ、花開き鳥も来鳴く季節として春の到来は喜ばしいことであった。

今さらに雪降らめやもかぎろひの燃ゆる春へとなりにしものを（巻十・一八三五）
鶯の春になるらし春日山霞たなびく夜目に見れども（巻十・一八四五）

などには、寒い冬が終わって春を迎えた喜びがうかがわれる。

同様に、秋もまた、

秋風は涼しくなりぬ馬並《な》めていざ野に行かな萩の花見に（巻十・二一〇三）
わが待ちし秋は来たりぬしかれども萩の花ぞもいまだ咲かずける（巻十・二一二三）

と詠まれているように、万葉びとにとって好ましい季節であった。

天智朝に春の山の花と秋の山の木の葉とどちらがより趣があるかとの題のもとに、詩歌の競作が行われ、額田王が秋をよしとする歌（巻一・一六）を詠んだことはよく知られている。この催しは、単に春の花と秋の黄葉との優劣を問うのではなく、その主題のもとにいかに優れた漢詩またはやまと歌を詠み得るかという詩歌の競作の性格が強かったと思われ、その詠題「競二憐春山萬花之艶秋山千葉之彩一」が漢詩文の詠題を意識してのものであったことも事実であるが、それにしても、春と秋への好尚が詩歌の主題となるほどに、季節の景物への関心が高まっていたことは認められるであろう。

本稿は、万葉びとにとって春と秋がどのようなものであったかを考察することを意図するものであるが、まず、春と秋の年中行事を一覧することからはじめようと思う。

二　春と秋の年中行事

常陸国風土記に、「坂より已東《ひむがし》の諸国《くにぐに》の男も女も、春の花の開く時、秋の葉の黄《もみ》たむ節《をり》に、相携《たづさ》ひ駢闐《つらな》り、飲食《をしもの》を齎賷《もちき》て、騎《うま》より歩《かち》より登《のぼ》臨り、遊楽《たの》しみ栖遅《いこ》ふ」と記された歌垣や国見も、伝統的な民間の季節行事として、逸することのできない大切な行事の一つであるが、万葉集の貴族官人らの歌の世界につながるものとしては、宮廷を中心とする季節行事につながる年中行事が注目される。

雑令によれば、正月一日、七日、十六日、三月三日、五月五日、七月七日、十一月大嘗《おおにえ》の日が節日と定められていた。正月一日は元日の節会《せちえ》、同七日は白馬《あおうま》の節会、同十六日は踏歌《とうか》の節会、三月三日は上巳《じょうし》の節会ともいい、曲水《ごくすい》の宴が催された。五月五日は端午の節会、七月七日は相撲《すまい》の節会、十一月大嘗の日というのは、ここは毎年行われる新嘗会《しんじょうえ》をさす。このうち、春正月と三月および秋七月の節日が本稿に関わる春と秋の節会にあたる。

◇元日の節会

元日の節会は、孝徳天皇の大化二年（六四六）正月一日に、「賀正礼」とあるのが初出で、同四年、五年、白雉元年（六五〇）、同三年に、「賀正礼」「元日礼」のように見える。天智十年（六七一）正月二日には、大錦上蘇我赤兄臣と大錦下巨勢人臣とが宮殿の前に進んで賀正の事を奏したとあり、天武朝に至ると、四年（六七五）、二日の皇子以下百寮諸人の拝朝に先だって、元日に、大学寮の学生・陰陽寮・外薬寮と舎衛の女・堕羅の女・百済王善光、新羅の仕丁等が薬と珍しい物を献上したとある。五年正月一日、十年正月三日、十二年正月二日、十四年正月二日に、拝朝のことが見える。持統朝は、三年（六八九）正月一日に万国を前殿に集めて朝賀せしめたとあり、四年は、元日に即位の礼が行われた。元日の礼は、拝朝を中心とし、次第に整備されたと思われるが、「文物の儀、ここに備れり」と評された大宝元年（七〇一）正月一日の形式が、万葉の時代の完成された形式と見てよいであろう。それによれば、天皇は大極殿に出御して朝賀の礼を受けられたが、正門には、烏形の幢を立て、左には日像・青竜・朱雀の幡、右には、月像・玄武・白虎の幡が立てられ、折から来訪中の新羅の使者が左右に列立したという。元日礼は記録されなかった場合も少なくないと思われるが、元正・聖武朝には、朝賀の礼は記していなくても、天皇が中宮に出御し、侍臣に宴を賜り、五位以上を朝堂に饗したとする記録がしばしば見える。これらの宴では歌も詠まれたに相違ない。天平十八年（七四六）正月、太上天皇の御在所に左大臣橘宿祢以下が参上して雪掃きの後宴を賜った時の応詔歌が、万葉集に記載されているが、左大臣橘宿祢の、

降る雪の白髪までに大君に仕へまつれば貴くもあるか（巻十七・三九二二）

をはじめ、紀朝臣清人、紀朝臣諸会らの、

天の下すでに覆ひて降る雪の光りを見れば貴くもあるか（巻十七・三九二三）

新しき年の初めに豊の年しるすとならし雪の降れるは（巻十七・三九二五）

など、新春の賀宴にふさわしい歌々である。

儀制令に「凡そ元日には、国司皆僚属郡司等を率ゐて、庁に向ひて朝拝せよ。訖《をは》りなば長官賀受けよ。宴設くることは聴《ゆる》せ。」とあるように、国庁でも、元日には、国司が朝拝の礼を行い、終われば長官が賀を受け、宴を設けることが認められていた。

家持が、越中の国庁や因幡の国庁において正月賀宴で予祝の歌を詠んでいることもたしかだが、歌は家持に偏しており、万葉の時代を広く見渡すことには限界がある。

あしひきの山の木末《こぬれ》のほよ取りてかざしつらくは千年寿《ちとせほ》くとそ（巻十八・四一三六）
新《あら》しき年の初めはいや年に雪踏み平し常かくにもが（巻十九・四二二九）
新《あら》しき年の初めの初春の今日降る雪のいやしけ吉事《よごと》（巻二十・四五一六）

◇**白馬の節会**

正月七日は、白馬の節会である。

水鳥の鴨の羽の色の青馬を今日見る人は限りなしといふ（巻二十・四四九四）

天平宝字二年（七五八）正月七日、家持は、白馬の節会の侍宴のために歌を予作していたが、仁王会のことで節会の宴は六日に繰り上げられ、白馬を見る儀礼は省略されたので奏する機会を得なかったと注してその予作歌を記録している。白馬の節会は、天皇が左右馬寮から索き出された二十一頭の青馬（灰色系統の色の馬）を御覧になり、その後群臣に宴を賜る行事であるが、中国では馬が陽獣で、春は青の色であらわされたからで、年の初めに青馬を見て年中の邪気を払うという儀礼であった。後に白馬となったが、本来が青馬であったので、白馬となっても「あをうま」と訓んだものという。続日本紀には、天平宝字二年の白馬の節会の記録を留めないが、正月七日に宮廷で群臣あるいは公卿大夫等に宴を賜った記録は、天智七年（六六八）、天武二年（六七三）、四年、五年、九年（八日）、十年、十二年とあり、持統朝には、即位儀礼のあった持統四年（六九〇）を除き、三年以降毎年行われている。続日本紀では、文武朝の慶雲年間（七〇四〜七〇七）に二回、元明朝に見えず、元正・孝謙朝は各一回と少ないが、聖武朝には、七日の宴の記録が九回と多い。

◇踏歌の節会

正月十六日に宮廷で宴が催された記録は、天武天皇の朱鳥元年（六八六）、持統天皇の三年（六八九）、六年にもあるが、「踏歌」の事が記されるのは、持統七年正月十六日に、「漢人等、踏歌《あられはしり》を奏《つかへまつ》る」とあるのが初出で、続いて八年正月十七日にも、「漢人、踏歌を奏る」とある。踏歌は、足を踏みならしつつ歌をうたう形式のもので、隋・唐の民間行事に由来するといわれる。その早い例が漢人によって行われていることは、他の正月儀礼と比べて遅く始まったもののように思われる。次に官人によっておこなわれた踏歌の記録は、聖武天皇の天平二年（七三〇）正月十六日で、天皇は大安殿で五位以上に宴を賜った後、晩頭に皇后の宮においでになったが、その時百官の主典以上が従い、踏歌しつつ進んだという。宮では、彼らに酒食を賜り、仁・義・礼・智・信の五字を書いた短冊を採らせ、採った短冊に記されていた字に応じて、絁《あしぎぬ》・糸・綿・布・段の常布等を賜ったという。踏歌の様子が具体的に記されていて興味深い。恭仁京時代の、天平十四年正月十六日には、群臣に宴を賜り、五節の舞が奏された後、少年・童女による踏歌が行われた。また、有位の人・諸司の史生に宴を賜り、六位以下の人々によって、「新しき年の始にかくしこそ仕へ奉らめ万代までに」とうたわれたと記される。この年大伴家持は、二十五歳。内舎人として聖武天皇に仕えており、正六位下もしくは上になっていたらしい。万葉集で、この時期の宮廷に関わる歌を載せるとすれば、巻六であるが、巻末の田辺福麻呂歌集所出歌を除いて天平十二年十二月から同十五年八月十六日まで、空白である。

◇子の日の宴

天平宝字二年（七五八）の正月三日、初子の日の肆宴で内相藤原仲麻呂を通して諸王卿に能力に応じ自由に題を選んで詩または歌を作るようにとの勅があり、それに応えて諸王卿が詩歌を賦したと伝える。万葉集には、諸王卿の歌を伝えず、家持の未奏歌のみを記録する。

初春の初子《はつね》の今日の玉箒《たまばはき》手に取るからに揺らく玉の緒（巻二十・四四九三）

これも中国の儀礼から出た行事で、古く周・漢の時代の正月の行事に、天子がみずから田を耕して祖先を祭り、皇后が蚕の部屋を掃いて蚕の神を祭る儀式があったのが伝えられたものらしい。天平宝字二年の正月三日、初子の日に用いられた玉箒と手辛鋤とが正倉院宝物として伝来されているが、家持の歌にうたわれた玉箒は、菊科のコウヤボウキの茎を束ねて箒としたもので、枝の所々に緑色のガラス玉を飾り付け、把手の部分には紫色に染めた皮を巻いた上に金糸を何重にも巻きつけているという(『正倉院の宝物』)。

◇御薪献進・射礼

以上のほかにも、雑令には、御薪献進、射礼のことが見え、前者は、正月十五日、後者は正月中旬と定められていた。御薪献進は、文武官が薪を献進すべく定められたもので、一位から無位に至るまで官位に応じて献進する量が定められていた。諸王も無位に準じて献進する。天皇に忠節を示す行事としてはじまったと推測されており、『日本書紀』天武四年(六七五)正月三日の記録をはじめ、同五年正月十五日、持統四年(六九〇)正月十五日、同八年正月十五日、同九年正月十五日、同十年正月十五日と見える。『日本書紀』『続日本紀』を通じて記録のない年が多いのは、例年のこととして省略されたためであろう。一方、射礼は、これより早く孝徳天皇の大化三年(六四七)正月十五日の記録があり、天智九年(六七〇)は正月七日、天武天皇の時代に入ってからは、四年正月十七日、同五年正月十六日、六年正月十日、七年正月十七日、八年正月十八日、九年正月十七日、十年正月十七日、十三年正月二十三日、と行われる日がやや前後することはあっても、毎年のように実施されている。持統朝以降記録がない年が多いが、持統八年は正月十七日、漢人が踏歌を行った日に五位以上が大射を行い、翌十八日に六位以下が大射を行ったが四日間で終了したという盛大なものであった。

◇曲水の宴

古く中国で三月の上巳の日に河水のほとりで禊ぎをし不祥をはらったという習俗に由来する曲水の宴は、顕宗天皇の元年（五世紀末ころ）三月「上巳に、御苑に幸して曲水宴きこしめす」とあるのが初出で、二年、三年の三月にも同じ記述が見えるが、史実とは考えられない。持統五年三月三日に「公卿に西庁に宴したまふ」、大宝元年三月三日に、「宴を王親と群臣とに東安殿に賜ふ」とあるのは節会の宴と思われるが、曲水に盃を流して詩を賦すという形を伴ったかどうか明らかでない。聖武天皇の神亀三年（七二六）三月三日は、「五位已上を南苑に宴す」とあるのみだが、同五年三月三日には、「天皇、鳥池《とりのいけ》の塘《つつみ》に御《おは》しまして五位已上を宴《うたげ》したまふ。禄賜ふこと差《しな》有り。また、文人《ふみひと》を召して曲水《ごくすい》の詩《うた》を賦《うた》はしむ。各絁《あしぎぬ》十疋、布十端を賚《たま》ふ。」とあり、天平二年（七三〇）三月三日にも、「天皇、松林苑に御しまして五位已上を宴《うたげ》したまふ。文章生らを引きて曲水を賦はしむ。絁《あしぎぬ》・布賜ふこと差有り。」とある。『懐風藻』の山田史三方の「三月三日　曲水宴」と題する詩の「流水の急きことを憚れず。唯盞の遅く来ることを恨むらくのみ」は、まさに曲水上を流す盃を詠んだものである。

万葉集では、天平十九年三月、越中国の冬を初めて体験して大病の床につき、なお静養中の家持に大伴池主が贈った「晩春三日遊覧」と題する詩に「羽爵人を促して九曲を流る（鳥の翼の形の盃は人に作詩を急がせて幾重にも曲がった流水の上を流れる）」（巻十七・三九七三歌前）とあり、これに返した家持の詩にも「聞くならく君は侶に嘯き流曲を新たにし、禊飲《けいいん》に爵《さかづき》を催《うなが》して河清《かせい》に泛《うか》べつと（聞けばあなたは仲間と共に曲水の宴を催し詩歌を吟誦され、禊ぎの宴で盃を清流に浮かべたとか）」（巻十七・三九七六歌前）とある。また天平勝宝二年（七五〇）三月三日には、家持も館で宴を開き、

今日のためと思ひて標めしあしひきの峰の上の桜かく咲きにけり（巻十九・四一五一）
奥山の八つ峰の椿つばらかに今日は暮らさね大夫の伴（巻十九・四一五二）
漢人も筏浮かべて遊ぶといふ今日そわが背子花かづらせな（巻十九・四一五三）

と詠んでいる。

◇七夕の節会

秋は七夕の節会があり、正月一日、三月三日、五月五日などと共に、宮中の節日として重視された。昼は相撲、夕は七夕の詩宴が開かれた。続日本紀では、天平六年七月七日の「天皇、相撲《すまひ》の戯《わざ》を観《みそなは》す。是《こ》の夕《ゆふべ》、南苑に徙《うつ》り御《おは》しまして、文人に命《おほ》せて、七夕《しちせき》の詩を賦《ふ》せしめたまふ。禄《ろく》賜ふこと差《しな》有り」がその早い記録であるが、日本書紀には、皇極元年（六四二）七月二十二日、天武十一年七月三日にも朝廷で相撲が行われた記録があり、七月七日の相撲の節会につながる行事と解されている。養老三年（七一九）七月四日には、「初めて抜出司《ぬきいだしのつかさ》を置く」とあり、諸国から集められた相撲人を選抜する臨時の官司と考えられている。万葉集には、天平二年七月十日に大宰府に帰る相撲部領使に

託すと記す吉田宜の大伴旅人宛書簡が万葉集巻五にあり、また同巻には、天平三年六月十七日に肥後国の相撲使（相撲部領使に同じ）の従者となった大伴君熊凝が上京途中、安芸国佐伯郡高庭駅家で病没したことを悼む山上憶良の挽歌がある。宮中での七月七日の宴は持統五年、六年に記録があり、七夕の詩歌も、懐風藻には、養老四年八月三日に薨じた藤原史（不比等）はじめ、山田三方、吉智首、紀男人、百済和麻呂、藤原総前（房前）らの七夕詩がある。七夕の歌は、万葉集に柿本人麻呂および人麻呂歌集、間人宿祢、山上憶良、湯原王、市原王、大伴家持らに作者不明歌を併せて百三十余首を収める。

三　春　―景物、万葉びとの美意識

◇梅

春、百花にさきがけて咲く花は、梅である。

春さればまづ咲くやどの梅の花独り見つつや春日暮らさむ（巻五・八一八）

晩冬十二月のうちに咲くこともあった。

十二月《しはす》には沫雪降ると知らねかも梅の花咲くふふめらずして（巻八・一六四八）

四季に分類している巻八の場合でいえば、

今日降りし雪に競ひてわが宿の冬木の梅は花咲きにけり（一六四九）

沫雪のこのころ継ぎてかく降らば梅の初花散りか過ぎなむ（一六五一）

など冬の歌として採録されている。

春の部では、梅・梅の花が雑歌・相聞の部を併せて八首に詠まれているのに対し、冬の部にも、雑歌・相聞を併せて十三首に詠まれている。冬の部には、まだ咲いていない梅の花を詠んだ歌も三首あるが、花開いた梅の花をよろこぶ歌も少なくない。

巻十には、春の部に二十首、冬の部に九首詠まれている。春の部には、

春されば散らまく惜しき梅の花しましは咲かずふふみてもがも（一八七一）

いつしかもこの夜の明けむ鶯の木伝《こづた》ひ散らす梅の花見む（一八七三）

のように、開花前から散るのを惜しんでもうしばらくはつぼみのままでと望んだ歌や立春前夜に構図化された春の美景を思い描いた幻想的な歌もある。

ところで、梅に関しては、巻五所収の梅花の宴の歌も逸してはならない。天平二年正月十三日、現

行暦の二月八日に、大宰帥大伴旅人の邸で開催された宴で出席者の三十二名がそれぞれ一首ずつ梅の花を主題に詠んだ歌である。出席者は、主催者の旅人をはじめ、大宰府の諸官人および大宰府管轄下の国司らであった。造観世音寺別当の笠沙弥も正客のひとりとして旅人に並んで座していた。主人旅人の歌、

わが園に梅の花散るひさかたの天より雪の流れ来るかも（八二二）

は、雪とも梅の花とも判別しがたく、あたかも両者がひとつに化したような趣の風花の歌で、さすがに風格があるが、別に際だって趣向に富んでいる歌として注目を惹くのは、左のような歌である。

春なればうべも咲きたる梅の花君を思ふと夜寐《よい》も寝なくに（八三一）
春さらば逢はむと思ひし梅の花今日の遊びに相見つるかも（八三五）
うぐひすの待ちかてにせし梅が花散らずありこそ思ふ子がため（八四五）

八三一番歌は、壱岐守板氏安麻呂と作者名を記す。板茂連安麻呂のことであろう。春の花として当然のごとく咲いた梅の花ではあるが、作者は、その梅の花を「君」と呼び、「君」に逢いたく思って夜も眠れなかったのだと、梅の花への憧れを表明している。この歌群の冒頭に、大貳紀卿（紀朝臣男

人）が、

正月《むつき》立ち春の来《きた》らばかくしこそ梅を招《を》きつつ楽しき終《を》へめ（八一五）

と、毎年正月新春には梅を賓客として招いて楽しみの限りを尽くそう、と詠んでいるのと同様で、中国の文人たちが、梅を、蘭・菊・竹と並んで、四君子と称して尊んだことを知ってのことであろう。（八三五）番歌は、作者を薬師高氏義通と記す。「高氏」は、高田、高橋、高向、高丘などが考えられるが特定できない。「薬師」は、大宰府に配せられた医師である。あるいは高氏そのままであったかも知れない。本歌は、「逢おうと思っていた梅の花」とか「今日のこの宴で逢うことができましたね」のように、梅を対等の人格あるもののように詠んでいるところに特徴がある。（八四五）番歌は、梅の花とうぐいすとの関係に特色のある歌である。「うぐいすが待ちかねていた梅の花よ。散らずにいてほしい。あなたを愛しているかわいいうぐいすのために。」と解される歌で、「思ふ子」は、うぐいすをさす。作者の愛する娘をさすとする説もあるが、それでは、上二句の表現が無意味になる。うぐいすを梅の花を恋い慕うおとめのように詠みなした歌である。作者は、筑前掾門部連石足である。

◇桜

これら梅の花に対する万葉びとの態度に対し、桜の花はどうであろうか。集中、梅ないし梅の花を詠んだ歌が一一九首あるのに対し、桜の花は、四〇首。約三対一の割合である。桜の花で特色ある歌として、まず左の歌があげられる。

桜の花の歌一首　短歌をあはせたり

一四二九　娘子《をとめ》らの　かざしのために　みやびをの　縵《かづら》のためと　敷きませる　国のはたてに　咲きにける　桜の花の　にほひはもあなに

反歌

一四三〇　去年《こぞ》の春逢へりし君に恋ひにてし桜の花は迎へけらしも

右の二首は、若宮年魚麻呂誦ふ。

桜の花が少女らの髪飾りになるために、みやびな男たちのかずらになるために咲いたといい、昨年あなた方に恋をした桜の花がいまふたたびあなた方をお迎えできたらしい、と歌っているのは、桜の花の宴に出席している客人への挨拶をこめたものであるが、当時の耽美的傾向がうかがわれる。「娘子ら」も「みやびを」も宴に集い桜の花の美しさを愛でている人々であり、「君」もまたその宴に参加している人々をさしているのである。若宮年魚麻呂が「誦ふ」とあるから、桜の花の宴でうたわれる謡いものとして伝えられたものと思われるが、その内容からいえば、神亀年間以降のものであろう。桜の花の美に陶然となっている大宮人たちの姿が浮かんでくる。

同時に、桜の花の生命の短さは、万葉びとにも無常の思いを抱かせた。

桜花咲きかも散ると見るまでに誰かもここに見えて散り行く（巻十二・三一二九　人麻呂集）
あしひきの山桜花日並べてかく咲きたらばいと恋ひめやも（巻八・一四二五　山部赤人）
世の中も常にしあらねばやどにある桜の花の散れるころかも（巻八・一四五九　久米女郎）
桜花時は過ぎねど見る人の恋の盛りと今し散るらむ（巻十・一八五五）

三一二九番歌は、巻十二の羈旅発思の部に採録する人麻呂歌集略体歌の一首である。あわただしく散る桜の花のように逢うのもつかの間たちまち散り散りに別れ行く人の動きを詠んだ歌。一四二五番歌も一八五五番歌も散るべき時が来たとも思えぬ花の盛りに潔く散る花の姿に感動しまた共感もしているのであろう。一四五九番歌は、花の盛りにも訪ねて来なくなった男からの歌に応えたもので、いささか皮肉もまじえているのだが、散りやすい桜の花が人の世の無常―人の心の変わりやすさを象徴するようだと詠んでいる。梅にくらべると歌数は少ないが、万葉びとにとって、桜は人の心を酔わせるもの、その落花は人の思いを深め、清めるものであったことは疑いない。

◇うぐいす

うぐいすは、集中五十一首に詠まれており、鳥のなかでは、ほととぎす・雁に次いで多い。人麻呂歌集に二例見えるのは左の歌である。

春山の友うぐひすの泣き別れ帰ります間も思ほせ我を（巻十・一八九〇）

春山の霧に惑へるうぐひすも我にまさりて物思はめやも（巻十・一八九二）

二首共に春相聞の部に収録するもので、

うち靡く春立ちぬらしわが門の柳の末《うれ》にうぐひす鳴きつ（巻十・一八一九）
冬こもり春さり来ればあしひきの山にも野にもうぐひす鳴くも（巻十・一八二四）

のように春の到来を告げる鳥としてではなく、恋情表出の手法に春山に鳴くうぐいすを用いた歌である。一八九〇番歌は、「春の山で鳴く鳴く友と別れるうぐいすのように、泣き別れしてお帰りになる間も、思って下さい。わたしのことを」の意で、懐風藻の釈智蔵の詩「花鶯を翫す」に「求㆑友鶯嫣㆑樹含㆑香花笑㆑叢（友を求めてうぐいすが樹間であでやかに鳴き、香を含んで花が草むらに咲いている）」の表現があり、「友うぐひす」の語も漢詩文から出た可能性が高い。一八九二番歌の「春山の霧に惑へるうぐひす」も、巻五の梅花の歌の序に「鳥封㆑縠而迷㆑林（鳥は縠《うすぎぬ》（霧）に閉じこめられて林の中で迷っている」の一節があり、小島憲之氏が指摘するように中国詩文に学んだ可能性が高い（『上代日本文学と中国文学』中）。

春霞流るるなへに青柳の枝くひ持ちて鶯鳴くも（巻十・一八二一）

右は、「春霞が流れる折しも、青柳の枝を口にくわえ持ってうぐいすが鳴くよ」の意で、霞は一般に「たなびく」といい、「立つ」とも「居《う》」ともいうが、「流る」といったのはこの一例だけで、大伴旅人の「天より雪の流れくるかも」の例と共に、漢籍の「流霞」「流雪」の応用といわれる。下三句も叙景とは言いがたく、正倉院御物の中の紅（紺）牙撥鏤棊子や花喰い鳥刺繡残片などに見える鳥が花をくわえた構図との関係が指摘されている。実景描写というより、春霞と青柳とうぐいすという春の代表的景物を揃えて様式化したものであろう。

四　秋　—景物、万葉びとの美意識

四季の中でも、秋は殊に季節の景物の豊かな時期であった。

四季分類をしている巻八と巻十のなかで、秋の景物の上位のもの五つをそれぞれ上げてみると、

巻八　萩　黄葉　七夕　鹿　雁
巻十　萩　七夕　黄葉　露　雁

右のごとくで、鹿と露を除く、萩・黄葉・七夕・雁が、両巻の上位五つの中に入る。露は巻八の六位、鹿は巻十の七位に位置する。まず、両巻共に第一位の萩をとりあげ、次いで黄葉・七夕の順にとりあげようと思う。

◇萩

萩は、マメ科の落葉性低木で、秋に紅紫色の花を開く。集中、百四十二首に詠まれ、万葉植物の中

で最も多い。巻十秋雑歌の「花を詠む」のもとに三十四首配されているうち、三十二首が萩の花への愛好心を詠んでいる。

冒頭にも掲出した二首、

秋風は涼しくなりぬ馬並めていざ野に行かな萩の花見に（三一〇三）

わが待ちし秋は来たりぬしかれども萩の花そもいまだ咲かずける（三一二三）

は、涼しい秋の訪れと共に期待される萩の花を待ちよろこぶ歌である。

この夕秋風吹きぬ白露に争ふ萩の明日咲かむ見む（三一〇二）

も同様であるが、「白露に争ふ萩（花開くまいと白露に抵抗していた萩）」の表現は、萩への感情移入が著しい点で特色がある。「白露と美しさをあらそう萩」と解する説もあるが、ここは、

春雨に争ひかねてわが宿の桜の花は咲きそめにけり（一八六九）

白露に争ひかねて咲ける萩散らば惜しけむ雨な降りそね（三一一六）

と同様に、咲くのを待ちかねる人の心から、「開花を促す白露にも抵抗してなかなか咲こうとしなかった萩」といったものと解したい。

わが宿の萩の末長《うれ》し秋風の吹きなむ時に咲かむと思ひて（二二〇九）

は、立秋前の歌であろう。すでに萩は枝先を十分に伸ばして開花を目前に控えていることが明瞭である。萩自身開花の意志は充分で、いまは秋風の吹くのを待っているばかりだと詠む。作者も萩と心はひとつで共に秋風を待っている気配がある。

見まく欲り我《あ》が待ち恋ひし秋萩は枝もしみみに花咲きにけり（二一二四）
秋田刈る刈廬の宿りにほふまで咲ける秋萩見れど飽かぬかも（二一〇〇）

右は、開花を待ち得たよろこびと、予期した通りの美しさを堪能している歌である。「秋田刈る刈廬の宿り」は、秋の田を刈る期間、田の近くに仮小屋を作って寝泊まりするその小屋をいう。仮寧令によれば、官人も農作業の忙しい五月と八月には、それぞれ十五日間の休暇が与えられることになっていた。二一〇〇番歌は、秋の収穫時に田庄に仮小屋を作って宿泊し、田の作業を管理している官人の生活の中から生まれた歌であろう。平城京にあって大宮人同士馬を並べて郊外に遊びに出て眺める萩の花とはまた異なり、心にしみる美しさであったはずである。殊更に郊外に足を運ばずともわが家で容易にその花を楽しめるようにと植えもしたことが、左の歌からは知られる。

恋しくは形見にせよとわが背子が植ゑし秋萩花咲きにけり（二一一九）
秋さらば妹に見せむと植ゑし萩露霜負ひて散りにけるかも（二一二七）

また、萩を愛でる宴で詠まれたと思われる歌々には、次のような歌もあり、万葉びとがいかに萩を愛したかを知ることができる。

秋風は疾く疾く吹き来《こ》萩の花散らまく惜しみ競ひ立たむ見む（二一〇八）
人皆は萩を秋と言ふよし我は尾花が末を秋とは言はむ（二一一〇）
秋萩に恋尽さじと思へどもしゑやあたらしまたも逢はめやも（二一二〇）
大夫の心はなしに秋萩の恋のみにやもなづみてありなむ（二一二二）

二一〇八番歌は、萩の花のひとときの美を観賞するために、花を散らすはずの風をも求めようという歌である。秋萩への好尚の深まりが秋の萩へのさまざまな動態への嗜好となってあらわれた歌の一首である。二一一〇番歌は、人々が口を揃えて秋萩を讃美する中で、あえて異を唱え、銀色に輝く尾花の高雅こそ秋らしいと主張した歌である。季節の景物に対し、それぞれが自分の美感で対していることがうかがわれる。だが、この歌も、いかに万葉びとが秋萩を愛したかという事実を示してもいる。二二〇番歌と二二三番歌とは、秋萩への思いを恋する人への思いと同じく「恋」と称している歌である。二二〇番歌は、心の通い合うことのできない秋萩に対して恋心を傾けて悩み苦しむようなことはすまいと、一旦は言いながら、その余りな美しさに堪り兼ねて、「しゑやあたらし（ええ、かまわぬ。やはり惜しい）」と、理性を捨てて秋萩への恋に没入しようという決意が歌われている。上三句の理性的な態度も、実は、瞬時にそれを捨てさせずにはおかない秋萩の美をいいたいためのものであった。二二三番歌は、「雄々しい男子としての心はなく、秋萩への恋の思いにのみかかずらっていてよいものだろうか」という意で、雄々しい心もなく秋萩に恋々としている自分を省み、あるまじきことと否定している歌である。否定しながらも、実は、現在そのような状態にあることを表現しているのであって、本意は、むしろ、理性をなくし秋萩への恋にとらわれていることの表出にある。これも、秋萩を愛好する人々の集う宴席で詠まれた歌であろう。

◇**黄葉**

黄葉もまた、早くから万葉びとの愛した秋の景物であった。天智朝の額田王の歌（一六）や天武天皇崩御後の挽歌（一五九）によって知られる。大津皇子の、

経《たて》もなく緯《ぬき》も定めず娘子らが織る黄葉《もみちば》に霜な降りそね（巻八・一五一二）

や、人麻呂歌集の、

妻ごもる矢野の神山露霜ににほひそめたり散らまく惜しも（巻十・二一七八）

朝露ににほひそめたる秋山にしぐれな降りそありわたるがね（巻十・二一七九）

など、黄葉を愛でその美しさをいつまでもと願う歌はいくらもあるが、平城遷都以後この傾向は一層顕著になる。

万葉集巻八には、天平十年十月十七日に、盛りを過ぎた黄葉を惜しんで橘諸兄の旧宅でその嫡男奈良麻呂が主宰した宴の歌が記録されている。

手折らずて散りなば惜しとわが思ひし秋の黄葉をかざしつるかも（巻八・一五八一）

めづらしき人に見せむと黄葉を手折りそわが来し雨の降らくに（巻八・一五八二）

右の二首は、主催者の奈良麻呂の歌と推測される歌であるが、手折ってこそ花も黄葉も十分に満足できるという万葉びとの花・黄葉に対する態度があらわれている。

黄葉《もみちば》を散らす時雨に濡れて来て君が黄葉《もみち》をかざしつるかも（巻八・一五八三）

宴の主賓として招かれたらしい久米女王の歌である。久米女王は、天平十七年正月に無位から従五位下になっており、初叙位のこの年、二十一歳であったとすれば、天平十年は、十四歳ということになる。父の名は明かでない。一方、奈良麻呂は、黄葉の宴を主宰したこの年、十八歳であった。

黄葉の過ぎまく惜しみ思ふどち遊ぶ今夜は明けずもあらぬか（巻八・一五九一）

宴の歌の結びは、大伴家持の歌である。家持は二十一歳であったが、弟書持や同族の池主、また同じ内舎人県犬養宿祢吉男も参加しているこの宴は、まさしく「思ふどち（親しい者同士）」の宴であったのだろう。

作歌事情を記さない巻十にも、黄葉への愛着を詠んだ歌は少なくない。

雁がねは今は来鳴きぬ我が待ちし黄葉早継げ待たば苦しも（巻十・二一八三）
秋山をゆめ人懸くな忘れにしその黄葉の思ほゆらくに（巻十・二一八四）
一年にふたたび行かぬ秋山を心に飽かず過ぐしつるかも（巻十・二二一八）

いずれも秋の黄葉への傾倒ぶりをうかがわせる歌である。二一八三番歌には、雁がすでにやって来て鳴いているので黄葉の季節になっているはずなのに、黄葉が見られないとは…と、黄葉を待ちこがれる思いが詠まれている。初二句に、特に「雁がねは今は来鳴きぬ」と言っているのは、雁と黄葉との取り合せを意識しているのかも知れない。二㐅四番歌は、宴席で黄葉の美しさをたたえる歌が詠まれる中で、ひとりの黄葉愛好者によって詠みだされた歌であろう。「秋山をゆめ人かくな」も、「忘れにしその黄葉《もみちば》」の表現も、黄葉を讃美する人々の前で歌いだされた時は、意表をつく言葉であったに相違ない。「思ほゆらくに」まで歌いだされて、はじめて人々は作者の言わんとするところを理解した。「黄葉を愛するわたしの気持はまさに苦しい恋に同じ、努力してやっと忘れることができたのに、誰かが秋の山を口にすれば、わたしはまたあの黄葉への恋に苦しまなくてはならない」という意である。秋萩の歌などと異なり、黄葉の美を主題にした歌は、どちらかといえば素直な詠みぶりのものが多く、趣向を凝らした歌は少ない。そういう中で、この歌は、際立っており人々の笑いを誘ったに相違ない。三㐅八番歌は、いくら賞美してもし足りない思いの残る愛すべき秋の山の最高の季節が終ってしまった嘆きを詠んだ歌である。「一年にふたたび行かぬ（一年に一度しか逢うことのできない）」という表現は、時を超えて現在の人にも通じる思いであろう。

◇七夕

七夕は、年中行事でも取り上げたが、ここでは、歌を中心に取り上げる。巻八に見える山上憶良の歌には、聖武天皇の皇太子時代である養老六年（七二二）、あるいは七年の七月七日に皇太子の命により詠んだ七夕歌や、神亀元年（七二四）七月七日に時の左大臣長屋王の宅で詠んだ七夕歌もある。また筑前国守時代にも、天平元年（七二九）、二年と大宰帥大伴旅人邸で詠んだ七夕歌があり、この頃、毎年皇族や貴族・高官の家で七月七日に七夕の宴が催され、詩歌が詠まれたことがわかる。天平八年の秋、遣新羅使人たちが、旅中七夕を迎え七夕歌を詠作しているのも、それが例年の習いとなっていたことを示すものであろう。だが、万葉集中最も早い歌は、天武天皇の時代に遡る。「この歌一首、庚辰の年に作る」と注記する人麻呂歌集の歌(二〇三三)である。「庚辰の年」は、天武九年(六八〇)説と天平十二年(七四〇)説とあったが、干支のみで年を記す形式は天平十二年ごろには見出しがたいとして、天武朝の「庚辰の年」であるべきことを主張した粂川定一論(「人麿歌集庚辰年考」国語国文三十五巻十号)によって、天武九年であることがはっきりした。この歌を初めとする人麻呂歌集七夕歌は、巻十の秋雑歌の部に三十八首見えるが、他の七夕歌に比較して、地上の男女の恋に変わらぬ詠み方をした歌が多いことが特徴的である。

我が恋ふる丹のほの面わこよひもか天の川原に石枕まく(巻十・二〇〇三)
彦星は嘆かす妻に言だにも告げにぞ来つる見れば苦しみ(巻十・二〇〇六)

時に「雲の衣」(二〇六三)とも称される上質の衣をまとい、「足玉も手玉もゆらに」(二〇六五)さやかな音を立てつつ織る織女を、二〇〇三番歌では、彦星を恋いつつ天の川原で石を枕に横たわる姿で描き、二〇〇六番歌では、七夕当夜でもないのに、嘆く妻を見かねて言葉だけでもかけようと織女のもとにやってきた彦星を詠む。

相見らく飽き足らねどもいなのめの明けさりにけり舟出せむ妻（巻十・二〇二二）
さ寝そめていくだもあらねば白栲の帯乞ふべしや恋も過ぎねば（巻十・二〇二三）
万代にたづさはり居て相見とも思ひ過ぐべき恋にあらなくに（巻十・二〇二四）

二〇二二番歌と二〇二三番歌の二首に問答歌的性格が見られ、心を残して出立しようとする彦星と別れを惜しむ織女星との「やりとりが、演劇的構成を思わせるような生き生きとした姿で」(注1)詠まれている。二〇二四番歌は、別れを惜しむ織女星をなだめ出立しようとする彦星の立場と解すべきであろう。このような問答歌的性格は、作者不明歌にも見られないわけではなく、

渡り守舟出し出でむ今夜のみ相見て後は逢はじものかも（二〇八七）
我が隠せる楫棹なくて渡り守舟貸さめやもしましはあり待て（二〇八八）

の二首なども、「逢うのは今回限りではないのだから」と自分に言い聞かせつつ舟出をしようとする彦星に、織女星が楫と棹とを隠しているからいくら渡し守でも舟は出せまいといって引き止める歌である。牽牛・織女の恋も地上の男女の恋に移したからこそ自由に感情移入をして詠み得た面があったのであろう。

漢籍に伝えるように、織女が渡河して彦星のもとに行くという形で詠んだ歌もあり、地上から天上

の二星の逢会に思いをはせるという歌もあるのだが、生き生きと楽しみつつうたったのは、地上の恋に重ねたそれであったろうと推測される。

五　季節歌巻にみる春・秋

季節歌巻としての、巻八と巻十には、天平十六、七年までの季節歌が編集採録されていると考えられる。年月明記の明らかなものは天平十五年八月までであるが、巻十七に天平十七年以前の拾遺歌を先立てて以下に天平十八年正月の歌から載せていることから、天平十八年正月以降が巻十七に採録されたと推察されるのである。

さて、巻八と巻十に分類収録された春秋の歌は左の通りである。

巻八　二百四十六首

春雑歌	一四一八～一四四七	三十首	
春相聞	一四四八～一四六四	十七首	（春計　四十七首）
夏雑歌	一四六五～一四九七	三十三首	
夏相聞	一四九八～一五一〇	十三首	（夏計　四十六首）
秋雑歌	一五一一～一六〇五	九十五首	
秋相聞	一六〇六～一六三五	三十首	（秋計　百二十五首）
冬雑歌	一六三六～一六五四	十九首	

冬相聞　一六五五～一六六三　九首　（冬計　二十八首）

巻十　五百三十九首

春雑歌　一八一二～一八八九　七十八首
春相聞　一八九〇～一九三六　四十七首　（春計　百二十五首）
夏雑歌　一九三七～一九七八　四十二首
夏相聞　一九七九～一九九五　十七首　（夏計　五十九首）
秋雑歌　一九九六～二二三八　二百四十三首
秋相聞　二二三九～二三一一　七十三首　（秋計　三百十六首）
冬雑歌　二三一二～二三三二　二十一首
冬相聞　二三三三～二三五〇　十八首　（冬計　三十九首）

巻八の春雑歌・相聞の計四十七首と夏雑歌・相聞の計四十六首がほぼ同数であるのに対し、秋雑歌・相聞の計百二十五首は、突出している。対して巻十の場合は、春雑歌・相聞の計百二十五首が、夏雑歌・相聞の計五十九首の二倍を優に上回るという違いがあるが、秋の優位は依然として変わりない。四季のなかでは、春と秋が特に風趣豊かで歌人文人に愛される季節であったと考えがちな立場からすると、巻八・十共に秋の歌の多さに比して春の歌の少なさが気になるところである〔表1〕。

いま少し万葉の年代の流れと季節歌の傾向を探るために、作者を明記する巻八の歌を、四期区分に従って、第一期（壬申の乱まで）・第二期（平城遷都まで）と第三期（天平五年、山上憶良の歌まで）、第四期（天平五年、大伴家持の歌から）とに分けて四季別にその歌数を示すと、左のごとくである。（注2）主観的判断で区切ったところもあるから、絶対的なものではないが、およその傾向はみられると思う。なお、煩雑になるのを避けて、以下雑歌相聞の区別をせず合計した歌数で示す。

第一期　秋三首。
第二期　春五首、夏四首、秋六首、冬一首。
第三期　春十首、夏六首、秋三十三首、冬六首。
第四期　春三十二首、夏三十六首、秋八十三首、冬二十一首。

春と秋の歌に注目して見ると、第一期は秋歌のみ、第二期は春、秋ほぼ同数、第三期は、秋歌は春歌の三倍強、第四期は、秋歌は春歌の約二・六倍であるから、第三期ほどではないが、秋の優位がなお顕著である。夏・冬の歌は本稿のテーマからはずれるが、第四期の夏歌が春歌を超えて多いことが注目される。大伴家持がほととぎすや花橘など夏の景物を愛したことはよく知られているが、巻八における家持の歌のみを取り出して四季別に歌数を示すと左のごとくなる。

巻八の家持歌〔表2〕
春　六首
夏　十七首

秋　二十五・五首(注3)

冬　二首

秋の優位は動かないが、夏歌の十七首は春歌の三倍近く、第四期の春歌に対する夏歌の優位にかなりの影響を及ぼしていることが認められる。事実、巻八の家持歌を除いた第四期は、春二十六首、夏十九首、秋五十七・五首、冬十九首となり、春歌は、夏歌の約一・四倍になって、第三期に近づく。

六　巻十七以降の季節歌

巻八と巻十とは、初期万葉から天平十六、七年までの季節歌を収録していると思われるから、この両巻のみで万葉の季節歌を概観することは出来るし、巻十七以降の歌の家持の越中の国守時代の歌の多さからくる風土の偏り、家持帰京後の政治状況の特殊さを思えば、巻八・十を以て万葉季節歌を代表させることはむしろ正しいとも思われるのだが、巻十七以降にも季節の宴がもたれ、季節の景物をテーマに詠んだ歌が多数見られるので、取り上げてみる。(注4)ただし、巻十七の天平十七年以前の歌は拾遺歌で偶然性が強いから調査の対象から除き、天平十八年以降の歌を、越中国守時代とその前後に分けて取り上げてみた〔表3〕。天平十八年正月の歌を天平勝宝三年秋の帰京後の歌と一括するのは、平城京の宮廷内の歌として帰京後の歌と共通する面があると思うからである。なお、天平宝字三年正月一日の因幡国守時代の一首は便宜的ながら帰京後の歌と一括した。

〔表3〕によると、越中国守時代の歌は、予想された以上に秋の歌が少なく、その分、春夏の歌が多い。平城京と異なる北陸の風土によると思われる。さらに、細かく見ると、春の中でも大部分（八五・三パーセント）は三月の作で、夏の歌の半数以上（五五・六パーセント）が四月の作である。当然予想されるようなことでもあるが、必ずしも一般的傾向と言いがたいことは、帰京後の歌の閏三月・四月の歌の少なさからわかる。

なお、越中国守時代前後の春二月の歌数の多さは、天平勝宝七歳（七五五）の防人関係歌によるもので、仮にこの期間の歌（四三二一～四四二四、四四三三～四四三五）を除くと、二月は二十三首、三月は十三首となり、閏三月を含む春四ヶ月の歌は五十八首となる。

天平十八年正月以降は、作歌月のわかるものは季節歌とはいいがたい歌もすべて取り上げたから、巻八・巻十とは単純に比較できないが、相聞歌・挽歌が少なく大部分が雑歌であることを思えば、この時期の歌の季節分類を試みたことも無意味ではないように思う。なお、天平十八年以降の家持歌の状況は〔表4〕に示した。

注1　倉林正次『饗宴の研究（文学編）』（桜楓社・昭和四十四年初版、平成四年再版二刷）。なお、人麻呂歌集七夕歌の性格と特徴に関しては、大久保正「人麻呂歌集七夕歌の位相」（『万葉集研究』第四集昭和五十年七月。『万葉集の諸相』明治書院　昭和五十五年）に詳しい。

2　第一期は、秋雑歌は、一五一一、秋相聞は一六〇七まで。第二期は、四季雑歌は、一四二二、一四六八、一五一五、一六三六まで。秋相聞は、一六〇九まで。

第三期は、春雑歌は、一四三一までと一四四七。夏・秋・冬雑歌は、一四七四、一五四二、一六四一まで。秋相聞は、一六一五まで。冬相聞は、一六五五。

3 〇・五首は、連歌の一六三五番歌。

4 巻三の譬喩歌の部に、比喩として用いられた季節の景物が取り上げられているほか、巻五・巻十五のように部立てを設けていない巻では、大宰府における梅花の宴の歌や、遣新羅使人の七夕・黄葉の歌、中臣宅守のほととぎす・橘の歌などがある。

5 越中国守時代は、三九二七番歌以下としたが、その中から作歌月不明として除いた三十二首は左の通りである。

三九三一〜三九四二、四〇一六、四〇六五、四〇八〇・四〇八一、四二二〇・四二二一、四二二四、四二二七・四二二八、四二三五、四二四〇〜四二四七、四二三六・四二三七。

帰京後の歌は、四二五七番歌以下としたが、その中から作歌月不明で除いた二十八首は左の通りである。

四二五七・四二五八、四二六〇・四二六一、四二六八、四二九三・四二九四、四四二五〜四四三二、四四三六〜四四四一、四四五五、四四五六、四四七七〜四四八〇、四四九一。

なお、三九二九・三九三〇は仮に七月に、四二六四〜四二六七は仮に閏三月とした。

◇巻８・10の季節分類　〔表１〕

	巻８	巻10
春雑歌 春相聞	30首 17首	78首 47首
春　計	47首　(19.1％)	125首　(23.2％)
夏雑歌 夏相聞	33首 13首	42首 17首
夏　計	46首　(18.7％)	59首　(10.9％)
秋雑歌 秋相聞	95首 30首	243首 73首
秋　計	125首　(50.8％)	316首　(58.6％)
冬雑歌 冬相聞	19首 9首	21首 18首
冬　計	28首　(11.4％)	39首　(7.2％)
総　計	246首	539首

◇巻８の家持歌　〔表２〕

春雑歌 春相聞	2首 4首
春　計	6首　(11.9％)
夏雑歌 夏相聞	13首 4首
夏　計	17首　(33.7％)
秋雑歌 秋相聞	16首 9.5首
秋　計	25.5首 (50.5％)
冬雑歌 冬相聞	1首 1首
冬　計	2首　(4.0％)
総計	50.5首

◇天平 18 年正月以降の歌の季節分類（注 5）　〔表 3〕

	歌数	越中国守時代	越中国守時代前後
正月	32 首	12 首　4017～4020、4136、4137、4229～4234	20 首　3922～3926 4282～4288、4298～4301、4493～4495、4516
2 月	134 首	7 首　3962～3966、4138、4238	127 首　4289～4292、4321～4424、4496～4514
3 月	126 首	110 首　3967～3987、4032～4064 4073～4079、4139～4176 4021～4031、	16 首　4302～4304、4433～4435、4457～4464、4481、4482
閏 3 月	6 首		6 首　4262～4267
春計	298 首	129 首　（43.3 %）	169 首（71.3 %）
4 月	66 首	65 首　3988～4007、4066～4069、4082～4084、4177～4210、4239、(4070～4072)	1 首　4305
5 月	47 首	37 首　4008～4010、4085～4110、4211～4218	10 首　4442～4449、4450、4451
閏 5 月	11 首	11 首　4111～4121	
6 月	11 首	4 首　4122～4124、4219	7 首　4465～4470、4483
夏計	135 首	117 首（39.3 %）	18 首（7.6 %）
7 月	25 首	7 首　3927～3930、4125～4127 （注 6）	18 首　4306～4314、4515、 4315～4320、4484、4485
8 月	28 首	23 首　3943～3956、4248～4256	5 首　4295～4297、4452、4453
9 月	10 首	10 首　3957～3959、4011～4015、4222、4223	
秋計	63 首	40 首（13.4 %）	23 首（9.7 %）
10 月	2 首	1 首　4225	1 首　4259
11 月	28 首	6 首　3960、3961、4128～4131	22 首　4269～4281、4454、 4471～4476、4486、4487
12 月	9 首	5 首　4132～4135、4226	4 首　4488～4490、4492
冬計	39 首	12 首（4.0 %）	27 首（11.4 %）
総計	535 首	298 首	237 首

◇天平 18 年正月以降の家持歌の季節分類　〔表 4〕

	越中国守時代	越中国守時代前後
1 月 2 月 3 月 閏 3 月	9 首 18 首 71 首	9 首 31 首 11 首 2 首
春	98 首 (43.9 %)	53 首 (57.0 %)
4 月 5 月 閏 5 月 6 月	45 首 33 首 11 首 4 首	1 首 4 首 7 首
夏	93 首 (41.7 %)	12 首 (12.9 %)
7 月 8 月 9 月	3 首 14 首 9 首	18 首 2 首
秋	26 首 (11.7 %)	20 首 (21.5 %)
10 月 11 月 12 月	1 首 2 首 3 首	1 首 5 首 2 首
冬	6 首 (2.7 %)	8 首 (8.6 %)
総計	223 首	93 首

冬の「月を詠む」
――家持「雪月梅花を詠む歌」覚書――

新谷秀夫

はじめに

平成五年三月二十六日、新しい勤務地である高岡市へと引っ越してきた。春分も過ぎたというのにまだまだ寒く、みぞれ降るなかで引越業者の若者たちは、本ばかりの重たい荷物をひとつひとつ新居のなかへと運んでいた。《これからどうなるのだろうか?》心のうちを見透かしでもしたのか、みぞれは静かに降り続いていた。これが、高岡ではじめて体験した「雪」である。

最近、万葉歴史館以外でも講演する機会が増えてきた。講演のあとに話しかけられることが多く、とくに冬には、私が昭和三十八年生まれであることを契機として「三八豪雪《さんぱち》」が話題にのぼることがある。昭和三十八年一月十五日から降り出した雪は、約二週間あまりにわたって止むことはなかった。富山市や高岡市の中心繁華街のアーケードが雪の重みで倒壊し、北陸本線が全面運休した二十六日、万葉歴史館がいまある伏木の積雪は二二五㎝にも達した。このまれにみる雪害をもたらした「三八豪雪」は、もうひとつの「五六豪雪」（昭和五十六年一月十四日、高岡の積雪は一五三cmに達した）とともに、雪の恐ろしさをまざまざと思い知らされた年として、いまなお深く北国の人々の心に刻みつけられている。近年はさほど降り積もることもなくなったが、それでもやはり太平洋側にくらべても「雪国」であることはまちがいない。

「すこしづつ雨が形と色をもち街はしづかに冬へとあゆむ」　私が属する富山の短歌結社のさる歌会に提出した拙詠である。「地元の人間の歌ではない」と指摘する人がいて、無記名も無に帰した。雪国で生まれ育った者ならば、降りはじめた空をながめて「ああ、またいやな雪だ」と思い悩むことはあっても、それを美しく捉えようとすることはほとんどない。それが歌会での批評の主眼だった。

さて、三題噺よろしく「雪」をめぐる感慨を並べたが、じつは万葉歴史館に勤めるなかで少しずつ家持歌をよむようになって、ずっと気にかかっていることがある。《なぜ家持は、越中で「雪」をあまり詠まなかったのか？》天平十八年（七四六）に越中国守として赴任してきた家持は、天平勝宝三年（七五一）に都へ戻るまでに五度の冬を経験している。その家持が、はじめて越中で「雪」を詠歌対象としたのは天平勝宝元年（七四九）十二月、越中生活四年目の冬に詠んだつぎの歌である。（補記）

宴席に雪月梅花を詠む歌一首

雪の上に　照れる月夜《つくよ》に　梅の花　折りて送らむ　愛《は》しき児《こ》もがも　（巻十八・四一三四）

右の一首、十二月に大伴宿禰家持作る。

日本の自然の美しさを代表することば「雪月花」。この「雪月花」ということばのふくみ持つ本質については、中西進氏「雪月花―美の秘奥」(注1)が短かいながらも的確にまとめられており、参考となる。ここで氏は、従来「雪月花」の典拠としてしばしば言及される白居易の詩をたんに風雅な季節の代表として捉えることの誤りを指摘された。そのなかで、

この歌は明らかに三者の取り合わせに興じたもので、偶然に三者が存在したのではない。この時越中という北国にいた作者は、雪上を照らす月に感動し、そこに梅の花の取り合わせることをもって、美の極致を感じた。その美を頒かつ者として、愛すべき女人を要求するほどに。

と述べておられるのが正鵠《せいこく》を射た解釈だと感ずる。

春遅い北国では、時として人の背丈を超えるほどに雪が降り積もることがある。文明の利器におおわれた現代でさえ、雪は生活に悪影響を及ぼすことがあるのだ。家持がいた時代の積雪量は推測すらままならないが、雪をあまり詠むことがなかった理由はそのあたりにあるのではないか… そのようななかで、越中赴任四年目にしてはじめて雪を詠歌対象とした家持。中西氏が指摘されたように、あくまでも「雪月梅花」の取り合わせに興じたにすぎないこの歌は、まさに《都びと》の歌世界をかもし出しているのではないか… さきの歌会で、ふとそのような気がした。「気がした」というのが、そのときの感慨を的確にあらわしていると思う。

このとき「雪月梅花」の取り合わせに興じた家持の眼前に梅が咲いていた可能性は少ない。おそらく家持は、雪のうえに照り映える月の美しさに感懐をもよおしたにすぎないのであろう。雪はまさに

冬を代表する景物であるが、冬の月はさほど詠まれない。そのようななかで『萬葉集』（以下たんに萬葉集と記す）に唯一、冬の「月を詠む」歌（二三三二）が巻十「冬雑歌」に存することは看過できない。本稿ではこの歌に着目し、家持の「雪月梅花を詠む歌」が詠まれた背後にこの部立《ぶたて》の存在がひそんでいたのではないかという卑見を提示したい。

一　家持の「大雪」

家持と雪の問題については、すでに本論集第三冊『天象の万葉集』で当館の田中夏陽子研究員が先行研究をふまえて論じているのを参考願いたい。しかし、稿者と見解の異なるところも存し、あらためて家持は越中の雪をどのように感じていたかについて検討してみたい。

十一日に、大雪降り積《つ》みて、尺に二寸あり。因《よ》りて拙懐《せつくわい》を述ぶる歌三首（うち一首）

大宮《おほみや》の　内《うち》にも外《と》にも　めづらしく　降れる大雪　な踏みそね惜《を》し　（巻十九・四二八五）

都に戻った家持の天平勝宝五年（七五三）正月十一日の詠歌である。湯浅吉美氏編『増補日本暦日便覧』(注2)によるといまの暦で二月十八日にあたるこの日、都で「大雪」が降り積もった。「尺に二寸」は約三六㎝の積雪であるが、前年の十二月二十四日にすでに立春をむかえていることから、まさに「春の大雪」(注3)だったと思われる。

「沫雪《あわゆき》」を論ずるなかでこの歌群について言及された宮川久美氏も指摘された(注4)ように、暦のうえでは春であってもまだまだ寒さの続くこのころに雪が降ることはままある。しかし、

飛島(ママ)には雪はめったに降らない。降ってもせいぜいほんの白くなる程度です。大雪なんか絶対に降らない。…(中略)…この歌(稿者注　巻二・一〇三を指す)一つだけで、わが里に大雪が降った、一メートルぐらいかな、などと思ったら大まちがいです。わが里に大雪降れりは、飛鳥の雪です。大雪という言葉には作者の喜びが一杯です。

と当館の名誉館長であった犬養孝氏が指摘された(注5)ように、都の大雪はやはり「めったに降らない」ものであろう。飛鳥と平城京とのあいだには南北間の微妙な位置差が存するが、この指摘に訂正を要するほどではない。この日降り積もった雪は一尺二寸。その「めづらしく降れる大雪」を「な踏みそね惜し」とうたう家持の感懐は、まったく嘘偽りのないものであったにちがいない。

ところで、『春秋左氏伝《しゅんじゅうさしでん》』の隠公《いんこう》九年三月の部分に「庚辰大いに雪雨《ふ》る。亦之《またか》くの如し。時の失《しっ》を書《しょ》するなり。凡《およ》そ雨三日より以往《いわう》を霖《りん》と為《な》し、平地、尺《せき》を大雪と為す。」という記事がある。平地で一尺を超えると大雪であるとは、そのまま平城京に通用しうると思われる。つまり、めったに大雪の降ることのない都で育った家持にとって、一尺を超える雪はまさに「めづらしく」驚くべきことだったと言っても過言ではなかろう。

しかし、いまなお豪雪地帯の名をほしいままにする北陸の本格的な大雪は、この程度のものではない。家持は、その一端を萬葉集に書き残している。

右、天平十八年八月を以《もち》て、掾《じよう》大伴宿禰池主大帳使《だいちやうし》に付して、京師《みやこ》に赴《おもぶ》く。而《しか》して同じ年十一月、本任に還《かへ》り至りぬ。仍《よ》りて詩酒の宴を設《まう》け、弾糸《だんし》飲楽す。この日、白雪忽《たちま》ちに降り、地《つち》に積《つ》むこと尺余なり。この時復《また》、漁夫《あま》の舟、海に入り瀾《なみ》に浮けり。ここに守《かみ》大伴宿禰家持、情《こころ》を二眺《にてう》に寄せ、聊《いささ》かに所心《おもひ》を裁《の》べたり。

（巻十七・三九六〇〜三九六一の左注）

「相歓《あひよろこ》ぶる歌二首」の左注で、越中に赴任した年の冬十一月の記述である。具体的な日付は記されていないが、池主を慰労する「詩酒の宴」は十一月中におこなわれたと考えられ、いまの暦で十二月中旬から一月中旬にあたる。波線部に一尺を超える積雪を記す家持は、つぎの詠歌を残す。

庭に降る　雪は千重敷《ちへし》く　然《しか》のみに　思ひて君を　我《あ》が待たなくに　（巻十七・三九六〇）

はじめに、越中で「雪」をはじめて詠歌対象としたのは「雪月梅花を詠む歌」であるとしたが、この歌に雪が詠まれているではないかと疑問を呈する意見もあろう。しかし、いま詳細に論ずる余裕はないが、『新編全集』が頭注で

この雪の深さも相当のものだが、わたしが君の帰任を待ち焦がれていた気持はその幾層倍も深いのだ、という気持。

と述べ、この二首を詳細に論じた鈴木利一氏も指摘された(注6)ように、歌の主眼はあくまでも下三句、つ

まり帰任した池主に対する家持の心情を述べることにある。そして、その思いの程度を強調するために積雪をもってうたい出したのであって、けっして「雪」そのものが詠歌対象だったわけではないと考える。二重傍線部に家持みずからが記すように「白雪」と「漁夫の舟」という「二眺」に託して、池主に対する「所心」を述べた、それが「相歓ぶる歌」なのだ。

この左注で、鈴木氏が指摘する「日本海の荒波を表現するのに、よりふさわしい」大波をあらわす「瀾」を使用した家持は、それと対《つい》になる越中の「白雪」を「尺余」と表現した。さきにも言及したように、《都びと》家持にとって一尺を超える雪は大雪である。しかも、その雪は「忽ちに降」ったとある。予期せぬうちに瞬く間に「尺余」にいたる雪。それは北陸の積雪そのものであり、おそらく家持がはじめて経験した大雪であったにちがいない。

もう一例、天平勝宝三年（七五一）に積雪についての記述が存する。

> 右の一首の歌、正月二日に、守《かみ》の館《むろつみ》に集宴す。ここに、降る雪殊《こと》に多く、積みて四尺あり。即《すなは》ち主人《あろじ》大伴宿禰家持この歌を作る。　（巻十九・四二二九の左注）

この年の正月二日は立春当日であり、いまの暦で二月一日にあたる。以前にいささか言及したこともあるが、(注7)ここに積雪「四尺」の記述がある。近年でも平成八年一月三十一日に、当時の越中国庁の故地であり万葉歴史館のある伏木で、その冬最高の積雪を記録した。また北陸では、立春のころが年間でもっとも気温の低い時季であり、「節分寒波」とも称されるこの時季に大雪が降ることはけっして珍しいことではない。しかし、家持にとって「四尺」という一mを超える積雪は、それこそ大雪であった。「殊に多く」という記述には、そのような家持の驚きがこめられていると感ずる。

《都びと》家持にとって越中の雪は、まさに「大雪」であったにちがいない。そのことは、越中以前に経験したであろう積雪についてふれたつぎの記述も参考となる。

天平十八年正月、白雪多く零《ふ》り、地《つち》に積むこと数寸なり。ここに左大臣橘卿《たちばなきやう》、大納言藤原豊《とよ》成朝臣《なりあそみ》また諸王諸臣《しよわうしよしん》たちを率《ゐ》て、太上天皇の御在所《みましどころ》 中宮の西院 に参入《まゐ》り、仕《つか》へ奉《まつ》りて雪を掃《は》く。

……

（巻十七・三九二二～三九二六の題詞）

越中に赴任する年の正月の記述で、「数寸」の積雪を「多く零」ったと記す。引用末尾にあるように、掃いて除雪できる程度でさえも「多く」と記すことから、本節冒頭で引用した「尺に二寸」を超える積雪は、都ではそれこそ大雪であったにちがいない。ましてや雪国・北陸である。

家持の「立山の賦」に、「…新川《にひかは》の　その立山《たちやま》に　常夏に　雪降り敷《し》きて…」（巻十七・四〇〇〇）「立山に　降り置ける雪を　常夏に　見れども飽《あ》かず　神《かむ》からならし」（四〇〇一）とうたわれる、夏になっても雪をいただく立山。家持にとってそれははじめての景観であった。そして、遠く見はるかす山並みに夏になっても残る越中の雪は、きっと家持にとって《驚異》（注8）だったにちがいない。

二　雪月梅花を詠む歌

あまりにも冗長な記述を重ねてきたが、家持がはじめて経験した越中の雪の《驚異》は、なかなか詠歌として結実することはなかった。生活に支障をきたすことの多い積雪は、とくに雪国で生活するものにとっては迷惑至極なものにほかならない。そして、越中の冬をはじめて経験することとなった《都びと》家持に「大雪」を詠むほどの余裕が生まれるには、前節で左注のみを引用した天平勝宝三年（七五一）、まさに帰京する年の正月二日の歌（巻十九・四二二九）を待たなければならなかった。

しかし、その家持が天平勝宝元年（七四九）十二月、越中ではじめて「雪」を詠歌対象とした歌を残している。煩瑣《はんさ》をいとわず、歌のみを掲げおく（以下、本稿では当該歌と称する）。

雪の上に　照れる月夜《つくよ》に　梅の花　折りて送らむ　愛《は》しき児《こ》もがも　（巻十八・四一三四）

ここでは、まったく積雪量について言及しない。当時の積雪がいかほどであったかは推測さえままならないが、前節で検討してきた家持の「大雪」をめぐる感慨とは一線を画するものとして捉えなければならないと考える。

萬葉集末四巻の家持歌日誌における当該歌の記載の異例さについては、伊藤博氏『釋注』に的確なまとめがなされている。そして、その伊藤氏がふまえられたように、事実は独詠の題詠歌で、「宴に雪月梅花を詠む」という全体が詠題であったか、あるいは実際宴席で詠んだのだが、「雪月梅花」を詠題として詠んだことのみが重要であったので場を記録する必要を認めなかったということになろう。

という正鵠を射た指摘が阿蘇瑞枝氏によってなされている。(注9) 場の記録よりも「雪月梅花」の取り合わせに興じたことのみを記録したかった。そう考えると、記載の異例さの説明はつくであろう。

ところで近年、芳賀紀雄氏と斉藤充博氏が当該歌を詳細に論じられた。(注10) とくに比較文学的視点で有益な論稿を数多く発表されている芳賀氏は、中国の詠物詩の実例や家持歌にいたるまでの『懐風藻』をふくめた上代文学における詠物の実態などを検討されて、つぎのように結論づけられた。

家持にとっては、『懐風藻』の「翫二花鴬一」「春日翫二鴬梅一」が先蹤として残り、自身の長歌における「なでしこ」と「ゆり」を詠む「庭中花作歌」の試みを経て、花鳥のみならず、「雪」「月」「梅花」を取り合わせることに、いささかも抵抗はなかったはずである。むしろ美的かつ風流なものとして、積極的に取り合わせる態度をのぞかせていよう。

この指摘もまた、さきの阿蘇氏と同様に「取り合わせ」に興じた家持の姿を浮かび上がらせている。はじめに言及したように、当該歌はあくまでも「雪月梅花」の取り合わせに主眼があった。とくに「梅花」は実景でないふしがあり、巻十七の四三八番歌の左注に「越中《こしのみちのなか》の風土《ふうと》に、梅花柳絮《ばいくわりうしよ》三月にして初めて咲くのみ」とあることが根拠となる。これもまた、越中に対する《驚異》を家持みずからが書き記した例のひとつだが、越中では三月になってはじめて梅が咲くとあることは無視できない。

ア　十二月《しはす》には　沫雪降ると　知らねかも　梅の花咲く　含《ふふ》めらずして　（巻八・一六四八）
イ　今日降りし　雪に競《きほ》ひて　我がやどの　冬木の梅は　花咲きにけり　（巻八・一六四九）
ウ　沫雪《あわゆき》の　このころ継《つ》ぎて　かく降らば　梅の初花《はつはな》　散りか過ぎなむ　（巻八・一六五一）

いずれも「冬雑歌」におさめられた歌である。イは雪に負けまいと咲く梅を詠んだ家持の「雪梅の歌」である。この梅は、ウの坂上郎女歌にあるような「初花」と考えられる。しかし、そのウが雪に初花が散らされるとうたうことに注目すると、雪のなかに咲く梅は尋常なことではなかったと思われる。のこるアは紀小鹿女郎《きのおしかのいらつめ》の「梅の歌」である。家持と同じ十二月の梅を詠んだこの歌についてはあらためて後述するが、家持の当該歌に少なからぬ影響を与えたと考えられている。

三首のみを掲げたが、十二月にはまだ「沫雪」が降るのにも気づかず花開く梅の花、その沫雪に散らされる「梅の初花」など、尋常でないとしとも雪のなかに早咲きする梅という設定は、萬葉集を鑑みるかぎりけっして矛盾することではないと言えよう。

しかし、これらの歌はいずれも《都びと》の歌である。雪のなかに咲く梅は、あくまでも都に生きた歌人の手になる歌においてのみ成立した設定であったと言っても過言ではない。前節で言及したように、都と越中では雪のありようが違う。ここは越中の十二月に梅が咲いていたと考えるよりも、雪と梅の取り合わせ(注11)にあくまでも興じたとしなければならないのではなかろうか。

さらに、歌が「雪の上に照れる月夜」のなかで「梅の花折りて送らむ愛しき児」が「もがも」、いたらいいのにと願うという構造になっていることにも注目すべきである。梅はあくまでも願望のなかで「愛しき児」に送る素材としてうたわれているにすぎない。はじめに中西氏の解釈を紹介したが、雪のうえに照り映える月に感動した家持はそこに梅を取り合わせることで美の極致を表現したかった。実景ではない梅を「雪の上に照れる月夜」に取り合わせる、それは《都びと》の歌世界のなせる技ではなかろうか。

雪のなかに咲く梅の花を愛する人のもとへ贈ることを詠んだ「沫雪に　降らえて咲ける　梅の花君がり遣《や》らば　よそへてむかも」（巻八・一六四一）という歌などが、家持の脳裏にあったかもしれない。その年の積雪がいかほどであったかまったく語らない当該歌は、本節で引用してきた巻八「冬雑歌」所収歌と同じく、まさに《風流》の世界に遊ぶものであろう。家持にとって、越中の雪は余裕をもって歌にできるほどのものではなかった。しかし、そのような状況下に家持は《都びと》の歌世界をもってしてはじめて越中の「雪」を捉えたのである。

当該歌について『釋注』は、「生まれるべくして生まれた」と評する。これは、天平勝宝二年（七五〇）三月の巻十九巻頭「越中秀吟」（四一三九〜四一五〇）への先蹤として、さらに同年に集中する「…を詠む」と明記された詠物歌への先蹤として位置づけることを意味しての発言である。この指摘も、当該歌がまさに《都びと》の歌であることを浮かび上がらせることになる。

ところで、雪のうえに照り映える月という取り合わせは、じつは家持が最初の発見者である。この点について芳賀紀雄氏は、

> 実景を写したにすぎないとも言えようが、萬葉集中の孤例となったこと、詩文の表現を意欲的に摂取するという家持の従前からの態度を斟酌すれば、
>
> 照レ雪光偏冷、臨レ花色転春　（梁庾肩吾「和ニ徐主簿望レ月詩」、芸文類聚・初学記ともに月）
>
> 積如レ沙照レ月、散似レ麵従レ風　（初唐張説「奉レ和喜レ雪応制一首」、張説之文集巻二）
>
> などに拠ったと見て、大過ないのではあるまいか。

と指摘された。(注12) たしかに氏が引用する漢詩文の表現は、当該歌と共通する世界をかもし出している。近年さまざまに指摘されている家持の漢詩文受容の様態からすれば、正鵠を射た指摘であろう。《都びと》の歌世界をかもし出す当該歌の始源は、芳賀氏の指摘にあるように漢詩文受容のなかに存するのであろう。しかも萬葉集には、雪のうえに照り映える月を詠む歌は当該歌以外に存せず、その受容は「孤例」となる。しかしまた、「実景を写したにすぎない」可能性も看過できない。萬葉集に見える冬の「月を詠む」歌を鑑みると、いまひとつの「生まれるべくして生まれた」背景が浮かびあがってくることに本稿は注目したい。はじめに言及したように、冬の「月を詠む」歌をふくむ巻十「冬雑歌」も当該歌の始源となりうると考えられるのである。そしてかすかではあるが、そこにも漢詩文の受容が見えかくれしていることを付言しておきたい。

三 「雪月梅花」の始源

家持は《都びと》の歌世界をもって「雪の上に照れる月夜」の美を歌にした。冬を代表する景物「雪」に対して、萬葉集において「冬の月」はさほどうたわれることはない。ましてその雪と月をはじめて取り合わせたのは、家持自身であった。そこで本節では、数少ない冬の月を詠んだ歌を一瞥しつつ、当該歌が生まれた背後についていささか考えてみたい。

下田忠氏は、萬葉集に詠まれた月について概観された論稿(注13)のなかで、冬の月について、

上代の人びとは冬の月にあまり関心を寄せなかったとみえ、万葉集でも冬の月を詠んだとはっきり判断されるのは九首で、四季の中では最少である。

とまとめられた。九首と数字を掲げながらもすべての歌を提示されないために、下田氏が言う冬の月の歌とはどれを指すのか掌握することはできないが、巻八・巻十のいわゆる四季分類の歌巻に四首の冬の月の歌が見えることにここでは注目する。

A　ひさかたの　月夜《つくよ》を清《きよ》み　梅の花　心開《ひら》けて　我《あ》が思へる君　(巻八・冬相聞・一六六一)
B　誰《た》が園の　梅の花そも　ひさかたの　清き月夜に　ここだ散り来《く》る　(巻十・冬雑歌・二三二五)
C　さ夜更《よふ》けば　出《い》で来《こ》む月を　高山の　峰の白雲　隠してむかも　(巻十・冬雑歌・二三三二)
D　我《わ》がやどに　咲きたる梅を　月夜良《よ》み　夕々《よひよひ》見せむ　君をこそ待て　(巻十・冬相聞・二三四九)

Cをのぞき、いずれも「梅」とともに詠まれる。とくにA・Dは相聞歌であり、月下に花開く梅が、「君」を待つ女の姿と重ねあわせてうたわれている。これらから、方向は異なるけれども、「折りて送らむ愛しき児もがも」という願いを雪に照り映える月夜のもとにうたいあげたのが、けっして家持ひとりの嗜好《しこう》ではなかったと言えよう。さらに、Bもふくめた「月夜の梅」という設定そのものが「家持の生きていた時代の時代的な好み」(注14)であったと言っても過言ではなかろう。

とくに前節でも登場した紀小鹿女郎の歌(A)がふくまれていることをめぐって、佐藤隆氏が当該歌はその影響下に制作されたものだと指摘された。(注15)青年期の家持の歌を考えるうえで彼女は、妻となった坂上大嬢に次いで重要な人物であることはまちがいない。歌を贈られた女性にかならずしも応えたわけではない家持が、彼女に対しては別格のように応えているところを見ると、A歌の影響を鑑みるのも当然のことであろう。

ところで、この紀小鹿女郎の詠歌をめぐっては漢語の摂取が指摘されている。(注16)Aについても中川ゆかり氏が、第四句の原文「心開」に漢語摂取を指摘された。(注17)これをふまえて浅野則子氏が、

彼女がうたい上げたこの景は、万葉集の中で、時代の表現の変化を受けて成り立ちうるものといえよう。家持が求めたうたのおんなの表現は、時代をよみとるおんなのものであった。

と述べられたのが、(注18)家持と彼女の親交を的確に捉えていると考える。つまり、家持にとって紀小鹿女郎はたんなる相聞歌の贈答相手だったわけではなく、「時代をよみとる」彼女の歌世界がまさに「家持が求めた」世界であった。だからこそ彼女に対しては別格のように歌で応えたのであろう。そし

て、そのような彼女に応えた家持の歌に、その教養にふさわしく漢語摂取に拠った歌（巻四・七六四）が存するという小野寛氏の指摘（注19）も看過できない。

この紀小鹿女郎の影響下に当該歌が生まれたとする佐藤氏の指摘は重要な意味を持つ。たしかに前節で引用したアは、「十二月」という月名が歌に使用された萬葉集中の孤例であり、「十二月には沫雪降る」という言い回しを背景に当該歌が生まれたと考えうる。しかし、そのアは沫雪降るなかに咲く梅を見つめての、本節で掲げたAは月夜に花開く梅にわが身をなぞらえての詠歌である。ふたつの歌の主眼はあくまでも「梅」にある。雪の月夜の美しさに梅の花を送りたい愛しい人を想起するという当該歌の世界は、彼女のこれらの歌に学んだものかもしれない。しかし、すでに言及してきたように当該歌の主眼は、「雪の上に照れる月夜」の美を眼前に発見したことにある。その点で彼女の歌は、始源としてはいささか役不足のように感ずるのである。

そこに、残ったCの存在があるのではなかろうか。萬葉集で唯一、冬の「月を詠む」として分類されたこの歌は、なにを根拠に冬の歌としたか疑問視される場合が多い。巻十において「月を詠む」という分類は春と秋に見えるが、それらの歌はいずれもその季節に結びついた景物とともに詠まれる。しかし、C歌には冬と結びつく景物がまったく見られないのである。

「極めて単純であるが、平明清澄、一種の風韻がある」（佐佐木『評釋』）、「清雅な作品」（『増訂全註釋』）と評される反面、「余りにも平凡」（『私注』）と酷評もされるC歌だが、窪田『評釋』が

夜更けて出る月を待ち、その出る山の雲を気にしている心である。月を美観とせず、月光を利用

しようとする心であろう。

と評したのが正鵠を射た解釈であろう。そこで、家持の当該歌と同じく月光を詠歌対象としたと思われるCをふくむ巻十「冬雑歌」末尾部分と家持とのかかわりについて考えてみたい。

四　巻十「冬雑歌」と家持

巻十の内部構造や編纂・成立についてはすでに多くの論稿が発表されており、稿者もその一端を公表したことがある。(注20) それらのなかで、阿蘇瑞枝氏が担当された『全注』の「万葉集巻第十概説」(以下、たんに「概説」と称する)はもっとも微に入り細にわたるもので、おおいに参照すべきものとして存する。そこで氏が、

巻十のような作者不明歌巻の場合、その編集意図に照らしても季節歌を詠作享受する場と密接に関わっていたものと考えられる。…(中略)…万葉集季節歌は、神亀・天平のころを頂点としてその後久しく衰微に向かったと考えざるを得ない。巻十の成立時期としては、家持の越中赴任前後数年がもっともふさわしいと思うのである。

と推定されたのが、巻十の成立に関するもっとも穏当な見解であろう。

また、萬葉集の構造と成立をめぐる論稿を数多く発表なさっている伊藤博氏(注21)は、巻十にみる人麻呂歌集のありようから、現存する巻十に先立つものとして〈秋の詠物歌集〉の存在を説かれた。そして、巻七「雑歌」部の原形であろう〈無季詠物歌集〉と姉妹編を成した可能性を推定され、その編者

は「李嶠《りきょう》百二十詠」を楽しむ心でこれらの巻々を織りなしたのではないかと考えられた。つまり、

秋の詠物歌集（養老末年）　→　巻十原本（神亀年間　金村・赤人ら宮廷歌人と奈良朝の風流侍従たち）　→　巻十現存本（天平十七年段階の家持たち）

と、二十余年にわたって巻十は成立したのではないかと推定されたのである。さきの「概説」に近しい見解であり、稿者も拙稿においてこれらの推定に賛意を示した。

最終的に現存する巻十が成立した段階が家持の越中赴任前後であろうという指摘は、本稿においてもきわめて有益である。とくに伊藤氏が着目した「李嶠百二十詠」[注22]は、「冬の月」歌を考えるうえで重要な指針となること後述する。そして、「冬雑歌」の末尾部分こそは、氏の指摘した最終段階で巻十に追補された部分のひとつなのである。考察を進めるにあたり、一括して掲げおく。

① 雪寒み　咲きには咲かず　梅の花　よしこのころは　かくてもあるがね　（詠レ雪　二三二九）[注23]
② 妹《いも》がため　上枝《ほつえ》の梅を　手折《たを》るとは　下枝《しづえ》の露に　濡れにけるかも　（詠レ露　二三三〇）
③ 八田《やた》の野の　浅茅色付《あさぢいろづ》く　愛発山《あらちやま》　峰の沫雪《あわゆき》　寒く降るらし　（詠二黄葉一　二三三一）
④ さ夜更《よふ》けば　出《い》で来《こ》む月を　高山の　峰の白雲　隠してむかも　（詠レ月　二三三二）

巻十において、②の分類基準「露」は夏・秋にも存し、けっして冬の景物と限定しうるわけではない。③の「黄葉」も秋の景物として固定している。また④の「月」は春と秋に存し、②に同じい。と

ころで、巻十は、明確に季節と結びついた景物によってそれぞれの歌を分類したと考えられている。③は「沫雪」が詠まれていることから冬に分類されたと思われるが、②は春にも詠まれる「梅」、④はまったく冬と結びつく景物がないという状況にある。

①→　一首一資料のまま最後に据えた
③→　いかにも、追補の便宜の営みであるさまが窺える
④→　追補者の歌で、事実冬に詠んだ歌であるままにここに置いた

と『釋注』が推測されたように、おそらくこれら四首は、追補されたときの資料には存したであろう「冬」を示す根拠に拠って分類されたのであろう。また、「追補者の歌」と限定するには至らずとも、巻十に追補された時期の「冬」歌に対する美意識の反映を見てとるに大過ないと考える。

②は梅と露の取り合わせの歌である。この歌について『全注』は、萬葉集に見える愛する人に贈り物をするために苦労したことを詠む歌の多くが「庶民の生活の中から生まれた」ものであることをふまえて、

贈物が食料となる菱やゑぐではなく、貴族・官人に好まれた梅の花の枝であり、濡らしたのは、池や沢の水ではなくて、玉にも譬えられる枝の露であったところに違いがある。苦労というよりは、その風流ぶりを顕示していると見てよいであろう。

とされたのが正鵠を射た解釈であろう。梅の歌は萬葉集に一一九首存するが、作歌年代はほぼ第三期以降に限られる。ちなみに「上枝の梅」は萬葉集中の孤例であるが、「…咲きをる　桜の花は

……上枝は　散り過ぎにけり　下枝に　残れる花は…」（巻九・一七四七）という用例から、早くに咲いた梅をあらわすと考えられ、②を「冬」に分類する基準となったと思われる。

ところで、巻十にはもう一首この取り合わせの歌が存し、思うようにならない恋のつらさを表現する「消ぬべく」を起こす序のなかで、梅の下枝の露が詠まれている。

咲き出照《でて》る　梅の下枝に　置く露の　消《け》ぬべく妹に　恋ふるこのころ　（寄レ露　二三三五）

眼前の景を捉えたものであろうが、「露の置く場所を明細に叙述した」（『増訂全註釈』）ところに「苦心して設けた跡の見える」（窪田『評釋』）歌である。この歌の結句「このころ」の原文「頃者」が漢語摂取に拠る表現であることに注目するならば、梅に露を取り合わせたこれらの歌は、おそらく梅を詠むという「風流ぶり」がある程度熟したあとの所作であると見ても大過ないであろう。

同じように①の第四句にも「このころ」が存する。その原文「比来」もまた漢語摂取に拠るが、書簡類に多く見られる「口語性[注24]」の漢語であることは注目に値する。さらに、結句の原文「然而」を「かくて」と訓むのも、西大寺本《さいだいじ》『金光明最勝王経《こんこうみょうさいしょうおうきょう》』古点に「然、カク」と存することに拠る。このような漢文訓読に拠るべき表記が存することもまた、漢語摂取に近しいと捉えられよう。

さて、伊藤氏が「冬雑歌」に対する追補部分とされた歌のなかには、

①　→　口語性の高い漢語「比来」の摂取、漢文訓読語「然而」

② → 孤例「上枝の梅」、梅と露の取り合わせという特色があることを指摘してきた。これらは、近年さまざまに指摘されている家持の漢詩文受容の様態と直接的に関わる事象ではない。しかし、さきの「概説」や伊藤氏が指摘されたように、この追補に家持が関わった可能性は高く、次節で検討する③の分類基準にはそれが如実にあらわれていると思われるのである。

五 「寒い雪」を詠む歌

前節ではふれなかった「黄葉《もみち》を詠む」歌（③）にも、じつは漢語摂取に拠ると思われる表現が認められる。いま一度歌を掲げおく。

③ 八田《やた》の野の　浅茅色付《あさぢいろづ》く　愛発山《あらちやま》　峰の沫雪《あわゆき》　寒く降るらし　（詠二黄葉一　二三三一）

眼前の「八田の野の浅茅色付く」さまから、「峰の沫雪寒く降るらし」と遠く離れた愛発山に思いをはせた歌である。「詠黄葉」という題詞は、おそらくこの歌の詠まれた状況（詠題か）を原資料のまま記載したものと考えられる。

ところで、家持歌をふくむ「橘朝臣奈良麻呂《たちばなのあそみならまろ》、集宴《しふえん》を結ぶ歌十一首」（巻八・一五八一〜一五九一）は左注に「冬十月十七日」の詠歌であることが記されながら、「秋雑歌」に分類されている。同じように家持が夏六月に坂上大嬢に贈った歌（巻八・一六二七〜一六二八）が「秋相聞」に分類されている。前歌群の多くが「黄葉」を詠み、あとの家持歌も題詞に「時《とき》じき藤の花と萩の黄葉《もみ》てると二つの物を攀《よ》ぢて」とあることから、いずれも「黄葉」を基準として「秋」に分類されたと考えられる。

このことに着目した木下玉枝氏は、黄葉を秋の景物と考えていた家持が、③歌を冬に分類する巻十の追補部分の編纂に関わったことに疑問を呈された。[注25] しかし、前節でも言及し、同じ木下氏が別の論稿[注26]では「原則として資料をつぎはぎしていく体裁をとり、統一的に全体を書きかえるような作業は、なされなかった」と言及されたように、この追補部分はあくまでも原資料に忠実に配置されたものである。たとえ家持は黄葉を秋の景物と捉えていようとも、「十月《かみなづき》　しぐれの常《つね》か　我《わ》が背子《せこ》がやどのもみち葉《ば》　散りぬべく見ゆ」（巻十九・四二五九）とみずからも冬の黄葉を詠んでいることを鑑みると、「冬の黄葉」として分類することはないとあながち言えまい。

むしろ稿者は、「里ゆ異《け》に　霜は置くらし　高松の　野山づかさの　色付く見れば」（二二〇三）という同じ巻十「秋雑歌」の「黄葉を詠む」歌の表現を鑑みて、歌の主眼は眼前の景を契機として思いをはせた「愛発山」の景にあり、そのことによって「冬」に分類されたと考えたい。そして、そこでは「沫雪」が「寒く降る」と表現されている。このような雪を寒いものと捉える表現は、③とつぎの①に共通するものなのである。

①　雪寒み　咲きには咲かず　梅の花　よしこのころは　かくてもあるがね　（詠レ雪　二三二九）

細川英雄氏に萬葉集に見える「寒し」をめぐる詳細な考察(注27)が存する。全五十七例のうち、もっとも多く使用されたのは「風」(二十例)で、以下「夜」(八例)・「雁が音」(六例)・「衣手」(四例)と続くと言う。そのなかで「雪」に使用されたのは①・③のみであり、特異な使用例と言える。

細川氏はこの二例を、雪そのものについて「寒し」と表現しているのではなく、そうした気象状況の認識のうえで、作歌主体がそれを寒いと感じていることを表現したものだと考えられた。現代語の感覚からすれば、たしかに雪を寒いと表現することには違和感を感ずるかもしれない。しかし、

寒さがしんしんと身にこたえる　／　雪がしんしんと降りしきる

という「しんしんと」のありようを鑑みると、雪そのものを「寒し」と表現したのではないと簡単に断言することに躊躇する。(注28)とくに①の「雪寒み」をめぐっては、たしかに作歌主体の認識と捉えうるが、むしろ「梅の花」が「雪寒み」と感じて「咲きには咲かず」あることを見た作歌主体が「よしこのころはかくてもあるがね」と感懐をもよおした歌とすべきであろう。萬葉集における漢詩文(とくに詠物詩)の影響下にある花鳥の「擬人化」表現の様態は芳賀紀雄氏の論稿に詳しい。(注29)いまだ漢詩文の用例を確認できずにあるが、①も、雪を寒いと感じたのは「擬人化」された梅の花であると捉えるべきではなかろうか。その点で、細川氏が言う作歌主体の認識とするに躊躇するのである。なお、このことはあらためて論じたいと考えている。

③もふくめて、「寒し」は「雪」そのものの表現とすべきであろう。そして、細川氏がこの問題との関わりで補足検討された上代文献に見える「寒泉」のうち『古事記』下巻の仁徳天皇条に見える用

例をめぐって『新編全集』が漢語と指摘すること、萬葉集巻十六の三八七五番歌に見える「寒水」の用字も漢語に拠ることなどを鑑みると、萬葉集で特異な使用例となる雪を寒いとする表現の背後に漢語摂取を読み取ることもあながち誤りではないと思われる。

試みに諸橋轍次『大漢和辞典』を検索すると、『晋書《しんじょ》』陶侃《とうかん》伝と『南斉書《なんせいしょ》』張 沖《ちょうちゅう》伝にある「寒雪」の用例を掲げるが、ここは『大漢和辞典』が掲げないつぎの用例に注目したい。

謝太傅、寒雪日内集、與兒女講論文義。俄而雪驟。……（『世《せ》説新語《せつしんご》』言語第二）
【謝太傅《しやたいふ》、寒雪の日に内集《ないしふ》して、兒女《じぢよ》と文義《ぶんぎ》を講論《かうろん》す。俄《にはか》にして雪驟《ゆきしう》す。……】

この謝安《しやあん》の故事は、『藝文類聚《げいもんるいじゆう》』巻二（天部下）の「雪」項にも載ることから、萬葉びとが確実に目にし、参考にしうる表現であると言える。さらに字順は逆となるが、光明皇后の書蹟として著名な正倉院蔵『杜家立成雑書要略《とかりつせいざつしよようりやく》』の巻首に、

雪寒喚知故飲書　【雪の寒きに知故《ちこ》を喚《よ》ばひて飲まむとする書】

という書簡の模範文例が存する。ちなみに、同様な「雪寒」の用例は、後世のものだが『平安遺文』（古文書編第八巻）所収「僧空海書状」にも存する。

これらはいずれも時候をあらわすもので、詩文の用例でない点やや精彩を欠く用例ではあろう。しかし、前節で言及した①の第四句の表記「比来」が書簡類に多く見られる「口語性」の強い用字であることと、書簡の時候の部分に用例が確認できる「雪寒」とは相通ずる用例ではなかろうか。

さらに、第三節で家持の当該歌を考えるうえで重要な意味を持つ人物として俎上《そじょう》に載せた紀小鹿女郎の歌に「風高く」という表現が見えることに注目したい。

風高く　辺《へ》には吹けども　妹がため　袖さへ濡れて　刈れる玉藻《たまも》そ　（巻四・七八二）

この表現について宮地敦子先生は、日本本来の発想ではなく、漢詩文に見える「風高」の影響で作られたものではないかと指摘された。(注30)同じ気象状況の用例であり、「風高く」も萬葉集中の孤例である点など鑑みて、①の「雪寒み」や③の「沫雪寒く」という表現が漢語「寒雪（雪寒）」の翻訳語であると見て、大過ないと思われるのである。

さて前節に続き、「冬雑歌」追補部分に存する①と③に口語性の高い漢語「雪寒」の摂取という特色があることを指摘してきた。萬葉集中でも特異な表現である「雪」を「寒し」と捉える歌が存するこの追補はおそらく、「風流ぶりを顕示」（②に対する『全注』の発言）した漢語摂取による歌を中心に、「家持の生きていた時代の時代的な好み」（第三節で引用した中西氏の発言）によっておこなわれたものであろう。そしてそれは、前節冒頭で言及したように、越中赴任前後の家持らの手になると見て、大過ないのではあるまいか。

そして最後の④「月を詠む」が、①〜③に見られるような冬と結びつく表現がまったく認められないにもかかわらず、追補されたことも同様に解すべきと考える。つまり、④のような「冬の月」を詠むこともまた漢詩文受容を通して獲得されたもので、その受容を解して「冬」歌として分類されたと考えられるのである。

六　「冬の月」を詠む家持

第三節でいささか言及したように、四季分類の歌巻に見える「冬の月」歌（A〜D）は、つぎに掲げる④（さきのC歌）をのぞき、いずれも「月夜の梅」という取り合わせの歌である。家持の当該歌のような「冬の月」そのものを主眼とするのは、やはり萬葉集中でも特異なものと言えよう。(注31)

④　さ夜更《よふ》けば　出《い》で来《こ》む月を　高山の　峰の白雲　隠してむかも　（詠ㇾ月　二三三二）

紀州本が四句を「峰の白雪」とするのは賢しらの意改と思われるが、『代匠記』以来、冬に関わる語をふくまないこの歌は、「冬」に分類されたことに不審を抱かれてきた。

しかし、第四節で言及したように、巻十の分類に影響を与えたと考えうる「李嶠百二十詠」の「雪」（乾象部十首のうち）のなかに見えるつぎの一節に注目したい。

地疑明月夜　山似白雲朝　【地は明月の夜かと疑ひ、山は白雲の朝に似る】

地面に降り積もるさまを「明月の夜」に、雪をいただく山を「白雲の朝」に譬えたこの部分は、あくまでも雪の描写であることはまちがいない。直接的な影響を考えるに精彩を欠く用例であるが、つぎに掲げる月の歌に注目すると、あながち誤りとも思われない。

イ　まそ鏡《かがみ》　照るべき月を　白たへの　雲か隠せる　天《あま》つ霧かも　（巻七・一〇七九）

ロ　霜曇《しもくも》り　すとにかあるらむ　ひさかたの　夜《よ》渡る月の　見えなく思へば　（巻七・一〇八三）

ハ　照る月を　雲な隠しそ　島陰《しまかげ》に　我《わ》が船泊《は》てむ　泊《と》まり知らずも　（巻九・一七一九）

イ・ロは「月を詠む」歌である。イは④と同じく雲に隠れる月を詠んでいるが、ハの下三句のありようを鑑みると、月そのものよりも、雲によってさえぎられて届かない月光を詠歌対象としたと思われる。ロの「霜曇り」は未詳語であるが、『新編全集』が「霜の置きそうな寒い夜中などに、空が曇っているように見える気象をいうか」と推測されたように、ほかの二首に通ずる歌であろう。つまり、「白たへの雲」「天つ霧」「霜曇り」など空に横たう《白》に隠された「月」を詠んだこれらの歌は、月そのものよりも、月光が《白》にまぎれて見分けられないことに着目した歌と考えられるのである。

この同じありようの月を詠むイの存在こそが、④が冬歌として巻十に分類された理由を説明することになると考える。第四節で言及したように、追補されたときの資料に拠って「冬」に分類された可能性は高い。しかし、その根拠とは、「高山の峰の白雲」という歌表現に存したのではなかろうか。④の雲は、イ・ロのような空に横たう雲ではない。この違いに着目して稿者は④を、「李嶠百二十詠」に存した表現に拠った、②に対する『全注』の言を借りれば「風流ぶりを顕示」した歌と考える。したがって、雪の《白》と見まごうほどの「高山の峰の白雲」にまぎれる月光を捉えようとしたと解しうる歌の結句としては、一部の注釈書に見える「隠すらむかも」と訓んで眼前の景と解するよりも、「隠してむかも」として「不安を詠んだ歌」(『全注』)と解すべきであろう。

さらに、萬葉びとが目にし、参考にしうる『藝文類聚』巻三(歳時部上)の「冬」項に

白雪隕於雲端　【白雪は雲端より隕《お》つ】(晋《しん》・陸雲《りくうん》「歳暮賦」)

というような雲と雪との関わりを示す表現が載ることも看過できない。したがって、第四句の「峯白雲」を「峯白雪」と見誤り、雪が月の光を奪った歌と解して冬の歌としたのであろうか。

という『釋注』の推定は誤りと考える。④を漢詩文の受容に拠った雪の《白》と見まごうほどの「白雲」が月の光を奪った歌と解しえたからこそ、その典拠によって冬の歌と認定したのだとすべきであ

ろう。そして、紀州本が「白雪」とした賢しらは、月光が《白》にまぎれて見分けられないことを詠んだ歌と解しえたからこそ、「雪に見まごうような白雲」を「白雲に見まごうような雪」と逆に捉えた結果の意改と考えるべきである。

さて、第四節から長く検討を加えてきたように、巻十「冬雜歌」追補部分の四首には、漢語摂取・漢詩文受容の様態が確認でき、さらに萬葉集中の孤例をふくむ特異な用例も存するのである。そして、このような追補部分のありようこそが、いまひとつの「生まれるべくして生まれた」(『釋注』)背景であったと考える。雪を「寒し」と捉え、雪の《白》と見まごうほどの「高山の峰の白雲」にまぎれる月光を詠む歌世界は、直接的ではなくとも、家持に少なからぬ影響を与えたのではなかろうか。

家持が最初の発見者とされる「雪の上に照れる月夜」の美が、漢詩文の受容のなかで獲得されたことは、第二節で引用した芳賀紀雄氏の掲げる漢詩文の用例からも明らかであろう。本節で検討してきた④は、直接的に雪と月との取り合わせを詠んだものではない。しかしながら、当該歌以外で唯一「冬の月」を主眼とする④の表現に、漢詩文の受容を通してではあるが、雪と月との結びつきを確認しうることは看過できない。その点で、いまひとつの背景と見て、大過ないと思われるのである。

ところで、芳賀氏の掲げた用例以外にも、雪と月との取り合わせの典拠として考えうるものが、萬葉びとが目にし、参考にしうる『藝文類聚』『初學記《しよがつき》』『文選』にいくつか存する。

・凝階夜似月　拂樹曉疑春　【階に凝《こ》れば月夜の似《ごと》く、樹を拂《はら》へば曉に春かと疑ふ】

・夜幽静而多懐　風觸楹而轉響　月承幌而通暉

（梁《りょう》・何遜《かそん》「詠雪詩」、『藝文類聚』『初學記』ともに「雪」）

【夜幽静《いうせい》にして懐《おもひ》多し。風楹《はしら》を觸《う》つて響きを轉《てん》じ、月幌《とばり》に承けて暉《ひかり》を通ず。】

（宋《そう》・謝恵連《しゃけいれん》「雪賦」、『文選』巻十三）

・殷憂不能寐　苦此夜難積　明月照積雪　朔風勁且哀　運往無淹物　逝年覺易催

【殷憂《いんゆう》して寐《い》ぬる能《あた》はず、此の夜の積《くず》れ難きに苦しむ。明月は積雪を照らし、朔風《さくふう》は勁《つよ》くして且《か》つ哀《かな》し。運の往くに淹《とど》まる物無く、逝《ゆ》く年の催《うなが》され易《やす》きを覺《おぼ》ゆ。】

（宋・謝霊運《しゃれいうん》「歳暮詩」、『藝文類聚』『初學記』ともに「冬」）

とくに最後の用例の「歳暮詩」という詠題もさることながら、その一節「明月照積雪」はまさに「雪の上に照れる月夜」の典拠そのものであると言っても過言ではなかろう。さらに、当該歌の詠歌動機を考えるうえで、あとの二例にある「夜幽静而多懐」と「殷憂不能寐」にも注目したい。冬の「静まりかえった夜に思いは果てしなく」、「深い憂いのために眠ることもできない」という苦悩は、そのまま当該歌の詠歌動機として考えうるのではなかろうか。

我《わ》が背子《せこ》を　今か今かと　出で見れば　沫雪《あわゆき》降れり　庭もほどろに　（詠レ雪　二三二三）

あしひきの　山のあらしは　吹かねども　君なき夕《よひ》は　かねて寒しも　（寄レ夜　二三五〇）

淡雪の　庭に降り敷《し》き　寒き夜を　手枕《たまくら》まかず　ひとりかも寝《ね》む　（巻八・冬相聞　一六六三）

前二首は、巻十に存する「冬の夜」を詠んだ歌である。いずれも恋人の訪ねて来ない夜の寒々とした心境を訴えた歌である。そしてあとの一首にあるように、同じ心境を家持みずからも歌にする。《都びと》家持にとって、それまでに経験したこともない「大雪」の降り積む越中の冬は、まさに《驚異》であったにちがいない。そのようななかで、はじめて越中の雪を詠歌対象としたのが当該歌である。そのときの積雪はまったく想像すらままならないが、降り積む「雪の上に照れる月夜」の美しさを眼前に感懐をもよおした家持は、本稿で考察を重ねてきたように、漢詩文の受容とともにすでに存した巻十の歌々に学びつつ、当該歌を詠出したのである。

さらに、そのような雪に照り映える月光に梅の花を取り合わせたのも、紀小鹿女郎の歌などの影響下にあるまさに《都びと》の歌世界のなせる技であろう。しかし、結句で「愛しき児もがも」と願う思いは、越中の冬をひとり過ごす家持の嘘偽りのない感懐だったのではないかとも感ずる。

妻坂上大嬢の越中下向の時季については不明である。当該歌詠出以前であった可能性も指摘されている[注32]が、稿者は逆に当該歌を根拠のひとつとして、翌年の春あたりを想定すべきかと考える。

沫雪の　ほどろほどろに　降り敷けば　奈良の都し　思ほゆるかも　（巻八・一六三九）

父大伴旅人の「冬の日に雪を見て、京《みやこ》を憶《おも》ふ歌」である。雪の降り積む静かな冬の夜に抱いた父の感懐に近しいものを、家持の「愛しき児もがも一に読みとることもあながち誤りではなかろう。たしかに当該歌は「雪月梅花を詠む歌」と題する。すでに幾度となく言及してきたように、詠物の取り合わせに興じたにすぎない歌であろう。しかし、『釋注』が記載の異例さから推定された「歌の内容によって作歌時をのちに判断した」という指摘に注目したい。この指摘は、左注に「十二月」とだけあって日付のないことをめぐるものだが、そのまま題詞についても慣用しうるのではなかろうか。さきに掲げた雪と月の取り合わせの典拠として参考しうる漢詩文の用例を鑑みたとき、当該歌をめぐる家持の詠出動機にもまた漢詩文の受容を読みとるべきかと考えうること、最後に付言しておく。

さいごに

斎藤茂吉が『万葉秀歌』(注33)で当該歌を選出し、

越中の雪国にいるから、「雪の上に照れる月夜に」の句が出来るので、…(中略)…作歌のおもしろみは這般《しゃはん》の裡《うち》にも存じて居り、作者生活の背景ということにも自然関聯《かんれん》してくるのである。下の句も、越中にあって寂しい生活をしているので、都をおもう情と共にこういう感慨がおのずと出たものと見える。

と評したことに、稿者の意は尽きる。従来「雪月花」の始源は、中唐の詩人白居易の「殷協律《いんけいふりつ》に寄す」詩の一節「雪月花の時最《もつと》も君を憶《おも》ふ」と考えられてきた。この一節の影響もふくめ、日本文学の流れのなかで「雪月花」の鼎立が形成されゆく過程や意義については宮地敦子先生に詳しい考察（注34）が存するのを参照願いたい。

しかし、白居易は家持よりも後世の人物である。「梅花」とやや異なるけれども、当該歌が「雪月花」のまさに始源として「狂い咲きのように先駆けて」（『釋注』）いることはまちがいない。

日本の文化は中国を規範として深められた。人間の呪的な信仰心と雅びな感情は同じように伝統として日本にも中国にも流れているはずである。

この中西進氏の指摘（注35）が、家持の「狂い咲き」をめぐる正鵠を射た解釈と思われる。

萬葉集に数少ない「冬の月」を詠む歌に着目して、当該歌が詠まれた背景について考えてきた。すでに指摘されているような家持における受容の様態からすれば、漢詩文に見える「雪」と「月」の取り合わせが大きく影響したことはまちがいない。本稿ではそのうえに、同じ漢詩文受容に拠ると思しい表現をふくむ巻十「冬雑歌」追補部分もその背景として存したのではないかと考えてみた。

とくに当該歌の主眼である「雪の上に照れる月夜」の美は、萬葉集中唯一の冬の「月を詠む」歌（二三三二）のもつ歌世界に学んだものと考える。そして、その取り合わせにさらに「梅の花」を取り合わせることで家持は、寒々とした冬の夜に「手枕まかずひとりかも寝む」（巻八・一六六三）寂しさを託したかったのではなかろうか。

北陸の雪をめぐる感懐にはじまり、多岐にわたる内容を検討しながら家持の「雪月梅花を詠む歌」

をめぐる卑見を提示してきた。推論を重ね、かすかな根拠に立脚する部分も多々あろうが、ご教示・ご叱正をお願いする次第である。

注1　中西進氏『雪月花』（小沢書店、昭55・6）所収。以下とくに注記しないかぎり中西氏の説はこの論文による。なお本稿は、『雪月花　雪の匂い』（『中西進　日本文化をよむ④』小沢書店、平7・7）所収を使用した。

2　汲古書院、平2・2。なお以下の現在の暦との置換はすべてこの著書による。

3　『日本を知る事典』（社会思想社　昭46・10）のなかで「気象」を分担執筆された大後美保氏によると、北陸などの北国は、十二月下旬から二月にかけて豪雪が見られることがよくあるのに対して、関東以西の太平洋沿岸では、むしろ三月にかなりの雪が降ることがよくあるという。現代の気象条件をめぐる指摘ではあるが、参考となる。平城京のあった奈良県はもちろん後者であり、やや時季は異なるが「春の大雪」と呼ぶのに問題はないと考える。

4　宮川久美氏「沫雪と沫緒―万葉集七六三番歌をめぐって―」（『ことばとことのは』10　平5・12）

5　犬養孝氏「万葉の風土」（『上代文学』59　昭62・11）

6　鈴木利一氏「相歓歌二首―家持と池主出会いの宴―」（龍谷大学『国文学論叢』32　昭62・3）

7　拙稿「『新しき年の初め』の家持―『伝誦』という視点―」（本論集2『伝承の万葉集』笠間書院　平11・3）

8　《驚異》という語をキーワードに、越中時代の家持についていささか言及したことがあるので、参照願いたい。拙稿「大伴家持をはぐくんだ『越中』の風土」（『北國文華』6　平12・12）

9 阿蘇瑞枝氏「万葉集後期季節歌の考察―その表現と場を通して―」（『万葉和歌史論考』笠間書院 平4・3 初出は昭61・8）

10 芳賀紀雄氏「家持の雪月梅花を詠む歌」（『森野宗明教授退官記念論集 言語・文学・国語教育』三省堂 平6・10）、斉藤充博氏「雪月梅花を詠む歌」（『洗足論叢』27 平11・3）

11 雪と梅との取り合わせについては、平舘英子氏「『梅の花』の歌―雪に関連して―」（『伊藤博博士古稀記念論文集 萬葉學藻』塙書房 平8・7）や駒木敏氏「『雪中梅歌』考―四季部立歌巻の形成―」（『源氏物語と古代世界』新典社 平9・10）などの近年の成果を参照願いたい。

12 注10の芳賀氏前掲論文に同じ。以下とくに注記しないかぎり芳賀氏の説はこの論文による。

13 下田忠氏「万葉の月」（『福山市立女子短期大学紀要』19 平5・3）

14 中西進氏『大伴家持 4 越路の風光』（角川書店 平7・1）の当該歌解説部分における発言。

15 佐藤隆氏「大伴家持の雪歌―雪梅歌と天平勝宝三年宴席歌―」（『大伴家持作品研究』おうふう 平12・5 初出は平10・3）

16 井手至氏「紀女郎の諧謔的技巧―『戯奴』をめぐって―」（『萬葉』40 昭36・7）が一四六〇の「戯奴」について、小島憲之氏『上代日本文學と中國文學 中』（塙書房 昭39・3）の第五篇第七章「遊仙窟の投げた影」が一四六一の「合歓木」について、それぞれ漢語摂取を指摘されている。

17 中川ゆかり氏「心開けて―紀女郎の漢語受容―」（『羽衣国文』2 昭63・3）

18 浅野則子氏「月夜にひらく梅―恋うたにおける月の変化―」（『九州帝京短期大学紀要』7 平7・2）

19 小野寛氏「家持の漢語表現」（和漢比較文学叢書8『万葉集と漢文学』汲古書院 平5・1）

20 拙稿「『萬葉集』巻十の編纂原理―〈季節の推移〉への着目―」（関西学院大学『人文論究』42―2

平4・9)、および「〈季節歌〉の表現をめぐる一考察―巻十を中心に―」(美夫君志会平成六年度全国大会口頭発表　於中京大学)など。

21　伊藤博氏「編者の庖厨」(『萬葉集の歌群と配列　上』塙書房　平2・9　初出は昭57・11)以下とくに注記しないかぎり伊藤氏の説はこの論文による。

22　渡瀬昌忠氏「万葉集における和歌の分類と配列(二)―天地人の三才分類について―」(『東洋研究』76　昭60・10)も「李嶠百二十詠」の受容に着目されて作者未詳歌巻の分類配列を考えておられる。

23　注21の伊藤氏前掲論文では「詠雪」の最終歌(二三二九)を追補とされていないが、のちに『釋注』において、「表現、内容上、前四首とは無縁で孤立しているけれども、『冬雑歌』の花を詠む歌に収めうるよすががある。一首一資料のまま最後に据えたのであろう」と指摘されているのをふまえて、本稿では追補された歌として考察を進める。

24　小島憲之氏注16前掲書の第五篇第四章「萬葉集の文字表現」に、用例とともに考察がなされている。

25　木下玉枝氏「万葉集巻十試論―その編纂をめぐって―」(『国語と国文学』50―3　昭48・3)

26　木下玉枝氏「『万葉集』巻十論―作歌年代より見た―」(『お茶の水女子大学人文科学紀要』26―1　昭48・3)

27　細川英雄氏「寒冷感覚の認識と表現―意味史研究の一視点―」(『北陸古典研究』2　昭62・9)

28　安部清哉氏「温度形容語彙の歴史―意味構造から見た語彙史の試み―」(東北大学『文芸研究』108　昭60・1)が、稿者と同じく「雪」そのものが「寒し」と表現されたものと捉えておられる。

29　芳賀紀雄氏「萬葉集における花鳥の擬人化―詠物詩との関連をめぐって―」(『記紀萬葉論叢』塙書房　平4・5)

30　宮地敦子先生『身心語彙の史的研究』(明治書院　昭54・11)の第一部第六章「対義語の条件」

31 『懐風藻』の亡名氏「五言歎老」の末尾句「寒月照無辺」にある「寒月」は冬の月であり、萬葉集以外で確認できる珍しい用例であるが、この詩は『大系』で小島憲之氏が指摘されたように後人による付加の可能性という問題を残しており、用例として除外すべきと考える。
32 大越寛文氏「坂上大嬢の越中下向」(『萬葉』75 昭46・1)
33 岩波書店、昭13・11。なお本稿は、昭56・6の第55刷「岩波新書(赤版)」から引用した。
34 宮地敦子先生注30前掲書の第二部第六章「鼎立意識成立の背景」・第七章「並列名詞の構成順序」
35 注14に同じ。

補記　脱稿後、「雪月梅花を詠む歌」以前に越中の雪を「矚目《しよくもく》して」詠んだ歌が存するのを、すっかり放念していたことに気づいた。

三島野に　霞たなびき　しかすがに　昨日も今日も　雪は降りつつ　(巻十八・四〇七九)

この歌は、春なのに雪が降るという情景のなかに「池主と別れてある家持のわびしさを表象している」(『釋注』)のであり、第一節で言及した「相歓ぶる歌」に通ずるものと考える。また、注20に記した口頭発表時に言及したが、「しかすがに」という歌ことばは季節の交錯へのとまどいのなかで春の到来に主眼を置く表現と考えられることも看過できない(なお、この発表内容は近く大幅改訂して公表する)。
たしかに「矚目して」の詠歌であるが、「三月十六日」という日付を記す左注を鑑みると、雪そのものが詠歌対象であったとするよりも、晩春にもなお降雪を見る越中の風土への《驚異》を表出した歌とすべきであろう。したがって、本稿の主張する「はじめて」も訂正を要しないと考える。
なお、この年天平二十一年（七四九）の三月十六日はいまの暦で四月六日にあたる。その点で、はじめに述べた個人的感懐に近しいものを家持が抱いていたかもしれないと思うが、余言であろう。

使用テキスト
萬　葉　集　↓　小学館刊『新編日本古典文学全集』
春秋左氏伝・世説新語　↓　明治書院刊『新釈漢文大系』
杜家立成雑書要略　↓　日中文化交流史研究会『杜家立成雑書要略　注釈と研究』（翰林書房刊）
李嶠百二十詠　↓　柳瀬喜代志氏『李嶠百二十詠索引』（東方書店刊）
藝文類聚　↓　大東文化大学東洋研究所刊『藝文類聚訓讀付索引』
初　學　記　↓　中文出版社刊『初學記』
文　　選　↓　集英社刊『全釈漢文大系』
※なお、萬葉集をのぞき、適宜引用の表記を改めたところがある。また、漢詩文の引用は原文とともに【　】内に訓読文を添付しておいた。

万葉びとの心性から見た昼夜のけじめ

——一日の意識をめぐって——

井手　至

一

日没時が一日の始まり

聖なる山アトスとして有名な、北ギリシヤのアトス自治州においては、正教の伝統を守る修道院で、今も一日の始まりを夕方とする生活が営まれています。すなわち、日没の午後五時〜六時頃を一日の始まりである零時と定めているのです。このように、われわれ現代の日本人から見て異様とも思える、一日という時間に対する意識またその考え方は、しかしメソポタミア地方においては決して珍しいものではなくて、かなり普遍的に行われていた時制だったのです。

はやくに南方熊楠（「往古通用日の初め」）は、わが国においても古くは日没の時を一日の始まりとする考え方があったことを推定し、また、柳田国男（『日本の祭り』）も、祭りが神を迎える宵祭《よいまつり》から始まることに関連して、一日が実は夜から始まっていたことを説いています。

そこで、万葉時代に、わが国において、あたかも日没の時を一日の始まりと見ていたかと思われる例として、まずアスということばの使われ方について見てみましょう。

今夜のアス

①月日おき逢ひてしあれば別れまく惜しかる君は明日《あす》さへもがも　（巻十・二〇六六）
②今朝《けさ》去《ゆ》きて明日《あす》は来むと云子鹿丹朝妻山に霞たなびく　（巻十・一八一七）

①の歌は七夕歌で、織女星の立場で詠まれたものです。第一・二句は、長い月日を隔ててあなた（牽牛星）にお逢いしたのですから、の意。第三・四句は、後朝《きぬぎぬ》のお別れがなごり惜しく思われるあなた（牽牛星）は、の意。第五句の「もがも」は希求願望の助詞ですから、第五句全体の意味は、アスを現代日本語にそのまま置き換えて、明日もまた逢いに来てほしい、と解すればよいかといえば、さにあらず。ここは一夜を共に過ごした男女（牽牛織女）がまた逢いたいといっているところなのに、一晩あいだを置いて明日というのでは間が抜けます。この歌のアスは、絶対に今晩の意に解釈しなければなりません。大野晋（『日本語の年輪』）の言うように、アスという語が色があせる意の「褪《あ》

す」と関係のある語であるとすれば、アスは夜の暗さがあせる場合のほか、日の明るさがあせてゆく場合にも用いることができたと考えられます。ということは、①の歌の場合、作者はいわば一日の始まりを日没時と見なしてアスと表現したものと考えることもできるでしょう。

次に②の歌は、中間に定訓のない箇所（「云子鹿丹」）がありますが、第一句から第二句のアスへの続き具合は、①の歌のアスの場合と同様でして、朝帰ってゆく夫が妻に「今朝は帰って明日（つまり今夜の意）また通《かよ》って来よう」と言っているところと考えられます。

今夜のアスのヨヒ

それでは、次の歌のアスノヨヒの場合はどうなるでしょうか。

明日《あす》の夕《よひ》逢はざらめやもあしひきの山びこ響《とよ》め呼び立て鳴くも　（巻九・一七六三、鳴鹿歌）

この歌の場合、その直前の長歌（一七六二）に「朝月夜　明けまく惜しみ」（夜が明けるのを惜しんで、の意）とあるので、やはりアスノヨヒを現代語に直訳して、明日の宵の意に解したのではナンセンスです。この反歌（一七六三）の作歌時点も朝方だと考えられるからです。したがって、この歌の第二句で、（雄鹿が）きっと雌鹿に逢はないではおかない（逢うにちがいない）というのは、一日置いて明日の夜であってはならず、今日の夕方、つまり今夜の意と見なければなりません。やはりこの歌の作者は、あたかも日没から一日が始まると考えてアスといったものと見ることもできるでしょう。

前夜のコヨヒ

アスノヨヒに対してコヨヒということばがあります。万葉びとがどのような時間帯をコヨヒと考えていたかを調べてみますと、まず、

①其ノ父ノ大神（海神）、其ノ聟夫《ムコ》ニ問ヒテ曰《イ》ヒシク「今旦《ケサ》、我が女《ムスメ》ノ語ルヲ聞ケバ『三年坐セドモ恒《ツネ》ハ歎《ナゲ》カスコトモナカリシニ、今夜《コヨヒ》大キナル歎キシタマヒキ』ト云ヒキ。……」（『記』上）

のように、前夜のことを朝になってからコヨヒといった例が見えます。本居宣長（『古事記伝』巻十七）も、このコヨヒを「昨夜を云《いへ》るなり」と指摘しています。

同じような例は『伊勢物語』にもあって、

②むかし、をとこ密《みそ》かに通ふ女ありけり。それがもとより「こよひ夢になむ見え給ひつる」と言へりければ、……　（一一〇段）

の例では、コヨヒが完了の助動詞「つる」とともに用いられており、「昨夜は夢にあなた（をとこ）がお見えになりました」の意を表わしています。

今夜のコヨヒ

ところが一方、同じコヨヒという語でも、段々と現代語と同じように、その日の夜をさす例が多くなり、次に掲げたコヨヒの例はそのような意味で用いられていま

す。

①大将殿は、この昼つかた三条殿におはしにける。「こよひ立ちかへりまうで給はむに、事しもありがほに、まだきに聞きぐるしかるべし」など念じ給ひて、……　（『源氏物語』夕霧）

②おとどは昼まかで給ひにけり。中納言の君さそひ聞え給ひて、一つ御車にてぞ出で給ひにける。「こよひの儀式、いかならむ清らを尽くさむ」と思《おぼ》すべかめれど、限りあらむかし。　（『源氏物語』宿木）

右の例においては、①においても②においても、昼頃になってその日の夜のことをコヨヒと考えて、言っていることが明らかです。現代のわれわれは、フォーマルには一日の始まりを午前零時としていますが、生活感覚として習俗的には夜の白む明け方から一日が始まると考えていますから、右の①②の例のコヨヒの用い方は、現代人の時間の捉え方に通じるものといえます。

明日のアス・アシタなど　一日の始まりを夜の時間帯の始まる日没の時としないで、昼から始まり夜に終るとしていたと考えることのできる表現は、右のコヨヒのほかにも、次のようなものがあります。

①恋ひつつも今日はあらめど玉くしげ明けなむ明日《あす》をいかに暮らさむ　（巻十二・二八八四）

②居り明かしも今夜《こよひ》は飲まむほととぎす明けむ安之多《あした》は鳴きわたらむそ　（巻十八・四〇六八）

③ぬばたまの欲流《よる》見し君を明くる安之多《あした》逢はずまにして今ぞ悔しき　（巻十五・三七六九）

④富士の嶺《ね》に降り置ける雪は六月《みなつき》の十五日《もち》に消ぬれば其夜《そのよ》降りけり　（巻三・三二〇）

①の歌では、今日は恋いつつ暮らすとして、その次の日はいかにすべきかと詠んでおり、その夜と翌朝《アス》との間に一区切りを設けています。②の歌は、題詞に、四月一日に久米朝臣広縄の館で催された宴の歌とあり、歌のあとに割注で、二日は立夏の節に当たるので明旦《あくるあした》には霍公鳥《ほととぎす》が鳴くだろうと詠んだものであると注しています。やはり、暗さが褪《あ》せる時の意のアシタを区切りとしていることは明らかです。③の歌の「明くる安之多《アシタ》」も同様に考えることができるでしょう。また、④の例は、明らかに一日が昼から始まり夜に終るものと見て「其夜《ソヨ》」と表現したものと見られます。

古来の難問

このように、万葉時代には、人々がいわば日没の時から一日が始まると考えていたかと見ることのできる例がある一方で、現代と同じく日の出の時から一日が始まると考えていたかと見ることのできる例があるのです。これをいかに理解したらよいかという問題は、古来の難問として、これまでも先学を悩ましてきた課題の一つでした。

山田忠雄（古典文学大系『今昔物語集』二）や田中元（『古代日本人の時間意識』）も、このような万葉びとの一日に対する二通りの意識あるいは考え方のあったことを説いていますが、なぜそのような二通りの捉え方があったのかという点については的確な解答を用意するまでには至っていません。

二

そのことに関して、私はまず、万葉びとの一日の意識または考え方に関するわれわれの認識を改めて、次のように考えていかなければならないのではないかと思います。すなわち、万葉びとをはじめとして上代の日本人の間では、昼の時間帯と夜の時間帯とを合わせて一日と把える意識の確立が、まだ民間レベルでは必ずしも一般的でなかったということです。

一日一夜《ひとひひとよ》

『三代実録』（元慶元年四月朔日条）に、

一日一夜ヲ合セテ一日ト為ス。

と記されていることは、その意味で重く受け止めなければなりません。「一日一夜」は、当時の日本語では「ひとひひとよ」と訓読すればあたるところです。また「一日と為ス」の「一日」はフォーマルな中国伝来の暦法上の一日《いちにち》と読み解くとよくわかります。

『万葉集』の中に、

①今は我《わ》は死なむよ我が夫《せ》恋すれば一夜一日《ひとよひとひ》も安けくもなし　（巻十二・二九三六）

と見える「一夜一日」についても、合わせて現代の一日の意となるわけですから、右の「一日《ひとひ》」は、現代の一日《いちにち》とは異なり、昼の時間帯のみをさすことになります。同じことを漢語の「日夜《にちや》」の影響もあって昼の時間帯を意味する「日《ひ》」を先行させた例としては次のような歌があります。

②遠くあれば一日一夜《ひとひひとよ》も思はずてあるらむものと思ほしめすな　（巻十五・三七三六）

筑波問答　『記・紀』に見える倭建命の東征伝説において、倭建命が東征の途次、

新治　筑波を過ぎて　幾夜か寝つる

と質問したのに対して、御火焼《みひたき》の翁が、

日日並《かかな》べて　夜《よ》には九夜《ここのよ》　日《ひ》には十日《とをか》を

と答えたことは有名ですが、このことはすでに述べてきたところから明らかなように、理由のあることだったことがわかります。つまり御火焼の翁は、一日二十四時間を「夜《よ》」と「日《ひ》」（昼）とに分けて教えているのです。ちょうど現代の「一泊二日の旅」などというのに通じるなどと考える方もいらっしゃるかも知れませんが、これは、実は万葉びとをはじめ上代の日本人が、夜の時間帯と昼の時間帯とを峻別して考えていたことに基づくものと理解しなければなりません。

万葉びとをはじめ上代の人々の意識においては、昼の明るい時間帯と夜の暗い時間帯とは非連続の異質な時間帯として意識され、考えられていたのではないか、すなわち、上代人の心性におけるそのような時間の異質性を正面に据《す》えて昼と夜とのけじめ、一日に対する意識及至考え方を考察しなければならないのではないかと私は考えます。

天の石屋戸隠り

『古事記』の天の石屋戸隠《ごも》りの段で、天照大御神が岩窟に隠られた時に、世界が真暗闇となり、万《よろず》の神の声が満ち溢れ、万《よろず》のわざわいが一斉に湧き起ったとして、

(天照大御神) 天ノ石屋戸ヲ開キテサシコモリマシキ。シカシテ高天ノ原皆暗ク、葦原ノ中ツ国悉《コトゴトクラ》闇シ。此レニ因リテ常夜《トコヨ》往キキ。是《ココ》ニ万ノ神ノ声ハサ蠅《バヘ》ナス満チ、万ノ妖《ワザハヒ》悉発《オコ》リキ。

(『記』上)

と記しているのは、暗闇の世界が鬼神(神霊)の活躍する世界であると人々が意識し、考えていたことをものがたっています。

闇夜の恐怖

闇夜とは月のない夜をさします。現代の文明社会に住んでいるわれわれは月の有無にかかわらず明るい夜を楽しんでいます。闇夜の恐怖を肌で感じる機会はほとんどないといってよろしいが、私は近代化以前の中国東北部において、そのような漆黒の闇夜の世界を体験したことがあります。一寸先が見えない恐ろしさは体験した者でないとわかりません。曇り夜の空に

星なく、ざわざわという葉ずれの音を耳にして魑魅魍魎《ちみもうりょう》に取りつかれはしないかという恐怖をひしひしと感じたものです。

百鬼夜行

百鬼夜行といわれるように、夜が鬼神の活躍する時間帯であると意識した上代人の心性を如実にものがたる例は『記・紀』の神話の、次の条にも見いだされます。

大物主神《おおものぬしのかみ》が妻の倭迹々日百襲姫命《やまとととひももそひめのみこと》のもとを訪ねて来る時がいつも明るい昼間ではなくて、暗い夜間であったことを、

倭迹々日百襲姫命、大物主神ノ妻ト為《ナ》ル。然シテ其ノ神、常ニ昼ハ見エズシテ夜ノミ来マス。倭迹々姫命、夫《セ》ニ語リテ曰ハク「君、常ニ昼ハ見エタマハネバ、分明《アキ》ラカニ其ノ尊顔《ミカホ》見ルコト得《エ》ジ。願ハクハ暫シ留マリタマヘ。明旦《クルツアシタ》仰ギテ美麗《ウルハ》シキ威儀《ミスガタ》ヲ覲《ミ》ムト欲《オモ》フ。」ト（崇神紀、十年）

のように伝えています。姫は、翌朝、明るいところで夫である神の姿を見たいと言っているのです。

また、その倭迹々日百襲姫命の箸墓《はしはか》について、

是ノ墓ハ、日《ヒル》ハ人作リ、夜ハ神作ル。（崇神紀、十年）

と記すのは、やはり、昼が人間に属する、人間の活動する時間帯であるのに対して、夜は鬼神の支配

する、鬼神の活動する時間帯であると意識され、そのように考えられていたことを保証する例といえましょう。

三

夜と昼——一日の流れ

このように、わが国では、万葉びとをはじめ上代の人々の間で、夜と昼とは異質の時間帯と考えられたために、昼夜を一続きの時間として意識することが困難であった。一日二十四時間制のもとに生きる現代人と同じように一日を通して考えることがたやすくはなかったと思われます。

上代人の意識では、一日の時の流れを、或る場合には夜の時間から昼の時間への流れとして、また或る場合には昼の時間から夜の時間への流れとして把えていたのではないでしょうか。現代人のように昼夜合わせて二十四時間を等質の時間連続として一日と把えることが民間レベルでほとんど行われなかったとすれば、一日が日の出から始まるものであるとか、日没の時から始まるものであるとかいう議論も上代には無くて、等質の一日という時間が連続すると意識されることも少なかったかと考えられます。

万葉びとの意識した一日の時の流れは、次頁にしたように、話題の事件の時間帯に応じて、或る場合には日没の時から始まる夜の時間帯を主軸として、昼の時間帯はそのあとにくる異質の時間帯として把えられ、また或る場合には日の出から始まる昼の時間帯を中心に、夜の時間帯はそれに続く異質

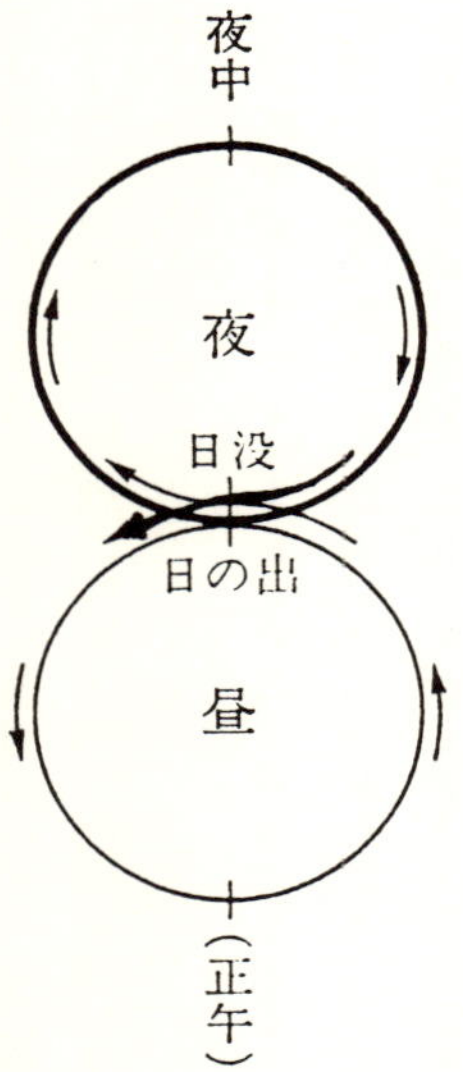

の時間帯として把えられたのではないでしょうか。非連続の時間帯ゆえに夜と昼とどちらを先立てることも容易であったと考えられます。万葉びとにとっての一日は、昼夜あるいは夜昼が交互に循環する異質な時の流れとして意識されていたと見てよいのではないかと思います。

＊『万葉集』は『補訂版　萬葉集本文篇』（塙書房刊）によった。

家持の朝

——「朝に日に」「朝な朝な」の表現を中心に——

田中　夏陽子

一　はじめに——古代の歌とは——

「朝」——一日のはじまり——。現代に生きる我々の大半が、「朝」という言葉から受ける第一印象はこのようなものであろう。

それでは、古代、万葉びとが生活した時代において、「一日のはじまり」とは、どのようなものでどう定められていたのか。日の出を一日のはじまりとする見方、祭祀のあり方などを例に夜を一日のはじまりとするという見方、あるいは、古代の法律書などの文献史料を例に寅の刻を一日のはじまりとする見方などがある。

また、古代の恋愛歌においては、「朝」は共寝をした男女が別れる時としてうたわれることが多い。

そして、それらを論じる際には、『古事記』『日本書紀』といった史書をはじめ、律令などの古代の法律書を例証として用いる。もちろん、文学作品である『万葉集』も欠かせない重要な資料の一つである。『万葉集』の中にみられる和歌が、当時の自然・政治・法律・祭祀・民俗風習といった生活環境を反映している場合があると考えられるからである。

『万葉集』はそうした古代の時刻制等を考える上での資料となりうる。しかし、必ずしも歌の中の時間意識と実際の生活の中での人々の時間に対する認識とが直結したイコールなものであるとは限らない。なぜなら、生活環境から生まれる人間の感情というフィルターが存在するからである。人間の感情――恋愛感情・死への恐怖・神を恐れ敬う気持ちといった様々な感情――の発露として歌をはじめとする芸術は生成される。一方、さらに、そうして生成された芸術の一つである歌から、また新たに歌が生成される。歌は歌同士で相関しあいながら新たに次の歌を生成していくのである。歌は必ずしも生活する中での感情の発露としてのみ生まれるものではないのである。

たとえば、以下のように「今夜《こよい》」という語がつかわれている恋愛歌がある。

ぬばたまの昨夜《きぞ》は帰しつ今夜さへ我《あれ》を帰すな道の長手《ながて》を　（巻四・七八一・大伴家持）

朝戸《あさと》を早くな開けそあぢさはふ目《め》の乏《とも》しかる君今夜来《き》ませる　（巻十一・二五五五・正述心緒）

前者は大伴家持が紀女郎《きのいらつめ》におくった歌で、「真っ暗な夜であったのに昨晩は帰されてしまった。今晩だけは私を帰さないでくれ。家までの道のりは長いのだから」と、「今夜」は、現代と同じようにその日の晩を指している。しかし、後者のように、「朝の戸を早く開けないでください。逢いたかった君が昨晩から来ていらっしゃるから」と、前の晩を指す場合もあるのである。

田中元氏ら(注1)がいわれるように、このように「今夜」という語を例にとっても歌ごとに解釈も異なり、ケース・バイ・ケースということになってくる。しかし、恋愛歌で「今夜」という言葉がつかわれる場合、様々な表現をとりながらも、結局は「二人で一緒にいたい」という思いが前提にあってうたわれていることになる。すると、恋愛歌における「今夜」という言葉自体が、恋に身を焦がし逢瀬を希求する感情のベクトルとでもいうべき言葉となっていくのである。

また、そうした古代の夜の恋愛歌は、祭祀が夜を中心に行われていたことに心象の源流があるとされる。祭祀の意義は、神が巫女のもとに訪れて聖婚が行われるという心象によって支えられている。古代の恋愛歌の深層に、歌垣や宴に継承されていく聖婚を起源とする神と巫女との交感が、相聞的な歌のやりとりとなって横たわっていることは否定できないだろう(注2)。そして、そのような呪術性・宗教性とでもいうべき情況を内に秘めつつ、古代という時代環境の中で培われた日常的で普遍的な恋愛感情が、中国文学などの影響を受けつつ主題化し、文芸の一つとして機能していくのが『万葉集』の時代の歌だと思われる。

したがって、たとえ恋の情念を持ち合わせなかったとしても、古代の恋愛歌では、そうした状態に身をおいたものとしてうたわれる。主題さえもが制約を受けてうたわれることが、近現代の短歌とは異なる古代の恋愛歌であり、広義な言い方をすれば、制約を受けてうたわれるということこそが「和歌」という歌の形式が受け継いでいる伝統といっても過言でない。

【和歌の生成過程】

和歌

様式　↕　類型

芸術
（和歌・漢詩文・絵画など）

↕

人間の感情
（恋愛感情・死への恐怖・神を恐れ敬う気持ちなど）

↕

生活環境
（自然・政治・法律・祭祀・民俗風習など）

歌が歌を生むという、古代の歌自身が強い指向性をもって、自らの主題や語句表現を制約し支配していることを意識しなければならないのである。古代の歌にみられる主題の限定、それは「様式」という言葉を使ってもよいかもしれない。そして、古代の歌の様式を支えるものとして、語彙・語句のレベルでは「類型」が生み出されていくのである。

したがって、古代の歌は現実の生活を直に伝えているものではなく、歌同士の交流の中で生まれた様式・類型の範疇でよまれていることも考慮しなくてはいけない。歌の源には現実の生活というものが存在するのかもしれないが、あくまで一度は、歌の持つ様式や類型、そして人間の感情というフィルターを介しているのである。

『万葉集』の歌とは、そうした歌同士の相関関係の中でとらえなければならないと思われる。

『万葉集』の中で「朝」は、どのように論じられるかという問いに対して、様式や類型を基盤にした歌の指向性からある種の傾向をみることができるかもしれない。しかし、作歌事情や編纂意識等を視野に入れて歌をよみ解く時、個々の歌によって類型・様式の範疇の中でとらえられる場合と、そこから逸脱した表現やテーマが浮かびあがってくる場合とがあるのではないだろうか。そして、その歌に「朝」という語彙が含まれていた時、朝に対する心象も他の歌々とは異なってくることになるだろう。

そこで、本稿では、『万葉集』の中でも題詞や左注により比較的作歌事情が明らかな歌が多い大伴家持の歌と、彼自身の手による編纂の可能性が高いとされる巻十七・十八・十九にみられるいわゆる「越中万葉歌」から、「朝に日に」「朝な朝な」という語句表現の歌を中心にして、個々の歌に見られる意識とその表現の特徴について探ってみたい。

二 「朝に日に」——朝に昼に——

古代において恋する男女が共に時を過ごすことができるのは夜であったようである。それは、今日と同じく、古代においても昼間は仕事をしなければならないことや、当時は通い婚が一般的だったという生活習慣が大きく影響しているのであろう。しかし、古代の官人にも「令《りょう》」によって規定された休暇があったのであり、休日の昼間に逢っていてもよさそうである。しかし、昼間に逢うことをうたった歌、あるいはそれを希求する歌はほとんどなく、歌の世界では、夜こそが恋愛に身をゆだねる者にとって生活の中心となる時間帯で、夜のはじまりである「夕」は出逢いの時、「朝」は夜の終わりの時で別れの時というのが基本の様式であることになる。

家持の「朝に日に」

家持が越中国守になる前の若い時の歌をみてみたい。一首目は名が記されない娘子《おとめ》におくった歌、二首目は坂上大嬢《さかのうえのだいじょう》に橘の花と共におくった長歌である。

夜昼《よるひる》といふわき知らず我《あ》が恋ふる心はけだし夢《いめ》に見えきや　（巻四・七一六・大伴家持）

いかといかと　ある我が宿に　百枝《ももえ》さし　生《お》ふる橘　玉に貫く　五月を近み　あえぬがに　花咲
きにけり　朝に日《け》に　出《い》で見るごとに　息の緒《を》に　我《あ》が思ふ妹《いも》に　まそ鏡　清き月夜《つくよ》に　ただ一《ひと》
目《め》　見するまでには　散りこすな　ゆめと言ひつつ　ここだくも　我が守《も》るものを　うれたきや
醜《しこ》ほととぎす　暁《あかとき》の　うら悲《がな》しきに　追へど追へど　なほし来鳴きて　いたづらに　地《つち》に散らさ
ば　すべをなみ　攀《よ》ぢて手折《たを》りつ　見ませ我妹子《わぎもこ》　（巻八・一五〇七・大伴家持）

前者は、昼夜わけることなくあなた（娘子）を恋しく思うような強い気持ちは恐らくあなたの夢にも現れていることでしょうと、昼夜を問わず相手を「恋しく思うこと」が述べられている。

後者は、要約すると、自分の家の橘の花が咲いた、その花を朝に昼に庭に出て見るたびにあなた（坂上大嬢）のことが思い出され、美しい月夜に逢ってその花を一目だけでも見せるまで散らないで欲しいと思う。しかし、暁になると霍公鳥が来て散らしてしまい、それは防ぎようがない。だから、自ら橘の花を手折ったので見てくださいといった内容になる。

橘の花を見せたいということにこと寄せて、朝に昼に坂上大嬢を「恋しく思うこと」と、そしてその思いを果たすべく夜の逢瀬を願っている。しかし、それが叶わないから代わりに橘の花をおくることによって坂上大嬢への思いを満たそうとする。朝も昼も相手を恋い慕ってしまう、だからといって昼間には相手を「思う」ことはあっても「逢おう」とはしないのである。逢瀬はあくまでも夜なのである。

家持以外の「朝に日に」

家持以外の歌も見てみたい。

朝に日《け》に色づく山の白雲《しらくも》の思ひ過ぐべき君にあらなくに

（巻四・六六八・厚見王《あつみ》）

かくばかり恋ひつつあらずは朝に日に妹が踏むらむ地にあらましを（巻十一・二六九三・寄物陳思）

一首目は、厚見王が女性の立場にたってうたった歌である。朝に昼に紅葉していく山にかかる白雲のように、忘れてしまうあなたではないのに。「朝に日に色づく山の白雲の」は「思い過ぐべき君」を引き出す序で、「白雲」は「君」を象徴している。古代において雲や霧は、人の魂、貴人・神の霊威が具現化したものととらえられていた（犬飼公之「雲のイメージ」『天象の万葉集』高岡市万葉歴史館編　平成十二年　笠間書院　など）。

君が行く海辺の宿に霧立たば我《あ》が立ち嘆く息と知りませ　　（巻十五・三五八〇）

その一方で左の四二四四番では、家持の娘婿の母の死を悼むのに「立つ霧が消えるように」とたとえたごとく、「消えやすいもの」「はかないもの」というイメージがつきまとう景物でもある（別冊國文學『万葉集事典』学燈社）。

…立つ霧の　失《う》せぬるごとく　置く露の　消《け》ぬるがごとく…　　（巻十九・四二一四・大伴家持）

そうしたことから、自分にとって大切な男を「紅葉して色を変えていく山の白雲」に託すことによって、男との距離感の変化やその関係のはかなさが導き出されている。そして、女はそんな男であるが、その男のことを忘れられない。だから、朝に昼に相手を恋い慕って眺めてしまうというような女心が託された序になるのである。

このように「朝に日に」という表現は、家持の歌の場合と同様に、朝にも昼にもずっと忘れることができずに恋い慕う心情を表現していることになる。

そして、二首目の「かくばかり…」（三六九三）ではじまる歌についてだが、このように恋いつづけているくらいならば、朝に昼に彼女が踏むであろう地面であれたらよかったのにという意味の歌である。

「かくばかり（このように）恋い続けているのならば」どうしたいのかということに対して、下の句で、「朝に昼に彼女が踏むであろう地面になれたら」と、叶えられるはずもない無理な結論を導き出してうたっている。いいかえれば、「かくばかり恋ひつつ」という状態は具体的にはどのような心理状況であるかという答えが、「踏みしだかれてもいいから朝にも昼にもあなたと直接触れ合っていられる地面であれたらいいのに」と表現されていることにもなる。それは、「まし」という助動詞を使った反実仮想（現実とは反するような無理なことを仮想すること）によって、不可能なことだと認識しているにもかかわらずわざとそれを希求し、女を恋しく思う思いの「強さ」自体を訴えることに比重が置かれた表現になっているともいえる。

このように、家持の歌をはじめとして、古代の恋愛歌における「朝に日（昼）に」という表現は、「恋しく思う」表現として使用されるのが一般的であるが、一方で昼間に「逢うこと・一緒にいること」を希求する歌というのはほとんどないのである。

「地面になれたらいいのに」という歌は、一見、地面という形でもいいからあなたの近くにいられたらと、朝に昼に一緒にいることを望んでいる歌のように見えるが、それは恋い慕う気持ちの「強さ」を表現するのに、不可能なことをあえていって誇張しているだけの反実仮想という技法であり、修辞《レトリック》なのである。昼間に「逢うこと・一緒にいること」自体を希求することとは一線を引いてよみとくべき歌だと思われる。

坂上大嬢という存在

そうした中、昼間であっても「逢うこと・一緒にいること」を希求している例外的な歌が以下の二首である。

大伴宿禰《すくね》家持が同じ坂上家の大嬢に贈る歌一首

朝に日《け》に見まく欲《ほ》りするその玉をいかにせばかも手ゆ離《か》れずあらむ　（巻三・四〇三・大伴家持）

いかならむ日の時にかも我妹子が裳引《もび》きの姿朝に日《け》に見む　（巻十二・二八九七・正述心緒）

一首目は、家持が十代の中頃、坂上大嬢が十代はじめの頃によまれたと推定されている歌である。（注3）「朝に日に」つまり夜を共に過ごした翌朝もその昼間にも見たいと思うその玉（坂上大嬢）をどうすれば失わないでいられるか、という内容の歌である。

通い婚が一般的であった当時、坂上大嬢がいつの時点で家持と婚姻したのか、また一緒に暮らすようになったかははっきりしない。特に家持の場合、この歌がよまれた後に坂上大嬢との仲が一度断絶していたことが、『万葉集』の巻四・七二七番歌の題詞にみられる「離絶数年《りぜつすうねん》、また会《あ》ひて相聞往来《そうもんおうらい》す」という記述から推定されている。また、二人の仲が再開したと考えられる二十代の家持の経歴をみてみると、二十三歳から五年間、都を彷徨する聖武天皇に内舎人《うどねり》として従駕している。したがって、坂上大嬢が住む奈良を長期にわたって離れていることになる。その上、越中赴任以前の家持には、十代後半あたりから笠女郎《かさのいらつめ》・平群女郎《へぐりのいらつめ》ら多くの女性たちとの相聞歌、そして、子までなしていながら他界した妾《しょう》を悲しみ痛んだ挽歌（巻三・四六二、四六四〜四七四）も残されており、そうした女性たちとの関係も無視できない。しかし、家持が二十九歳で越中国守として赴任し、四度目の冬、坂上大嬢は大帳使として都に上京した家持に伴われて越中へ下り、共に暮らしはじめたようである。家持が越中から坂上大嬢になりかわり、彼女の母であり彼にとっては叔母にあたる坂上郎女《さかのうえのいらつめ》におくった歌（巻十九・四一六九）があることがその根拠となっている。したがって、四〇三番歌のよまれた時点では、まだ共に暮らしていない状況だったと想像してもよかろう。

しかし、大伴氏の家刀自《いえとじ》的な存在であった叔母の坂上郎女《さかのうえのいらつめ》の強い意向もあって、「玉」にたとえられた坂上大嬢は、後に正妻となり家持と共に住むことが約束されていた仲だったのだろう。そして、通い婚に近い状態で離ればなれに暮らしているが、将来的には一緒に暮らすことが実現されれば、朝になっても別れることなくいられることになる。そういう実現可能な希望をうたっているからこそ、「昼間にも見たい（一緒にいたい）」という表現が生きてくる歌としてとらえられる。

後者の歌は、「どのような日のいつの時のことになるだろうか。吾妹子が裳を引く姿を、朝にも昼にも見ることができるのは」という意味の歌である。裳とは、女が腰から下に身につける巻きスカートのようなもので、当時、女が裳を引いたり濡らしたりする姿は、以下の「立っても思い、座っていても想像してしまう紅の赤い裳を引いて去っていった彼女の姿を」という内容の歌のように、男の視点からすると艶めかしく好ましいものとして受け止められていた。

立ちて思ひ居《ゐ》てもそ思ふ紅の赤裳裾《あかもすそ》引《び》き去《い》にし姿を　（巻十一・二五五〇・正述心緒）

したがって、自分の愛する女のそうした艶めかしい姿が、朝に昼にみられるようになるという時とはどういう時かといえば、それは結婚した時ということになり（澤瀉久孝『萬葉集注釈』他）、前者の家持の歌が結婚を前提としてうたわれていることを傍証しているともいえる。

以上のことから、恋愛歌の「朝に日に」という表現は、婚姻による同居状態を前提とした昼間の逢瀬を希求する表現だと考えられるだろう。

三　「朝な朝な」――毎朝毎朝――

家持の恋愛歌にみる「朝な朝な」

同じ頃、家持が坂上大嬢におくったとされる次のなでしこの歌についても考えてみたい。

大伴宿禰家持が同じ坂上家の大嬢に贈る歌一首

なでしこがその花にもが朝な朝《あさ》な《さ》手に取り持ちて恋ひぬ日なけむ　（巻三・四〇八・大伴家持）

この歌にも、「なでしこのその花であなたがあればよい。朝な朝な（毎朝毎朝）手に取り持って恋しく思わない日はないでしょう」と、「朝」という言葉が出てくる。

家持は、次の二首の歌からわかるように、自分の家の庭になでしこを植えていた。

大伴宿禰家持が坂上家の大嬢に贈る歌一首

我がやどに蒔《ま》きしなでしこいつしかも花に咲きなむなそへつつ見む　(巻八・一四四八・大伴家持)

大伴家持が石竹《なでしこ》の花の歌一首

我がやどのなでしこの花盛りなり手折りて一目見せむ児もがも　(巻八・一四九六・大伴家持)

四〇三番歌の「玉」と同様に、一四四八番歌では「なでしこ」を坂上大嬢に擬している。そして、「朝な朝な(毎朝毎朝)」自分の家の庭の「なでしこ」のように自分の身近にあって愛することをうたっている。通い婚・一夫多妻制が一般的な時代においては、毎朝顔を合わせることができるのは、通い婚という言葉どおり男が毎夜毎夜通っている場合、そして、同居婚状態になっている場合である。古代の婚姻制度については不明な点が多いが、同居できるのは恐らく正妻のような立場の女性だけだと思われる。

そういう立場にいる女性だけが、毎朝毎朝、自分の庭の草花を愛でることができるように、一緒にいることが許されるということになる。朝な朝な我が手に取り持って恋しく思うという表現も、単に「恋しく思う」と表現するのではなく、「恋しく思わない日はなかろう」と二重否定することによって、慕う気持ちが強調されている。

なでしこの花（撮影：高岡市万葉歴史館）

やはりこの歌も、前出の玉の歌で「朝に日に」一緒にいる状況を家持が希求できたのと同様に、将来的に坂上大嬢が正妻という立場につくことが約束されており、同居が実現されるべきことであるからこそ、重みをもって受け止められていたことが想像される。

左の笠女郎《かさのいらつめ》が家持におくったなでしこの歌と比較してみるとおもしろい。

笠女郎が大伴宿禰家持に贈る歌一首

朝ごとに我が見る宿のなでしこの花にも君はありこせぬかも

（巻八・一六一六・秋相聞）

「朝ごとに見るわが家のなでしこの花

でても、あなた（家持）はあってくださればいいのに」という意味の歌を笠女郎は家持におくった。「朝な朝な」と同じ意味を持つ「朝ごとに」という表現をつかった点で共通している。しかし、朝ごとに見たいのはなでしこの花ではなく家持なのである。だが、朝ごとに家持を見ること、すなわち毎晩共寝をして朝を一緒にむかえることは不可能なのである。その現実を受け入れたからこそ、「なでしこの花であったら」と、花に化身して欲しいといった実現不可能な表現をするのである。ここに、笠女郎と家持との距離があらわれている。

このように、朝という時間を軸に、なでしこの花を素材にして、愛する相手への思いを述べているが、作者の境遇の差が、家持が坂上大嬢におくった歌の健やかさと、笠女郎が家持におくった歌にみられる諦観というように、歌の表現の違いとして鮮明にあらわれてくるのである。

恋愛歌にみる「朝な朝な」

以下の「朝な朝な」という句が含まれる作歌事情が不明な恋愛歌と思われる歌々もみてみたい。

1 隠りのみ恋ふれば苦しなでしこが花に咲き出よ朝な朝な見む　（巻十・一九九二・花に寄す）

2 まそ鏡手に取り持ちて朝な朝な見れども君は飽くこともなし　（巻十一・二五〇二・人麻呂歌集）

3 まそ鏡手に取り持ちて朝な朝な見む時さへや恋の繁けむ　（巻十一・二六三三・寄物陳思）

4 紅の八入《やしほ》の衣《ころも》朝な朝ななれはすれどもいやめづらしも　（巻十一・二六二三・寄物陳思）

5大《おほ》き海の荒礒《ありそ》の渚鳥《すどり》朝な朝な見まく欲しきを見えぬ君かも　（巻十一・二八〇一・寄物陳思）

6人の親の娘子《をとめこ》児据《す》ゑて守山辺《もるやまへ》から朝な朝な通ひし君が来ねば悲しも　（巻十一・二三六〇・人麻呂歌集）

7朝な朝な草の上《うへ》白く置く露の消なば共にと言ひし君はも　（巻十二・三〇四一・寄物陳思）

1は笠女郎の歌と同様に、恋しさのあまり相手に対してなでしこの花への化身を願う歌である。

2・3・4は、朝に使う鏡や何度も染めた紅の衣といった身体に近い物を序にした歌である。そうした自分の身体に近しい物に通ってくる男を託した上で、毎朝毎朝それらを手に取るように馴染んでいても、飽きることがない、すばらしいといっている歌である。

5・6は毎朝毎朝会えないこと（毎晩通いがないこと）を悲しんだ歌。

7は少し表現がひねってあり、「毎朝毎朝、草の上に置く白露のように消えて果てるのなら共に、と言っていたあなたなのに……」という耽美な内容で、毎晩毎晩通ってきていた男が通ってこなくなったことを嘆いた歌である。

大別すると、「朝な朝な」という語句を含む恋愛歌が表現しているテーマは以下のような内容になる。

A群　毎晩逢って朝を一緒にむかえても飽きないくらい相手が恋しいこと　2・3・4

B群　毎晩の通いがないことを悲しみ嘆くこと　1・5・6・7

この分類に、家持の坂上大嬢におくった「朝な朝な」の歌（四〇八番）を当てはめるとA群の歌となり、笠女郎の歌はB群の歌となる。

そして、先述した四〇八番歌は、「朝に日に…」（四〇三番）の歌の存在や、坂上大嬢が後に正妻という立場につくという事情を重視して作歌事情を加味した場合、A群の特徴である相手に対する恋心を「毎晩逢って朝を一緒にむかえても飽きないくらい」と強調しているだけでなく、将来的な二人の関係を展望した表現として受け止められると思われるのである。

悲別歌の「朝な朝な」

「朝な朝な」という表現は、恋愛歌のみではなく、以下のように旅の歌で悲別の心情を強調する場合にもつかわれる表現である。

8うらもなく去《い》にし君故朝な朝なもとなそ恋ふる逢ふとはなけど　（巻十二・三一八〇・悲別歌）

9朝な朝な筑紫の方《かた》を出で見つつ音《ね》のみそ我《あ》が泣くいたもすべなみ　（巻十二・三二一八・問答歌）

三月三日に、防人《さきもり》を検校《けんこう》する勅使と兵部の使人《ひと》等と同じく集ひて飲宴するに作る歌三首

10朝な朝な上がるひばりになりてしか都に行きて早帰り来む　（巻二十・四四三三）

右一首、勅使紫微大弼安倍沙美麻呂朝臣《しびのだいひつあへのさみまろあそみ》

8は、悲別歌（旅の別れをうたった歌）の部立の冒頭を飾る歌である。「殊更に旅の別れの思いをいいたてることもなく旅立ったあなたであるゆえに、毎朝毎朝やたらに恋しくなってしまう、逢えるわけではないのに」というような内容で、旅だった男を思う女の歌である。

9は、問答歌で以下のような、荒津（大宰府の外港）の海に幣を祀って面変わりせずに早い帰還を願う妻の歌と対をなす歌ある。

荒津の海我幣奉《ぬさまつ》り斎《いは》ひてむ早帰りませ面変《おもがは》りせず　（巻十二・三二一七）

「毎朝毎朝、筑紫の方を見ながら声を上げて私は泣いている。どうすることもできなくて」と、旅の辛さをうたっている。

10は、越中国守赴任を終えた家持が、帰京後に兵部少輔という任について防人の点検業務に従事し、その業務が終了した時の打ち上げの宴の歌である。その時の宴の歌は、『万葉集』に三首記されているが、一首目にあげられた勅使として派遣されてきた紫微中台の首席次官である安倍沙美麻呂の歌である。「毎朝毎朝空に向かって飛び上がるひばりになりたいものだ。そうしたら、都に行ってすぐに帰って来よう」といった内容のものである。防人の点検業務は、蕾だった桜が咲き、やがて散ってしまうぐらいの期間、つまり一ヶ月弱、奈良の都を離れて難波（今の大阪市）で行われたからである。それに対して家持も、霞で都が見えないと都になかなか帰れなかった思いや、桜の花を持ちだして一ケ月弱に及ぶ業務を終えて都へ帰る感慨など自らの思いを、以下の二首のようにうたっている。

ひばり上がる春へとさやになりぬれば都も見えず霞たなびく　（巻二十・四四三四・大伴家持）
含《ふふ》めりし花の初めに来《こ》し我や散りなむ後《のち》に都へ行かむ　（巻二十・四四三五・大伴家持）

旅の歌では、朝・夕という時間に集中してその辛さや悲別の情を訴える歌が多い。恋愛歌においても、朝・夕という時間帯を契機に歌がよまれる場合が多いのは、両者がテーマ的にも近い位置にあるからかもしれない。

旅の歌にみられる「朝な朝な」という表現も、そうした旅の歌の時間意識を反映した表現としてとらえられる。そして、恋愛歌の「朝な朝な」という表現が持つ、思いの強さを訴える意識を土台にしながら、旅の歌では長期化する旅の辛さを表現しているのである。

池主の悲別歌にみる「朝な朝な」

うら恋し我が背の君はなでしこが花にもがもな朝な朝な見む　(巻十七・四〇一〇・大伴池主)

天平十九年（七四七）五月、越中国守の家持は、越中国の正税帳を朝廷に提出するために都へ赴く。それに先立ち、家持は越中国の掾《じょう》（三等官）だった大伴池主《いけぬし》に、「京に入ること漸《やうや》く近づき、悲情撥《はら》ひ難《がた》くして懐《おもひ》を述ぶる」と、別れの名残惜しさをよんだ長歌と反歌二首をおくった。そして池主も、「生別《せいべつ》は悲しく、断腸万回にして、怨緒禁《えんしょとど》め難《がた》し」と、家持との生き別れは自分にとって断腸の思い万回とでもいうべきもので、名残惜しさは押さえがたいと題して、長歌と反歌二首を返歌した。右の一首は、その第二反歌である。

「心から慕わしい私の背の君は、なでしこの花であって欲しい。そうしたら毎朝毎朝見られるから」。歌の中で池主は、家持のことを「我が背の君」と女性が親しい男性に対する呼称をつかってよんでおり、題詞・左注がなければ、男女の恋愛歌との見分けがつかない歌である。恋愛歌の表現が、こうした社交歌・交友歌にもつかわれていくのは家持の時代の特徴である。(注4)

しかしそうだとしても、この歌一首を単独でみた場合、8・9・10の歌に比べて、旅の別れに際した悲別というものがみえてこない歌である。先にB群に分類した笠女郎の朝のなでしこの恋愛歌に近い表現である。それは、次のように反歌第一首目で、道の神に家持の旅の安全を祈ることがうたわれているからであろう。

玉桙《たまほこ》の道の神たち賄《まひ》はせむ我《あ》が思ふ君をなつかしみせよ　（巻十七・四〇〇九）

そのため、反歌第二首目では、家持に対する思慕の念のみをよむことができたのである。四〇一〇番歌は悲別をテーマにした贈答歌群の中の一首として、また二首一組の反歌としてとらえるべきなのである。

それに対して、8のような作者未詳歌の場合は、作歌事情を知るすべがないため一首一首を単独でよみ、語句や部立などから類型や様式を汲み取って解釈を加えていくしかない。

しかし、この四〇一〇番歌のように、家持が帰京に際する悲別の情をよんだ贈歌に対する返歌と、作歌事情が明確な場合、「朝な朝な」という語句の持つ一般的な類型性や様式を考えつつも、家持と池主の関係や、家持の贈答とそれに対する池主の返歌の全体の中の表現としてとらえたい。そうしてこそ、この池主の歌の「朝な朝な」という表現にこめられた意図を正確にくみ取ることができるはずである。

そこで池主の返歌の「朝な朝な」の表現をみるために、家持が贈った長歌の以下の表現について注目したい。

…我が背の君を　朝去らず　逢ひて言問《ことと》ひ　夕されば　手携《てたづさ》はりて　射水川《いみづかは》　清き河内《かふち》に　出《い》で立ちて　我が立ち見れば…
（巻十七・四〇〇六・大伴家持）

まず、家持も池主のことを「我が背の君」と呼んでいることがわかる。池主の「うら恋し我が背の君は」は、それに呼応したのである。そうした恋愛歌的な味わいの中で、「朝になっても去らず逢って語らい、夕方になれば手を取り合って射水川に二人して出かけ」と表現されていることになる。

この表現のおもしろいところは、普通の恋愛歌であれば、朝は別れの時であり、別れを悲しまなければならないはずであるのに、「朝去らず　逢ひて言問《こと と》ひ」と、夜も一緒にいてしかもそのまま朝も二人は別れることなく語り合うとあることである。

先述した「朝に日（昼）に」に近い表現である。家持の坂上大嬢におくった歌の「朝に日に」という表現は、将来的には正妻という立場になり同居することによって保証される表現であるとすると、この歌の場合、「朝去らず」を保証する状況というのはどういうものか。普通の恋愛歌では、「朝去らず逢ひて言問ひ」といった状態にはならないはずである。すると、家持と池主の固有の関係性に還元することになるのではないだろうか。

周知のように、家持と池主の関係については、越中国守の家持のもとで働く越中国の掾《じょう》（三等官）という仕事の上での公的な関係の上に、そうした上司と部下という関係を越えたプライベートな面での交友も深かったことが、巻十七以降の二人の歌のやりとりから察せられている。その交友の深さは、家持が赴任一年目の冬、病床に臥した時の歌をはじめとし、公私にわたる饗宴を共にし、「越中五賦」のような文芸作品をやりとりする様など、漢詩文の世界観や恋愛表現を多様化した長歌短歌をもってかいま見ることができる。そうした家持と池主の歌や漢詩について、池田三枝子氏（「家持の〈交友歌〉」『古代文学』三十七号　平成十年三月など）は、謝霊運の交友歌にみられる漢詩文の理念が持ち込まれた表現としてとらえられている。

家持の池主との長歌にみられる独自性を、機械的に中国文学の影響を受けたにすぎないと言ってしまうことはできる。しかし、これまでの古代和歌にはない理念を享受し、その理念によって表現しなければならない、二人をめぐる固有の状況が存在したからこそ、漢詩文の交友歌の理念を享受できたのではないだろうか。

夜は宴席の座を共にし、朝になれば越中国庁という同じ職場で仕事に従事する。仕事が終わって夕方になると、射水川などに遊行し、越中の風土を歌にして交わしあう。『万葉集』の巻十七以降の歌々からは、二人のこのような間柄が想定できる。それは従来の恋愛歌では表現しえないものだったのであろう。

次の歌は、家持が坂上大嬢におくった長歌の一部である。

「妹と我と　手携はりて　朝には　庭に出で立ち　夕には…」の部分など、家持が池主におくった先の長歌との類句がみられる。「あなたと私は手をつなぎあって朝になると庭に出で立ち、夕方になると床を整えて共寝ができた夜」のような関係が、「…や　常にありける（常の事であっただろうか)」、と反語でうたわれており、一緒にいられることがまれであったことがうたわれている。

ねもころに　物を思へば　言はむすべ　せむすべもなし　妹と我と　手携はりて　朝には　庭に
出で立ち　夕には　床うち掃ひ　白たへの　袖さし交《か》へて　さ寝《ね》し夜や　常にありける…

(巻八・一六二九・大伴家持)

それに対して、家持と池主の贈答歌では、朝から晩まで一緒にいたことが述べられる。そしてそれは、恋人同士関係を越えた、公的にも私的にも濃密な間柄が土台にあったからこそ生まれた表現だったのではないだろうか。

すると、池主の返歌の第二反歌「うら恋し…」の歌では「朝な朝な見む」という歌の表現も、

…群鳥の　朝立ち去なば　後れたる　我れや悲しき　旅に行く　君かも恋ひむ　思ふそら　安く
あらねば　嘆かくを　留めもかねて　…　朝霧の　乱るる心　言《こと》に出でて　言はばゆゆしみ…

(巻十七・四〇〇八・大伴池主)

のような池主の長歌にみられる旅立ちに際する悲別の朝の表現としてとらえられる。

そして同時に、濃密な間柄に支えられた家持の贈歌の「朝去らず逢ひて言問ひ」の表現に応えるべ

くしてよまれた表現としてとらえられるのではないだろうか。

四　まとめ

以上、「朝に日に」「朝な朝な」という表現を主軸にして、古代の恋愛歌・悲別歌にみられる類型や様式の持つ傾向について述べた。さらに一歩進んで、家持が坂上大嬢におくった歌、家持と池主の贈答歌においては、そうした様式や心象を土台にしながらも、作歌事情等を照らし合わせた場合、形式の範疇を越えた心情をも表現していることをみてきた。そして、家持や池主の歌の場合、同居や職場など常に一緒にいられるような状況を前提にした表現がみられることを述べた。

注1　田中元『古代日本人の時間意識』第一章（昭和五十年　吉川弘文館）、井手至「古代語『こよひ』の意味用法をめぐって」（『人文研究』大阪市立大学　三十八巻三号　昭和六十一年十二月）、稲岡耕二「万葉集の『今夜』・『明日』について」（『国際日本文学研究集会会議録』十一号　昭和六十三年三月　国文学研究資料館）

2　高野正美「社交歌としての恋愛」『万葉集作者未詳歌の研究』（昭和五十七年　笠間書院）、森朝男『古代和歌の成立』第三章（平成五年　勉誠社）、高野正美「相聞歌の系譜」（『上代文学』八十三号　平成十一年十一月）。

3　小野寛「大伴家持と『なでしこ』」（『駒澤國文』二十三号　駒澤大学文学部国文学研究室　昭和六十一年二月）、伊藤博『萬葉集釋注』（集英社）

4　注2に同じ

※『万葉集』本文の引用は、新編古典文学全集『萬葉集』（小学館）によったが、私にあらためたところもある。

夜をうたうこと

関　隆司

はじめに

平安時代末に、藤原敦隆が『万葉集』の歌を歌の内容に拠って再分類した『類聚古集』は、巻第一「春部」から始まり、巻第二「夏部」、巻第三「秋部」、巻第四「冬部」と続く。その巻第三「秋部」は、「風・七夕・露・霜・雨・月」の順に題が立てられ、その次に「夜」が置かれている。夜に分類されたのは次の七首である。

秋の夜を長みにかあらむ何《な》そここば寝《い》の寝《ね》らえぬも一人寝《ぬ》ればか　（巻十五・三六八四　遣新羅使）
秋の夜は暁寒し白妙の妹が衣手着む縁《よし》もがも　（巻十七・三九四五　大伴池主）
今造る久邇《くに》の都に秋の夜の長きに独り寝るが苦しさ　（巻八・一六三一　大伴家持）
秋の夜の霧立ち渡りおほほしく夢にそ見つる妹が姿を　（巻十・二二四一　柿本人麻呂歌集）

よしゑやし恋ひじとすれど秋風の寒く吹く夜は君をしぞ思ふ　（巻十・二三〇一）
ある人のあな心無《な》と思ふらむ秋の長夜を寝覚め臥すのみ　（二三〇二）
秋の夜を長しと言へど積もりにし恋を尽くせば短くありけり　（二三〇三）

右は、現代の注釈書の標準的な訓み方によって掲げたため、『類聚古集』の訓みとは違っているところも多い。とくに、『類聚古集』は基本的にまず漢字のみの原文を掲げ、その左側に歌の訓みが並記されているのだが、右にあげた四・六首目は、訓が記されていない。

秋夜霧発渡兄《ア》之《イ》夢見妹形矣　（二二四一）
惑者之痛情無跡将念秋之長夜乎寐凡凡《ウ》　（二三〇二）

という原文のみが記されているのである。ア～ウの四文字は、諸本の中で『類聚古集』のみが異なっていて、原本の文字は明確ではない。イは龍谷大学善本叢書『類聚古集』の翻刻に従ったが、二三〇一番歌の「之」と同じ字で間違いない。二二四一番歌の場合は、他の古写本に「夙ゝ」とあって「アサナ（ア）サナ」と訓まれていたのだが、現在は、原本に「凡凡」とあったのを誤写したのだろうという賀茂真淵『万葉考』の説を採り、「オホホシク」と訓むことが多い。しかし異説もいくつかあり、それらは澤瀉久孝『万葉集注釈』に詳しい。今は同書の参照を願ってこれ以上は触れないでおく。

ともかく、この二首は本文の表記にも問題があり、訓むこともできなかったのではないかと想像されるのだが、しかし、それでも「秋の夜」として分類されているのは、本文に「秋（之）夜」の文字を含んでいるからであろうと考えられる。そこで、『万葉集』内に「秋夜」という文字例を探してみると、わずか九例を数えるのみで、そのうちの五例が、『類聚古集』ではこの巻三秋の夜に集められているのである。

採られなかった四首のうちの二首は長歌（三二四、五四六）で、これは長歌だけが集められた巻（『類聚古集』の巻十七・十九）に分類されている。もう二首（二二六四、二二九九）は、題詞（蟋蟀・月）のままに、『類聚古集』でも配されている。

さらに念のため、『万葉集』巻八の秋雑歌・相聞部の「夜」の文字を含む歌を調べてみると、全十八首のうち二首が長歌で、残る十六首のうち「今夜」とある歌が七首、「月夜」三首となり、「七夕歌」と題詞を持つ三首を除くと、残る二首は初句に「秋の田」とある歌と「秋の夜」の歌である。

以上のことから考えれば、『類聚古集』の秋部の「夜」には、初句に「秋の夜」を持ちながら、他に分類しえない歌に、巻八「秋雑歌・秋相聞」内の歌のうち、「夜」の文字を含み他に分類しえない歌と、巻十「秋相聞」内の「寄夜」三首を集めたのだと考えることができるのである。

一　「寄夜」

『万葉集』の中で、「夜」を題に立てた歌は、次の四首しかない。

寄夜

よしゑやし恋ひじとすれど秋風の寒く吹く夜は君をしそ思ふ　（巻十・二三〇一）
ある人のあな心無と思ふらむ秋の長夜を寝覚め臥すのみ　（二三〇二）
秋の夜を長しと言へど積もりにし恋を尽くせば短くありけり　（二三〇三）

寄夜

あしひきの山のあらしは吹かねども君なき夕はかねて寒しも　（二三五〇）

前の三首は巻十の秋相聞に、後の一首は巻十の冬相聞に収められている。『万葉集』全二十巻中、巻八と巻十の二巻だけが、歌を春夏秋冬の四季に分類し、それぞれ雑歌と相聞に分けて収めるという編纂方法をとっている。そして、巻八は作者判明歌を収め、巻十は作者未詳歌を収めているところに大きな違いがある。

秋相聞の三首は、「はじめに」で述べた通り『類聚古集』の秋部の「夜」に収められている。ところが、冬相聞の一首は、冬部の「風」に分類されているのである。

そもそも「夜」を詠む歌がなぜ季節分類できるのかという点を確認しておかなければならないだろう。秋相聞に配された三首には「秋」と「夜」の文字がある。しかし、冬相聞に配された、二三五〇番歌の原文は、

足檜木乃山下風波雖不吹君無夕者豫寒毛

であり、「夜」の文字もなく、一見して冬の景物と思われる語句もない。これは、この歌の前に置かれた、「寄花」と題する次の歌も同じで、

吾屋戸尓開有梅乎月夜好美夕〻令見君乎社待也　(二三四九)

とある原文を、わかりやすく「我がやどに咲きたる梅を月を良み夕々見せむ君をこそ待て」と書き下しても、なぜこの歌が冬に分類されたのかはわからない。諸注釈もその点にはほとんど触れず、阿蘇瑞枝『万葉集全注　巻第十』が、「冬の歌であることを示す表現はないが、原資料によって冬の作であることが編者にわかっていたのであろう」とし、伊藤博『万葉集釈注』に「春に関する表現がないから、冬の梅であるらしい」と見えるのが、説明らしいすべてである。その阿蘇『全注』・伊藤『釈注』にも、二三五〇番歌が冬に配されたことへの注はない。『全注』は巻頭の概説に四季の景物を載せており、そこに「あらし」が冬相聞の景物として一首数えられている。それは二三五〇番歌を指しているのだろう。しかし「あらし」は冬の景物なのであろうか。

『万葉集』中に「嵐」の意で「あらし」と訓まれている表記は、「下風」がもっとも多く五例見え、この他に「荒・荒風・荒足・山下・阿下・冬風」が各一例づつあって、全十一例を数えることができ

る。このうちの三例が「山のあらし」である。ちなみに『万葉集』に漢字「嵐」の使用例はない。アラシ十一例のうち、作歌時季を推定できる歌は次の六例である。

み吉野の山下風の寒けくにはたや今夜もわがひとり寝む　（巻一・七四）

霞立つ春日の里の梅の花山下風に散りこすなゆめ　（巻八・一四三七、春雑歌）

梅の花散らす冬風の音のみに聞きし我妹を見らくし良しも　（巻八・一六六〇、冬相聞）

…ぬばたまの　夜も更けにけり　さ夜更けて　荒風の吹けば　立ち止まり　待つわが袖に　降る雪は　凍り渡りぬ…　（巻十三・三二八〇）

…ぬばたまの　夜も更けにけり　さ夜更くと　阿下の吹けば　立ち待つに　わが衣手に　置く霜も　氷に冴え渡り　降る雪も　凍り渡りぬ…　（巻十三・三二八一）

衣手に山下の吹きて寒き夜を君来まさずはひとりかも寝む　（巻十三・三二八二）

七四番歌は、「大行天皇幸于吉野宮時歌」の題詞を持つが、ここで大行天皇と呼ばれている文武天皇の吉野行幸は、『続日本紀』には、大宝元年の二月・六月と大宝二年七月の三回の記録しかない。「寒けく」とあるので、この歌は春二月のものであろう。

巻八の二例は春と冬である。しかし、「霞立つ」「梅の花」などの語句によって季節分類されている可能性も残る。とくに、冬相聞に配された一六六〇番歌などは「冬風」と表記されていて、アラシが冬の景物とする有力な証ともなりそうだが、古くは「フユカゼ」と訓まれており、恐らく鎌倉時代に仙覚によって「アラシ」と訓まれて以後、土屋文明『私注』に「或は字のままフユカゼと訓むのかも知れぬ」とある以外の異説を見ないが、逆に「冬風」で本当にアラシと訓めるのかどうかとの疑いを残す。

今問題としている巻十冬相聞歌の表記も「山下風」であり、江戸時代までそのまま「ヤマシタカゼ」と訓まれていた。この歌を冬相聞に置いた巻十編纂者の手元の資料には、何らかの確証があったとしか考えられない。それゆえに、『類聚古集』がこの歌を冬部の「風」に分類したことは正しいとも言えるのである。

藤原敦隆は『類聚古集』編纂にあたって、実によく考えた上で秋部の「夜」に収載したとも言えるのではないだろうか。しかしそれはわずかに七首。その元となった『万葉集』に、「夜」を題に立てた歌はわずか四首しかない。なぜ、「夜」と題した歌はこれしかないのであろうか。

二　夜と月

「寄夜」三首を収める巻十の秋相聞は、柿本人麻呂歌集からの五首を掲げた後に、「寄水田・寄露・寄風・寄雨・寄蟋・寄蝦・寄鴈・寄鹿・寄鶴・寄草・寄花・寄山・寄黄葉・寄月・寄夜・寄衣」と「＊＊に寄」してうたった歌を載せ、その後ろに「問答・譬喩歌・旋頭歌」を載せている。「寄夜」の三首は、「寄月」と題した三首の後に置かれているのである。

この三首をそのまま「夜」に分類した『類聚古集』の巻三秋部も、すでに触れたように「夜」の前には「月」が置かれていた。

『万葉集』には、題詞に「月」を詠んだと記された歌が多い。まず巻三に「間人宿禰大浦初月歌二首」（二八九、二九〇）、「満誓沙弥月歌一首」（三九三）の題詞を見ることができる。巻六には、

安倍朝臣虫麻呂月歌一首　（九八〇）
大伴坂上郎女月歌三首　（九八一～九八三）
豊前国娘子月歌一首　（九八四）
湯原王月歌二首　（九八五、六）
藤原八束朝臣月歌一首　（九八七）

の八首のまとまりや、さらにやや離れて、

同（大伴）坂上郎女初月歌一首　（九九三）
大伴宿禰家持初月歌一首　（九九四）

の二首が置かれている。

巻七には、雑歌に「詠月」十八首（一〇六九～一〇八六）と、譬喩歌に「寄月」四首（一三七二～一三七五）がある。この巻は、作者未詳歌をまず大きく雑歌・譬喩歌・挽歌に分け、その中を巻十と同じように小題を立てて歌を配列している。雑歌の「月」は、天象の「天」と「雲」の間に置かれ、譬喩歌の「月」はやはり天象の「雲・雷・雨」の後へ配列されている。

巻九の作者未詳歌には「登筑波山詠月歌一首」（一七一二）がある。

巻十も、秋相聞（二二九八～二三〇〇）以外に春雑歌（一八七四～一八七六）・秋雑歌（二二二三～二二二九）・冬雑歌（二三三二）に「詠月」が見える。

巻十五の遣新羅使作歌には、「海辺望月作歌九首」（三六五九～三六六七）があり、少し違うが、「従長門浦舶出之夜仰観月光作歌三首」（三六二二～三六二四）、と月の光を詠んだ歌もある。これは、巻十九の大伴家持歌にも「還時浜上仰見月光歌一首」（四二〇六）を見ることができる。

右に取り上げたのは、あくまでも題詞に月を詠じたと記す歌ばかりである。それでも、これだけの歌を数えることができる。『万葉集』全二十巻内に、歌に詠まれた月は一八八例もある。(注1)

一方、『古事記』に記す神話では、イサナギが左目を洗った時に生まれた「天照大御神」に「高天原」を、右目を洗った時に生まれた「月読命」に「夜之食国」を、鼻を洗った時に生まれた「建速須佐之男命」には「海原」を配して、それぞれに統治させている。夜を統治するのは月である。

これは、たとえば『万葉集』巻六に収める「湯原王月歌二首」のうちの一首に、

天にます月読壮子《つくよみをとこ》幣《まひ》はせむ今夜の長さ五百夜《いほよ》継ぎこそ　(巻六・九八五)

と、女性と逢っている今夜は、捧げものをするから五百夜もの長さにして欲しいと月に頼んでいるのも、神話と同じく月が夜を支配しているという考え方であろう。湯原王の歌では、月を「月読壮子」と表現している点に特徴があるが、それも他に、

み空行く月読壮子夕去らず目には見れども寄る縁《よし》も無し　(巻七・一三七二)

という歌があることを考えれば、月をそう呼ぶこともあったと考えればよい。湯原王には別に、

月読の光に来ませあしひきの山き隔《へな》りて遠からなくに　(巻四・六七〇)

と詠んだ歌もある。「ツクヨミ」はこの他に五首を数えることができるが、どれも月のことである。

また、月を擬人化することについては、この他にも、

夕星も通ふ天道をいつまでか仰ぎて待たむ月人壮《つきひとをとこ》　(巻十・二〇一〇、柿本人麻呂歌集)

秋風の清き夕に天の川舟漕ぎ渡る月人壮子《つきひとをとこ》　(二〇四三)

などの表現を、巻十の七夕歌に見ることもできる。また、巻六に収める大伴坂上郎女の月の歌三首のうちの一首は、

山の端の左佐良榎壮子天の原門《と》渡る光見らくし良しも　（巻六・九八三）

とあり、この歌の左注は、「右の一首の歌は、或は曰はく、月の別の名を佐散良衣壮士といふ、この辞に縁りてこの歌を作れり、といへり」と記している。月が「ササラエヲトコ」とも呼ばれていたことがわかるのである。月はさまざまな名で呼ばれていたのであろう。

現代の感覚でも月と夜は近い関係にある語彙と思うのだが、古代にあっては、より緊密な関係にあったと想像される。このことに関しては、「月夜」という語句について触れておかなければならない。『万葉集』には、「月夜」が五十一例、「都久欲」が四例、「豆久欲」「三伏一向夜」が各一例見える。「都久欲・豆久欲」の仮名書き表記から「ツクヨ」と訓まれていたことがわかる。これらのツクヨのうちには、「月夜」とありながら「月」の題詞のもとに収められた例が存在する。たとえば、巻十春雑歌の「詠月」三首の中の二首は、

春霞たなびく今日の夕月夜清く照るらむ高松の野に　（一八七四）
春されば樹の木の暗の夕月夜おぼつかなしも山陰にして　（一八七五）

と、題詞に「詠月」とありながら歌には「(夕)月夜」とある。同じく秋雑歌の「詠月」にも、

心なき秋の月夜のもの思ふと寝の寝らえぬに照りつつもとな　(三二六)
思はぬに時雨の雨は降りたれど天雲晴れて月夜さやけし　(三二七)

などの歌が見られる。これらの「月夜」は「月」そのものと解釈されていたのだが、神野富一氏は月と月夜の全例を調査して、月と月夜の表現には明らかに違いがあり、月夜を月自体と解すべき必然はないと説き、月夜とは「月明かりの夜という一つの空間、ないしはその状態を意味すると考えざるをえない」とする。(注2)

考えてみれば、古代の「夜」には「月夜」と月のない「闇夜」しかない。ここに月が夜を支配するとの考えが生れる理由がある。

渡瀬昌忠氏は、『万葉集』巻十の編纂を述べる中で秋相聞内の歌の配置について論じ、「月」に続いて「夜」が置かれたのは、月と夜は天・地・人の三才のうちの天象に属し、月はその天象の中の「天体」を、夜は「歳時」を意味するのだろうと言う。また、『芸文類聚』の「歳時」部「秋」に、「秋夜詩」が多く収められていることなどを、編纂者たちは参考にしたのだろうとする。(注3) 恐らくは、それら漢籍の影響以上に、月と夜は強く結びついていたと考えてもいいのではないだろうか。

三　ヨとヨル

ここで、改めて「夜」という語句について考えてみることにする。

「夜」という文字は、『万葉集』では音仮名としては漢字本来の音である「ヤ」として使われ、訓仮名としては「ヨ」に使われている。しかし、「＊＋夜」と「月夜」のように夜の意味で使うときに「ヤ」と訓まれる例はない。日本語の「ヨル」に、同じ意味を示す漢字の「夜」が当てられ、「ヤ」は音のみが使われることになったのであろう。ちなみに、講談社文庫版『万葉集事典』の「万葉仮名一覧」によれば、「夜」をヤの音仮名として用いるのは、巻十一・十二以外の巻すべてに見られ、逆にヨの仮名としては巻三・七・十・十一・十三の五巻に使われているのみであるという。

そもそもヨルとは、一般的な辞書の説明を集約すれば、日没から日の出までの間を指す語である。対象を上代語のみに絞った『時代別国語大辞典　上代編』は、「ヒ」の項目の【考】で、

ヒ暮ル・ヨ明ルという言い方はあってもヒル暮ル・ヨル明ルと言う言い方はなく、またコノヨ・コノヒということはあっても、コノヨル・コノヒルということはないというようにかたよりがあり、ヒル・ヨルはどちらかといえば抽象的な状態をいい、ヒ・ヨはより具体的な時間の経過をいう傾向がみられる。

と言う。

このことについて、『万葉集』巻二の次の歌を見ておきたい。

やすみしし　わご大君《おほきみ》の　恐《かしこ》きや　御陵《みはか》仕ふる　山科《やましな》の　鏡の山に　夜はも　夜のことごと　昼はも　日のことごと　哭《ね》のみを　泣きつつありてや　ももしきの　大宮人は　行き別れなむ
（巻二・一五五）

天智天皇崩御の後、その山科の御陵から人々が退散する時に額田王が作った歌である。鏡の山で夜昼泣き続けた大宮人は別れて行くのかと詠んでいるのだが、夜昼となく泣き続けたことを「夜はも　夜のことごと　昼はも　日のことごと」と表現している。ほぼ同じ表現を『万葉集』の中から他に二例拾うことができる。一例は弓削皇子が亡くなった時に置始東人が詠じた挽歌で、

やすみしし　我が大君　高光る　日の皇子　ひさかたの　天つ宮に　神ながら　神といませば　そこをしも　あやに恐み　昼は　日のことごと　夜は　夜のことごと　伏し居嘆けど　飽き足らぬかも
（巻二・二〇四）

とあり、もう一例は、山部赤人が春日野に登って作った歌に、

春日《はるひ》を　春日《かすが》の山の　高座《たかくら》の　三笠の山に　朝去らず　雲居たなびき　かほ鳥の　間なくしば

鳴く　雲居なす　心いさよひ　その鳥の　片恋のみに　昼はも　日のことごと　夜はも　夜のことごと　立ちて居て　思ひそ我がする　逢はぬ児故に　（巻三・三七二）

と見える。確かに「ヒ・ヨ」「ヒル・ヨル」の対応が認められるのであるが、これらの三例はともに、「一日中」ということを、昼夜に分けて表現している。では、「ヒルはヒのことごと」「ヨルはヨのことごと」とはどういう意味であろうか。念のために原文を確認しておくと、

夜者毛　夜之尽　昼者母　日之尽　（二五一番歌）
昼波毛　日之尽　夜羽毛　夜之尽　（三〇四番歌）
昼者毛　日之尽　夜者毛　夜之尽　（三七二番歌）

である。「尽」は、古写本以来「ツキ」と訓み、「ヒノツキ・ヨノツキ」と訓まれていたものを、江戸時代に契沖『万葉代匠記』が「コトゴト」と改訓し、『万葉集』巻五に見える「…あをによし　国内ことごと（久奴知許等其等）　見せましものを」（七九七）などの仮名書き例を例証にして、現在の訓みに落ち着いたものである。現在も使う「ことごとく」は、この「コトゴト」の副詞化した語である。ともかく、いわば終日終夜ということを「昼中夜中」とでも表現していると言えば良いのだろう。

しかし、「ヒルはヒのすべて、ヨルはヨのすべて」とは、具体的にはどういうことだろうか。近藤

信義氏はこの表現から、『夜』を数えたててとり集めることができることを思わせる」とし、夜には、ヨヒ・ヨナカ・アカトキなどの時間的表現やヤミヨ・ツクヨ・アマヨなどの状態を表す表現もあることを考えて、「夜のことごと」とは、「数々ある夜の状態、時間をいくつもくぐりぬけ、積み重ね」ることまでを含めて考えるべきではないかとする。ただし、意味的には「夜は一夜中」としている。(注4)

ここで注意しておきたいのは、三首ともに、「ヒ」に「日」を当て、「ヒル」に「昼」を当てながら、「ヨ」と「ヨル」の両方には「夜」を当てていることである。ヨとヨルには「日・昼」のような書き分けがないのである。それぞれ五音句・七音句の部分であり、また「ヒ」に対して「ヒル」があるように「ヨ」に対して「ヨル」があったと考えられるので、「夜」をヨ・ヨルと訓み分けることは問題ないと思われるが、一体、昼を満たすことのできるヒとは何か、夜を満たすことのできるヨとは何なのであろうか。

近藤氏は、夜を時間的に表す語句と状態を表す語句に分けている。その両方が「ヨ」であり、そのヨの積み重なったものがヨルなのではないかとの提言であった。昼と夜の時間的区分については一般的に、アサ→ヒル→ユフ(ユフべ)→ヨヒ→ヨナカ→アカツキ→アシタと、時の流れに沿って呼び名が変わっていくとされるのだが、具体的にその呼び名が何時から何時頃までを指すといったことはわからない。なぜならば、この分類はあくまで『万葉集』などに使われた、その語の使用状況から判断されたものだからである。

たとえば、巻十冬相聞の「夜」に配された二三五〇番歌の題詞には「寄夜」とあるが、歌には、「…君なき夕はかねて寒しも」とある。この「夕」は「ユフ」「ヨヒ」のどちらにも訓めるのだが、実際には根拠は示されないままに「ヨヒ」と訓まれていて異訓は存在しない。想像するに、「君なき」とあることから、恋人がいるはずの時間の歌ととらえて、それはヨヒだという認識が働いているのであろうと思う。ともかくも、巻十の編纂者がこの「君なき夕」を夜の歌と認識したのは間違いのないことである。

そこで、巻十の夏相聞の最後に置かれた「寄日」と題する一首に触れておく。

寄日

六月《みなつき》の地さへ裂けて照る日にもわが袖乾《ひ》めや君に逢はずして　（巻十・一九九五）

あなたに逢えずに泣き続けている涙で濡れた袖は、夏の暑い太陽でも乾かないでしょうとうたっている。この歌の「日」は太陽である。昼の意ではない。『万葉集』中に、題詞に「日」と記した例は他にないが、巻十二の寄物陳思歌（物に寄せて思いを陳べた歌）の中に、

菅の根のねもころごろに照る日にも乾めやわが袖妹に逢はずして　（巻十二・二八五七）

と、一九二五番歌と同じ発想の歌がある。これは柿本人麻呂歌集から採られたもので、恐らくこの歌の方が古いのであろうと考えられるのだが、この歌は人麻呂歌集から二十三首一括して採られた中の一首であるのと、そもそも巻十二は小題目を立てないため、題詞がついていない。もしも「あなたに逢うまでは、太陽の力でも乾かないほど私の袖は涙で濡れています」と詠まれたこの歌を分類するため題を立てることになったら、やはり「寄日」とするしかないのではないか。「寄日」という題が存在していて、それに見合う歌を探していたならば、昼間・一日などの意味を含めた歌も配置されていた可能性もあると思われる。

四　夜をよむこと

冬相聞の「寄夜」歌一首の場合はどうだろうか。先に「寄夜」という題が存在して歌を探した結果この一首しかなかったと考えるべきなのだろうか。むしろそうではなく、まずこの歌があり、この歌にふさわしい題を考えた結果、「寄夜」が立てられたのだと考えたい。

恐らくこのことは、秋相聞の「寄夜」三首にも言えることであろうと思う。

ところで、巻七・巻十などに立てられた「詠＊」「寄＊」などの題詞をすべて見ていくと「夜」が唯一の時間概念をあらわす語彙だということに気づく。一体概念語彙に寄せて詠める歌とはどういうことなのか。

たとえば、柿本人麻呂歌集から採られた歌で巻七雑歌の冒頭を飾る「詠天」歌を考えてみてもよい。

天の海に雲の波立ち月の舟星の林に漕ぎ隠る見ゆ　（一〇六八）

という歌である。巻十の秋雑歌の「詠月」と題した、

天の海に月の舟浮け桂梶掛けて漕ぐ見ゆ月人壮子　（二二二三）

と比較すれば、一〇六八番歌の方が「天の海・雲の波・月の舟・星の林」とスケールが壮大であり、「天」と「月」の違いがよくわかる。しかし、よく考えてみると、題詞には「天」という空間概念を示す語が用いられているが、詠まれているのは、雲月星といった物名なのである。実際に歌の内容は、物の名前を詠んでいるわけである。

ここに夜の歌との大きな違いがある。夜を詠じた歌の場合、そこに詠まれるのは、夜という概念そのものではなく、恋人と過ごす時間としての夜なのである。

もともと日本語の「ヨ・ヨル」は、太陽の落ちた後の状況を示す語彙であったのではないか。そしてそれが、時刻制度の発達とともに、時間概念を示す語彙として使われるようになってしまったのであろう。

もうすこし、言葉を補足しておきたい。

かつては、太陽が出ているか沈んでいるかによって、その状況を「ヒル・ヨル」と呼び、それは、それぞれ別のものとして意識されていたのである。それが、中国大陸で生まれた時刻制度の導入とともに、「ヒル・ヨル」というものは、あくまで同じ一日の中の時間の違いということになってしまったのである。(注5)ヒが暮れたからヨルなのではなく、何々の刻だからヨルであるといった考え方への変化である。

それはまるでうぐいすが鳴いたから春だと感じていたものが、暦の導入によって、立春の日から春という季節が始まることになってしまったことと似ている。

『万葉集』に「夜」を題目に持つ歌が四首しかないのは、「春を詠む」などという題がないのと同じことで、そもそもヨルなどという抽象的な概念をうたうことなどできなかったことにも理由があるのだと考えられるのである。逆に言えば、わずか四首とはいえ「詠夜・寄夜」と題する歌が存在するのは、夜が恋人と過ごす時間であったために、恋人と会えない辛さや会う喜びを歌にすることができたからである。ここに歌の素材としてのヨルとヒルの大きな違いもある。

なお、最初に触れた『類聚古集』が、なぜ「夜」という分類をしたのかということに関しては、『万葉集』にすでにその題があったというだけではなく、「長夜」が秋の季語として定着していたということもあるであろう。(注6)

注

1　小野寛「万葉の月」（高岡市万葉歴史館論集3『天象の万葉集』笠間書院　平成十二年三月刊）

2　神野富一「『月夜』考」（『上代文学』83、平成十一年十一月）

3　渡瀬昌忠「万葉集における和歌の分類と配列（二）－天地人の三才分類について－」（『東洋研究』76、昭和六十年十月）

4　近藤信義「古代の一日と『ぬばたまの夜』（後篇）」（『立正大学文学部研究紀要』5、平成元年三月）

5　このことについては、神野志隆光「古代時間表現の一問題－古事記覚書－」（『論集上代文学』六　笠間書院　昭和五一年三月刊）が参考となる。

6　『万葉集』の中で長夜が秋の季語として定着しているかどうかについては、林勉「『長夜』考－万葉集の季節感に関連して－」（『和歌文学研究』四、昭和三二年八月）に詳細な報告がある。林氏によれば「第三期奈良朝頃より貴族間で知的な季節意識より秋とされ」たとのこと。巻十の編纂と合わせて考えるべきことだが、今私案はない。

万葉集の「過去」「現在」「未来」

粂川光樹

まえがき

私は、微力ながら、これまで継続して上代日本文学の「時間」について考えて来た。そこで、本稿の執筆に際し、私として一番容易でしかも責任の持てる作業は、これまでに発表した諸論文から関連部分を抄出して再構成することである。過去の仕事を羅列するおこがましさはあるが、その点お許しを願って、以下この方法で問題点を提示してみようと思う。「時間」に関連する私の論文の一覧は巻末に置いた。本文中に、たとえば〔k-10〕のように示すのは、その論文表に付した番号である。

第一章　過去 ——懐古的抒情の問題を中心に——

記紀歌謡と万葉歌とを区別する最も見やすい事実の一つは、「いにしへ」に対する抒情が前者には乏しく、後者において顕著に認められるということである。試みに検索語としてイニシへ、ムカシなど過去を意味する名詞をとりあげてみると、これらの語彙は記紀歌謡には全く含まれていないのに対して、万葉集はその第一期から四期までの全体にわたって、合計百以上の当該語彙を含み持っているのである。

記紀が抱える最も古い「過去」は神話の時間ということになるが、そこでは過去は十分に過去としての独立を得ていない。その時間的輪郭の不透明は、一つには事件の回復可能性によって、また一つには空間的観念との未分離によってもたらされている。ただし、神話の中にも、事件の非回復性・不可逆性という視点が全く欠如しているわけではない。岐美二神の復縁は結局成らず、邇邇芸《ににぎ》命《のみこと》は石《いは》長比売《ながひめ》を返したが故に永遠の生命を喪失した。さらに、時間にかかわる情緒性は、タヂマモリ、ヤマトタケル、赤猪子《あかいこ》の物語において、ある程度認められる。それ自体では懐旧的抒情性を持たない歌謡が、物語の文脈の中で、その性格を負うことになる事情も観察される。また、記紀歌謡自体の中にも、ある種の懐旧性を持つものが若干は認められる。これについては後に述べるが、その前に、文学を離れた散文の次元で、当時の時間意識の状況を概観しておくのも有益であろう。素材として日本書紀を用いる。

書紀を通じて観察されることの第一は、過去に、現在の事物の原点・基準・規範を求める意識の存在である。そうした故事に類するものの多くは、漢籍にその出典が求められる。第二には、「すでに多くの年を経た」という、経過意識が挙げられる。「天祖《あまつおや》の降跡《あまくだ》りましてより以逮《このかた》、今に一百七十九万四百七十余歳。」（神武即位前紀）などがその例であるが、時間の経過そのものを抽象的に対象とした例は見出せない。第三は、「未来永久にわたって何々」という表現が現れることである。この永久未来にかかわる想念には、①長寿・繁栄等をことほぐもの、②愛・忠誠などの不変を誓うもの、③現状を未来にわたって記念しようと願うもの、がある。第四に観察されるのは、土着的な過去の存在である。それは挿話としての説話を率いる、昔語り的な過去の意識である。例えば「昔一人有りて、艇に乗りて但馬国に泊れり」（垂仁紀八十八年七月）のように、それはいわば風土記的な過去である。

以上の四種の時間的状況のうち、第一から第三までは、その大部分が詔勅ないしはそれに類するものの中に見出されるが、その意味するところは、おそらく次のようなものであろう。（一）詔勅・外交文等は、内容・発想・修辞ともにほとんど中国のそれの模倣であるから、規範としての過去・理想としての未来の観念がそれらの中にだけ見られるとすれば、そのような観念もまた外来のものと見なされること。（二）そのような過去・未来に言及することは、おおむね政治的な行為であり、そうした過去・未来の観念は支配者層に属するものであったこと。（三）そのような過去・未来を想起することは、第一人称的な行為、つまり言語主体の主観的な行為であったこと。以上が日本書紀を素材として得られた、散文上の上代時間意識の観察結果である。

他方、私たちは、「フトノリト」「シノヒコト」の存在に注意を払う必要があるであろう。ノリトは延喜式のそれから察せられるように、抒情性の高いものであり、七、八世紀の段階では、それを奏することが宗教的実修であると同時に芸術的行為でもあったと考えてよいと思う。上述のように、書紀の過去意識の中に、神話的・皇統譜的過去への情緒的志向が――系譜自体は詳密に語られているにもかかわらず――比較的希薄にしか認められない事実と、このノリトの抒情性とは、一種相互補完的な関係にあったのではないか、と私は考える。一方、シノヒコトの方は、『文選』の誄《るい》・哀策文等から推定され、また幾らかは、景行紀や欽明紀など、書紀自体の記述を通じて理解できる。それらもまた抒情性に富むもので、人々の情緒に訴え、あるいはそれをはぐくんだであろうことが想像されるのである。

こうして万葉前夜の文学的状況では、「過去」という時間にかかわる、さまざまな観念や情緒が、系統を異にして散在していたのであった。それらは、相互に影響を与えあうよりは、それぞれの場で独自の成熟を果たしつつ、次の万葉時代の到来を待ったのである。そしてこの、潜在的に蓄えられた抒情的エネルギーが、やがて統合され和歌形式に集約されて、万葉懐旧歌の一見唐突な登場となるためには、いくつかの現実的な契機が介在しなければならなかった。呪術的世界の衰弱、政治的動乱、遷都、都市の崩壊など、歴史の不可逆性・一回性を印象づける事件の続発は、それぞれに、右の契機の一つであった。〔以上、k-15「懐古的抒情の展開」による。〕

さて、記紀歌謡のうち、追憶や回想を表現している数少ない例として、

(a) 沖つ鳥鴨着く島に我が率寝し妹は忘れじ世のことごとに（記8、紀5、火遠理命）

(b) 葦原のしけしき小屋に菅畳いやさや敷きて我が二人寝し（記19、神武天皇）

(c) さねさし相武の小野に燃ゆる火の火中に立ちて問ひし君はも（記24、弟橘比売）

（d）嬢子《をとめ》の床の辺に我が置きしつるきの大刀その大刀はや（記33、倭建命）

（e）……下泣きに　我が泣く妻を　昨夜《こぞ》こそは　安く肌触れ（記78、紀69、軽太子）

の五首を挙げることができる（e例には異解もある）。このほかに、歌謡として扱われてはいないが、

（f）吾妻はや　（倭建命）

をも加えてよかろう。これらのものには、ほぼ共通して、次のような性格が認められる。①「場所」＋「行為」＋「対象たる人物や事物」＋「簡単な感情表現」という構造を持つこと。②一回的経験の回想であること。③対象の行為、主体の行為、あるいは対象自体に対する執着が主想をなしていること。④性的交渉が背景になっていること。⑤回想的ではあっても、時間の経過そのものへの関心は認められないこと。⑥形容語、特に主体の情動を客体化して提示するような形容語がないこと。⑦助動詞「き」（連体形「し」）が強力に、そして場合によってはそれのみで、回想的感情を支えていること。⑧「はも」「はや」などの感動助詞を伴う場合が多いこと。そして、このような性格を共有するという意味で、私たちはここに一つの類型の存在を認めてよかろうと思う。これを今仮りに「古代歌謡型」と名付けることにしよう。

このような古代歌謡型の、発生や展開の時期の上限を見定めることは困難であるが、例歌ａｂｃｅが歌垣などの習俗に関連すると考えられることによって、また、例歌ｂが第三句および第六句に「わが二人寝し」を繰り返し持つ対立様式から第三句のそれを欠く統一形式へと移行し、同時に旋頭歌から短歌へと移行して行く例と考えられることによって、その時期はおぼろげながら推定できる。

このような古代歌謡型の懐古的抒情は、万葉集の中に楔状に食い込み、全篇を縦貫して引き継がれている。以下にその諸相を眺めてみよう。

○「――し」型の懐旧歌

助動詞「き」の連体形「し」が文末にあって懐古的抒情を担う例は、万葉集に七例を拾う事ができる。（巻一・四七人麻呂、巻二・一〇五大伯皇女、巻二・一〇九大津皇子、巻四・四九六人麻呂、巻六・一〇三八高丘河内連、巻九・一七九七人麻呂歌集、巻十六・三七九一「竹取」）ただしいずれも、抒情の集中度、濃密度において、記紀歌謡b例に及ばない。あるいは内容多岐にわたり、あるいは理に走り、あるいは過去よりも現状の説明に重点を置くなどして、助動詞「き」（「し」）の抒情性は弱められている。思うに、これらの内容に抒情性を付与するにはもはや「き」（「し」）では活力が不十分なのであって、複雑化する内容に対応すべき別種の抒情表現がさらに必要になった、ということなのではなかろうか。この「――し」型が、どちらかと言えば万葉前期に集中している点も、このことに関係があろうかと思われる。

○「――はも」型の懐旧歌

助詞「はも」をふくむ歌は万葉集に多く見られる。「はも」は「遠く離れている恋人や、大切にしているもの、或いは死んだ人などを回想・愛惜・追懐する心持を表わす助詞」（古典大系巻四・七六二頭注）であり、「ハモに上接する体言は、ハによって個性的な存在として取り立てられ、モの結合によって喚体表現の対象とされる。そのため、特別な、極限的な状況にある対象への詠歎になりやすく、かつそのような状況は、話し手と過去に特定の交渉があって現在は存在しないものや遠くはなれているものの表現に適している」(『時代別国語大辞典』上代編)といった性質のものである。

「ハモ」を文末・準文末に持つ万葉歌のうち、過去志向を持つものは一六例ある。歌番号と作者名だけをほぼ年代順に挙げれば、それは、(ア)巻七・一三八三人麻呂歌集、(イ)巻三・二八四春日老、(ウ)巻三・三八七若宮年魚麻呂《あゆまろ》、(エ)巻十四・三五一三東歌、(オ)巻十四・三五三四東歌、(カ)巻十四・三五六九防人、(キ)巻十一・二七〇六未詳、(ク)巻十一・二七〇八未詳、(ケ)巻十二・三〇四一未詳、(コ)巻十六・三八七四未詳、(サ)巻四・七六一大伴坂上郎女、(シ)巻三・四五五余明軍、(ス)巻四・五七八大伴三依、(セ)巻十七・三八九七傔従、(ソ)巻二十・四三五六防人、(タ)巻二十・四四三六防人、である。先に私が「古代歌謡型」の特徴として挙げた八項目を基準にしてこれらの例を検証してみると、次のようなことが言える。

(一)「き」と「はも」とは常に同伴し対応している。ア、ウ、コの三例において追懐性がやや認められるのを例外とすれば、時間の経過そのものへの関心は歌に明言されておらず、過去の時間的深さも示されていないが、この「き」との対応によって、「はも」には何らかの程度の懐旧性が付与されていると認められる。

(二)専門歌人による作は少なく、ほとんどが東歌・防人歌・作者未詳歌などであって、文化的周圏に偏在しているようである。

(三)ウの若宮年魚麻呂の存在に注目される。彼は古歌の伝誦者として知られるが、その人の作歌ウが「はも」で終り、またその伝誦歌一四二九番歌にも「はも」が含まれていることは、この形式が、古風なもの、あるいは伝承性・伝誦性に富むものとして当時の人々に意識され、宴席などで享受されていたことを示唆するものではなかろうか。すなわちその抒情性は、個人的でなく集団的、民謡的なものとして機能していたと推定される。

(四)「古代歌謡型」の構造のうちで、具体的な場所の提示(固有名詞など)が最も早く脱落する。ついで、経験の一回性が鮮明度を弱める。

(五)右とほぼ並行して、上の句の序化、修辞化、観念化が進行する。あるものは叙景的になり(エ、ケ)、あるものは世界観・人生観的になる(シ、ス、タ)。

「古代歌謡型」の懐旧歌は、万葉集において徐々にその性格を薄め、かわって新しい形式が発達して行く。その最も早い例として、軍王の、

山越しの風を時じみ寝る夜おちず家なる妹を懸けて偲《しの》ひつ(巻一・六)

を挙げることができる。ここに注目されるのは「偲ひつ」という、主体の情緒的行為を述べる語が存在することであり、さらにその語に「寝る夜おちず」「懸けて」という時間的継続の様態を示す修飾語が付けられていることである。これらは「古代歌謡型」の懐旧歌には見られないことであり、歌の主想が対象にのみ限定されるのではなくして、作歌主体の情動にまで及んでいることを示すものである。一般に作歌主体の情動の客体化・素材化が詩史的発展に伴って出現するものであることを考える

ならば、この六番歌の発想は、「古代歌謡型」よりも新しい展開として認めてよいであろう。

さて、万葉集の「過去」への関心や執着を示す動詞として「おもふ」「おもほゆ」「しのふ」を挙げることができる。その全例を分析し数理処理をした結果によれば、懐古的志向を表現する際に最も使用頻度が高く、また「いにしへ」との観念連合が濃密である動詞は「思ほゆ」であって、他の動詞との数量的差異は顕著である。「いにしへ」は、それを能動的に領略し反復すべき対象として意識せられるのではなく、受動的・自然発生的に「思はれる」ものとして意識される傾きがあったものと推定できよう。

次に「思ふ」であるが、上述のように、その懐古性との関連は、例数的には比較的希薄である。しかし、いったんそれが懐古的内容を持った場合には、「思ほゆ」に比べて質的な積極性・濃厚性を増すことが観察される。「眠も寝らめやも古思ふに」（巻一・四六人麻呂）、「哭のみし泣かゆ古思へば」（巻三・三二四赤人）、「心もしのに君をしそ思ふ」（巻二十・四五〇〇市原王）、などがその例である。「思ふ」の積極性と、作者の顔ぶれとを合わせて考えるならば、「いにしへ」を「思ふ」という積極的な懐古的抒情の、いわば文化的中央性を指摘することができるのではなかろうか。

最後に「しのふ」について述べる。「しのふ」が懐旧性を備える明白な例は、次の五例にすぎない。（ア）巻三・四六五家持「亡妾悲傷」、（イ）巻十八・四〇九〇家持「遙聞霍公鳥喧」、（ウ）巻十九・四一八四留女之女郎、（エ）巻三・四八一高橋朝臣「悲傷死妻」、（オ）巻九・一八〇一福麻呂歌集「葦屋処女」。以上いずれも万葉第四期の作品であるが、「しのふ」の意味的特徴は、その「しのふ」という行為そのものが時間的持続性を備えており、いわば情緒的思考性、思弁性を帯びるという点であろう。そのような心の動きが作者自身に認識され、それに作者が表現を与えるという、自省的・自照的な構造になっている。〔以上、k-24「懐古的抒情の成熟」による〕

なおここで、「悠久過去」について付言しておきたい。万葉歌では、それは「天地の初の時」「天地のわかれし時」のように表現されるが、そのほとんどは実感に乏しい修辞に終わっている。わずかに人麻呂の日並挽歌（巻二・一六七）および赤人の不盡山歌（巻三・三一七）の二首に実質的内容を認め得る。なお、第三節で述べる「永久未来」を参照されたい。両者は円環をなして接続している。

第二章　現在

万葉集の「現在」を考えるにあたって、語彙「今」を手がかりとしたい。

万葉集中の「イマ（已麻、伊末、伊麻、異麻、今、今者、今時、且今）」を抽出すると、その数は延べ一七二例、それをふくむ歌一七〇首、うち長歌一六首となる。それらの例をほぼ時代順に配列して吟味した結果について要約しよう。

（一）イマの主体。

一人称、つまり作者「われ」が主体である場合が圧倒的に多い。ただしそれはイマということばが持つ原理的な性格であって、あまりにも当然のことではある。イマをイマと表現できるのは究極的には「われ」をおいてはいないのであり、古代に限らず現代まで、イマということばで表現される時間は、必ず話し手によって領有されている主観的な時間であると言わねばならない。ただし、その「われ」の時間は、そこに他者の共存を許す場合がある。例えば、

……みつみつし　久米の子等が　頭椎　石椎もち　今撃たば良らし　（記10）

……吾はや飢ぬ　島つ鳥　鵜養が伴　今助けに来ね　（記14）

のような「呼びかけ」の文では、呼びかける者の時間である「今」は、同時に呼びかけられる者、つまり第二人称者の「今」でもあることが、話し手によって要求されている。また、例えば、

あをによし寧楽の京師は咲く花の薫ふがごとく今盛りなり（巻三・三二八小野老）

においては、イマの帰属は一応は「寧楽の京師」であって、作者と「寧楽の京師」とがそのイマを共有しているものと言うことも可能である。この意味ではこのイマという時間には第三人称者が入り込んでいるのである。

すべてのイマの主体が「われ」であることを前提としながらも、こうした点に着目すれば、そのイマの主客共存化の程度を測定することができる。万葉第一期は例数にしてわずか三例、歌数にして二首であり、数字的処理に適さないので省略するとして、第二期以降のイマの主体に関する考察

の結果を言えば、以下の通りである。(文中「第二人称者」は、第一人称者と第二人称者が共存しているもの、「第三人称者」は、第一人称者と第三人称者が共存しているもの、を言う。)

万葉第二期および巻十以外の作者未詳歌では、第一人称者が65%以上を占め、第二人称者が15%前後でそれに続き、第三人称者(事物)の占める割合は4%にすぎない。それが巻二十の作者未詳歌および第三期では、第一人称者が40%以下、第二人称者が10%以下に減少し、かわって第三人称者である「事物」が42%以上という高率を示すことになる。ここでは、イマをめぐる「われ」や「なんじ」は、いわば事物の背後に退き、事物を通すことなしには自己をあらわすことができないかのようである。それが第四期になると、ふたたび、わずかながら第一人称者の割合を増して来る。それは例えば家持の歌が示しているように、作者の生活や感情が外面と内面、あるいは公と私というように分化し、拡散してきたことの結果であろうと推定される。

(二) イマの「ふくみ」

それぞれのイマは、どのような含意を持っているであろうか。実例から帰納して、私はそれを一九の項目に分類した。すなわち、①悲観・失望・無常(ダメデアル)、②孤愁・悲哀(ヒトリサビシク)、③諦念(モハヤコレマデ)、④悔恨(シマッタゴメン)、⑤未練・望郷・懐旧(ワスレラレナイ)、⑥譲歩(セメテイマダケ)、⑦慰撫・弁解(マアマア)、⑧捨身・居直り(アトハノトナレ)、⑨非難・怨恨(ナゼソンナ)、⑩憂慮・危惧・同情(サゾツラカロウ)、⑪恋情(オモウハカノヒト)、⑫勧誘・決意・禁止(イザ・ゼヒ・ケシテ)、⑬願望・期待(ソウデアリタイ)、⑭当然・義務・努力（ヤルコトハヤル）、⑮適時（イマコソノトキ）、⑯観照・賞美・享受（イイモノハイイナ）、⑰奉祝・賛美・憧憬（ホメヨタタエヨ）、⑱快適・現状満足（イウコトナシ）、⑲完了満足・歓喜（ヤレヤレゴキゲン）、がそれである。

全例について、主想というべき項目を一個選んで整理すると、結果は次のようになる。多い方から挙げる。（1）⑯観照・賞美、（2）⑬願望・期待、（3）⑪恋情および⑰奉祝・賛美、（4）④悔恨および⑮適時。

上掲①から⑲までの項目は、おおむね番号の若いものほど暗いマイナス価値のもの、番号の大きいものほど明るいプラス価値のもので、⑪の恋情のあたりで明暗が反転する形に並べてある。上記の集計結果は、上位の「ふくみ」が、ほとんど⑪よりも後寄りの、つまり明るいプラス価値のものであることを示している。

この他、イマが何に対比されているか、例えば遠い過去に、あるいは、近い未来に対置されているか、といった問題も調査したが、ここでは省略する。

以上、万葉集の「現在」意識を「今」を素材として考察した。〔この項、k－4「万葉集の『今』」による〕

第三章　未来

ここではまず、語彙「待つ」によって、万葉集の「未来」を考えてみたい。資料とした万葉の「待つ」は、全部で二七二例ある。

まず、待たれる対象について見ると、全例の70％強は、恋人ないしは家族の一員である個人である。そして、男が女を待つ場合はわずかであって、大部分は女が男を待つものである。その「待つ」意識には、どのような性格があるであろうか。

古い例として、

君が行きけ長くなりぬ山たづね迎へか行かむ待ちにか待たむ（巻二・八五磐姫）

以下数首の、巻二冒頭歌群を見てみよう。周知のように、八五番歌の第五句は九〇番歌および允恭記では「待つには待たじ」となっている。八五番歌にはわずかながら、その「待つ」意識に新しい展開がみられると言えるであろう。すなわち、行動の意思を直線的に表現する「待つには待たじ」に対して、「待ちにか待たむ」には、「待つ」行為を客体化して計量するごとき曲折した価値づけが見られる。それは、続く八六番歌以下と合体することによって、一つの自省的な立場を打ち出している。なお、八七番歌（「ありつつも……」）には数首の類歌があるが、それら類歌の末句「霜はふれども」「霜そ置きにける」が既定の事実の表現であるのに対して八七番末句「霜の置くまでに」は未来にわたる観念の表現に移行しており、それによって「待つ」こと自体も観念化しているのである。

続く八八番歌（「秋の田の……」）について言えば、「何時」の文字を含む原文「何時辺乃方二」に、時間的意味があるかどうかで議論があるが、代匠記を支持する澤瀉説の「『何時』は時である。『辺の方』は所である」に従えば、その時は「いつともわからぬ未来」「不安定な未来」として暗示されているると言える。重要なのは、この〈七、〈八番歌にふくまれる時間が、すでに個人の心で染められているということ、言い換えれば、時間が自己の内側へと採りこまれていることである。

さて、愛情関係の個人以外に、「待つ」ことの対象になっているものとして目立つのは、月〈三四例〉、船〈二四例〉、秋〈二一例、秋萩をふくむ〉、猪鹿〈五例〉、霍公鳥〈五例〉、などである。秋に関する例数が多いのは、一つには七夕歌がまとまって存在するためであり、もう一つには秋萩が女性のイメージを負わされているためであろうと推定される。〔この項、k-5「時間」およびk-12「万葉集の『待つ』」による〕

以上語彙「待つ」によって万葉集の「未来」を概観したが、そこでは十分に触れることができなかった「永久未来」の思想について述べなければならない。

人麻呂の高市挽歌の「然れどもわご大王の万代と思ほしめしてつくらしし香具山の宮万代に過ぎむと思へや」、同じく明日香皇女挽歌の「天地のいや遠長く偲ひ行かむ……明日香河万代までに」などに見られる永久未来の表現は、宮廷讃歌に固有のものであるが、その思想は、記紀の体系神話が持つ「無時間的時間」「永劫回帰の時間」と根を同じくするものであろう。〔参照k-8「試論・人麻呂の時間」〕人麻呂はまたこの思想を、吉野讃歌〈巻一・三六〉において、

……この川の　絶ゆることなく　この山の　いや高知らす　水激つ　滝の都は……

と表現している。曾《そ》倉《くら》岑《たけし》氏の論文「『この川の絶ゆることなく』考」[注1]は、人麻呂のこの表現に注目して「永久未来」の文学表現を検討したものであるが、一九七〇年以降ようやく現れてくる上代文学の時間論的研究のさきがけとなった、重要な論文であると私は考えている。以下しばらく同論文の内容を採意要約したい。同氏によれば、「(この川の)絶ゆることなく」という表現は人麻呂が創始したものであり、永遠・永久・永続といった観念を和歌の表現に強力に導入し、これを慣用句化させたのは人麻呂であった。集中の「万代」の語を検討して未来永久の観念は皇室中心の国家観念の上に最もよく現れていたことを指摘した安田喜代門氏の研究[注2]があるが、この指摘は「万代」だけでなく、「絶ゆることなく」を始め、永遠等の観念を意味する表現の全体についてほぼ認め得る。ところで、記紀等の歌謡の中で永遠・永久・永続等の観念・表現のみられるものは二首(紀78、紀102)であるが、その二首には四つの共通点がある。すなわち①建物の築造に関係がある、②天皇への奉仕・服従の観念が示されている、③命(いのち)に関係がある、④帰化人が関与しており大陸的要素が指摘できる、の諸点がそれである。仲哀記は新羅王の服従の誓いを引くが、そこでは永遠・永久の観念と奉仕・服従、そして大陸的要素が結合されている。また、顕宗即位前紀にある室寿の詞章には建物の各部分と関連させつつ所有者の心・命・富をことほぐことが見えている。これら二系列の観念が交錯した場は朝廷であった。そして、人麻呂の「絶ゆることなく」の吉野の歌には、右にあげた要素がすべて備わっている。その歌は、日本書紀の二首を直接ふまえて作られたものではないが、両者の間にはなんらかの関係があると思われる。――以上が曽倉論文の紹介であるが、新羅との関係など、示唆に富むものと言うべきであろう。

ついでに触れれば、「吉野と永遠」は興味ある研究テーマである。万葉集には、吉野に関する歌が九五首散在する。そしてその半数に近い四二首が何らかの形で時間の観念を表出しており、さらに、そのうちの二〇首は「永遠」の時間に触れている。「時間」とりわけ「永遠」に対する関心は、万葉吉野歌の一特徴と考えてよいであろう。その背後には、政治と宗教と中国文学の影響とがある。特に比蘇寺（吉野寺）の存在に注目される。

さて、万葉集の「未来」に関して、もう一つ述べておきたいことがある。それは私が「ブーメラン式」と仮に名付ける、作者が身をいったん未来に置いて、現在を過去のごとくに振り返るという往復的発想についてである。例歌として三首を挙げよう。

留火《ともしび》の明石大門《おほと》に入る日にか漕ぎ別れなむ家のあたり見ず（巻三・二五四人麻呂）
沖つ島荒磯の玉藻潮干満ちて隠ろひゆかば思ほえむかも（巻六・九一八赤人）
明石潟潮干の道を明日よりは下咲《したゑ》ましけむ家近づけば（巻六・九四一赤人）

これらの歌には「その時そこで過去を回想するであろうような未来を、今から予想する」という複雑な構造が観察される。そうした手続きを経るとき現実の景は、おおむね、言わば「懐かしき現実」に変質して作品の中に定着するのである。この構造は、抒情詩発想の基本にかかわるものとして、注目に値すると思う。

第四章　作家と作品

(一)　柿本人麻呂

かつてエリアーデは『永遠回帰の神話』で諸民族の例を引き、「過ぎ去った時間を撥無して宇宙開闢を再現することにより、自らを周期的に再生しようとする、深い欲求の存在した」こと、また「世界の誕生の読誦を聞くことが、創造のわざ、特に宇宙開闢と同時代の人となることを意味した」ことを指摘した。(注3)人麻呂の、日並皇子挽歌(巻二・一六七)に典型的に示されているような、神話的、皇統譜的叙述は、このエリアーデの説がよく妥当する例であろう。根源的存在、それは根源的時間と言い換えてもいいが、かかる存在との接触を失うまいという願望は人麻呂において強烈であった。もちろん、宮廷儀礼歌をはじめとする公的な歌に示されるこの願望は、人麻呂個人の性向に帰せられるべきものではなく、時代の理念の代弁者としての人麻呂を考えなければならないが、この願望は、公的性格の比較的薄い旅の歌(例巻三・三〇四)や、さらに私的な恋愛歌(例巻四・四九七、四九八)にも読み取られる。

ところで、近江荒都歌(巻一・二九〜三一)および安騎野遊猟歌(巻一・四五〜四九)は、人麻呂の時間意識を考えるうえで重要な資料である。前者について言えば、「近江荒都を過ぐる時」という題詞によって、この歌群が、現在の廃墟に立って過去を振り返り作られたものであることは知られる。しかしこれは、作者の発想の説明としては、ある錯覚をふくんでいよう。人麻呂がまず身を置いているのは、神代から天智天皇に至る過去である。しかもこの過去は、歴史的時間の過去ではなく、円環をなして未来に回帰すべき過去である。人麻呂は、過去から現在――遠ざかり行く現在、衰滅していく現在――を見ているのであって、現在から過去を振り返っているのではない。後者「安騎野」の歌について言えば、長歌末尾の「古念ひて」は、強烈な懐古の情の表現であるが、四九番歌に「日並皇子《ひなみしのみこ》の命の馬並めて御猟立たしし時は来向ふ」として詠まれるその「時」は、また強烈に回帰の思想の表現でもある。山本健吉氏の、ここでの鎮魂が復活にかかわる「たまふり」の性格と死霊鎮撫の「たましずめ」の性格との新旧二様のものに渡っているという指摘(注4)が思い合わされる。つまり人麻呂は、回帰する円環の時間と、不可逆の直線の歴史的時間との、ちょうど接点に位置する歌人であったと言える。そのことをほとんど図式的な鮮明さで示しているのが、

　去年見てし秋の月夜は渡れども相見し妹はいや年さかる　（巻二・二一四）

の一首であろう。

次に「泣血哀慟」歌群に注目したい。この歌群に共通して認められる内容の展開を図式化すると、①現実の恋、②離別、③追跡、④追跡の無効、⑤回想、というような類型を得る。ただし⑤の回想は、末尾に立つとは限らず、全篇を覆って表出されている場合もある。このような構造を持つ歌は、

記紀歌謡、初期万葉、風土記を通じて存在しない（初期万葉に一応考慮すべき例が若干あるが）。ところが、歌謡でなく散文としてならば、この型は記紀の神話や説話の中にしばしば見出されるものである。すなわち伊邪那岐の黄泉国訪問、火遠理命《ほをりのみこと》と豊玉姫、倭建命《やまとたけるのみこと》と弟橘比売《おとたちばなひめ》、応神天皇と兄媛、仁徳天皇と黒日売、軽太子と軽大郎女、磐姫《いはのひめ》皇后と天皇、雄略天皇と赤猪子、中大兄皇子と造《みやつ》媛《こひめ》、などいずれも離別と追跡の物語である。問題はこれら散文に伴う回想的感情が、どこまで文芸的性格を帯びているかであり、それが人麻呂の歌における上記⑤の回想性とどうつながるのかという点にあるが、今は詳述できない。人麻呂の永久未来の想念については、すでに述べた。〔この項、k－8「試論・人麻呂の時間」による〕

（二）高市黒人

まず気付かれるのは、黒人が悠遠の過去についても永久の未来についても歌うことがなかった、という単純な事実である。全作品一八首の短歌を通じて、触れられている最も古い過去は「ささなみの故き京」（巻一・三二）であり、最も遠い未来は「吾妹子に……角《つの》の松原いつか示さむ」（巻三・二七九）というその「いつか」であって、過去も未来も、ほぼ彼の生涯の範囲に限られている。

古の人にわれあれやささなみの故き京を見れば悲しき（巻一・三二）
ささなみの国つ御神のうらさびて荒れたる京見れば悲しも（巻一・三三）
かくゆゑに見じといふものをささなみの旧き都を見せつつもとな（巻三・三〇五）

「古人爾和礼有哉」の句は、一方では「自分は古人ではないのに」という解釈と「自分は古人であるためか」という解釈が対立し、他方では「古人」そのものの意味として「遠い昔の時代の人」および「時代遅れの人」という二様の解釈が対立するため、それらの組み合わせによってすくなくとも四通りの理解が可能であるが、いずれの解釈によるとしても明らかなことは「古人爾和礼有哉」と言ったとき黒人は、完全には「今の人」でなく、しかもまた完全には「古の人」でもなかったという一事であろう。もちろん、その黒人の「古」と「今」とを矛盾・対立する要素としてとらえることは間違いではないが、黒人にはその対立の図式で律しきれない側面があるように思われる。彼の時間の意識の中には、過去と現在との融合とでも言うべきものが観察されるのである。

率《あど》ひて榜《こ》ぎ行く舟は高島の阿渡の水門に泊てにけむかも（巻九・一七一八）

時制を考えるなら、上句は「榜ぎ行きし舟」でなければならないが、原文はその読みを許さない。また下句「泊てにけむ」があるので、上句だけをいわゆる「歴史的現在」と解することもできない。けっきょくこれは、現実には「榜ぎ行きし」過去の舟であるものが、いわば残像として黒人の意識の中に存在し続けているものと解釈するしかない。それがそのまま文法時制の「現在」の形をとったのであろう。それは、現実の時間とは次元を異にした、意識の次元での「現在」である。結句の「けむかも」の「けむ」は分類上は過去推量の助動詞だが、ここでは必ずしも「今」の時点から振り返られた過去が関心の対象になっているわけではない。逆に、「率ひて榜ぎ行きし」時点から見たその後のこと、つまり「今」をもふくめたその後の「未来」が、関心の、そして不安の対象となっているのである。

私がここで「意識の次元での現在」と仮に称して来たものは、ことばを変えて、「詩の次元での現在」「詩的現在」と呼んでもよい。その黒人の詩的現在とは、上述のように、過去によって裏打ちされ、あるいはその中に過去が滑り込んで来ているような時間帯なのであった。そこでは、現在から過去が振り返られているのではなく、かえって、過去から現在が振り返られているのだ、と言うこともできる。

黒人の「未来」にかかわる数少ない歌のほとんどは、「現在」に接して続くすぐ後の未来ばかりを扱っている。そしてその未来は、水平線に消えて行く小さな舟に象徴されるような、不安と憂愁に満ちたものであることは周知の通りである。

わが船は比良の湊に漕ぎ泊てむ沖へな離《さか》りさ夜更けにけり（巻三・二七四）

など数首に見られる「舟泊て」は、それが無事になされるかどうかが、まず不安なのであるが、無事に停泊できたとしても、それは不安や憂愁の終了ではなくて、いわば一時の休止であるに過ぎない。いずれにしても舟はふたたび渺々たる水域に漂い出なければならないからである。注目すべきは、そのような黒人の不安な未来が、いかなる宗教的、観念的、思想的、また人倫的な救済とも結びついていないという点であろう。〔この項、k－21「試論・高市黒人の時間」による〕

（三）山部赤人

赤人の「過去」には、神話的な悠遠な過去と、現実的な特定の過去との二類がある。神話的な悠遠の過去は、しかしほとんど具体性をもって語られることがない。人麻呂の場合には、たとえば日並挽歌に典型的にみられるように、かくも具体的・追体験的に描かれた神話的過去が、赤人においてはただ「天地の分れし時ゆ」「神代より」と、観念的、抽象的、かつ簡潔に表現されている。ここには実は二様の問題がふくまれていると言える。その一つは簡略化の問題であり、その二は「ゆ」や「より」で示される時間的連続性の問題である。風巻景次郎氏の論（注5）に依りつつ述べるなら、この簡略化は、持統朝と聖武朝の行幸の性格の違い、従駕歌の場の違いによってもたらされた。聖武朝では、名勝の美を愛で、遊宴を楽しむことの方が作歌の主眼になり、神話的過去を長く叙述する必要がなくなったものと察せられる。加えて、神話の普及・常識化が逆に表現の簡略化を可能にしたという事情もあったかと思われる。しかし、いずれにしても、神話的過去への熱気の希薄化が進んでいることは明白である。次に「ゆ」や「より」で示される時間的連続性の問題であるが、これには清水克彦氏の周到な論（注6）がある。天地開闢以来の長い歴史が「より」や「ゆ」などの一つの助詞に委ねられてしまうという極度の簡略化・抽象化が生じているわけだが、氏はこれを「事の発端は悠久の太古であり、以後の長い歴史には、具体的に特筆すべきなんらの変更もないとする精神の所産」として理解したい、とされている。

ところで、伊予温泉の長歌（巻三・三二二）の尾部は、「遠き代に神さびゆかむ行幸処《いでましところ》」で閉じられている。「神さびゆかむ」は単に「神々しい姿で未来に続いて行くだろう」ということではなく、「ますます古色を帯び神々しさを増すだろう」という意味であろう。赤人の脳裏にあるのは、「未来のその時点から振り返り見れば、いよいよ深い過去へと遠ざかり神さびゆくであろうような」行幸処なのであろうと思う。「遠ざかる」といっても、それは朧化を意味しない。対象は過去へと遠ざかりつつも、スポットライトは絶えずそのものに当てられており、事物はかかる連続した時間の遠近法の中に確立されている。そしてその過去は、たとえば「とりかえしのつかない」過去として痛恨される対象ではなく、またそこへの回帰や反復を願って心に葛藤を生じるような過去でもなく、かえって時間の流れに組みこまれ永遠化して行くことで賞美されるような過去なのである。

次に、「神岳《かむをか》」の長歌（巻三・三二四）の末尾を引く。「見るごとに哭《ね》のみし泣かゆ古思へば」は、日本の文学で、懐古の情が「泣く」ことと結びついた最初の例として注目される（k-10「万葉集の涙」）。ただし、この長歌における赤人の過去への想いは弱く、いかなる犠牲のもとにもあえて「過去」を奪還しようという気迫や、その結局の不可能にうちのめされ、恨み、悲傷するといった情念の緊張はそこにはない。懐古の情は、情熱ではなく情調になっている。「いにしへ」への「孤悲」という浪漫的心情そのものが抒情の実質を形成しはじめているのである。

さらに、「吉野反歌」二首を見る。

み吉野の象山の際の木末にはここだもさわく鳥の声かも（巻六・九二四）
ぬばたまの夜の更けゆけば久木生ふる清き川原に千鳥しば鳴く（巻六・九二五）

第一反歌の時刻については、夜、昼その他諸説があるが、今は早朝と考えておく。すると第一反歌にあってはだんだんと夜の白みゆく、そして第二反歌にあってはだんだんと夜の更けてゆく、そういう時間の経過がそこにあることになる。今仮にこれらを「自然の時間」と呼んでおこう。ところがここにはまた、それとは異なる時間の存在が認められる。鳥声が「ここだも」騒ぎ、千鳥の「しば鳴く」時間である。「しば」から当然言えることだが、その時間は瞬間ではなくて、ある幅を持った、持続する時間である。持続する時間であるが、それはまた、過去から未来へと変転する自然の時間ではなく、いずれの瞬間でそれを輪切りにしてみても常に、木末に鳥が騒いでいる、川原に千鳥が鳴いている、そんな同質の時間なのである。今仮にこれを「静止」の時間と呼んでおく。この静止の時間は、現実の問題として言えば自然の時間の中の一小区画であるから、たとえば夜が明けてしまえばそれで終りという意味においては、限られた、むしろつかのまの時間である。けれどもその静止の時間の内側では、時は流れずしかも同質であるのだから、それは悠久・恒常の時間と相異するところがない。吉野反歌にしても、「和歌の浦に潮満ち来れば」の歌（巻六・九一九）にしても、「動」を詠みながら絵画の「静」を印象付ける赤人叙景歌の秘密は、このあたりにあるのではなかろうか。〔この項、k-22「山部赤人の時間」による〕

(四) 大伴旅人

昔見し象《きさ》の小河を今見ればいよよ清《さや》けくなりにけるかも　(巻三・三一六)

万葉集中に過去と現在とを対比して歌っている例は数多いが、この三一六番歌のように「過去もよかったが現在はもっとよい」という内容のものは類例がない。(注7) ただし、過去を否定するのではなくむしろ賛美し、それをテコとして現在をさらに賛美するというこの発想の型は懐風藻には散見され、それらが政治ないしは公的儀礼の場にかかわっていることを考えれば、同じく公的儀礼歌の反歌である三一六番歌が、なぜこの種の「昔―今」の対比で吉野を歌っているかは理解できる。

　もっとも、この「(昔見し) 象の小河」の句は三一五番長歌の中には登場しないのであって、反歌におけるこの句の出現が唐突なものであることは否めない。旅人は、より私的な三三一番歌でもこの表現をもう一度使っており、公的反歌に象眼されてはいるものの、三一六番歌の場合にも、「昔見し」には個人的な回想がこめられているものと想像してよいであろう。

　旅人の歌に見られる「過去」は、そのほとんどが自己の体験の射程内の時間に限られている。わずかな例外が、讃酒歌や、歌序に引用された故事伝説の類に見出されるが、それらのものの過去性は、歌の内質に直接かかわるものではない。旅人の「過去」の特徴は、それが「わが盛り」の日々への追憶と離れがたく結びついていることである。旅人の「過去」意識を人麻呂のそれと比較すれば、それがいかに私的・個人的・人間的であるかが実感されるのである。

旅人には、相反する二つの未来観が存在した。一つは「万代」永久の思想である。ただしそれらは儀礼歌や社交歌の類に限って示されており、そこに旅人の本領があったとは言えない。もう一つの未来観は、「生ける者つひにも死ぬる者にあれば」という諦念ないしは覚悟であって、しかもそれが他界観念を伴っていないところに特徴がある。旅人が個人の世界で直面していた未来は、老齢という生理的条件からも、妻の死という人生的条件からも、また藤原氏の隆盛という政治的条件からも、衰退と滅亡を予想すべき未来であった。すなわち彼の「現在」は、未来の方から絶えず脅かされる現在であった。彼が私人として現在を肯定するためには、讃酒歌に見られるように、酒に酔うことが必要だったのである。そしてその酒は、古代伝承の讃酒歌、勧酒歌、謝酒歌の類が備えていた神事的な性格を失っている。それは根の一端を中国の文化に持ち、ここに新しく日本文学に登場した人間的な酒であって、旅人の、先に見たような「現在」を抜きにしては、この導入はあり得なかったかと思われる。

ただし、旅人にはもうひとつの救済があった。松浦歌群のような、フィクションの世界を創造することである。「松浦川に遊ぶ序」と続く巻五・八五三〜八六三番歌に登場する人物たち、それは主人公である「われ」と仙境の娘たちであるが、それらがみな若いという単純な事実にまず注目すべきであろう。若いのは、また、人物だけではない。時は春、川の瀬は光り、そこに「さ走る」のは若鮎である。その時間は、いわば、過去・現在・未来という系列から遊離した無時間的時間であって、それを構築する作歌の作業は旅人にとって心楽しいものであったであろう。

もっとも、そのような試みは、けっきょく永続性を持たなかった。旅人の作品は、やがて亡妻悲傷の抒情詩へと収斂して行き、彼はふたたび時間との勝ち目のない争いの中に身を沈めて行くのである。〔この項、k－13「試論・旅人の時間」による〕

(五) 山上憶良

巻五・八〇四の「哀世間難住歌」は、「世間の術なきものは年月は流るる如し」と書き出される。小島憲之氏はこれを「翻訳的表現」とし、その典拠の例として謝霊運の詩を挙げておられる。(注8) ところで、万葉集中、動詞「流る」を述語としてその主語に立つ名詞は、水・雨・川・涕などが普通で、時間に関する語は、憶良のこの一例があるのみである。時間を流れとして見ること自体は、すでに人麻呂の「この川の絶ゆることなく」に現れているが、人麻呂の場合は未来永遠をことほぐ意味であったので、今の憶良の、無常観に彩られた「流る」は異なる性格を負わされていると言うべきである。憶良の「流るる」時間は、とどめがたい勢いをもって激しく人間を「老」へと追いやる時間である。

天平五年、死に近づいた時期の作と考えられる「悲歎俗道假合即離易去難留詩」は、五年前の「悼亡文」の主題の直接の延長線上にある。その漢文序は三段に別けて扱われるのが普通だが、そこには①世に不変のものはないこと、②時間の速く過ぎること、③死のまぬがれがたきこと、④この世の終りを見る者はいないこと、が述べられている。そのほとんどは悼亡文の内容と重なっているが、④だけは新しく加えられた部分である。④は、超越者の存在を否定していることにおいて重要であるのはもちろんだが、そのような超越者の存在について問うているという、そのこと自体においてもまた注目に値する。「世の終りを見る者」とは、世の外側に立つ者、この世の時間とは異なる時間に住む者である。その者の存否を尋ねることは、この世が滅びてもなお滅びないものの存否を尋ねることであり、宗教的救済の根幹を問うことである。憶良はかかる存在を「未だあるを聞かず」として否定する。憶良にとって、すべてはこの世の時間の内側にあって、その絶間なく速やかな侵食にさらされるものなのだった。

憶良の作品には、自身の過去に触れるものが極めて少ないが、他方、憶良がむしろ積極的にかかわろうとした過去が二種類認められる。一つは、規範ないし典拠とすべき故事であり、もう一つは、神話的な過去である。前者の例は悼亡文にも沈痾自哀文にも充満しているが、しかし、それらの故事はその固有の過去性において強調されているのではなく、いわば現存する情報として活用されているものである。後者の例としては、鎮懐石歌（巻五・八一三）、好去好来歌（巻五・八九四）、七夕歌（巻八・一五二〇）を挙げることができる。順に、讃歌、予祝歌、伝説歌に分類できようが、いずれも人麻呂に通う神話的・皇統譜的表現を備え、公的儀礼歌の伝統の上に立つものである。ただ、旅人の場合にも増して憶良にあっては、その過去は素材的であり伝聞的であったと言わなければならない。

以上、憶良の過去意識が現在意識の方向に牽引される傾向を見た。次に、その「現在」を考えてみよう。「今」「この時」「今日」など、現在を指示する語が備わっている憶良作品の全例から帰納して言えることは、その「現在」が持つ「ふくみ」（文脈に与えている効果、または、文脈においてあたえられている色合い）が、ほぼ共通して、「悲哀」の情であることである。その憶良の「現在」は、これをその対極にある懐風藻侍宴詩の世界と比較して見るとき、いっそうその性格を鮮明にする。境《さかひ》部《べ》王の「秋夜山池に宴す」や箭集虫麻呂《やつめのむしまろ》の「左僕射《さぼくや》長王《ちゃうわう》が宅にして宴す」などが典型的であるが、侍宴詩の特徴は、まさに「即ち是れ帰を忘るる地」であるところの、場所の別天地性であり時間の別次元性であると言えよう。「憶良らは今は罷らむ」の罷宴歌は、その別空間・別時間から、自分は現実世俗の空間・時間に戻らなければならないとする、憶良の当為の意識を象徴的に示すものになっているようである。

なお、一言、憶良の「未来」についても触れておきたい。挨拶的・予祝的願望を別にして言えば、憶良の作品に示される「願望」には、①脱出願望、②永生願望、③平安願望の三種があるが、その多くは逆接表現を伴って、その成就が絶望的であることが語られている。また内容に未来推量をふくむ例歌を検証するに、いずれもまた悲哀の情で色どられている。憶良自身の老化と病とが要因であろうが、その文化的背景についてもなお解明の余地があるものと思われる。〔この項、k-19「山上憶良の時間」による〕

(六) 大伴家持

家持は、万葉歌人の中でもとりわけ「時間」にかかわることの多い歌人であった。例えば「春まけて」「さ夜更けて」「年深し」「毎年に」など、時間に関係のある語句を品詞にかかわらず広く拾って、仮に「時間語」とでも呼ぶとすれば、家持の全作品四七六首の内で時間語を含む歌は二六二首あり、これは55%にあたる。同様の基準で他の主要歌人の作品を調べてみると、人麻呂作歌43%、人麻呂歌集歌30%、赤人36%、旅人33%、憶良28%、家持を除くこれらの平均34%であって、家持の55%がすぐれて高い数値であることがわかるのである。時間論的考察は、家持の文学を考える上で不可欠のことと思われる。

本稿の冒頭で、私は自身の既発表論文を綴って責を塞ぐことの言い訳をしたが、家持の時間意識については、私の作業はまだ完了しておらず、これまでに公表できたのは、わずかに「時は経ぬ」(巻三・四六九)の考察と、「移り行く時見るごとに」(巻二十・四四八三)の考察を主とする、数本の論文にすぎない。したがって今、私にできることは「家持の時間」をめぐる先学の業績のなかから、本稿の主題である「過去・現在・未来」に関係の深いものを拾い、研究史として紹介することだけである。原文を忠実に引用する紙幅がないので、私のことばに改めて要約する。

①うつろひ

青木生子《たかこ》氏(注9)によれば、万葉集に見られる「うつろひ」は、時間の単なる「推移」ではなく「衰退」という価値上の移行の意味を包蔵している。またそれは、当初の直観性に代わって反省的思惟的志向へと変化して行った。家持の場合、安積皇子《あさかのみこ》挽歌(巻三・四七八)において、すでに思惟的傾向がみられるが、そこではなお皇子の死が「うつろひ」の直接の因として前面に現われている。ところが「悲世間無常歌」(巻十九・四一六〇)では、直接の由因なしに「うつろひ」の思惟自体が主題的によまれており、そこでは「無常」と「うつろひ」とは同一の世界観的意義を帯びるに至った。彼はその「無常」を悲しむ執着から一歩脱して恒常的なものを求める意欲を持ってはいたが、しかしついに解脱には至らず、時間の悲哀を情趣美に転じるところに自らの文学を構築したのであった。

小西甚一氏[注10]は、家持の春愁歌に関して、「シナ」には人生の天地間における孤独・寂寥をうたう「愁思」のモティーフがあるが、家持は、それを範として「都人の歌」を作ろうとしたので、このテーマをすべて家持の実感だとするのは、あまりにも近代的な解釈である、と説かれた。六朝前期の中国文学に見られる二つの思想的立場、一つは陸機の「歎逝賦」に始まる「永遠な時間の流れに浮かぶものとして人間をながめる」ゆきかたであり、もう一つは王羲之の「蘭亭記」に初出する「茫漠たる宇宙のなかに漂う人間への省察から人生の『はかなさ』を実感させる」ものであるが、この二つの思想が叙景の中に溶け込むのは陶潜あたりからであり、それらが家持歌の下敷きになっている、とするのである。中国文学における時間意識の、日本文学への移植の問題として重要な指摘である。

②無常感・無常観

家持の「無常」について最も体系的に論じたのは藤田寛海氏[注11]で、その結論的部分を引用すれば「家持は、無常なる現世を厭離し切らずに再び現実へ回帰して『千年の寿』を願っている（巻二十・四四七〇）のであって、彼のこの回転——現実無常による修道生活欲求と現実への回帰——は、いわば螺旋形を描いて彼の全人生を貫いていると考えられる」わけである。では家持にあって不滅なもの、恒常的なもの、移ろわぬもの、とは何であったのか。藤田氏が作品に即して挙げたところは、（立山、二上山の）神、（花でなく木および実としての）橘、大伴の遠つ神祖の名、千歳の寿、常磐なる松、一族の功名、などである。私のことばで誇張して言えば、それは仏教的時間から土着信仰的時間への回帰なのであった。

③季節感・暦法意識

橋本達雄氏の「大伴家持と二十四節気(注12)」は、題詞・左注などにそれと明示されていなくても家持の作品には二十四節気に対する意識が強く作用している場合が多いことを実証したものである。

芳賀紀雄氏の「大伴家持――ほととぎすの詠をめぐって――(注13)」は、家持のほととぎす詠に一貫して暦日とのかかわりが認められることを実証した後に、そのほととぎすに二つの特徴があることを指摘する。その一つは「遙かなものに対する美意識を伴った聴覚的態度」であり、もう一つは、ほととぎすと「夜」とりわけ「月夜」とのイメージの結合である。芳賀氏が言われるように、万葉集において従来、距離の隔たりについてのみ使用された「はろはろに」の語を、家持がはじめて「鳴く」と組み合わせ、聴覚表現に持ち来たしたとすれば、それはさらに、そのほととぎすを通して家持が、距離の「はろはろ」を時間の「はろはろ」に転じ用いたということにまでなりはしないか、と私は思うのだが、まだ十分な考察ができないままでいる。

④長歌の時間

清水克彦氏の「大伴家持における長歌の衰退(注14)」によれば、万葉長歌の構成方法には二つのタイプがある。一つは人麻呂にその典型が見られるが、時間的な場合には過去から、また空間的な場合には遠方から歌いはじめて、現在の時間や場所に及び、最後に叙述に対する作者の詠嘆の心を投じるものであり、表現としても一首の途中に切れ目を持たない。もう一つは憶良の「貧窮問答歌」のように、一つのテーマが複数の角度から検討され、それに応じて一首が幾段かに仕切られているものである。家持の長歌は、形式では人麻呂型、内容では憶良型で、そこに齟齬が生じている。「結局家持には、もう展開的な長歌を構成する能力がなかったのであろう。そして、時間的、ないしは空間的な関連を断ち切って一点を凝視し、それを短歌形式に凝集した時に、数少ない彼の秀歌が生まれたのだと思う」と清水氏は結論される。

青木生子氏の「宮廷挽歌の終焉——大伴家持の歌人意識——[注15]」は、家持の安積皇子挽歌の第二歌群が「時間的経過を含んだ衰退」「時の経過による衰退の悲しみ」「時間的変化を底流にした皇子への回想、追慕」を主調としていることを指摘した後、詩史的見地から、同挽歌の特色として二点を挙げる。すなわち、第一に、宮廷儀礼歌は本来永遠をこめた現実讃歌であり挽歌といえども寿歌たるべき本性を失っていないはずであるが、家持の安積挽歌はそこにあらわな無常観を導入したことにおいて異例であること、第二に、本来宮廷挽歌には作歌時に即した季節表現がなく、それは長い殯宮の期間中随時歌われることに応じた特色と理解できるが、家持の安積挽歌は作歌時の春の季節感をそこに盛り込んで特殊であり、裏から言えばそれは、この挽歌が儀礼歌として繰り返しのきかない、その時点においてのみ有効な一回性のものであったこと、を意味している。

⑤神話的時間と歴史的時間

家持の神話的時間の問題に触れた論文は多いが、平野仁啓氏の「大伴家持の時間意識[注16]」は、その後半部において、最も広範かつ体系的にこの問題を扱っている。その内容は以下のとおりである。①藤原氏絶対優勢の政治状況のもとでは、旅人も家持も現実の力はなく、ただ神話や祖先の功績を回想・追憶する以外には自己を主張する有効な手段を持っていなかった。②家持にとって天孫降臨の神話は過去の出来事ではなく、現在の自己の行き方を規定するもの、自己と祖先との同一化を保証するものであった。そこでは時間は未来へ向かって流れることができず、常に神話的時間に戻ってくるのである。③原始の時間へと反復する時間は、原始農耕文化の生活から発生したと考えられるが、家持が「あらたまの年往き返り」と言うところにも、この反復する時間の反映が認められる。家持が永生を願っているにしても、それは決して未来へと流れる時間に生きることを考えているのではなく、単に循環する時間の長さが考えられているにすぎない。④もちろん家持も、歴史と無縁であったわけではなく、もはや、安らかに神話的時間に包まれて生きるわけにはいかなかった。その緊張が、かの春愁歌のような、風景と心理とが映発しあう独特の歌境を生んだのである。⑤新しい時代の動向を真に理解することができなかった家持は、「移り行く時見る毎に心いたく昔の人し思ほゆるかも」と回想の世界へ逃避するほかはなく、疎外感のみが濃厚になっていった。⑥家持の思想に儒教や仏教の影響が認められるにもかかわらず、それが家持にとって新しい存在様式をつくりだす力にならなかった理由は、例えば樹木霊崇拝や言霊崇拝などの原始心性が根深く生きていたからである。〔この項、k-27「大伴家持の時間（上）」による〕

以上

時間論関係論文目録（粂川光樹）

k-1　古事記の「今」　『古典と現代』33号　一九七〇・一〇
k-2　古事記の「スデニ」　『短大論叢』（関東学院女子短期大学）42号　一九七一・三
k-3　記紀歌謡の「今」　『古典と現代』35号　一九七一・一〇
k-4　万葉集の「今」　『論集上代文学』第2冊　一九七一・一一
k-5　時間（万葉集の詩と永遠）　『国文学』5月号　学燈社　一九七二・五
k-6　「古事記と時間」試論（1）　『古典と現代』37号　一九七二・一〇
k-7　「古事記と時間」試論（2）　『古典と現代』38号　一九七三・五
k-8　試論・人麻呂の時間　『論集上代文学』第4冊　一九七三・一二
k-9　「古事記と時間」試論（3）　『古典と現代』40号　一九七四・五
k-10　万葉集の涙　『玉藻』（フェリス女学院大学）10号　一九七四・五
k-11　古代吉野についての一考察　『フェリス女学院大学紀要』11号　一九七六・四
k-12　万葉集の「待つ」　『古典と現代』43号　一九七六・九
k-13　試論・旅人の時間　『論集上代文学』第6冊　一九七六・三
k-14　「時は経ぬ」考　『論集上代文学』第7冊　一九七七・二
k-15　懐古的抒情の展開　『論集上代文学』第8冊　一九七七・一一
k-16　「今立たすらし」考　『古典と現代』45号　一九七八・二
k-17　万葉集の「時」　『フェリス女学院大学紀要』13号　一九七八・三
k-18　上代日本文学の時間論的研究・序説（口頭発表）　第二回国際日本文学研究集会（国文学研究資料館）　のち同会議録に収載　一九七八・一〇

k-19　山上憶良の時間　『万葉集研究』第8集　一九七九・一一
k-20　「移り行く時見るごとに」考　『論集上代文学』第10冊　一九八〇・四
k-21　試論・高市黒人の時間　『論集上代文学』第15冊　一九八六・九
k-22　山部赤人の時間　『国語と国文学』9月号　一九八六・九
k-23　高橋虫麻呂の時間　『古典と現代』56号　一九八八・九
k-24　懐古的抒情の成熟　『万葉集研究』第16集　一九八八・一一
k-25　家持抒情歌の時間　『古典と現代』57号　一九八九・九
k-26　陸士衡の文学について――その時間意識を考える――　『古典と現代』58号　一九九〇・九
k-27　大伴家持の時間（上）　『論集上代文学』第20冊　一九九三・一〇
k-28　『玉台新詠』時間意識の輪郭　『古典と現代』64号　一九九六・九

注
1　曾倉　岑「『この川の絶ゆることなく』考」『論集上代文学』第1冊　笠間書院　一九七〇
2　安田喜代門「万葉集の真義」『日本文学論纂』所収
3　エリアーデ『永遠回帰の神話』第二章　堀一郎訳　未来社　一九六三
4　山本健吉『柿本人麻呂』挽歌的発想
5　風巻景次郎「山部赤人」『万葉集大成』作家研究篇
6　清水克彦「不変への願い――赤人の叙景表現について――」『女子大国文』55 56合併号　一九六九・一一
7　伊藤　博「未逕奏上歌――旅人論序説――」『国語国文』39巻12号
8　小島憲之『上代日本文学と中国文学』第六章
9　青木生子「万葉集における『うつろひ』」『文芸研究』2集　一九四九・一〇　のち同氏著『日本抒情

詩論』 弘文堂 一九五七 に収録
〃 『万葉集の美と心』講談社 一九七九
〃 「『うつろひ』の美学」一九八五 上代文学会大会講演のち『上代文学』55号
10 小西甚一『日本文芸史』第1巻 講談社 一九八五
11 藤田寛海「大伴家持の回帰性と恒常性」『国語と国文学』 一九四一年三月号
12 橋本達雄「大伴家持と二十四節気」『大久間喜一郎博士古稀記念 古代伝承論』桜楓社 一九八七
13 芳賀紀雄「大伴家持――ほととぎすの詠をめぐって――」『論集 万葉集』(和歌文学の世界11) 笠間書院 一九八七
14 清水克彦「大伴家持における長歌の衰退」最初「家持の長歌」の題で『女子大国文』第6号 一九五四 のち同氏著『万葉論序説』 桜楓社 一九八七 に収録
15 青木生子「宮廷挽歌の終焉――大伴家持の歌人意識――」『文学』四三巻四号 一九七五・四 のち同氏著『万葉挽歌論』 塙書房 一九八四 に収録
16 平野仁啓『続・古代日本人の精神構造』未来社 一九七六

『万葉集』における「時」の表現

——動詞基本形の用法を中心に——

山口佳紀

はじめに

古代日本語において、「時」を表現する文法的なシステムは、どうなっていたのか。従来、そのような問題に対する関心は、概して乏しかった。最近ようやくそれに関する研究が盛んになりつつあるが、まだ十分とは言えない状況である。(注1)

『万葉集』の歌を解釈する場合でも、どの時点に立って表現した歌か、あるいは動的事象のどの段階をとらえた表現かは、概ね想像が付くものと見なされたり、また明確でなくても大した問題にはならないと考えられたりする傾向が強かった。そのため、注釈書などを見ても、その点が明らかでない場合が多い。

たとえば、次の歌の場合を取り上げてみる。

○人言《ひとごと》を　繁《しげ》み言痛《こちた》み　己《おの》が世に　いまだ渡らぬ　朝川《あさかは》渡る〈渡〉（巻二・一一六）

この歌は、但馬皇女による一首であるが、これを新編日本古典文学全集『万葉集』の口語訳を見ると、以下のように記されている。

人の噂《うわさ》が　うるささに　これまで　渡らなかった　朝の川を遂に渡ることか

これに似た口語訳を施す注釈書は多いが、朝の川をこれから渡ろうとしているという意味なのか、今渡りつつあるという意味なのか、はっきりしない。

一方、伊藤博『万葉集釈注』は、次のように歌意を説明している。

世間の噂が激しくうるさくて仕方がないので、それに抗して自分は生まれてこの方渡ったこともない、朝の冷たい川を渡ろうとしている――この初めての情事を私は何としてでも成し遂げるのだ。

この場合は、これから渡ろうとしているの意に解していることが明らかである。もっとも、これはむしろ例外的な存在であって、どのように解したのか明確でないというのが、多数である。

右のごとき問題は枚挙に暇がないが、歌の表現の真意に少しでも近づこうとする立場からすれば、どちらでも良いこととは言えまい。ただし、このような問題に直面した場合、この一首にだけ注目していたのでは、正当な解決が得られない。『万葉集』全体において、「時」を表現する文法的なシステムがどうなっているのかを、明らかにする必要が存するのである。以下、そうした観点から、『万葉集』の歌を見直してゆきたい。

なお、筆者は、この問題に関わる次の三編の小論をすでに発表している。

①「万葉集における時制《テンス》と文の構造」（国文学〈学燈社〉三三巻一号、一九八八・一）

②「万葉集における動詞基本形の用法―テンスの観点から―」（万葉集研究第二十一集、一九九七・三）

③「志賀白水郎歌群における〈袖振り〉の歌の解釈―動詞基本形の用法との関わりにおいて―」（西宮一民先生喜寿記念論文集『上代語と表記』おうふう、二〇〇〇・一〇）

参照いただければ、幸いである。

一　動詞の構文的位置

古代語においては、過去・現在・未来の違いを次のように表し分けるのが普通である。

過去＝動詞連用形＋キ

現在＝動詞基本形

未来＝動詞未然形＋ム

右で言う動詞基本形とは、動詞に助動詞の付かない形のことであるが、たとえば、古代語における次の文は、今花が咲いているの意を表すのが普通である。

花咲く。

すなわち、この「咲く」という動詞基本形は、現在を表している。しかし、動詞基本形が必ずしも現在を表すとは限らないところから、さまざまな問題が出て来る。本稿では、動詞基本形の用法に注目して、「時」の問題を考えることにする。

ところで、動詞が表す事象の「時」を考える場合、その動詞がどのような構文的位置に立っているのかという点が、極めて重要である。小論①でも指摘したように、少なくとも〈終止法〉〈連体法〉〈接続法〉の三種に分けて考える必要がある。

〈終止法〉

(例) 花咲く。花ぞ咲く。花こそ咲け。

〈連体法〉(〈準体法〉を含む)

(例) 花咲く道を行く。花の咲くを見る。

〈接続法〉

(例) 花咲き、鳥歌ふ。花咲きて、鳥歌ふ。花咲かば、鳥歌はむ。花咲けば、鳥歌ふ。

動詞の基本形は、すでに述べたように、現在を表すのが一般的であるが、それは〈終止法〉に立つ場合のことである。〈終止法〉というのは、「終止形」というのと同義ではない。「花咲く。」の「咲く」は終止形であるが、「花ぞ咲く。」の「咲く」は連体形、「花こそ咲け。」の「咲け」は已然形である。しかし、いずれも基本形が文を終止させる〈終止法〉に用いられたものである。そして、それら基本形の〈終止法〉は、すべて現在の意に用いられている。

同じ基本形でも、〈連体法〉や〈接続法〉に立つものは、別に考える必要がある。たとえば、動詞基本形が過去を表した例として、次のようなものを挙げることが出来る。

○采女《うねめ》の　袖吹き返す〈吹反〉　明日香風《あすかかぜ》　京《みやこ》を遠み　いたづらに吹く（巻一・五一）

この「吹き返す」は、かつて采女の袖を吹き返したの意である。

○……　沖つ櫂　いたくなはねそ　辺つ櫂　いたくなはねそ　若草の　夫《つま》の　思ふ〈念〉鳥立つ
（巻二・一五三）

右の「思ふ」は、生前の夫が愛したの意である。

○大御船《おほみふね》　泊《は》ててさもらふ〈佐守布〉　高島の　三尾《みを》の勝野《かつの》の　渚《なぎさ》し思ほゆ（巻七・一一七一）

この「さもらふ」は、かつて大宮人が奉仕したの意である。

このような例をとらえて、「歴史的現在法」と見なす論者がいる。たとえば、旧版の日本古典文学全集『万葉集』は、五一番歌の頭注で次のように記している。

袖吹き返す－この吹キ返スは歴史的現在としての用法。

「歴史的現在法」とは、周知のごとく、過去の事象を述べるのに現在形を用いることによって、それが目の前で起こっていることであるかのように、生き生きと表現するための修辞法である。しかし、もし『万葉集』にそのような修辞法が用いられているとするならば、〈終止法〉の例も存在するはずである。ところが、指摘されているのは、いずれも〈連体法〉の例ばかりであり、それに限られる理由が説明できない。「時」の区別が最も発達しているのは、〈終止法〉である。〈連体法〉においては、「時」の区別が〈終止法〉ほど明確でない。従って、〈連体法〉では、基本形も過去を表すことがあったものと見なすべきである。

ところで、新編日本古典文学全集『万葉集』では、五一番歌の頭注が、次のように変わっている。

袖吹き返す－過去のことでも習慣的事実は一般に現在形で表す。ただし連体修飾に限る。（傍点筆者）

また、一五三番歌・一一七一番歌の頭注でも、同趣旨のことが記されている。しかし、「ただし連体修飾に限る」という部分は問題で、過去・現在を問わず、恒常的・習慣的事実は、〈終止法〉においても、基本形が用いられるのが普通である。

○我妹子《わぎもこ》が　植ゑし梅の木　見るごとに　心むせつつ　涙し流る〈流〉（巻三・四五三）

○……　春さりて　野辺を巡れば　おもしろみ　我を思へか　さ野つ鳥　来鳴き翔らふ〈来鳴翔

経〉　秋さりて　山辺を行けば　なつかしと　我を思へか　天雲も　行きたなびく〈行田菜引〉……（巻十六・三七九一）

○八千種《やちくさ》の　花はうつろふ〈宇都呂布〉　常磐《ときは》なる　松のさ枝を　我は結ばな（巻二十・四五〇一）

従って、「ただし連体修飾に限る」という部分は、削除して考えるべきである。すなわち、「袖吹き返す」のような基本形の説明として、恒常的・習慣的事実だからだという解釈が提出されたことになる。しかし、〈連体法〉においては、恒常的・習慣的事実でなくても、過去の表現に基本形が用いられた例が存する。

○夢《いめ》に見て　衣《ころも》を取り着　装《そよ》ふ〈装束〉間《ま》に　妹が使ひそ　先立ちにける（巻十二・三一一二）

「あなたのことを夢に見て、衣を取って着、あなたのもとに出かけようと用意していた間に、あなたの使いの方が先に来てしまいました」という歌である。「装ふ」は、この歌の表現の時点から見れば、過去の事実を表している。

○時はしも　何時《いつ》もあらむを　心痛く　い行く〈伊去〉我妹《わぎも》か　みどり子を置きて（巻三・四六七）

「死ぬ時はいつでも良かろうに、せつなくも死んでいった妻であることよ、赤子を残して」という歌である。「い行く」は妻の死去をさすが、それは過去の事実である。この歌は、家持の長歌（巻三・四六〇）に対する反歌であるが、長歌の方では、妻の死去を「あしひきの　山道をさして　入日なす　隠りにしかば〈隠去可婆〉」と表現しており、そこでは過去形を使っている。

○藤原の　大宮仕へ　生《あ》れつく〈安礼衝〉や　娘子《をとめ》がともは　ともしきろかも（巻一・五三）

「藤原の大宮に仕えるためにこの世に生まれてきた、あの乙女たちは、すばらしいなあ」という歌である。「この世に生まれてきた」のは、過去の事実である。

ところで、右のような例は、ある特定の事態を表しており、恒常的・習慣的事実とは言えないものである。これらの基本形が過去を表すのは、〈連体法〉という構文的位置と関わるであろう。

このように考えてくると、「袖吹き返す」のような例が存在するのは、恒常的・習慣的事実を表すからではなくて、それが〈連体法〉の位置にあるからだと解釈するべきであろう。

一方、次の例は、基本形が未来の意に使われた例である。

○……　帰り来む日に　相飲酒曽　この豊御酒《とよみき》は（巻六・九七三）

この「相飲酒曽」について、酒を飲むのが未来のことであることを考慮して、「相飲《あひの》まむ酒《き》そ」と訓む説もある。しかし、キ（酒）という語は単独では用いられず、ミキ（御酒）・オホミキ（大御酒）・クロキ（黒酒）・シロキ（白酒）のように、常に複合語中に現れるから、その訓みは認めがたい。従って、「相飲《あひの》む酒《さけ》そ」と訓むのが正しく、この「相飲む」は未来に起こる事柄を表していることになる。これは、〈連体法〉においては、〈終止法〉ほど「時」の区別が明確でなく、動詞基本形が未来を表すことがあることを示す。

○秋風は　疾《と》く疾《と》く吹き来《こ》　萩の花　散らまく惜しみ　競立見（巻十・二一〇八）

右の第五句は、「競《きほ》ひ立《た》たむ見む」と訓む説があるが、それだと明らかな字余りになる。ここは、「競《きほ》ひ立《た》つ見む」と訓むべきである。萩が「競《きほ》ひ立《た》つ」（＝風に対抗して立つ）さまを見ようの意であるから、この「競《きほ》ひ立《た》つ」は〈準体法〉である。〈準体法〉においては、〈連体法〉と同様、動詞基本形が未来を表すことが存するのである。

以上のようなわけで、その動詞がどのような構文的位置に立っているかによって、問題が異なってくる。本稿では、もっぱら〈終止法〉の場合に限定して、「時」の問題を考えてみたい。

二　動詞のタイプと「時」

前節まで「時」と呼んできたものは、実はテンス（時制）とアスペクト（相）という二つの概念に分けて考えるべきものを一括している。

テンスとは、《ある事象の生起・存在が、発話時を基準として、それより前か、それと同時か、それより後かを表し分けることについての文法的カテゴリー》である。「過去」「現在」「未来」というのは、発話時を基準として、言及する事象の時間的な前後関係を問題にするものであるから、テンス的区別である。一方、アスペクトとは、《ある事象のもつ過程のどの部分を問題にするかについての文法的カテゴリー》である。「完了」「未完了」とか、「始動」「継続」「終結」とかいうのは、事象のもつ過程のどの局面を表現しているかを問題にするものであるから、アスペクト的区別である。そして、現代日本語においては、動詞の意味的性質とテンス・アスペクトとの間に、ある一定の関係が成り立っていることが知られている。

問題は、『万葉集』の場合はどうかということである。しかし、古代語については、現代語ほど研究が進んでおらず、『万葉集』については、ほとんど未開拓と言ってよい。従って、基本的なところから考えてゆく必要がある。

以下、『万葉集』のテンス・アスペクトを扱うに当たり、動詞を意味的性質によって分類した上で考えることにする。（注2）動詞を意味的性質によって分けると、I運動動詞とII状態動詞とに大別される。

ここではⅠ運動動詞を扱うことにするが、Ⅰをさらに分けると、①主体動作動詞、②主体変化動詞、③主体動作・客体変化動詞、④主体動作・客体動作動詞、⑤主体動作・客体無変化動詞、⑥移動動詞、⑦その他、に分類することが出来る。

まず、①②はともに自動詞の場合であるが、①主体動作動詞とは、もっぱら主体がある動作を行うことを表すだけで、主体自身には何ら変化が生じないような動詞である。このタイプの動詞の基本形が〈終止法〉に立つ時には、現在において継続中の動作を表すのが普通である。

○風早《かざはや》の　三穂《みほ》の浦廻《うらみ》を　漕ぐ船の　船人《ふなびと》騒《さわ》く〈動〉　波立つらしも（巻七・一二二八）

サワク（騒）は主体動作動詞である。なぜなら、その動作の前と後とを比べても、主体である船人に特に変化は生じないからである。そして、この「騒《さわ》く」は、船人たちが現在騒いでいるの意に用いられている。

○湊風《みなとかぜ》　寒く吹くらし　奈呉《なご》の江《え》に　妻呼び交《かは》し　鶴《たづ》さはに鳴く〈奈久〉（巻十七・四〇一八）

ナク（鳴）も主体動作動詞である。鳴く前と鳴いた後とで、主体である鶴に特に変化が生じないからである。そして、この「鳴く」は、鶴が今鳴いているの意を表している。

○妹が門《かど》　出入《いでいり》の川の　瀬を速み　我が馬つまづく〈爪衝〉　家思ふらしも（巻七・一一九一）

ツマヅク（爪突）は、主体動作動詞であるが、奥村和美「タチテツマヅク攷」（万葉一七〇号、一九九九・七）によれば、「足踏みする」の意である。従って、私の馬が今足踏みしているの意になる。旅行中の馬が足踏みして前に進まないのは、家人が旅人のことを思ってくれているからだという俗信に基づく歌である。

以上に対して、②主体変化動詞とは、主体自身に性質や状態の変化が起こるような作用を表す動詞である。このタイプの動詞の基本形が〈終止法〉に立つ時には、変化した結果が現在継続していることを表すのが普通である。

○我が門の　浅茅色付く〈色就〉　吉隠《よなばり》の　浪柴《なみしば》の野の　黄葉《もみち》散るらし（巻十・二一九〇）

イロヅク（色付）は、主体変化動詞である。色付くという作用が起こる前と後とでは、主体である浅茅自身に変化が生ずるからである。そして、この場合「色付く」は、浅茅に色付くという変化が生じて、色付いた結果が現在継続していることを表すのである。注釈書では「浅茅が色付いた」と口語訳されることが多いが、過去というのではなく、「浅茅が今色付いている」という意である。

○草枕　旅の紐解く〈解〉　家の妹し　我《あ》を待ちかねて　嘆かすらしも（巻十二・三一四七）

このトク（解）は自動詞で、解けるの意を表し、主体変化動詞である。紐は、結ばれた状態から解けた状態へと形状が変化するのである。そして、右の歌の「解く」は、解けた結果が現在継続していることを表している。「旅の衣の紐が解けた」と訳すことが多いが、過去というのではない。

○娘子《をとめ》らに　行きあひの早稲《わせ》を　刈る時に　なりにけらしも　萩の花咲く〈咲〉（巻十・二一一七）

サク（咲）は、主体変化動詞である。従って、右の歌の「咲く」は、開花という変化の結果が現在継続中であることを表す。すなわち、萩の花が今咲いているの意である。

以上のように、①主体動作動詞と②主体変化動詞とを比べると、その基本形の〈終止法〉は、テンスが現在であるという点は同じであるが、事象のどのような局面をとらえて表現しているかという、アスペクト的意味が異なるのである。

次に、③主体動作・客体変化動詞、④主体動作・客体動作動詞、⑤主体動作・客体無変化動詞は、ともに他動詞の場合である。このうち、③主体動作・客体変化動詞というのは、主体については動作を表し、客体については変化を表す動詞である。このような動詞の基本形が〈終止法〉に立つと、現在における動作の継続を表す場合と、現在における変化の結果の継続を表す場合とがある。

○妹がため　我玉拾《ひり》ふ〈拾〉　沖辺なる　玉寄せ持ち来《こ》　沖つ白波（巻九・一六六五）

ヒリフ（拾）は、主体動作・客体変化動詞である。主体の「我」については動作を、客体の「玉」については位置変化を表しているからである。そして、この場合、主体の動作に焦点が当てられ、「拾ふ」という動作が現在継続中であることを意味する。つまり、今拾っているの意である。ただし、一回の「拾ふ」動作は瞬間的に終わるから、その動作がくり返されているという意味になる。

○雨は降る　仮廬《かりほ》は作る〈作〉　何時《いつ》の間《ま》に　吾児《あご》の潮干《しほひ》に　玉は拾《ひり》はむ（巻七・一一五四）

ツクル（作）は、主体動作・客体変化動詞である。そして、右の歌の場合も、主体の動作に中心があり、「作る」という動作が現在継続中であることを表す。すなわち、今作っているの意になる。しかし、このタイプの動詞の場合、客体の変化の方に注意が向けられ、その変化の結果が継続していることを表すこともある。

○五月《さつき》の　花橘《はなたちばな》を　君がため　玉にこそ貫《ぬ》け〈貫〉　散らまく惜しみ（巻八・一五〇二）

右の歌の場合、「花橘を玉として通した」の意である。すなわち、「貫《ぬ》く」という主体の動作は終わっているが、客体である「花橘」について、貫かれた結果が現在継続している意であると思われる。

○忘れ草　我が紐に付く〈著〉　時となく　思ひ渡れば　生けりともなし（巻十二・三〇六〇）

「私は忘れ草を自分の紐に付けた」の意である。付着させる動作は、すでに終わっており、その結果が現在継続しているのである。これは、客体である「忘れ草」の方に注目したものである。

○立山《たちやま》の　雪し消《く》らしも　延槻《はひつき》の　川の渡《わた》り瀬《ぜ》　鐙《あぶみ》漬かす〈都加須〉も（巻十七・四〇二四）

「鐙《あぶみ》まで水に漬けて濡らした」の意である。「漬《つ》かす」という動作は終了しているが、その動作の結果が現在継続中なのである。これも、「鐙」という客体の方に注目したものである。

次に、④主体動作・客体動作動詞を取り上げることにする。このタイプの動詞は、主体については動作を表すが、客体についても動作（あるいは作用）を表す。主体の動作によって、客体の動作が引き起こされるわけである。このような動詞の基本形が〈終止法〉に立つと、主体についても客体についても、現在における動作の継続を表すことになる。

○新室《にひむろ》を　踏《ふ》み鎮《しづ》む児《こ》し　手玉《ただま》を鳴《な》す〈鳴〉も　玉の如　照りたる君を　内にと申せ（巻十一・

二三五二）

「新室の土地を踏み鎮める乙女が、手玉を鳴らしているよ。その玉のように照り輝くお方に向かって、奥へどうぞと申し上げなさい」という歌である。乙女が鳴らす動作は継続中であるが、玉が鳴る作用も継続中である。

○白波の　寄《よ》そる浜辺に　別れなば　いともすべなみ　八度《やたび》袖振る〈布流〉（巻二十・四三七九）

「白波の寄せる浜辺で別れてしまったら、たまらない気持になりそうなので、わたしは何度も袖を振っている」の意である。主体である私の振る動作は継続中であるが、それと同時に、客体である「袖」の揺れる作用も継続中である。

もう一つ、⑤主体動作・客体無変化動詞について言えば、これは、主体の客体に対する動作を表すのだが、主体の動作だけに終わって、客体は直接には影響を受けないような事象を表す動詞である。このタイプの動詞の基本形が〈終止法〉に立つと、主体の動作が現在継続中であることを表す。

○夕なぎに　あさりする鶴《たづ》　潮満てば　沖波高み　己《おの》が妻呼ぶ〈喚〉（巻七・一一六五）

「夕なぎ時に餌を求めている鶴は、潮が満ちてきたため沖の波が高くなったので、心配して自分の妻を呼んでいる」という歌である。「呼ぶ」という動作は客体である「妻」に向かってのものであるが、客体はそれによって変化したりしない。そして、主体の「呼ぶ」という動作が現在継続中であることが示されるのである。

○妹がため　我《われ》玉求む〈求〉　沖辺《おきへ》なる　白玉《しらたま》寄せ来《こ》　沖つ白波（巻九・一六六七）

「求む」という動作は、主体「我」だけのもので、客体「玉」には直接影響が及ばない。この場合、「私は今玉を探している」の意になっている。

以上、⑥移動動詞・⑦その他を除いて、①〜⑤の動詞を見てきたが、動詞のタイプとテンス・アスペクトとの間には、一定の関係があることが分かるであろう。すなわち、基本形が〈終止法〉に立つ時、テンスは普通、現在であるが、アスペクトが動作の継続であるか、変化の結果の継続であるかは、動詞のタイプによって決まってくるのである。

三　移動動詞の場合

さて、残る動詞グループの一つとして、移動動詞(注3)の一群がある。移動動詞が表すのは主体の位置変化であるから、それらを②主体変化動詞に分類することも可能である。しかし、②主体変化動詞は主体自身の変質を伴うのに対して、移動動詞は位置だけが変化するのであって、主体自身の性状に変化はないから、①主体動作動詞に極めて近いとも言える。

代表的な移動動詞として、ユク（行）〈イク（行）も含む〉を取り上げてみる。その基本形〈終止法〉の用例を見ると、現在行きつつあることを言っていると判断されるものがほとんどである。

○君により　言《こと》の繁きを　故郷《ふるさと》の　明日香《あすか》の川に　みそぎしに行く〈去〉（巻四・六二六）
○ま愛《かな》しみ　さ寝《ね》に我《わ》は行く〈由久〉　鎌倉の　水無瀬川《みなのせがは》に　潮満《み》つなむか（巻十四・三三六六）
○汝《な》が母に　嘖《こ》られ我《あ》は行く〈由久〉　青雲《あをくも》の　出《い》で来我妹子《こわぎもこ》　相見て行かむ（巻十四・三五一九）
○玉敷《し》ける　清き渚《なぎさ》を　潮満てば　飽《あ》かず我《われ》行く〈由久〉　帰るさに見む（巻十五・三七〇六）

さて、問題になるのは、次の歌である。

○射目《いめ》立てて　跡見《とみ》の岡辺《をかへ》の　なでしこが花　ふさ手折《たを》り　吾者将去　奈良人《ならひと》のため（巻八・一五四九）

第四句「吾者将去」は、「我《あれ》は持《も》ちて行《い》く」と訓む注釈書が多い。「将」はモツ、「去」はユクの訓があるから、この訓みは一応妥当である。ただし、題詞を見ると、「典鋳正紀朝臣鹿人《てんじゆのかみきのあそみかひと》、衛門大尉《ゑもんのだいじよう》大伴宿禰《おほとものすくね》稲公《いなぎみ》の跡見《とみ》の庄《しやう》に至りて作る歌一首」とあるから、この歌は、客の鹿人が跡見の庄を離れる前に、主人の稲公に対して挨拶として作った歌と考えるのがよいであろう。だとすれば、「我は持ちて行く」は「私は持って行こう」の意になるが、基本形の〈終止法〉が未来を表すことになって、例外的な用例になる。

しかし、「我は持ちて行く」が、考え得る唯一の訓みというわけではない。たとえば、日本古典文学大系『万葉集』は、これを「われは行きなむ」と訓んでいる。しかし、「行きなむ」では推量的で、「行くことになるだろう」の意になり、この場合にふさわしくない。むしろ、「行きてむ」と意志的に訓むべきである。

「将」はム・ラムなどと訓む字である。テに当たる文字はないことになるが、それは珍しいことではない。次に挙げるのは、そうした例の一部である。

○我が背子《せこ》が　跡《あと》踏み求め　追ひ行かば　紀《き》伊の関守《せきもり》い　留《とど》めてむかも〈将留鴨〉（巻四・五四五）

○たわや女《め》は　同じ心に　しましくも　止《や》む時もなく　見てむとそ思ふ〈将見等曽念〉（巻十二・二九二一）

○荒津《あらつ》の海　我幣奉《われぬさまつ》り　斎《いは》ひてむ〈将斎〉　早帰《はや》りませ　面変《おもがは》りせず（巻十二・三二一七）

さらに大きな問題を孕んでいるのが、次の歌である。

○大君の　命《みこと》恐《かしこ》み　愛《うつく》しけ　真子《まこ》が手離《はな》り　島伝ひ行く〈由久〉（巻二十・四四一四）

これは防人歌であるが、門出の折に詠まれたものと考えられている。ただし、「島伝ひ行く」のは、難波出航後の情景と見られるから、未来の事象を表しており、「島伝ひ行かむ」と同義のように思われる。しかし、動詞基本形の〈終止法〉は、現在を表すのが原則であるから、そこに問題が生じているわけである。

防人歌の中には、難波出航以前の作と考えられているにも関わらず、難波出航後の情景を詠んだと思われる歌が見られる。

○大君の　命《みこと》恐《かしこ》み　磯に触《ふ》り　海原《うのはら》渡る〈和多流〉　父母《ちちはは》を置きて（巻二十・四三二八）
○難波津《なにはと》を　漕ぎ出《で》て見れば　神《かみ》さぶる　生駒高嶺《いこまたかね》に　雲そたなびく〈多奈妣久〉（巻二十・四三八〇）

これらについて、小論②では、二つの解釈の可能性を考えた。

一つは、作歌時点をそのまま表現上の現在とするのでなく、出航後の時点に身を置いて、そこを現在として表現したものと見る考え方である。しかし、そのように未経験の事態を現在の経験のように捉えて詠む歌が、なぜ防人歌に集中して現れるのかという説明困難な問題が残っている。

もう一つの考え方は、防人歌の中には、実際には難波出航後に作られた歌が混入しているという解釈である。「神《かみ》さぶる　生駒高嶺《いこまたかね》に　雲そたなびく」などは、まだ見たこともない情景を想像して詠んだとするには不相応な現実感があり、経験の裏打ちがある詠みぶりのように感じられる。しかしながら、これらの「天平勝宝七歳乙未の二月に、相替りて筑紫に遣はさるる諸国の防人等が歌」と記される歌群は、左注によれば、難波滞在中に進上されたはずである。従って、混入といっても、その混入の経路を説明しない限り、意味が乏しい。

ところで、すでに言われていることではあるが、防人歌は防人歌なりの伝統を有していたと見られる。

㋐我が背なを　筑紫は遣《や》りて　愛《うつく》しみ　結《えひ》は解かなな　あやにかも寝《ね》む（巻二十・四四二八）

㋑我が背なを　筑紫へ遣《や》りて　愛《うつく》しみ　帯《おび》は解かなな　あやにかも寝《ね》も（巻二十・四四二二）

よく似た歌だが、㋐は「昔年《さきつとし》の防人が歌」八首のうちの一首、㋑は武蔵国都筑《つつく》郡の上丁服部於由《はとりべのおゆ》の妻服部呰女《あざめ》の歌である。これは、防人歌というものが、仮に作者として個人名が挙げられていても、純然たる創作歌とは限られないことを意味するであろう。

その点を考慮に入れるならば、「神《かみ》さぶる　生駒高嶺《いこまたかね》に　雲そたなびく」のような場合も、すでに経験に基づいて作られた先行の歌があり、それをそのまま、あるいは多少変容させて、個人名を冠して提出したものという解釈が成り立つのではないか。

以上、ユク（行）の基本形〈終止法〉は、原則として、今行きつつあるの意に用いられていることが言える。

他の移動動詞の例も、現在継続中の動作と見てよい。

○沖辺より　船人上る〈能煩流〉　呼び寄せて　いざ告《つ》げ遣《や》らむ　旅の宿りを（巻十五・三六四三）

○潮干《ふ》れば　共に潟《かた》に出《い》で　鳴く鶴《たづ》の　声遠ざかる〈遠放〉　磯廻《いそみ》すらしも（巻七・一一六四）

○可之布江《かしふえ》に　鶴《たづ》鳴き渡る〈奈吉和多流〉　志賀《しか》の浦に　沖つ白波　立ち来《く》らしも（巻十五・三六五四）

○風無《かざなし》の　浜の白波　いたづらに　ここに寄せ来《く》〈依来〉も　見る人なしに（巻九・一六七三・一云）

右の諸例は、いずれも現在継続中の動作である。

○かの児《こ》ろと　寝ずやなりなむ　はだすすき　浦野《うらの》の山に　月《つく》片寄る〈可多与留〉も（巻十四・三五六五）

右の例は、「片寄る」という動作の結果として、現在片寄った状態にあることを表しているという解釈も可能である。しかし、月がどんどん山方に片寄っていく動きを述べたものとした方が、今夜はこのまま恋人と会えないで終わるかも知れないと気づかう男の焦燥感が、よく出た歌になろう。

○春日《かすが》なる　三笠の山に　月船出　みやび男《を》の　飲む酒杯《さかづき》に　影に見えつつ（巻七・一二九五）

右の第三句は、「月《つき》の船出《ふねい》づ」と訓むのが普通である。だとすれば、この例は、移動の動作の継続ではなく、移動の動作の結果として、「月の船が出ている」の意になり、珍しい例になる。しかし、この例は、「月《つき》の船出《ふねい》でぬ」と訓むべきではないか。この訓みは字余りではあるが、句中に母音音節を含むから、許される字余りになる。

四　「侍宿《とのゐ》しに行く」の解釈

ところで、次の歌の場合、「行く」を「これから行く」の意に取って、未来を表すという解釈が可能のようにも見える。この歌は、草壁皇子の薨去後、皇子の宮に仕えていた舎人たちが泣き悲しんで作った歌二十三首の中の一首である。

○橘《たちばな》の　島の宮には　飽《あ》かねかも〈不飽鴨〉　佐田の岡辺に　侍宿《とのゐ》しに行く〈往〉（巻二・一七九）

しかし、「飽かねかも」は、「飽かねばかも」と同義で、こうした構文の場合、後件の事態に対する原因・理由として、前件の事態を挙げることの当否が、疑問の対象になっている。すなわち、論理関係から言えば、「我々が佐田の岡辺に宿直しに行くのは、橘の島の宮では飽き足りないからであろうか」の意である。島の宮は皇子の生前の居所であり、佐田の岡辺は皇子の陵墓が置かれている地である。

ただし、このような構文の場合、後件の事態は、必ず確認された既定の事実であるのに対して、前件の事態は、確認された事実とは限らない。以下の〈～ネカモ〉の例で見てみる。

○冬ごもり　春の大野を　焼く人は　焼き足らねかも〈焼不足香文〉我が心焼く（巻七・一三三六）

○十二月《しはす》には　沫雪《あわゆき》降ると　知らねかも〈不知可毛〉梅の花咲く　含《ふふ》めらずして（巻八・一六四八）

前歌は「春の大野を焼く人が私の心を焼くのは、春の大野を焼き足りないからであろうか」の意、後歌は「梅の花が咲いたのは、十二月には泡雪が降るということを知らないからであろうか」の意である。そうして、後件の事実「我が心焼く」「梅の花咲く」は、確認された既定の事実である。一方、焼く人が春の大野を焼き足りないというのが事実かどうか、また、十二月には泡雪が降るということを梅の花が知らないということが事実かどうかは、確認されていない。

なお、このネは、助動詞ズ（否定）の已然形であるが、それ以外の語の已然形であっても、また已然形にバの下接した形であっても、事情は同じである。

①明日香川《あすかがは》　明日さへ見むと　思へかも〈念香毛〉　我が大君の　御名《みな》忘らえぬ（巻二・一九八・一云）

②けだしくも　人の中言《なかごと》　聞かせかも〈聞可毛〉　ここだく待てど　君が来まさぬ（巻四・六八〇）

③飛礫《たぶて》にも　投げ越しつべき　天の川　隔てればかも〈敝太而礼婆可母〉　あまたすべなき（巻八・一五二二）

④渡《わた》り守《もり》　舟渡せをと　呼ぶ声の　至らねばかも〈不至者疑〉　梶《かぢ》の音《おと》のせぬ（巻十・二〇七二）

後件について言えば、①の「我が大君の御名《みな》忘らえぬ《（ず）》」、②の「ここだく待てど君が来まさぬ《（ず）》」、③の「あまたすべなき《（し）》」、④の「梶の音のせぬ《（ず）》」は、いずれも確認された既定の事実である。しかし、前件について言うと、①の「明日さへ見むと思へ《（ふ）》」、③の「天の川隔てれ《（り）》」は確認された事実であるのに対して、②の「人の中言《なかごと》聞かせ《（す）》」、④の「呼ぶ声の至らね《（ず）》」というのは、確認された事実ではない。

さて、問題の歌の場合、「橘の島の宮には飽《あ》かね《（ず）》」は、主体の内面を述べたものであるから、確認された事実と見てよい。一方、「佐田の岡辺に侍宿《とのゐ》しに行く」を未来のことと解すると、確認された既定の事実ではないことになるから、この構文には不適である。

そこで、舎人たちが島の宮から佐田の岡辺に移動する途中で詠んだ歌とするのが、一案である。しかし、平舘英子「島の宮舎人等挽歌の構成」（万葉一一六号、一九八三・一二）の言うように、この歌を含む一七八番歌～一八三番歌は一グループをなし、島の宮で詠まれた歌群と考えられる。従って、その解釈にも難点がある。

　以上のことからすれば、この「佐田の岡辺に侍宿《とのゐ》しに行く」は、確認された既定の事実ではあるが、繰り返される習慣的事実を表現したものと解するべきではないか。平舘の言うように、「舎人等は皇子薨去後の一年間、島の宮に居を構えて服喪の儀礼に奉仕していたと見られるが、その実際は陵墓への奉仕と島の宮守護の二重生活であった」と見るべきであろう。だとすれば、「佐田の岡辺に侍宿しに行く」のは、特定の一回的事実ではなく、習慣的行為であるから、動詞基本形で表現されるのも当然ということになる。

　なお、問題の歌について、武田祐吉『万葉集全註釈』や稲岡耕二「万葉集巻二訓詁存疑（二）」（論集上代文学第十三冊、一九八四・三）のように、前件と後件とを順接でなく、逆接の関係にあると解する説がある。すなわち、「橘の島の宮における奉仕に飽き足りないのに、佐田の岡辺に宿直しに行くのか」（稲岡耕二『万葉集全注・巻二』）の意とするのである。その論は、〈～ネバ〉の形で逆接を表した例が存することを助けとする。たとえば、次の「いまだも来ねば」は、「まだ来もしないのに」の意である。

○筑紫船　いまだも来ねば〈未毛不来者〉　あらかじめ　荒ぶる君を　見るが悲しさ（巻四・五五六）

しかし、そもそも、逆接句に疑問助詞が下接することは考えにくい。すなわち、たとえば〈已然形＋バ＋カモ〉の構文は、前に示したとおり、存在するが、〈已然形＋ド（ドモ）＋カモ〉の例は存在しない。従って、通説のとおり、順接と見るのが妥当である。

「橘の島の宮には飽《あ》かね（ず）」も事実、「佐田の岡辺に侍宿《とのゐ》しに行く」も事実であるが、佐田の岡辺に行ったからといって、島の宮での飽き足りぬ思いが解消されるとは思えない。そこで、佐田の岡辺に行く理由として、島の宮での飽き足りない思いを挙げることに対して、疑問が呈されているわけである。

五 「朝川渡る」の解釈

ここで、冒頭に取り上げた歌に戻ってみたい。問題の歌を一連の二首とともに示す。

㋐秋の田の　穂向《ほむ》きの寄れる　片寄りに　君に寄りなな　言痛《こちた》くありとも（巻二・一一四）
㋑後《おく》れ居て　恋ひつつあらずは　追ひ及《し》かむ　道の隈廻《くまみ》に　標結《しめゆ》へ我が背（巻二・一一五）
㋒人言《ひとごと》を　繁《しげ》み言痛《こちた》み　己《おの》が世に　いまだ渡らぬ　朝川《あさかは》渡る〈渡〉（巻二・一一六）

これらは、いずれも但馬皇女の歌である。皇女は、高市皇子の妃の一人として皇子の宮殿に同居していたが、穂積皇子と恋に陥り、やがてその密通事件は人の知るところとなった。右の歌は、その恋の進展を示すような形で配列されている。

㋐は、「秋の田の稲穂が一つの方向になびいているように、ひたむきにあなたに寄り添いたい、噂はひどくても」の意である。題詞に、「但馬皇女《たぢまのひめみこ》、高市皇子《たけちのみこ》の宮に在《いま》す時に、穂積皇子《ほづみのみこ》を思ひて作らす歌一首」とある。

㋑は、「後に残って恋しがっているくらいなら、追いかけて行きたい。だから追いつけないように、道の曲がり角に標《しめ》を張っておいて下さい、あなた」の意である。題詞には、「穂積皇子《ほづみのみこ》に勅《みことのり》して、近江《あふみ》の志賀《しが》の山寺《やまでら》（＝崇福寺）に遣はす時に、但馬皇女《たぢまのひめみこ》の作らす歌一首」とある。

従来、この「標《しめ》」は、相手を追いかけていくための目印と解するのが普通であった。しかし、浅見徹「標結へ我が夫」（『万葉学論攷』続群書類従完成会、一九九〇・四）、および同「但馬皇女の歌」（『セミナー万葉の歌人と作品・第一巻』一九九九・五）によれば、「標《しめ》」は、その標識より先への進入を拒否するものである。従って、この歌は、私が追いつけないように標を張っておいて下さい、と言っているのだという。古代においては一般に、女が男を追いかける例がないではないが、追いつき得た例は少なく、追いついた場合に待っている運命は、軽皇子を追った衣通王のように、完全な破滅であるという。従って、但馬皇女も穂積皇子を追って行っては、いけなかったのだとするのである。従うべき見解である。

㋒は、「人の噂がうるさいので、今まで渡ったことがなかった朝の川を、今まさに渡っていることだ」の意と解される。題詞には、「但馬皇女《たぢまのひめみこ》、高市皇子《たけちのみこ》の宮に在《いま》す時に、竊《ひそ》かに穂積皇子《ほづみのみこ》に接《あ》ひ、事既《すで》に形《あら》はれて作らす歌一首」とあり、二人の関係が露顕した時の歌であることが示されている。ワタル（渡）は移動動詞であり、その基本形が〈終止法〉として用いられているわけであるから、これは、今川を渡りつつあるの意に解するべきである。

ただ、なぜ「朝」かという問題が残る。女が男を訪ねて行くのは普通でないが、仮にそうだとしても、朝は恋人との忍び逢いに出かけるのにふさわしい時間ではない。逢って帰ってきたのだとすると、一応辻褄は合うが、「今まさに渡っている」という高揚した表現は、出かける時にこそ適合する。次の歌が示すように、朝は出発のための時間である。

○……天離《あまざか》る　鄙治《ひなをさ》めにと　朝鳥《あさとり》の　朝立《あさだ》ちしつつ　群鳥《むらとり》の　群立《むらだ》ち去《い》なば　留《と》まり居《ゐ》て　我《あれ》は
恋ひむな　見ず久《ひさ》ならば（巻九・一七八五）

皇女が単に忍び逢いのためでなく、再び高市皇子のもとに帰ることはないという決意で出ていったとすれば、朝がふさわしいのではないか。

なお、岡内弘子「但馬皇女御作歌三首」（『万葉学藻』塙書房、一九九六・七）は、この「朝川渡る」について、㋑の「追ひ及《し》かむ」を承けると見て、皇女が崇福寺にいる穂積皇子に逢うために、高市皇子の宮殿を抜け出していった時のものと解釈する。しかし、㋑の歌では、皇女は穂積皇子を崇福寺まで追って行くことを断念しており、また、㋒の題詞を見ても、崇福寺の件には触れていないから、穂積皇子が崇福寺にいた時のこととは思えない。㋑と㋒とは、別の時の歌と見るべきである。

おわりに

以上、『万葉集』において、動詞基本形がいかなる「時」を表しているのか、〈終止法〉の場合に限定して考えてきた。その結果、動詞基本形が〈終止法〉に立った場合、テンスは、現在になるのが普通である。また、アスペクトは、動作の継続を示す場合と、変化の結果の継続を示す場合とあるが、そのいずれになるかは、動詞のタイプによって決まってくるということが分かる。

なお、動詞基本形の〈終止法〉について、テンスは現在になるのが普通だというのは、I運動動詞を取り上げたからであって、II状態動詞の場合は必ずしもそうでない。それについては、小論③を参照していただきたい。また、I運動動詞の中でも、⑦その他については扱えなかったが、そこには異質な動詞を一括したから、多様な問題が含まれている。

従って、一概に扱えない点も多いが、そのような問題を一つ一つ明らかにすることによって初めて、『万葉集』の歌々が何を表現しようとしたのか、より精確に理解することが可能になるであろう。他にも考えるべき課題は多いが、すべて別稿に譲ることにする。

注1　『万葉集』のテンス・アスペクトを扱った研究としては、黒田徹に一連の論文がある。
「古典語動詞のテンスの研究のあり方について—万葉集を資料として—」（研究会報告〈日本語文法研究

会〉一二号、一九九一・三）
「万葉集における動詞のテンス・アスペクト」（大東文化大学日本文学研究三一号、一九九二・二）
「万葉集のテンス・アスペクト」（解釈と鑑賞五八巻七号、一九九三・七）
「ムード・モダリティー研究から見た古典文法―万葉集の「〜すらむ」を具体例として―」（解釈と鑑賞六〇巻七号、一九九五・七）
「万葉集における動詞基本形の意味・用法」（研究会報告〈日本語文法研究会〉二〇号、一九九九・三）

2 動詞の意味分類については、次の諸論を参考にした。
奥田靖雄『ことばの研究・序説』（むぎ書房、一九八五・一）
工藤真由美『アスペクト・テンス体系とテクスト』（ひつじ書房、一九九五・一）
鈴木泰『改訂版　古代日本語動詞のテンス・アスペクト―源氏物語の分析―』（ひつじ書房、一九九九・七）

3 移動動詞には、奥田靖雄（注2論文）の言うように、アルク・ハシル・トブ・ハウ・ナガレルのように、位置変化に触れずに移動形態を示すものと、イク・クル・カエル・モドル・デルのように、移動形態に触れずに位置変化を示すものという区別があるが、本論に関する限り、その間に違いを生じなかったので、まとめて述べてある。

（『万葉集』の本文は、原則として新編日本古典文学全集『万葉集』によった）

万葉びとの通過儀礼
――イザナキの命とイザナミの命の神話から――

小島瓔禮

一　通過儀礼の論理

通過儀礼とは、フランスの民俗学者のアルノルド・ヴァン＝ジェネップが確立した概念である。その著書『通過儀礼』の初めの部分に、こんな記述がある。(注1)

いかなる形態の社会においても、ある個人の人生は、ある年代から他の年代へ、ある種の仕事から他のものに移る（passer）一連の通過で成り立っている。年齢または職業集団の間に、よく発達した区分がある時には、この通過（passage）は、我々の職業で見習い期間を成り立たせているような特殊な行為を伴う。半未開の民族の間では、そのような行為は儀式によって行なわれる。

間断なく過ぎ去っていくわれわれの人生の時間にも、社会的に設けられた区切りがある。その区切りを通過することを演出する儀礼には、ある種の共通した型があるという理論である。

日本の民俗学では、つとに柳田國男が監修した民俗学研究所編の『民俗学辞典』がこの「通過儀礼」という語を項目に立てていて、一般化している。「個人の生活史における儀礼ともいうべく、「人の一生で一つの段階から次の段階へと移って行く重要な時期におこなわれる」儀礼であるとして、誕生・成年・結婚・死亡などにともなう儀礼の総称のようにあつかっている。(注2) もちろん、これらの通過儀礼にともなう習俗には、いろいろな要素が複雑にからまっている。しかし人生を一つの時間として、その時間がどのように区切られ、区切りがどのように条件づけされているかを知ることは、それぞれの文化、さらには人間が、時間や人生にたいしてどのような認識を持っていたかを知る上で、たいせつなことである。

万葉びととは、国文学者で民俗学の主唱者でもあった折口信夫の用語である。『古代研究』国文学篇に収める「万葉びとの生活」には、その定義がみえている。(注3)

飛鳥の都以後奈良期以前の、感情生活の記録が、万葉集である。万葉びとと呼ぶのは、此間に、此国土の上に現れて、様々な生活を遂げた人の総べてを斥《さ》す。

『古事記』や『日本書紀』の神話・史伝を知り、『風土記』の世界に生き、『日本霊異記』が描く社会を歩んだ、『万葉集』の時代の人々のことである。『万葉集』にも、相聞歌に婚姻をめぐる生活がみえ、挽歌には死をとりまく儀礼がよまれてはいる。しかし具体的な一般の通過儀礼と限定できるほど体系的な事実は、ほとんどみえていない。『万葉集』の人生の基礎をなしている通過儀礼は、むしろその周辺にあるこれらの日本最古の古典群をとおして、たどってみることができる。それがまた『万葉集』を通過儀礼から考えてみるための土台にもなる。

たとえば、『古事記』『日本書紀』には、イザナキの命とイザナミの命の物語がある。神々を登場人物にした神話の世界ではあるが、そこには、いわば人間の一生が描かれている。とりわけイザナミの命については、生から死まで、結婚と出産を含めて、日本神話のなかでは唯一、人生の首尾が一貫してみえている。そこには神話としての論理もいろいろ作用しているにちがいないが、婚姻・出産・葬送などの儀礼を、そのなかに読みとることもできるはずである。『古事記』を中心にして、必要に応じて『日本書紀』の諸異伝を比較し、イザナキの命とイザナミの命の二神の神話を素材に、万葉びとの通過儀礼の論理を考えてみたい。

民俗学では、民俗資料の形態とそれを背後で支える論理とを、異なる土地の類例と比較して、その本来の姿を推定し、思想を探ってみる。ヴァン゠ジェネップの『通過儀礼』も、形態の異同を手がかりに、論理のありかたを検討している。そこで一つたいせつなのは、姿が異なるものの中に、同じ思想が作用していることを発見していることである。第一は、空間の通過儀礼との共通性である。(注4)空間は時間を超越した存在である。個人の人生は、絶対的な時間として、二度と反復することはない。しかし村人の通過儀礼は、そのときそのとき繰り返される。もしそれが永遠に反復すれば、その時間はかぎりなく空間に接近する。通過儀礼は、空間に変換されて表現されることもある。かえって通過儀礼は、空間の儀礼を時間的に演じているのかもしれない。

第二は、年、季節、月の変更にともなう儀礼と通過儀礼の共通である。それはとくに新年儀礼において典型的である。[注5] これらの時間も本質的には直線的であるが、現象的には年も季節も月も、円環的な反復する時間である。永遠につづく螺線も、輪の中心から投影すれば円になる。この円環する時間の儀礼もまた反復する。それはドイツの哲学者フリードリッヒ・ニーチェが語り、[注6] ヴァン＝ジェネップも触れた[注7]「永遠回帰」である。その永遠に回帰する時間が、断絶して螺線から円に変換するのが新年儀礼である。この絶対時間から切り取られた断絶の瞬間こそ、すべてのものの始源の時間であり、終末の時間である。そして円環する時間に転化することによって、結びつく連続した和合の時間になる。人生の通過儀礼も、村の生活では永遠回帰する時間によって表現されることもある。[注8]

こうした儀礼のもつ思想を、ルーマニアの宗教史学者のミルチャ・エリアーデは、ヴァン＝ジェネップと同じような民俗学的な発想法で、さらに多角的に論じている。大きな課題は、その著書『永遠回帰の神話』の副題にもなっている「祖型と反復」である。エリアーデは三点に要約している。[注9] 第一に、われわれの世界は、天上の世界を祖型とする、模倣として成り立っているという。日本神話でいえば、高天《たかま》の原が豊芦原《とよあしはら》の中《なか》つ国の祖型の世界になる。通過儀礼もまた例外ではない。第二に、世界の中心の観念である。聖なる山が世界の中心であり、建物もその中心と合一化することにより、神聖なものになる。そこは、天と地と地下の世界の接合点と考えられるという。日本神話の天地開闢神《かいびやくしん》のアメノミナカヌシの命や、芦の芽に生まれたアシカビヒコヂの命は、天地の中心をあらわす神格である。[注10] 第三に、宇宙創造の反復という思想である。儀礼や顕著な一般的な行動に意義があるのは、それが神々、英雄あるいは祖先によって、創世のときに行なわれた行為の繰り返しだからであるという。儀礼は天地創造の神話の反復である。建築儀礼も天地の創造の反復であり、結婚も天と地の結合の再現であるという。[注11]

さらにもう一つ、世界の創造は年ごとに更新されるという。原初の時間は、円環する時間によって年ごとに再生する。新年儀礼もまた、天地開闢の神話の反復である。[注12] かの螺線が断絶し、環に結合する時間である。線的な絶対時間は、一年という円的な循環する時間に置き換えられて繰り返す。いうところの時間の再生である。「その祖型的しぐさのあらわれたその神話的瞬間を再現することにより、つねにこの世を同じ太初の輝かしい瞬間に維持する。」時間の永遠回帰である。[注13] 本書は最初にガリマール書院から出版されたときに、『永遠回帰の神話』という書名を与えられた。ニーチェからヴァン＝ジェネップに引き継がれた永遠回帰は、エリアーデによってさらに新しい展開をした。

このように民俗資料が備えている思想を、歴史的展開を見通しながら分析して体系化する方法は、民俗学にとってもきわめて有効である。それが民俗資料というものの性格に合っているからである。宗教史学者で民俗学にもかかわった堀一郎は、『永遠回帰の神話』を次のように評価している。[注14]

> 「民間伝承」なるものの、極めて根強く、社会の変革に堪え、また久しき時間の流れに堪え得てきた持続性と継承性の解明に、一つの光を与えるものとして、高く評価され得るものと思う。……伝承性の奥に何があるか、何が伝承を支えてきたかは、こうした古代の、そして現在の民衆の中に持たれてきた宇宙論、時間論、存在論に基礎を求めなければならないと思う。……民俗学理論としてもすぐれた示唆を与えるものであることを疑わない。

イザナキの命・イザナミの命の神話も、ある論理で成り立っているはずである。その論理を近代の通過儀礼の習俗と対比することで分析することができるとすれば、この二神の神話は、少くともその部分では、通過儀礼の論理で構成されていることになる。文化の科学では、自然科学にみるような証明を得ることはむずかしい。その仮説に、どれだけ論理の整合性があるかで検証するしかない。ここでも、二神の神話の通過儀礼の論理と、習俗の通過儀礼の形態やそれを貫く思想とを比較分析して、万葉びとの通過儀礼の思想に近づいてみたい。悠久な歴史の流れのなかに、絶対時間を超越した人間の本質を提示することを試みたのは民俗学である。この発想法は、現代人の思考にも多くの寄与をするにちがいない。

二　婚姻の儀礼

(一)　天の御柱と八尋殿

『古事記』によれば、対偶神《たいぐうしん》としてあらわれたイザナキの命とイザナミの命の二神は、まずオノゴロ島を造っている。二神は天《あめ》の浮橋《うきはし》に立ち、天《あめ》のぬ矛《ぼこ》を海の中に刺しくだしてかきまわした。引きあげるときに、矛の先からしたたり落ちた海の水が積もって島になった。それがオノゴロ島である。天上からその島にくだった二神は、天《あめ》の御柱《みはしら》を立て、八尋殿《やひろどの》を建てた。天の浮橋は天上の虚空《こくう》にかかった橋、ぬ矛は玉で飾った長い柄の先に両刃の剣をつけた武器である。天の御柱は天上の世界の中心になる柱、八尋殿は大きな家屋の意で、ここでは二神の婚舎になっている。

このオノゴロ島の形成自体は、創世神である二神が原初の海に原初の島を造る大地の起源神話である。しかし目的は八尋殿を建てることにあり、婚舎の建築儀礼の神話でもある。建築儀礼が天地創造の神話の反復であるという例にあたる。混沌《こんとん》とした海を矛でかきまわすという作法は、現実の儀礼では、粥《かゆ》を粥かき棒でかきまわす習俗を連想する。粥かき棒は近代の習慣では、だいたい一月十五日の小正月《こしょうがつ》の粥を煮るときにつかっているが、そのときに粥をつけた粥かき棒で家の柱などをたたく風習もあった。[注15] 粥かき棒が矛、粥が原初の海にあたる。粥かき棒はただの炊事用具ではない。新年の初《はつ》山入《やまい》りなどのときに山から伐って来て、小正月の行事のあとは苗代や田植えのときに田に立てる新年儀礼の聖なる木であった。[注16]

棟上《むねあ》げや新築の祝いなど家の建築儀礼に、粥を祝いの食べ物にして、家の柱に粥をつけて祝う土地もあった。[注17] 粥はとりたてて特殊な食べ物とはいえないが、どの儀礼にも用いるわけでもない。この粥かき棒の儀礼は、みごとな新年儀礼と建築儀礼の対応で、どちらも天地創造の神話を祖型にしていることになる。家は小宇宙で、毎年新年に、そこで天地創造の神話を繰り返しているかたちである。家移りでも、古老二人が粥のお初《はつ》を取って箸で大黒柱につけ、「此御柱は目出度いな……」と祝言を唱えると、ほかの一同は「われらも後からすすろう」と唱和する例もあった。[注18] ここまでくると、大黒柱は神話の天の御柱である。一月十五日の粥は、すでに伊勢神宮の神事として延暦《えんりゃく》二十三年（八〇四）の『皇太神宮儀式帳《こうたいじんぐうぎしきちょう》』にみえていて、けっして新しい行事ではなかった。

㈡　柿の木問答

次に結婚するために二神が天の御柱をまわって問答をする場面がある。これはおそらく婚姻の儀礼の描写であろう。男女が物の周囲をまわった後に婚合する儀礼は、日本をはじめ、東アジアにも類例があることが知られているが、(注19)一般に農作物の豊作を願う予祝儀礼に顕著で、日本ではやはり小正月の行事になっている。東日本では、このとき粟穂《あわぼ》・稗穂《ひえぼ》といって、粟と稗をかたどった物をつくって飾る習慣があったが、中部地方・関東地方の山地から東北地方にかけて、この粟穂・稗穂にちなんだ問答をしながら、夫婦が裸になって囲炉裏《いろり》の周囲をまわり、婚合を暗示する所作をするという行事も各地にあった。(注20)

この男女の問答の作法は、床入《とこい》りのときにおこなったという柿の木問答の習俗に、つながるものであろう。たとえば、聟《むこ》が嫁に「うちの背戸《せど》に大きな柿の木があって、いい実がなっているが、のぼってもよかろうか」と問いかける。嫁が「のぼりなさい」と答えると、聟はさらに、「のって実をもいでもよかろうか」という。嫁が「もぎなされ」と答えて、結ばれたという。(注21)

愚か聟の笑い話には、床入りのときに、聟が嫁と、鶏が卵を生むときにどうするかという問答をしたという話がある。(注22)これも、聟が抽象的な柿の木問答を知らずに、即物的な鶏で問いかけたところがおかしかったのであろう。この床入りの問答は、小正月の成り木責《なきぜ》めの作法と(注23)別のものではあるまい。一人が柿の木に刃物で傷をつけて「成るか、成らぬか」と責めると、もう一人が柿の木の立場で「成ります、成ります」と答える、果物の豊作を願う行事である。柿の木を主題に豊穣を誓う問答をすることは、床入りにもふさわしい。成り木責めを男女でおこなう例もあった。これはまさに天の御柱での問答にあたる。

同じ成り木責めの習俗は、中国大陸にも各地の少数民族を含めて広く分布している。(注24) 日本もその一例にすぎない。しかし日本ではそれが、創世神による天地創造の神話や婚姻儀礼に通じる新年儀礼として展開していた。刃物のかわりに粥かき棒でたたいたり、木の傷口に粥をつけたりするところもある。柿の木は、大黒柱であり天の御柱である。小正月に嫁たたきなどといって、子どもをさずかるようにと、粥かき棒の類で女の尻をたたく風習は平安時代中期の『枕草子』にもみえているが、(注25) これも粥かき棒の儀礼が婚姻儀礼に通じているあらわれであろう。

(三) 婚舎を求める神々

結婚するためによい土地を求め、そこに新しく婚舎を建てる習俗は、出雲国にくだったスサノヲの命の物語にもみえている。『日本書紀』神代第八段の本文には、はっきりと結婚する土地を求めてと語っている。有名な、「八雲立つ」の歌は、その婚舎を建てたときの祝いの歌である。

八雲立《やくもた》つ　出雲八重垣《いづもやへがき》　妻籠《つまご》めに　八重垣つくる　その八重垣ゑ（紀歌謡一番）

たくさんの雲が湧き立つように、いくえにも垣を重ねて、奥深く妻をこもらせる婚舎を建てたという、新築祝いの歌である。古くは一般に、儀式のたびに仮殿を設けるのがふつうであった。天皇即位のときの大嘗宮《だいじょうきゅう》に、今もそのおもかげをとどめている。

『出雲国風土記《いずものくにのふどき》』神門《かむと》郡八野《やの》郷にも、オホナムチの命が、ここにいるスサノヲの命の御子のヤノワカヒメの命と結婚するために、家を建てさせたとある。神々の物語ではあるが、これらは婚舎を建てて結婚の儀礼をおこなった風習の名残りかもしれない。『播磨国風土記《はりまのくにのふどき》』賀古《かこ》郡には、オホタラシヒコの命（景行《けいこう》天皇）が印南《いなみ》の別嬢《わきいらつこ》と結婚するとき、印南の村で「密事《むつびごと》」をなし、つぎつぎと移って城宮田《きみやた》の村で「婚《みあひ》」をしたという。別嬢は命の求婚を避けて逃げ隠れしており、婚舎求めは妻が逃げ隠れする習俗と一連の儀礼かもしれない。類例は『古事記』の雄略《ゆうりゃく》天皇の物語にもある。妻が婚礼の途中に逃げ出し、夫につかまるまで十日も二十日も隠れる例は、沖縄県島尻《しまじり》郡知念《ちねん》村の久高《くだか》島が有名であるが、類似の習慣は日本各地や南アジア、西アジアなどにもある。[注26]

スサノヲの命も婚約の後に婚舎を求めており、婚舎を建てることは二次的な結婚生活の確立を意味するようである。かつては夫婦ごとに、単独に家屋を建てる風習があったのかもしれない。その点では、家屋は婚姻によって成立するものであり、婚舎求めはそのまま建築儀礼の神話にもなる。建築儀礼に男女の性が強調されているのは、その名残りかもしれない。福島県西部などに、家屋の新築や屋根の葺きかえの落成の祝いに、木でつくった男根を主婦が持って家の周囲をまわり、男根はそのあと屋根棟にしばっておく習慣があった。火防《ぶ》せであるというが、[注27]二神が柱をまわる作法をしのばせる。長崎県には、神社が完成すると、施工者が男女の性器を刻んで奉納したという。[注28]沖縄県の波上宮《なみのうえぐう》にあった石の男根や、普天間宮《ふてんまぐう》の奥宮の入り口の左右にある石の男根と女陰は、その遺品ともおもえる。神社の建築儀礼に、古い婚舎求めの神話の意義が生きていることは、ありうることである。

(四) 心の御柱と社殿

天の御柱と八尋殿が、構造的にどのようにかかわっていたかは判然としない。『日本書紀』神代第四段の本文では、オノゴロ島を「国中《くになか》の柱《みはしら》」にしたとあるだけだが、同一書第一には、やはり八尋の殿と天の柱がみえる。二つのものが別々に立っていたのではないとすれば、八尋殿の中央の柱が天の御柱であろう。この御柱と殿の二重構造は、伊勢神宮の心《しん》の御柱《みはしら》と社殿との関係に似ている。伊勢神宮では、御神体は高床《たかゆか》式の社殿にまつるが、その真下には心の御柱といって、社殿からはまったく独立した柱が立ててある。二十年に一度の新宮の造営の建築儀礼でも、あたかも神の象徴であるかのごとく、もっとも神聖視され、一年の行事でも、神嘗祭《かんなめさい》など重要な神事での供え物は、御神体ではなく、この心の御柱の前に供えた。(注29)

伊勢神宮についての最古の体系的な記録である、延暦二十三年（八〇四）の『皇太神宮儀式帳』や『止由気宮儀式帳《とゆけぐうぎしきちょう》』でみると、伊勢神宮では、神嘗祭を収穫儀礼とする御田の稲作儀礼と、神嘗祭を落成儀礼とする新宮の造営の建築儀礼とが、みごとに対応していた。新宮造営は神宮の年を越えた最大の事業であり、御田の稲の栽培は年中最重要な神事である。神宮の神事の基幹は、この建築儀礼と稲作儀礼の一元的な構造にあった。(注30) そこで興味深いのは、建築儀礼は心の御柱を伐り出す山口の神の祭りと木の本《こもと》の祭りに始まるが、稲作儀礼も、二月初子《はつね》の日の種まき儀礼で御田を耕す鍬《くわ》の柄《え》にする木を採る同じ神事から始まったことである。鍬の柄の木とともに御歳木《みとしぎ》も採っていたようである。(注31)トシギといえば、稲の稔りを象徴する神の木であろう。近代の習俗にいう粥かき棒と同じく、聖なる木である。

粥かき棒も御歳木も、置き換えると心の御柱になる。粥の行事はすでに『皇太神宮儀式帳』でも一月十五日になっているが、これは中国の暦書によって新年儀礼が一月に整備された結果で、神宮の種まき儀礼に生きていたように、日本古来の新年儀礼は二月であったらしい。(注32)御歳木も心の御柱も、神話でいえば天の御柱であり、ここにも新年儀礼が建築儀礼や婚姻儀礼と一体化する変換関係にあることがみえている。山口の神の祭りや木の本の祭りが地もらい儀礼に由来しているとすれば、(注33)御歳木や心の御柱にも、大地の形成による中心の確立の意味があった。オノゴロ島を柱にするという神話は、天の御柱の思想をよく物語っている。

三　出産の儀礼

(一)　生み損いのヒルコ

『古事記』の神話は、天の御柱と八尋殿を舞台にした婚姻儀礼から国生み・神生みの出産の段に進むが、ここで婚姻の儀礼とかかわって、柱をまわる作法が最初は間違っていたので、まともな子どもが生まれずに、「水蛭子《ひるこ》」が生まれたという。ヒルは沖縄県那覇《なは》市などで、手足のなえていることをビールーというのと同じ語である。そこで神話では、ヒルコを芦船《あしぶね》に乗せて流したという。創世神が最初に生んだ子どもが生み損いであったという神話は、琉球諸島や台湾の高砂族にもあり、神話の型の一つであるが、(注34)ここでは次に生まれた「淡島《あはしま》」も子どもの数に入れないという。ここでは、なにか本格的な出産に含まれない、出産のもう一つの側面を語る儀礼を伝えているようである。

『日本書紀』神代第五段の本文では、ヒルコは日の神、月の神の次に生まれている。三歳になっても脚が立たないので、「天《あめ》の磐《いは》櫲《く》樟《す》船《ぶね》」に乗せて風のままに放ったとある。同一書第二も、ほとんど同じである。日の神をオホヒルメノムチと、ヒルメ(日の女)と呼ぶのにたいして、ヒルコは「日るコ」(日の子)であるともいうが、(注35)ヒルコそのものには太陽の神の性格はみえない。ヒルコが竜宮から戻って来たなどといって、鎌倉時代中期以降、ヒルコは海の神である西宮《にしのみや》神社のエビスの神とされた。ヒルコはむしろ海の神である。(注36)ヒルコを流す神話には、出産にあたり、なにものかを小さな船に乗せて川や海に流す儀礼が対応しているのかもしれない。ヒルコには、潮の干満を繰り返す海の力を感じていたようにみえる。

江戸時代に広く知られた淡島明神《あわしまみょうじん》の信仰は、この神話の淡島の意義を引き継ぐものであろう。『続《ぞく》飛鳥川《あすかがわ》』(『新燕石十種《しんえんせきじっしゅ》』一)にみえる淡島信仰を流布した淡島願人《がんにん》の言い立てでは、淡島明神はアマテラス大神の六女である。十六歳のとき住吉《すみよし》の神の一の后《きさき》になるが、身にうるさい病をうけ、綾の巻き物などを取り添えて、うつろ船に乗せて堺《さかい》の七度《しちど》の浜から海に流した。三月三日には淡島に着き、そこで巻き物を雛《ひな》形にきざんだのが雛祭りの起源であるという。中世の物語に多いウツオ船の趣向も入っているが、(注37)ヒルコの神話から形成したような縁起である。淡島明神は一般に婦人病の神であるといわれているが、(注38)それは婚姻儀礼の誤りによる生み損いの神話的な意味を伝えているようである。イザナミの命の出産の前段は、出産にともなう第二の部分の儀礼にかかわっていそうである。

(二) 胞にする島

ヒルコや淡島の意味を考える参考になるのは、淡島や淡路島の異伝である。『日本書紀』神代第四段の本文では、国生みで最初に「淡路の洲《あはぢしま》」を「胞《え》」にしたとあり、喜ばしくなかったので、こう名づけたという。生み損いで恥かしいという意味で、アハヂ(吾恥)と名づけている。胞は胞衣《えな》のことであるが、『新撰字鏡《しんせんじきょう》』には「膜」に「子之兄《このえ》」と注釈があり、胞衣を子どもの兄(長子)の意味にしている。破水《はすい》と関係するので、羊膜《ようまく》を兄としたのであろうか。あるいは双生児のばあいと同じく、あとから生まれる子を兄とするように、後産《あとざん》を兄としたのであろうか。いずれにしても、ここにいう生み損いとは、おりもののことである。

熊本県の阿蘇《あそ》山南麓地方に伝わる淡島明神の縁起では、『続飛鳥川』にみえるような縁起に加えて、うつろ船は桑の木であったといい、白血長血《しらちながち》の病であった姫は、虫に変わって蚕《かいこ》になったという。これは室町時代の物語草子『こがい』などにみえる蚕の由来を説く蚕影山《こかげさん》縁起に共通するが、(注39)この地方では、このように桑《くわ》の木は不浄な物を入れた木なので、出産のときのよごれものは桑の木の根もとに埋めるといい、魔除けであるといって古い屋敷にはかならず桑の大木があるという。(注40)ヒルコを船に乗せて海に流す神話を、胞衣の処理の作法で解釈したような伝えである。胞衣のあつかいかたは土地によりさまざまであるが、福岡県宗像《むなかた》郡の大島《おおしま》では、出産の汚物は、女二人で夜中に海岸に持って行き、竜宮さまから汚物を捨てるところだけ借りるといって、鎌で空を切って捨てたという。(注41) ヒルコ神話にきわめて近い習俗である。

『日本書紀』神代第四段では、一書でも島を「胞」にしている。第六では「淡路《あはぢ》の洲《しま》・淡《あは》の洲《しま》」、第九では「淡路の洲」を「胞」にしたという。『古事記』の「淡島」以下、アハに特別な意味の連想があったにちがいない。しかし、そうしたなかで、第八だけはオノゴロ島を「胞」にしている。一書であるからその前段はないが、二神がつくった原初の島がそのまま胞衣になったかたちである。そういえば『日本書紀』神代第四段の本文では、オノゴロ島を「国中の柱」としていた。オノゴロ島は『古事記』などでは婚姻儀礼の舞台であるが、人生という絶対時間を、儀礼によってオノゴロ島という空間に置き換えているのかもしれない。婚舎求めも、婚姻儀礼という時間の通過儀礼を、土地を求めるという空間の通過儀礼であらわしていることになる。出産の神話が神生みではなく国生みから始まるのも、婚姻儀礼の空間的な表現の流れをうけているかたちである。

(三) 産屋を求める神々

天孫降臨に続く日向《ひゅうが》三代の神話は、出産の神話といいたいほど、現実の産育習俗と共通している挿話が続いている。(注42) そのなかで、第二代、海サチビコと釣り針をめぐって争った山サチビコのホヲリの命の子どもを身ごもった海の神の女のトヨタマビメの命が、海の神の宮殿から海辺に来て、産屋《うぶや》を建てて御子を生んだという物語がある。ウガヤフキアヘズの命の誕生である。これには、夫のいる地上の世界で御子を生むという意味があるが、海の世界から陸上の海岸まで子どもを生むために来るということは、婚舎求めと類比して興味深い。日本では近代まで、出産を白不浄《しらふじょう》などといって宗教的に忌みはばかり、家で出産するほかに、この神話のように、独立した村の産屋で出産することになっていた土地も少なくなかった。出産のときに、産屋を建てたという村もある。(注43) このトヨタマビメの命の物語も、産屋求めとみてよかろう。しかもこの神話では、子どもを生んだトヨタマビメの命は、海の世界と地上の世界の境である「海坂《うなさか》」をとざして帰っている。『日本書紀』神代第十段の本文や一書第三にも、同じ趣旨の記述がある。海サチビコに相当する漁民はとくに白不浄を忌みおそれ、山サチビコに相当する狩人はむしろ喜ぶという風習とも関係があろう。

ここでは、海の異界との絶断が、出産儀礼にとって重要な意味をもっていたようにみえる。あるいは母の胎内にいることを、海の世界に滞在していることにたとえているのかもしれない。ホヲリの命の神話を英雄の時代に変換したかたちをとる神功皇后《じんぐう》の物語でも、(注45) 皇后が海を越えて新羅《しらぎ》を往復するあいだ、産み月になっている御子を胎内で待たせている。海の潮《しお》の干満《かんまん》が人間の生命を支配しているという観念とも、関係がありそうである。子どもは、満潮時に生まれるという伝えは広い。ホヲリの命が海の神からもらった潮の干満を起こす珠《たま》も、もともとは人間の生命を左右し、出産儀礼にかかわる呪宝《じゅほう》であったかもしれない。(注46) ヒルコを海に流す神話の意味も、ここから解けてくる。

産屋とはいわないが、出産する場所を求めて移る神の物語が『出雲国風土記』にある。飯石《いいし》郡熊谷《くまたに》郷に、クシイナダミトヨマヌラヒメの命が、出産が近づいて生む場所を求めてここに来たとある。また楯縫《たてぬい》郡神名樋《かんなび》山にも、アヂスキタカヒコの命の后《きさき》、アメノミカヂヒメの命が多具《たぐ》の村に来て、タキツヒコの命を生んだとある。『播磨風土記』託賀《たか》郡黒田《くろだ》里にも、宗形《むなかた》の大神オキツシマヒメの命がイワの大神の子を身ごもり、袁布《おう》山に来て、出産するときが来たといったという。これらの伝えも、トヨタマビメの命の神話と同じく、産屋求めの物語であろう。村を離れて産屋を建てて出産する習俗が、あったのかもしれない。その出産儀礼を、ここでも空間の通過儀礼として描いているのであろう。

(四) 火の神と母神の死

神生みの最後は、火の神カグツチの神の誕生である。しかし、そのとき女陰《ほと》を焼かれた母神イザナミの命は死んでいる。火の起源神話には、火は女の身体、とくにその性器からおきたという伝えがあり、(注47)これもその一つの例といえるが、ただそれだけではすまない。むしろ物語は、出産で死んだ母親の神話になっている。一般に出産で死んだ女の供養には特殊な作法があった。流れ灌頂《かんちょう》はよく知られている例である。(注48)道端の川の縁に柱を四本立て、そこに布を張って道行く人に水を掛けてもらう。柱に塔婆《とうば》を用い、布に経文を書くなど寺僧が関与しているが、水を掛けてとむらうあたりは、火の神のために死んだというイザナミの命の神話にも照応している。

身ごもったまま死んだ母親は、産女《うぶめ》といって、赤子を抱いた姿であらわれる妖怪になるという伝えは広い。それで、身二つにして葬るものであるといい、それを守っていた土地が近代まであった。（注49）産女の怪異は平安時代末期の『今昔物語集《こんじゃくものがたりしゅう》』巻二十七の第四十三話にもみえているから、古い信仰である。平安時代初期の『日本霊異記《にほんりょういき》』下巻第九にも、藤原広足《ふじわらのひろたり》が神護景雲《じんごきょううん》二年（七六八）に仮死状態で地獄《じごく》に行き、出産にさわりがあって死んだ妻に遇ったという話がある。閻羅王《えんらおう》に早く現世に帰って妻の供養をせよといわれて蘇生したという。これは『古事記』『日本書紀』の時代も、それほど遠くない。カグツチの神を父神イザナキの命が殺害するのも、おそらく産女の信仰の古い姿であろう。

創世神が語る死の起源の神話が、産女の発生であったことは重要である。一般的な死の起源は、アメノワカヒコの神話に描かれている。二神の神話では、母性をめぐる通過儀礼が主題になっていた。そのこと自体が、万葉びとにとっては重要なことであったにちがいない。出産儀礼は、作法の誤りでヒルコが生まれたというかたちで婚姻儀礼と重複していた。葬送儀礼も、出産による母神の死として出産儀礼と一連の出来事になっている。この二神の神話の構成は、通過儀礼が一つ一つ独立したものではなく、連続的なものであることをあらわしている。それは、通過儀礼の一元的性を示しているようである。全体の構想からいえば、イザナミの命の死によって生じることが、通過儀礼の根本原理であるということになる。これから続く葬送儀礼の神話は、その結論を語っている。

四　葬送の儀礼

㈠　泣き沢女

イザナミの命が死んだとき、日本神話で最初の葬送儀礼が登場する。『古事記』にいう。イザナキの命は枕もとのほうにはいまわり、足もとのほうにはいまわり、声をたてて泣いた。その涙に現れた神は、香山《かぐやま》の畝尾《うねお》の木下《このもと》にまつるナキサハメ（泣き沢女）の神であるという。『日本書紀』神代第五段の一書第六にも、ほとんど同じ記述がある。これは葬送のときの泣き女の風習にあたる。神話と現実で泣く人の性が逆転しているが、その涙に生まれた神が女性であるのは、当時から泣き女の習俗があった反映であろう。近親者などの死にあたって泣き悲しむのは人情であるが、儀礼的に女たちが泣く習わしである。(注50) 中国や朝鮮にもあり、日本でも近代まで点々と全国にわたっておこなわれていた。感情ではなく儀礼であるしるしであろうか、他人の老女を頼む土地もあった。

このイザナキの命の泣くさまは、涕泣儀礼の型であろう。死に臨み、はいまわって泣く例は、『古事記』景行天皇の段のヤマトタケルの命の葬送にもみえる。倭《やまと》にいた后や御子たちが伊勢に下って来て御陵《みささぎ》をつくり、そこの水づいた田ではいずりまわって泣いてうたったとあって、

なづきの田の稲幹《いながら》に、稲幹にはひもとほろふ、野老蔓《ところづら》（記歌謡三四番）

という歌がみえる。水づいた田の稲の茎に巻きついているトコロのつるのように、あなたを頼りにして泣きぬれています、という意味である。『万葉集』巻三にみえる、天平《てんぴょう》三年（七三一）七月に大《おお》伴旅人《とものたびと》が死んだときに、旅人の従者であった余明軍《よのみょうぐん》がよんだ歌と、同じ型をふんでいる。

　　みどり子のはひたもとほり、朝夕《あさよひ》にねのみぞわが泣く、君なしにして（四五八）

ナキサハメの社は、『延喜式《えんぎしき》』巻九「神名《じんみょう》(上)」、大和国十市《とおち》郡にみえる畝尾都多本《うねおつたもと》神社にあてる。あきらかに泣き女を象徴する神である。その信仰がどのようなものであったかははっきりしないが、『万葉集』巻二、持統《じとう》天皇十年（六九六）七月に薨去した高市皇子《たけちのみこ》の城上《きのえ》の殯《もがり》の宮のときに柿本人麻呂《かきのもとひとまろ》がつくった長歌の反歌にもみえている。

　　哭沢《なきさは》の神社《もり》に神酒《みわ》すゑ、祈《いの》れどもわが王《おほきみ》は、高日《たかひ》知らしぬ（二〇二）

左注に、『類聚歌林《るいじゅうかりん》』には、檜隈女王《ひのくまのおおきみ》が泣沢《なきさわ》の神社を怨む歌であるということである。

ナキサハメに祈ったが王は死んでしまったという歌で、ナキサハメに王の蘇生を願っていたことになる。泣き女の涕泣儀礼も、蘇生をうながす作法であったにちがいない。イザナキの命もイザナミの命の死の直後に泣きたてており、ヤマトタケルの命のばあいも、御陵をつくった後ではあるが、涕泣儀礼のあとにヤマトタケルの命の魂は白い鳥として再生している。近代の習俗でも、死のケガレが発生する直前、出棺の前に泣くのは、[注51]死者を現世に呼びもどす儀礼であったためであろう。

(二) 神々の葬送儀礼

日本神話のなかで、葬送の習俗にもっともくわしく触れているのは、アメノワカヒコの神話である。『古事記』の主たる部分では、死んだアメノワカヒコの喪屋《もや》をつくり、鳥たちがそれぞれの役割について、八日八夜の遊びをしたとある。鳥の役目には、まずキサリ持ちがある。『日本書紀』には「持傾頭者」（傾《かたむ》けた頭を持つ者）と書くが、キサリは不明である。次に掃持《はわき》ちである。ほうきで喪屋の中の管理をするのであろうが、近代の葬式でも、ほうきは死者の魂を鎮めるのにも用いていて、ただの清掃用具ではない。[注52]御食人《みけひと》は、供物の料理人であろう。碓《うす》女は臼で穀物をつく女であろうが、臼もやはり近代なお特別な扱いをうける用具である。[注53]哭《なき》女は泣き女で、ここでも、死が確定する前のモガリに登場している。

『日本書紀』神代第九段の本文も同じ構想で、喪屋をつくって殯《もがり》をしたとあり、八日八夜、啼哭《な》き悲しみ歌うという。鳥の役目は『古事記』にみえるもの以外に、まず尸者《ものまさ》がある。憑《よ》りましのことで、死者の魂を身につけて託宣などをする。現代でも三七日すぎに、死者の口寄せをする地方がある。造綿者《わたつくり》は、死者の死装束《しにしょうぞく》をつくる人であろう。宍人者《ししびと》は、言葉からいえば獣の肉の調理人である。『日本書紀』雄略《ゆうりやく》天皇二年十月に、天皇が吉野《よしの》の宮に行って狩をしたときに、獲物の鮮《なます》をつくる人がいなかったので、宍人部《ししひとべ》を置いたとある。最初は膳 臣 長野《かしわでのおみながの》、ついで厨人《くりやびと》二人を宍人部にしたとあり、奈良時代などには、宍人氏が大膳職《だいぜんしき》や内膳 司《ないぜんのつかさ》の役人になっている。(注54)それによれば単純に料理人、つまり御食人のことともとれるが、宍人者という文字も無視できない。モガリに獣の肉を供えていたとすると、万葉びとの葬送儀礼の宗教意識は、近代とはよほど違っていたことになる。

令《りょう》制では、朝廷の葬儀につかえる部民を遊部《あそびべ》といった。「喪葬令《そうそうりょう》」にみえ、『令 集解《りょうのしゅうげ》』の注にくわしい。『大宝令《たいほうりょう》』の注釈で、天平十年(七三八)ごろの成立という『古記《こき》』には、具体的にみえている。禰義《ねぎ》と余比《よひ》の二人で、禰義は刀を負って桙《ほこ》を持ち、余比は酒食を持って刀を負うとある。『令《りょう》釈《しゃく》』には、この世とあの世の境を隔てた死者の魂を鎮めるとある。死者の魂の司祭者である。アメノワカヒコの葬送儀礼が、近代の村の葬送儀礼に通じていたのにひきかえ、これは専業的である。『令集解』には、この条の遊部は、野中《のなか》や古市《ふるいち》の人の歌垣《うたがき》のたぐいであるという。野中・古市は、『続日本紀』宝亀《ほうき》元年(七七〇)三月二十八日の条にみえる歌垣の行なわれた地域にあたる。歌や舞を奉仕する人たちであるという意味であろう。『古事記』に、アメノワカヒコの喪屋で遊びをしたという、その「遊」である。鳥たちのモガリの役目から、一歩官僚的になっていたようである。禰義はキサリ持ち、余比は御食人にあたるのかもしれない。

㈢ モガリの儀礼

万葉びとの時代には、まだまだ、人が死んでもすぐには葬ってしまわずに、しばらくは一定の場所に安置しておくモガリ（殯）の風習が残っていたらしい。その様子は『日本霊異記』の説話のなかにも、うかがうことができる。上巻第一話には、雄略天皇が、死んだ小子部栖軽《ちいさこべのすがる》を七日七夜とどめた後、墓をつくったとある。先の藤原広足《ふじわらのひろたり》も、死後三日たって行ってみると生き返っていたという。ほかの蘇生譚も、モガリなくしては成り立たない。モガリは死を確定する期間で、家族は蘇生を期待して死者を見守った。近代、初七日までは、家族が毎日墓参りに行く習慣があったが、これもおそらくモガリの遺風であろう。

イザナミの命の死後、イザナキの命は死者の世界である黄泉《よも》つ国にイザナミの命を訪ねている。いわゆる黄泉つ国訪問の段である。生者が死者と会話をかわすなどは、ただの神話的な空想とおもわれがちであるが、死んだ人を家族が訪ねるのは、モガリの習俗の描写であろう。『日本書紀』神代第五段の一書第九には、はっきりと「殯斂《もがり》の処に到る」と記している。死が進んでいることを知ってイザナキの命がおどろく、あの写実的な記述は、モガリでの実体験にちがいない。神話が語る黄泉つ国とは、現実の世界のモガリの場所である。それは、万葉びとの葬送儀礼に欠くことのできない、生活空間の一つであった。『日本霊異記』ではモガリの施設を「塚」と書き、訓釈にハヒヤとよむ。火葬とかかわって「灰屋」とも考えられるが、ハヒはハブル（葬る）に古い語形ハブあるいはハフがあり、その連用形である可能性もある。

『古事記』では、黄泉つ国のイザナミの命はイザナキの命を「殿《との》の縢戸《ちぎりと》」から出迎えている。殿はモガリの喪屋《もや》を想定している。イザナキの命がイザナミの命に生者の世界に戻ることを願うと、イザナミの命は残念だが「黄泉《よも》つ戸喫《へぐ》ひ」をしてしまったと答えている。死者の世界の食事をすると現世に帰れなくなるという信仰は、古代オリエントをはじめ世界各地にある。(注55)死者のあった家の火を用いた食べ物を口にすると、死の穢れがかかるという観念も近代まで生きており、ある特定の日に死者に供える食べ物が、死者からいえばヨモツヘグヒにあたったのであろう。その食物を供えることが、死者を死の世界のものとして確定し、絶縁する儀礼になる。近代の習俗でいえば、死後四十九日目の供養にその色彩が濃い。(注56)ここでモガリは終り、空間的にいえば、黄泉つ国とこの世の境もとざされることになる。

(四) 絶妻の誓い

イザナミの命の死をつぶさに見たイザナキの命は、黄泉《よも》つ国からのがれて、あの世とのあいだに境界を確立する。モガリをすませ、死者を葬って、死を決定する時間の通過儀礼を、空間の通過儀礼であらわした神話である。その境界をなすのが、ヨモツヒラサカである。『古事記』では、イザナキの命が「黄泉《よも》つひら坂の坂本」まで逃げて来たとき、イザナミの命が追って来たので、「千引《ちびき》の石《いは》、その黄泉《よも》つひら坂に引き塞《さ》へ、その石を中に置き」、生まれる者の数と死ぬ者の数を宣言しあうコトドワタシがある。この異伝を記している『日本書紀』神代第五段の一書第六では、イザナキの命が「泉《よも》つ平坂《ひらさか》」に着いたとき、「千人所引《ちびき》の磐石《いは》をもちて、その坂路《さかぢ》に塞《さ》へ」、コトドワタシをしている。

ヨモツヒラサカは、ヒラもサカも、境界の語感のある言葉らしい。一に、サカは離《さか》る・避《さか》るの語根で、サカヒはサカアヒ（離合ひ）のつまった語という。(注57) サカは斜面のことで、異った地形の境界になりやすい場所である。先のトヨタマビメの命の出産の段でいうウナサカ（海坂）も、海の異界との境界のサカであろう。ヒラも一に、境界の意でヘリ（縁辺）の交替形という。(注58) 沖縄県では、一般に坂をヒラという。首里では地域を三つに分割して、一つ一つを「――ヒラ」と呼んだ。緩傾斜の平地をカタヒラという地形名もあり、これも境界になりやすい地形であった。おそらく現実には、ヨモツヒラサカは、死者のモガリをする場所と村との境界をあらわす比喩的な語として、熟して伝わっていたのであろう。

コトドワタシは、『古事記』は「度二事戸一」、『日本書紀』神代第五段の一書第六では「建二絶妻之誓一」と書き、「絶妻之誓」の訓注に「許《こ》等《と》度《ど》」とある。コトドとは、死者の世界と生者の世界の境界を確立することで、コトは「異」で、別になることという解釈がよかろう。(注59) ドは、宗教的な霊力を発揮する言葉や行動につける接尾語で、この場合は誓いにあたる。そこで、イザナミの命があなたの国の人を一日千人殺そうと死者の数を言い立てると、イザナキの命は一日千五百の産屋を立てようと生まれる者の数を宣言する。ここで出産を産屋を立てると表現しているのは、当時出産にはその都度産屋を立てていた習俗の反映である。創世神の通過儀礼の神話は、婚姻、出産、葬送と、イザナミの命の生涯を語りながら、最後はみごとに人間の生と死の数の決定という、究極の問題で結ばれていた。イザナキの命・イザナミの命の神話は、まさに通過儀礼の神話として成り立っていた。

五　道祖神信仰の思想

(一)　塞ります大神

ヨモツヒラサカに境としてすえた大岩を、『古事記』では「千引《ちびき》の石《いは》」と呼ぶ。この「引」は、『令義解《りょうのぎげ》』「雑令《ぞうりょう》」の注に「度《ど》は、分・寸・尺・引なり」とあり、長さの最大の単位である。(注60)『日本書紀』の「千人所引の磐石」は、それを千人で引くほどの大岩と解釈した表記である。この境の大岩を、『古事記』では神にまつっている。「黄泉《よも》つ坂に塞《さや》りし石《いは》は、道反《ちかへし》の大神と号《なづ》く。また黄泉戸《よみと》に塞《さや》ります大神ともいふ」とある。『日本書紀』神代第五段の一書第六でも、「塞《さや》れる磐石《いは》、こを泉門《よみと》に塞《さわ》ります大神《おほかみ》といふ。また道返《ちかへし》の大神と名《なづ》く」という。

ヨミトは、死者の世界と生者の世界の境の地点で、サヤルとは、そこで行き来を妨げているという意味である。現代、道祖神をサイの神、サエの神、サヤの神などと呼んでいる、(注61)そのサヘ・サヤにあたる。すでに源 順《みなもとのしたがう》の『倭名類聚抄《わみょうるいじゅうしょう》』天地部神霊類には、『漢語抄《かんごしょう》』を引いて「道祖」をサヘノカミとしているが、「塞ります大神」はその記述的な呼称である。「大神」は、現実に信仰の対象にする神に用いている。チカヘシは、沖縄県でいうケーシ（返し）の信仰にあたる。悪霊などが入って来るのを防ぐために石などを置くことを、ケーシという。屋敷に道が真直にあたることをキリンチ（切り道）といって忌み、それを防ぐことをキリンチヌケーシ（切り道の返し）という。「道反の大神」とは、道を通って侵入して来る悪霊を防ぐ神で、「黄泉戸に塞ります大神」を一般的な機能で表現した呼称である。

道祖神の信仰は、近代では複雑多岐に分化していて、簡単に概括することはむずかしい。しかし、「黄泉戸に塞ります大神」一つみてもわかるように、境を守る神であり、村に外部から入って来る悪霊などを防ぐ神であるといってよい。だいたい村はずれの辻などにまつられていて、村を守る神の性格があらわれている。道祖神は空間的な神であった。しかし村での信仰をみると、村人一人一人の人生とかかわることが多い。その点では、道祖神は時間的な神である。子さずけを祈り、無事な出産、生育、病気の治癒を願う。子どもの神であるといって、子どもたちが祭りを動かし、若者たちが主宰する。若い人たちが縁結びを願うのも、道祖神である。神像には、性的な表現が少くない。男女双立像、祝言の像、和合の像、精巧に彫った男根と女陰もある。

誕生から結婚まで、ちょうど通過儀礼の神話とみたイザナキの命とイザナミの命の物語に重なる。しかも、幼い子どもの魂は道祖神のもとでまつられるという、サイの河原の信仰もある。母神の死により、赤子の火の神を殺害するという神話も、死んだ子どもの霊をまつる起源を語ろうとしているのかもしれない。二神の神話は、道祖神の神話として完結していた。道祖神信仰には空間的側面と時間的側面と二重の構造があるが、通過儀礼の論理でみるとそれも一体化する。通過儀礼の時間と空間の置き換えが、道祖神の信仰ではそのまま実現していたことになる。

雲南省のハニ族の村の神門（雲南民族博物館）〈神門の全景〉

〈神門に飾る人形〉撮影 2000 年 8 月 19 日

(二) 村の神門の思想

昨年八月十九日に、中国雲南《うんなん》省の昆明《こんめい》市にある雲南民族博物館で、雲南省の紅河《こうが》区や西双版納《シーサパンナ》区などに住むハニ（哈尼）族の村の神門《しんもん》の展示を見た。黄泉《よも》つ国が村のモガリをする場所の呼称であるとすれば、ヨミトとはこんな村の門ではなかったかとおもった。幅二〜三ｍに柱を二本立て、二ｍぐらいの高さに横に棟木を渡す。棟木には、鳥の彫刻などを飾る。左右の柱の根もとには、性器を強調した木彫りの男女一対の人形を一体ずつ立てる。これが村の出入り口で、ここから外は「鬼《き》」の世界で悪いものがいるところ、門の内は聖なる世界で人間が住むところであるという。門は人間の村と、そうでない異界との境を示している。男女の人形は、道祖神をしのばせる。

ハニ族にこのような古風な生活が生きていたのは、焼畑農耕をおこない、二十年に一度、三十年に一度は、新しい土地を求めて村を立てる習慣があったからであろう。村立ての作法も伝わっている。まず首長が村の中心を選んで住居を建て、村の宗教的象徴ともいえる聖樹を定める。ついで殺害した犬をひきまわして、その血で清めて村の境界を定め、村の入り口に門を立てる。門は毎年、古いものの外側に新しく立て加える。それはハニ族の年中行事でももっとも盛大な、アマトゥと呼ばれる新年の祭りのときにおこなう。(注62) 新年の祭りは村立ての儀礼の反復であり、年ごとに村を再生する行事になる。

村の神門には、三つの種類がある。前門、後門、側門であるが、村の地形などによって、前門だけの村、前門と後門がある村、三つの門をあわせもつ村などがある。前門は、村全体の入り口につくる。道幅いっぱいにつくるばあいと、道の片方に寄せてつくるばあいとがある。これは生きている人間の出入り口につかう。後門は村からの出口で、山奥に向かう道にあり、死者の出し入れにつかう。側門は二種類あり、病死・事故死など悪霊に犯されたと考えられる人や家畜の出し入れに用いるいわゆる不浄門と、村の水源への道につくる浄門とがある。(注63)単純にくらべれば、ヨミトは不浄門に相当する。日本の村の出入り口にも、かつてこのような機能があったにちがいない。

(三) 出雲国のイフヤ坂

『古事記』には、ヨモツヒラサカは「今に出雲国《いづものくに》の伊賦夜坂《いふやさか》といふ」とある。イフヤは、現に島根県八束《やつか》郡東出雲《ひがしいずも》町揖屋《いや》町に揖夜《いや》神社があり、そこが遺称地になる。ヨミトを死者を送り出す村の神門の呼称とみれば、ヨモツヒラサカが現実に存在しても少しも不思議ではない。ところが『日本書紀』神代第五段の一書第六では、同じ部分に、「いはゆる泉津平坂《よもつひらさか》はまた別に処所《ところ》あらず、ただ死《みまか》るに臨みて気絶《いきた》ゆる際《きは》、これが謂《いひ》かといふ」とある。ヨモツヒラサカの実在を否定する合理主義で、あきらかに『古事記』にたいする批判である。これは、『日本書紀』の編纂者の方針を示す言葉である。『日本書紀』が神代第五段の本文に、黄泉つ国訪問の段のない異伝を採用したのも、同じ趣意にちがいない。『日本書紀』にいわゆる出雲神話が欠落しているのも、この意図とかかわることであろう。

『古事記』のオホナムチの命の根の国訪問の段にも、スサノヲの命が住む根の国と地上の世界との境に「黄泉つひら坂」がみえる。ここなども、異界に続く村の神門をヨモツヒラサカと呼んでいるようである。ヨモツヒラサカを現実の呼称に用いていたのは、おそらく出雲国の習慣であろう。『出雲国風土記』出雲《いずも》郡宇賀《うか》郷にも、海辺の洞窟に行った夢を見るとかならず死ぬといって、そこを「黄泉《よも》之坂《つさか》」「黄泉之穴《よもつあな》」と呼ぶとある。これも洞窟を異界とみた呼び名であろう。地名から、逆に夢見の伝えが生まれたとみてよかろう。生命があるかぎり、生と死の接点はどこにでもある。『日本書紀』の編纂者は、その時間的な接点を、空間的に置き換えて表現することがあることに、認識が及ばなかったのである。

サイトバライ（道祖神祭り）で焼くマユダマ（繭玉）。樫の枝に米の団子を差す。（神奈川県愛川町三増の高木家）撮影 2001 年 1 月 14 日

『出雲国風土記』には、神の御門《みと》の記事がある。神門《かむと》郡総説では、ただ神門臣伊加曽然《かむとのおみいかそね》が神《かむ》門《と》をたてまつったとあるだけで、どこに建てたのかもわからないが、飯石《いいし》郡三屋《みとや》郷には天《あめ》の下造《したつく》らし大神の御門《みと》がここにあるという。大神といえばオホナムチの命で、杵築《きづき》大社（出雲大社）の神門であるという伝えである。また仁多《にた》郡の御坂《みさか》山に

道祖神祭り（サイトバライ）
正月の門松など飾りで小屋を造り，この日の朝，燃す。燃え落ちると，団子を焼く。
（神奈川県厚木市成井田）撮影 2001 年 1 月 14 日

も神の御門がある。ここは備後国《びんごのくに》との境である。御門があるから御坂というという由来は、ヨミトとヨモツヒラサカの関係を連想させる。神門郡は杵築大社に接しているから、郡名の発生地には神門があったのかもしれない。しかし、ただ現代いうような意味の鳥居ではあるまい。国の境から村のなかまで、出雲国西部一円にあるところからみると、ハニ族の村の神門に近い性質であったようにおもえる。万葉びとの時代、ヨミトとミトと、出雲国には村の神門の思想が生きていたことになる。

(四) ヨミトの神

『日本書紀』神代第五段の一書第六では、ヨモツヒラサカの場面に引き続いて、イザナキの命が身に着けていた物を投げると、それが神になったとある。杖がフナトの神、帯がナガチハの神、衣がワヅラヒの神、褌《はかま》がアキグヒの神、履《くつ》がチシキの神である。『古事記』では、イザナキの命が黄泉《よも》つ国から返って来て禊《みそ》ぎをするときのことになっている。杖にツキタツフナトの神、帯にミチノナガチハの神、袋《ふくろ》にトキハカシの神、衣にワヅラヒノウシの神、褌《はかま》にチマタの神、冠《かがふり》にアキグヒノウシの神など、十二の神が生まれている。

これらは、おそらく道祖神一類の神であろう。岐の神は、『和名類聚抄』の「道祖」の次の項目に「岐神」とみえている。『日本紀私記』を引いて、フナトノカミとよむ。ツキタツフナトの神とは、杖をつき立ててフナトの神にまつる作法をあらわしている。フナトの神は、『日本書紀』神代第五段の一書第九にもみえる。黄泉つ国の雷《いかづち》に追われたイザナキの命が、「ここからこちらには、雷は来ることができまい」といって投げた杖をフナトの神といい、もとの名は「来名戸《くなと》の祖の神《さへのかみ》」であるという。クナトは「来な処《くと》」で、来るなという場所という意味である。『倭名類聚抄』の「道祖」の項目に、『風俗通』を引いて「祖神」をあげている。「祖神」は、サへの神の漢語訳である。一つ一つの神について十分な説明をする余裕はないが、これらはサへの神の仲間といってよかろう。ナガチハの神、チシキの神、チマタの神などは、どれも道にちなむ神である。

なぜ身に着けていた物が道祖神になるのかは、『古事記』や『日本書紀』だけからでは判然としない。ヨミトの道祖神信仰に、身に着けていたものをすっかり取る信仰があったのであろう。西双版納のハニ族の村の神門での儀礼に、これに似た作法がある。新婦が新郎の村に入るとき、新郎の母親は村の神門の外で新婦の衣服を脱がせ、白いスカートをはかせる。これは新婦がもっていた邪気を全部はらいのけたしるしで、これではじめて新婦は村に入ることができる。村の神門は、そこを通過する人を浄化し、新たな生命を付与する場所として機能を果たすものと考えられていた。(注64)日本でいえば、再生儀礼としての禊ぎにあたる。(注65)『古事記』では、禊ぎの場面でこれらの神が生まれているのは、この論理に合っている。ヨミトという空間の通過儀礼の折り目は、時間の通過儀礼でも重要な場所になっていた。

むすび

『古事記』には、イザナミの命にも神名が与えられている。「黄泉《よも》つ大神」またの名を「道敷《ちしき》の大神」とある。ヨモツ大神は黄泉つ国の主神ということであるが、チシキの大神には説明がついている。イザナキの命に千引の石で追いついたので、「追ひしきし」（追いついた）という意味でチシキというとある。しかしチシキの神はフナトの神などとともに道祖神の仲間の神としてみえており、イザナミの命も道祖神でなければならない。平安時代末期から鎌倉時代初期の成立という『地蔵菩薩発心《じぞうぼさつほっしん》因縁十王経《いんねんじゅうおうぎょう》』にみえる奪衣婆《だつえばば》は、葬頭河《そうずか》の辺にいて亡者の衣類を取る鬼婆であるが、あきらかにイザナミの命の神話の仏説化である。一般では近代まで、この奪衣婆を道祖神の一つの姿としてまつっていた。[注66] 仏教の衣をまといながら、かえって習俗では古い神話の観念が生きていた。イザナミの命は、死者の世界に向いてヨミトに立っている道祖神ということになる。

　地蔵菩薩は、死者を救済する仏のように信仰されているが、村でまつるお地蔵さまは、道祖神のもう一つの顔になっていた。本地垂迹《ほんじすいじゃく》の言いかたをすれば、地蔵菩薩は道祖神の本地であった。古く地蔵信仰は、かの『日本霊異記』の藤原広足の説話にみえる。身ごもったまま死んだ妻を救う閻羅王《えんらおう》が、世に地蔵菩薩と呼ぶのは自分のことだといっている。ここでは産女《うぶめ》の死にかかわって、地蔵菩薩が登場している。イザナミの命の死の神話をとおしても、地蔵菩薩が道祖神の本地であることが推定できる。閻羅王といえば、死者の世界を主宰する仏である。閻羅王はヨモツ大神の本地であり、道祖神もイザナミの命も、その垂迹であった。万葉びとの時代に、すでに通過儀礼の思想は仏教信仰と融合し、新しい展開をみせはじめていた。

　おそらく流れ潅頂も、このような通過儀礼の思想の仏教化のなかで生長したものであろう。水を掛けるのは、火の山で熱くて苦しんでいるのを救うためであるという伝えもあった。ただの思いつきにもみえるが、産女の死の祖型がイザナミの命の死であってみると、なぜ母神が火の神の出産で死ななければならなかったのかという論理からも、この水を掛ける供養が古い観念ではなかったかとおもえる。人間の死を仏教的に供養した具体的な例に、聖徳太子のための天寿国曼荼《てんじゅこくまんだ》羅繍帳《らしゅうちょう》があるが、(注67)後世、葬送儀礼が仏教徒の行事になっていく、通過儀礼の思想の論理での端緒は、案外、道祖神の本地を地蔵菩薩とし、ひいては閻羅王であるとする日本の仏教思想の成立にあったかもしれない。サイの河原の信仰は、久しく仏徒の手で管理されながら、最後までサへの神の祖型を露呈していた。

注1　アルノルド・ヴァン＝ジェネップ（秋山さと子・彌永信美訳）『通過儀礼』（思索社、一九七七年）九頁。
2　民俗学研究所編『民俗学辞典』（東京堂・一九五一年）三七三〜三七四頁。
3　折口信夫『古代研究』国文学篇（大岡山書店・一九二九年）四二七頁。
4　ジェネップ・注1・二一〜二九頁。
5　同前・一九三〜一九八頁。
6　水上英廣ほか『ニーチェ　ツァラトゥストラ』有斐閣新書（有斐閣・一九八〇年）一四一〜一九〇頁。
7　ジェネップ・注1・一七五、二一二頁。
8　拙稿「春に生まれ秋に稔る論理」（『比較民俗学会報』第二〇巻第三・四号・二〇〇〇年七月）一五

〜一七頁。
9 ミルチャ・エリアーデ（堀一郎訳）『永遠回帰の神話』（未来社・一九六三年）一四〜一五、二二頁。
10 拙稿「対偶神―男女神の成立について―」（『東アジア古代文化』第九一号・一九九七年四月）一七〜一八頁。
11 エリアーデ・注9・二九、三五頁。
12 同前・八五頁。
13 同前・一一五〜一一六頁。
14 同前・二一六頁。
15 柳田國男編『歳時習俗語彙』（民間伝承の会・一九三九年）二一三頁。
16 拙著『太陽と稲の神殿―伊勢神宮の稲作儀礼―』（白水社・一九九九年）二一〜二二頁。
17 柳田國男・山口貞夫編『居住習俗語彙』（民間伝承の会・一九三九年）二八七、二八九、二九〇〜二九一頁。
18 山口貞夫『地理と民俗』（生活社・一九四四年）三二一〜三二二頁。
19 松本信広『日本神話の研究』（同文館・一九三一年）二〇五〜二一一頁。松村武雄『日本神話の研究』第二巻（培風館・一九五五年）二二五〜二二九、二二七〜二三二頁。
20 安田尚道「イザナキ・イザナミの神話とアワの農耕儀礼」『日本神話研究』第二巻（学生社・一九七七年）七一〜九九頁。
21 新藤久人「結婚式に石地蔵」（『民間伝承』第一七巻第七号・六人社・一九五三年七月）一一六頁。
高木誠一「床入りして柿の木問答」（『民間伝承』第一七巻第八号・六人社・一九五三年八月）三六頁。

佐々木志朗「床入りして便所問答」（『民間伝承』第一八巻第一号・六人社・一九五四年一月）三一頁。

宮本常一『忘れられた日本人』岩波文庫（岩波書店、一九八四年）一二九頁。赤松啓介『非常民の民俗文化』（明石書店、一九八六年）六三～六八頁。
22 高橋勝利『南方熊楠』（日本図書刊行会・一九九二年）一八二、二二一頁。
23 柳田國男・注15・二三九～二四九頁。
24 斧原孝守「成り木責めと問樹と―日本と中国における果樹の予祝儀礼―」（『東洋史訪』第六号・兵庫教育大学東洋史学会・二〇〇〇年三月）。
25 西角井正慶編『年中行事辞典』（東京堂・一九五八年）八七三～八七四頁。
26 倉田一郎『国語と民俗学』（青磁社・一九四二年）四八～五二頁。エドワード・ウェスターマーク（吉岡永美訳）『人間結婚史』（啓明社・一九三〇年）一四五、一四七頁。
27 中山太郎『日本民俗学辞典』（昭和書房・一九三三年）、五八九頁「建築と縁喜」。
28 同前・同。
29 拙著・注16・三四二～三四三頁。
30 同前・三四五頁。
31 同前・二〇頁。
32 拙稿「民俗学からみた東大寺修二会」（『比較民俗学会報』第一七巻第二号・一九九七年六月）。
33 拙著・注16・二九七頁。
34 拙稿「イザナキ・イザナミの婚姻」（『宗教研究』第三五巻第四輯・一九六二年三月）五五頁。
35 松本信広・注19・二二一、二三五頁。折口信夫『折口信夫全集』第二〇巻（中央公論社・一九五六年）一〇〇頁。
36 拙稿「自然の創世」『古代文学講座』第二巻（勉誠社・一九九三年）六二、六六頁注26。

37　拙著『東アジアの説話の展開から見た中世本地物の形成―伊豆箱根の本地を中心にして―』（私家版・一九九一年）一五七（J(1)C）、一六二、一六五、一六六頁。
38　中山太郎・注27・五五〜五七頁「淡島信仰」。民俗学研究所・注2・一五〜一六頁「淡島様」。
39　拙著、注37・一六三〜一六四頁。
40　大矢野生「答（三）」［紙上問答］（『郷土研究』第一巻第三号・郷土研究社・一九一三年五月）一八七〜一八八頁。
41　安川弘堂「福岡県大島地方」［各地の誕生習俗］（『旅と伝説』第六巻第七号・三元社・一九三三年七月）二九五頁。
42　拙稿「海上の道と隼人文化」『海と列島の文化』第五巻（小学館・一九九〇年）一四六〜一四七、一五〇〜一五一頁。
43　民俗学研究所・注2・六二〜六三頁「産屋」。
44　瀬川清子「海上禁忌」柳田國男編『海村生活の研究』（日本民俗学会・一九四九年）三五五頁。拙著『猫の王』（小学館・一九九九年）二九四頁。
45　拙稿・注42・一六五頁。
46　同前・一五一頁。
47　ジェイムズ・ジョージ・フレーザー（青江舜二郎訳）『火の起源の神話』角川文庫（角川書店・一九七一年）三三〇頁。
48　中山太郎・注27・八六頁「洗ひ晒」、七五三頁「流れ潅頂」。民俗学研究所・注2・四一九頁「流潅頂」。
49　板橋春夫「いのちの個別化」（『群馬歴史民俗』第二一号・二〇〇〇年三月）一〜二四頁。拙稿「未

完成霊」『日本民俗研究大系』第四巻（国学院大学・一九八三年）二八四頁。
50 井之口章次『仏教以前』民俗選書（古今書院・一九五四年）二〇八〜二一三頁。
51 拙稿「通夜の心意」（『比較民俗学会報』第二〇巻第一号・一九九九年一一月）一六頁。同「徳之島の泣き女」（同第一八巻第一号・一九九八年一〇月）一八頁。
52 拙著・注44・二二七〜二三六頁。たとえば、熊本県阿蘇地方では、猫が死体を越えると死者が起きあがるといい、箒で死者を三回なでてから羽織をかぶせる。もし猫が越えたら、箒を逆に持って猫を打ち倒す。また出棺後、一本の竹の箒で床下を掃く。ふだんは、一本箒をつかうものではないという。松本友記「熊本県阿蘇地方」［各地の葬礼］（『旅と伝説』第六巻第七号・三元社・一九三三年七月）一七〇、一七一頁。
53 東京都高尾町浅川地方では、墓から帰った会葬者は、臼に腰をかけて、足をすり合わせて洗う。ふだんは臼に腰をかけるなという。鈴木重光「神奈川県津久井郡地方」［各地の葬礼］（同前）八五頁。また高知県幡多郡では、棺の上に臼をのせて会葬者がその周囲をまわるという。桜田勝徳「とむらひ（南日本）」［各地の葬礼］（同上）二一〇頁。
54 小島憲之ほか『日本書紀』㈠新編日本古典文学全集㈡（小学館・一九九四年）一一五頁注一六。
55 セオドア・H・ガスター（矢島文夫訳）『世界最古の物語』現代教養文庫（社会思想社・一九七三年）三〇七頁。
56 井之口章次・注50・一九一〜一九七頁。
57 坂本太郎ほか『日本書紀』㊤日本古典文学大系㊅（岩波書店・一九六七年）九三頁注三〇。
58 小島憲之・注54・四六頁注二。
59 青木和夫ほか『古事記』日本思想大系㈠（岩波書店・一九八二年）三六頁注、三二五頁補注三一。

60 同前・四九八〜四九九頁「千引石」。
61 道祖神信仰については、柳田國男『赤子塚の話』炉辺叢書（玄文社・一九二〇年）。石塚尊俊「サエの神覚書」（『出雲民俗』第一五号・一九五二年）。拙稿「民俗学における道祖神信仰」『折口博士記念古代研究所紀要』第六輯（同研究所・一九九二年）。拙稿・注49。拙稿・注36・四七〜五〇頁。拙稿・注34参照。
62 欠端實『聖樹と稲魂―ハニの文化と日本の文化―』（近代文芸社・一九九六年）一二一〜一二四頁。
63 同前・一〇四頁。
64 同前・一一五頁。
65 拙稿・注36・六〇〜六一頁。
66 柳田國男『日本神話伝説集』日本児童文庫（アルス・一九二九年）「咳のをば様」三一〜三二頁。柳田國男『妹の力』創元選書・五五（創元社・一九四〇年）「念仏水由来」二六七〜三〇六頁。
67 拙稿「仏教文学の発生」『日本霊異記』図説日本の古典(三)新装版（集英社・一九八九年）一一六〜一一九頁。

〔典拠『万葉集』〕澤瀉久孝『万葉集注釈』（中央公論社）

古代の水時計と時刻制

木下正史

一 日本最初の水時計の遺跡——飛鳥水落《みずおち》遺跡——の発見

『日本書紀』の斉明《さいめい》天皇六年（六六〇）五月の記事に、「是の月に、（中略）、又、皇太子、初めて漏《ろう》剋《こく》を造る。民をして時を知らしむ」と見える。皇太子中大兄皇子《なかのおおえのおうじ》が日本で初めて水時計を造り、「民《たみ》」に時刻を報せたというのである。『書紀』は、わずか漢字十一文字で日本最初の水時計の製造を記す。「漏剋」の語からすれば、それは中国系の水時計技術を導入したものであったろうし、造った場所も宮都があった飛鳥のどこかであったろう。しかし、飛鳥のどこであったのか。水時計はどのような構造のものであったのか。「民」に時を報せたというが、「民」とは誰らのことなのか。どのような狙いがあって水時計を造ったのか。どのような方法で報時されたのか、など詳しいことは、『書紀』の記述のみからは知りようがない。発掘を通じて解明するほかなかったのである。

一九八一年、飛鳥水落遺跡でこの水時計跡が発見され、大いに話題となった。飛鳥盆地のほぼ中央

水落遺跡全景－水時計建物と水時計跡－（東南上空より）
〈奈良国立文化財研究所許可済〉

部、わが国最初の本格的寺院である飛鳥寺の西側で、甘橿丘《あまかしのおか》をすぐ西に見上げる飛鳥川右岸の川岸である。この発掘が契機となって、古代の水時計や時刻制度、報時方法、そして水時計が造られたことの歴史的意義の研究が急速に進展した。さらに、飛鳥の宮都の構造や律令《りつりょう》国家成立過程の研究の新しい切り口ともなり、その具体的な解明に画期的成果をもたらしつつある。水落遺跡の発見は、高松塚古墳の発掘にまさるとも劣らない飛鳥発掘史上の大事件ともいうべき画期的な成果であった。ここでは古代水時計の構造と時刻制、そして、それを基軸に古代宮都の構造や律令国家の成立過程について考えてみたい。

二　水時計建物と水時計の特色

1、水時計建物

水落遺跡では、発見した建物の構造、建物の基壇《きだん》中に埋設されていた水を使う一連の施設、遺構の年代、さらに付近一帯の歴史的環境などを総合的に判断して前述の結論に達したのである。まず、水時計建物と考える建物は、東西・南北とも四間（一辺一〇・九五ｍ）の正方形平面で、中央を除いて計二十四本の柱が立つ総柱様《そうばしらよう》建物である。柱は径約四〇㎝の円柱。柱通りは東西、南北に正しく直行してよく揃い、各柱の心々間距離も等しく約二・七四ｍに割り付けるなど、高い精度で造営されており、飛鳥の宮殿建築の中でも一級の内容をもつ。

柱の立て方は、基壇面下約一ｍに礎石を据え、その上面に穿った径四〇㎝、深さ十二㎝ほどの円形くり込み穴に柱の基部を差し込んで立て、その後に基壇土を突き固めながら盛り上げて柱の根元をしっかりと埋立てる工法によっている。礎石は間に五〇㎝大の河原石を並べてつなぐ「地中梁工法《ちちゅうばりこうほう》」とも呼ぶべき堅固な工法で固められており、さらに側柱列の礎石では、外側にも石列を設けて二重、三重に固められていた。極めて特異な建築工法である。

建物の周囲には、〇・六～一ｍ大の花崗岩《かこうがん》自然石を、緩い傾斜で積み上げて方形の溝状に巡らした貼石《はりいし》構造物があり、基壇化粧と判断できた。基壇は周囲の地面より四〇㎝ほど高くなり、建物は低い方形の台上に建つ構造となる。基壇裾、すなわち溝の底面内側で計った一辺長は各辺ともに二二・四

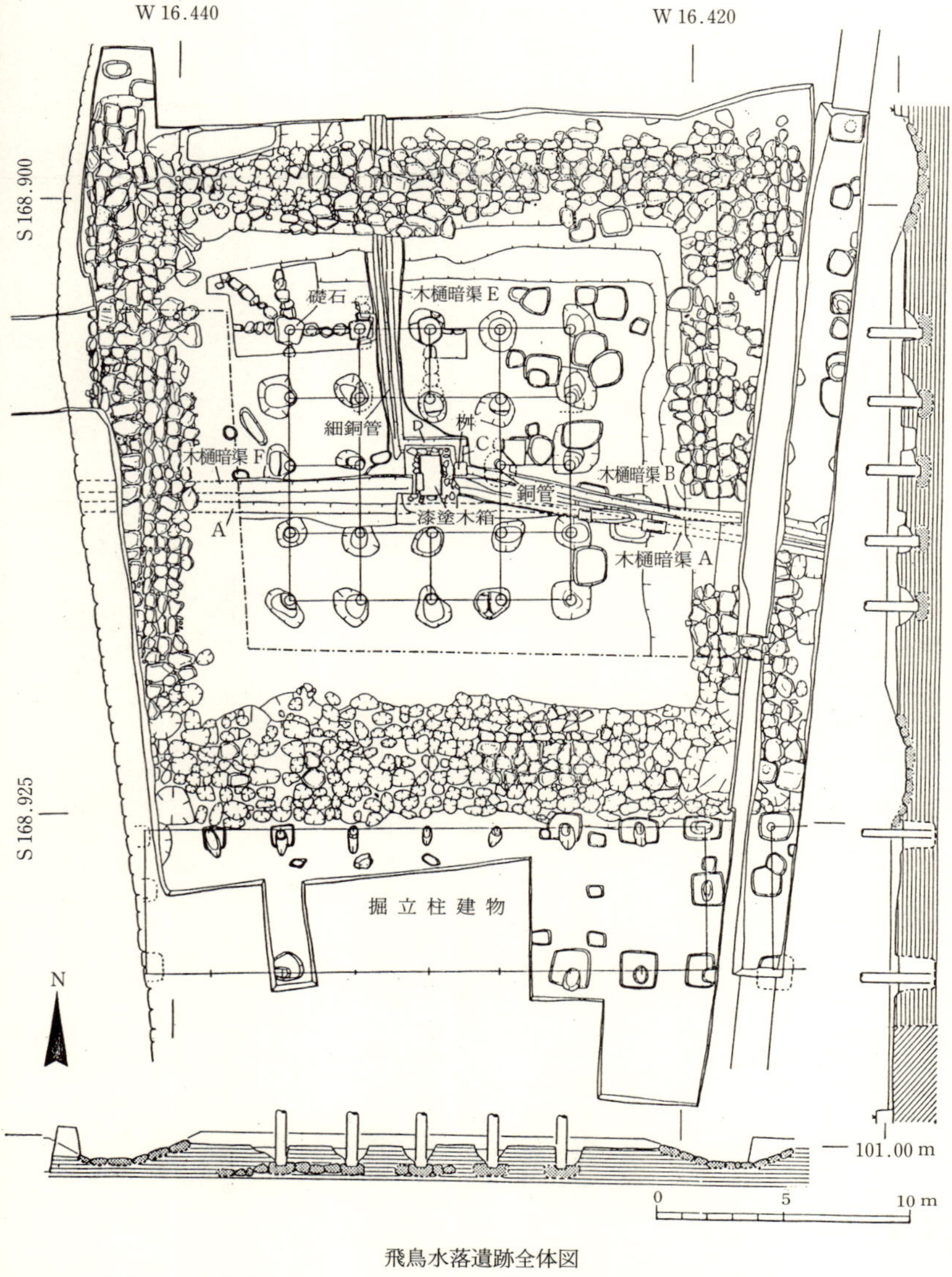
W 16.440
W 16.420
S 168.900
S 168.925
礎石
木樋暗渠 E
細銅管
桝
D
C
木樋暗渠 F
木樋暗渠 B
銅管
A'
漆塗木箱
木樋暗渠 A
掘立柱建物
N
101.00 m
0
5
10 m

飛鳥水落遺跡全体図

mであり、側柱の心から基壇裾までの距離も各辺等しく五・七二m。自然石を用いた施設ながら、規格性の高い造営が窺われた。使っている大石は約一五〇〇個。飛鳥川で採取して運び込んだものと見られ、これを築くだけでも相当の土木量であった。

基壇を築くにあたっては、まず、旧飛鳥川の堆積層を約四〇m四方、深さ約三mにわたって掘り込み、その底から粘土や山土、砂質土を互層に突き固めつつ積み上げる「掘込地業《ほりこみぢぎょう》」工法が採られていた。その土工量も膨大なものであった。この基壇築成の過程で礎石を据えて柱を埋め立て、後述する木樋《もくひ》や漆《うるしぬり》塗木箱、桝《ます》、銅管などを埋設していたのである。

以上のように、建物は真四角な平面で、特異で堅固な基礎工法、高い精度をもつ測量技術の採用など、際立った特色を備えている。かつ飛鳥の宮殿建築の中にあって一級の規模と内容を持ち、造営に費やされた土木量も膨大である。このような特色は、建物の上部構造はむろんのこと、その機能や用途とも深く関わっているはずである。建物構造は、真四角な平面、総柱様の柱配置、飛鳥寺・山田寺など飛鳥時代諸寺の塔の心柱と全く同じ立柱工法が採られていることから、高い楼状《ろうじょう》建物と判断できる。

2、水を使う諸施設

楼状建物の機能を考える上で重要な点は、建物の基壇中に、その築成の過程で埋設された黒漆塗木箱や木樋暗渠《あんきょ》、桝、銅管など、水を導き、使う一連の施設が存在したことである。水を使う施設を伴う特異な楼状建物。それはどのような機能のものであったのか。

(1) **台石と黒漆塗木箱**：建物中央の基壇中には、大きな花崗岩切石を台石にして、厚板で作った黒漆塗木箱が据えてあった。黒漆塗木箱は、台石の上面に設けた深さ約三㎝のくり込み中に、その底をおさめるように水平に安置されており、周囲を石積みで固めてあった。木箱内底の黒漆膜上には、非常に微細な砂が薄く溜まっており、黒漆塗木箱は水を貯める水槽であったと判断できた。内外面に黒漆を厚く塗布しているのは水漏れを防ぐためである。木箱は基壇上に達し、深さは七〇㎝以上と復元できた。台石の機能は何か？　水の微妙な動きを研究する流体力学の実験では、実験台が少しでも動くことは禁物で、頑丈な実験台をがっしりと、かつ水平に据えるという。黒漆塗木箱も、特別注意深く水平を保ち、安定させることを必須とした機能をもつ水槽であったのだろう。くり込み西辺の南半部には、西に斜めに向う抉り込みがあり、黒漆塗木箱内の貯水を必要に応じて排水するためのものと判断できた。この排水口の存在も、木箱の機能を考える上で重要である。

大型黒漆塗木箱の北半分には、その中にすっぽりとおさまるように、内寸で三七㎝角の小型黒漆塗木箱が据えられていた。これも上部が基壇上に出ており、深さ六〇㎝以上となる。その内底面にも非常に微細な砂の堆積が認められ、水槽であったと考えてよい。小型木箱は、建物のちょうど真中に据えられており、建物全体の心臓部にあたる最も重要な機能をもつ設備であったろう。

(2) **木樋暗渠・桝・第一銅管**：楼状建物の中央にある水槽へは、水はどう導かれ、その貯水はどう排水されたのか。水の流れを検討しておこう。まず、地下に埋設された木樋暗渠によって、水を建物外の東から建物中央へと引いてくる。木樋の底には粗砂が堆積しており、相当の水流があった。木樋は

水時計跡と導水・排水施設〈奈良国立文化財研究所許可済〉

黒漆塗木箱のすぐ東にある角材を加工した桝に挿し込まれる。木樋は桝の北側にも挿入されており、さらに木箱の北を迂回して北に延び、北辺貼石構造物の下を潜り、北へ続いていく。桝は上部が基壇上に達していた痕跡があり、木樋を連結するためだけでなく、木樋内の水流を調整するためのものと判断できた。桝には上から穴が開けられており、この穴の中に別の材を挿し込めば、東から木樋によって導かれてきた水流が塞き止められ、上流部に水が貯められる。材を抜けば、木樋内の貯水を北へと流し去ることができる。桝は建物内からこのように操作することができたのだろう。

桝で塞き止められた導水は、桝の上流一・八mのところで木樋に挿し込まれていた第一銅管によって吸い上げられた。銅管は建物解体時に折り取られていたが、入側柱に沿って上に延び、建物内部に達していたと推定できた。木樋内の貯水は、桝と木樋の上流部との間にある水位差と水圧とにより、銅管をつたって建物内に吸い上げられることになる。なお、木樋の下流部は水落遺跡の北にある石神遺跡へと向かう。これについては後述する。

大型黒漆塗木箱の西南側にある繰り込み部にも別の木樋が接続されていた。この木樋は西に延び、西辺貼石構造物の下を抜けて飛鳥川へと向かう。木箱内の貯水を排水するためのものである。内法幅四〇cmと導水用の木樋よりもひとまわり大きく作っているのは、木箱内の水を短時間に排水する必要があったからであろう。

(3) **第二銅管**：黒漆塗木箱のすぐ西から北へ、木樋の西側をこれと平行して埋設された内径〇・九cmの細い銅管で、北辺貼石構造物の下を潜って基壇外へと延びる。南から北へ低くなり、貼石構造物の北までの十四m間で七〇cmの高低差があった。以北は七m間で約六cmと傾斜が緩くなる。南端が残っておらず、その始まりなど詳細はわからないが、基壇上まで延びていたろう。銅管は南端から十九mのところで二又に分岐して、一方は北へ続き、他方は急角度で地上に向かって延びていた。上に向かう部分は破壊されており、長さ約三〇cmを残したにすぎない。銅管の中には非常に微細な粒の粘土が溜まっていたから、通水管《つうすいかん》であったことは疑いない。水を使う特殊な施設が楼状建物の北にあって、そこへ導水するためのものではなかったか。それは楼状建物と同時に、一連の計画で作られたものであって、よほど清浄な水を流さなければ、たちまち詰まって用をなさなくなるほど細く、また、簡単には清掃できないほど基壇中に深く埋め込まれていたことを注目したい。

(4) 水の流れを復元する：第一銅管によって建物内に汲み揚げられた水はどのように使われたのか。建物内の施設は建物解体時に撤去されており、遺構や遺物としては残っておらず、発掘遺構のみから水の行先を明らかにすることはできない。推測の手がかりはある。それは各設備の底に沈澱していた土の緻密さの違いである。大・小の黒漆塗木箱の底に堆積していた砂や、第二銅管内の半ばを埋めていた粘土は、導水用の木樋の底にたまっていた砂に比べ、はるかに微細なものであった。第一銅管で汲み揚げた水は最終的には小型木箱等に貯水され、一部は第二銅管によって建物外へと導かれたろう。その際、水は布などを使って濾過《ろか》し、砂やゴミを取り除いたのだろう。黒漆塗木箱はこのような清浄な水を必須とした水槽であり、第二銅管もまた同様であった。この点は、黒漆塗木箱や楼状建物の機能を考える時に重要である。

なお、楼状建物の北にもそれと一連の計画で埋設された一組の木樋暗渠があり、石神《いしがみ》遺跡へと延びる。水落遺跡の周辺には、地下水路網が縦横に複雑に張りめぐらされており、水を使うさまざまの施設があった。水落遺跡はその中核的施設でもあったらしい。

3、楼状建物の建設年代と廃絶年代

楼状建物と水を使う一連の施設の建設・廃絶年代は、出土土器などから推定できる。まず、基壇築成土中から出土した土器のうち最新のものは飛鳥II期末であって、建設時期はこの土器が示す年代を遡らない。貼石構造物の溝内最下層から出土した土器群も同時期のものであり、これらは建物内で使用していた土器が流れ込んだものと判断できた。楼状建物の柱抜取り穴と木箱跡の炭化物・焼土を含む埋土、そして貼石構造物の第二層である炭化物・焼土を含む土層からの出土土器群も飛鳥II期末のものである。付属建物群や水落遺跡の北に続く石神遺跡の建物群も柱抜取り穴の埋土が共通しており、楼状建物と同時に解体、廃棄されている。以上から、楼状建物の建設、使用、廃絶の時期は、飛鳥II期末の土器の使用期間内におさまり、実年代は六五〇年代から六六〇年代と推定できる。楼状建物と水利用施設は造営後、短期間使われただけで解体、廃棄されたのである。

さて、七世紀中頃から後半にかけて宮都が飛鳥の地を二度離れている。最初は孝徳《こうとく》天皇の六四五年から六五五年にかけての難波遷都。二度目は、天智《てんち》天皇による六六七年から六七二年にかけての近江《おうみ》大津宮《おおつのみや》への遷都である。出土土器が示す水落遺跡の楼状建物の建設と存続の年代は、ちょうどこの二度の遷都の間にあたる。それは六五五年から六六一年の斉明天皇の在位中から、天智天皇が皇太子であった時代に相当するのである。

三　古代の水時計

1、日本の水時計

水落遺跡の性格に関連して、古代の水時計とその建物について見ておきたい。日本には水時計は現存しない。過去にその遺物や遺構が発見されたこともない。平安時代の水時計については文献史料により、材質や構造の若干を知ることができる。

『延喜陰陽寮式《えんぎおんみょうりょうしき》』によると、陰陽寮には、十月から正月までの間、「龍口《りゅうこう》」が凍るのを解かす料として「炭十二石」が支給されている。「龍口」とは水時計の通水管口のこと。それは青銅製で、龍頭を象ったものであった。『日本三代実録』の天安二年（八五八）十月八日条にも、「是日、夜陰陽寮漏刻盛水銅器自鳴一聲」とあり、平安宮陰陽寮の水時計は水槽《すいそう》も青銅製であった。この水時計は、中御門《みかど》右大臣藤原宗忠の日記『中右記《ちゅうゆうき》』にあるように、大治二年（一一二七）に陰陽寮鐘楼《しょうろう》が焼亡した時に、持ち出して焼失を免れた「漏刻」であろう。『伊呂波字類抄』にも漏刻は「以銅受水」とある。奈良時代以前の水時計については文献にも具体的な記述が見えない。

江戸時代には水時計の構造などを記す若干の文献史料がある。実際に水時計が作られ、使われていた。寛保二年（一七四二）成立の『暦法新書』が、今制として記す水時計は、四個の漏壺《ろうこ》を四段の階段状に据えたもので、漏壺は、外側が黒漆塗方形木箱、内側が青銅製箱である。受水槽《じゅすいそう》は最下段漏壺の前方に置かれており、外側が黒漆塗方形木箱、内側は金属製の円筒形水槽で、総高三尺五寸、奥行三尺二寸五分とある。各漏壺の前面に取り付けられた銀製管によって水が上段の漏壺から順次、下段の漏壺へ、そして受水槽へと流下する。銀製管にはゴミや塵を除く装置がある。受水槽には的と矢があり、受水槽に水が流入すると的が浮き上がり、矢が的に刻んだ時刻を射るように細工がしてある。古くは、受水槽の蓋上に立てた童子人形が時刻目盛りを刻んである矢を握っていて、時刻を示す方式のものであったと記す。受水槽が満水になれば、その底にある排水口を開き水を流し去る。排水は方形の浅い水槽に流れ込み、自動装置によって再び最上段の漏壺上に導かれ、その先端にある金属製龍口から漏壺に流し込む仕掛けになっているという。

享保五年（一七二〇）に桜井養仙が著した『漏刻説』には、天智天皇製作漏刻として、板材を方形に組んだ漏壺三段式の図を載せ、安倍泰邦『安氏暦法考』にも、ほぼ同構造で漏壺四段式漏刻図がある。『初学天文指南』が記す古制とするものは、『古今図書集成』に載せる唐呂才《りょさい》の漏刻図と記述を、今制とするものは宋《そう》の燕粛《えんしゅく》の漏刻図と記述とを書写したものであるが、多くの誤写と欠落がある。以上からすると、江戸時代には、水時計は多段式で、漏壺や受水槽に漆塗方形木箱を使用するという認識があったようである。漏壺に水量の調整装置をつけた水時計も知られていたらしい。

2、中国の水時計

「漏剋」の語が示すように、日本の水時計が中国系技術を導入して始まったことは疑いない。斉明朝は、推古《すいこ》朝に隋《ずい》・唐に派遣した留学生・留学僧達が最新の技術・知識を携えて帰国し、また遣唐使

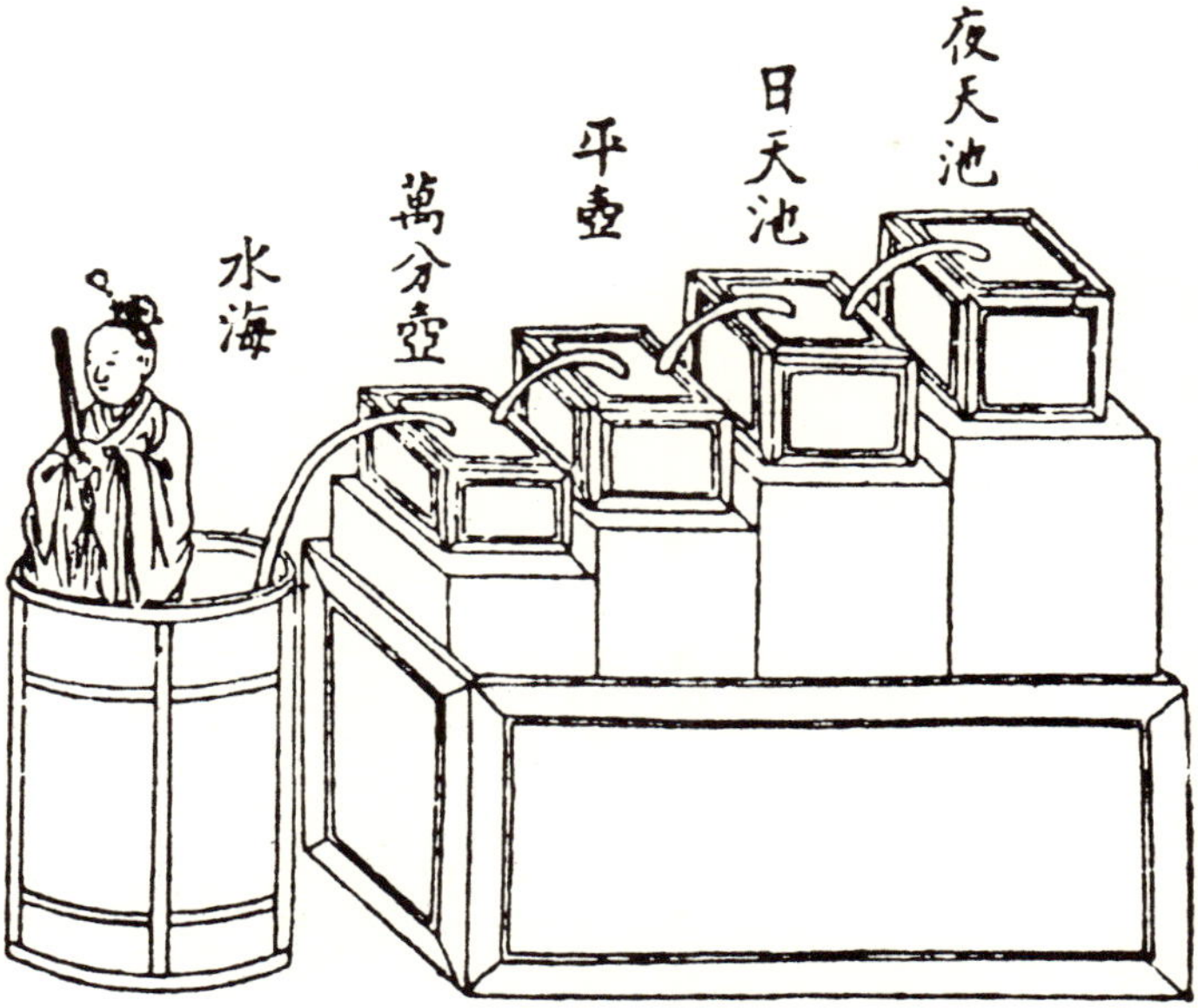

唐、呂才漏刻図（『古今図書集成』より）

が盛んに派遣されるなど、彼我の交流が密接に行われた時代であった。唐との政治的、文化的交渉の展開からすれば、水時計の技術は中国から直接に導入された可能性が高い。中国の水時計の歴史を簡単に見ておきたい。

後漢《ごかん》以降の水時計発達史は、漏壺から受水槽へ流れこむ流入水量をどう一定にするかという工夫の歴史でもあった。二世紀、後漢の張衡《ちょうこう》は漏壺を上下二段にし、下段の漏壺から受水槽に流出した分だけ、上段の漏壺から水を補う着想により、漏壺二段式水時計を発明した。以降、階段状に据えた複数個の漏壺によって、一定時間に一定量の水の流量を確保し、それが最終の受水槽（箭壺《せんこ》）に流下して貯まる水量を時刻目盛を刻んだ「刻箭《こくせん》」を浮かべて測定し、箭壺に貯水が満ちれば、瞬時に排水する多段式水時計が発達していく。

西暦三六〇年頃、晋《しん》の孫綽《そんしゃく》が漏壺をもう一つ増やした三段式を発明し、さらに、唐の貞観《じょうがん》年間(六二七〜六四九)に活躍した呂才が漏壺四段式水時計を発明する。これによって最下段の漏壺の水位を常に一定にする問題は一応解決し、多段式水時計としては発達の頂点に達した。

一〇三〇年、北宋の燕粛は、漏壺二段式で、その下段の漏壺に一定量以上の余水を流し出すオーバーフローの装置を取り付けた漏壺を発明し、これにより、漏壺の水位を一定にする問題は最終的な解決をみた。

『六経図』(一一五五年頃成立)を引用した『古今図書集成』に呂才の水時計図が載せられている。漏壺は蓋付きの漆塗方形木箱であり、水が流出するだけの最上段の漏壺を最も深く最大容量とし、以下、下段の漏壺ほど浅く容量の少ないものへと差をつけている。通水には細い銅管のサイフォンを用いる。受水槽は深い円筒形。その蓋上に人形が立ち、受水槽内に挿入された箭が人形の左手で支えられ、右手の人差し指で箭に刻んだ時刻目盛を指示する仕掛けになっている。『事林広記』(一四七八年刊)では、通水管は短い管で、漏壺の下端にはめ込まれ、受水槽も深い箱形に描く。『古今図書集成』が示す燕粛の水時計は、漏壺は四角い漆塗木箱で、通水に長さ一mほどの細長い銅製サイフォンを用いる。受水槽の外形は石製の中膨らみの円筒形で、下端に排水用の円孔をあける。刻箭は桐製で、漆塗である。

復原された飛鳥の水時計〈奈良国立文化財研究所飛鳥資料館許可済〉

中国では元代以降の水時計が数個現存する。その一つが、元の延祐三年（一三一六）に製作され、広州《こうしゅう》城の拱北楼《こうほくろう》上に備えられていた漏壺三段式水時計である。晋孫綽の水時計を彷彿とさせるものである。階段状の台架に置かれた三つの漏壺・蓋、および受水槽は青銅製。漏壺は上部がやや広くなるバケツ形で、最上段漏壺は内口径六八・二㎝、底径六〇㎝、高さ七五・五㎝、容量二一七リットル。以下、下段の漏壺ほど小型になる。各漏壺の前面の下部に龍口を象った青銅製蛇口式通水管がついている。受水槽は、円筒形で、高さ七五㎝、内口径三二㎝、底径三一㎝、容量四九リットル。その蓋の中央に孔があき、孔のすぐ後に全長六六・五㎝の青銅製物差が立っており、これには十二支による時辰が刻んである。孔からは受水槽内に挿入された木製の箭《や》が突き出ており、箭の下端に浮舟がついている。受水槽内に水が流入するにつれ、この箭が浮上して時辰《じしん》目盛により時刻が測定できるわけである。総高約二・六五m、全長約二・二三mを測る。

明清時代の紫禁城《しきんじょう》、すなわち北京・故宮《こきゅう》博物院には、清《しん》代に明《みん》制に従って製作された二つの水時計が現存する。交泰殿《こうたいでん》にある乾隆《けんりゅう》九年（一七四四）製と、皇極殿《こうぎょくでん》にある嘉慶四年（一七九九）製で、ともに青銅製。交泰殿例は漏壺三段式で、最下段漏壺に一定量以上の水を流し出す調整装置がある。各漏壺の前面下部に龍形の玉管をはめて通水管とする。三つの漏壺は階段状の台座上に置かれ、総高約一・六m、全長約一・八m。台座の前にある受水槽は円筒形で、口径約四一㎝、高さ約九七㎝。全体では広州城例とほぼ同大の総高二・六m程となる。受水槽の蓋上に銅製の人形があり、時刻目盛を刻んだ箭を握っている。箭は浮舟に取り付けられ、その長さ約一〇二㎝。目盛は上の午正に始まり下の午初で終わるから、二十四時間計で、正午に計時を開始したことが分かる。箭が昇りきると、受水槽に貯まった水はその前方に据えた槽に排水される。水時計は南面して据えられており、全体を東屋《あづまや》が覆っている。

以上のように、中国では、紀元二世紀以降、唐代に至るまで漏壺を二～四段に据える多段式水時計が発達し、一部では元代以降まで継承された。漏壺や受水槽は漆塗木製と青銅製の二種があった。前者は通水に細長い青銅製サイフォンを用い、漏壺を据える各台の段差を漏壺の深さより小さくする。後者では、各漏壺の下端に龍頭を象った青銅製または玉製《ぎょくせい》の短管を付けて通水管とし、漏壺の据え方も、管からの流水が下の水槽で受けられるよう、台架の各段に、各々の漏壺の高さと同じだけ、ないしはそれ以上の段差をつける。

日本最初の水時計は唐との交流の中で、その理論と実際を学び、製作と運用が可能になったに相違ない。唐の呂才式、ないし三段式水時計が導入された可能性は極めて高い。

四　文献資料に見る日本古代の水時計建物

水時計はどのような施設に置かれたのか。『書紀』大化三年（六四七）是歳条には、官人の出退の時刻は「中庭」に設けた「鐘台」で鐘を撃って報せよ、とある。時計についての記載はない。天智十年（六七一）四月二十五日条には、近江大津宮の「新台」に水時計を造り、鐘と鼓とを用いて時刻を報せたとある。水時計や報時用の鐘鼓は「台」と呼ぶ施設に設置されたのである。

「台」とはなにか。『書紀』には他にも「台」と記す施設が見える。天智七年(六六八)七月条に出てくる「浜台《はまのうてな》」は「浜楼」とも呼ばれ、琵琶湖岸の水辺に設けられた高い建物で。饗宴《きょうえん》施設でもあった。天武四年(六七五)正月五日条に見える「占星台《せんせいだい》」は天文を観察し、吉凶を占うための施設、すなわち天文台である。中国では、「台」とは四方を観望するために土を方形に高く積あげ上を平らにした構造物を指す。転じて、高い築土の上に建つ建築物、すなわち「高殿」=「楼」の意味にも用いられた。水落遺跡の建物は、低いが方形台状の基壇上に建つ楼状建物であり、まさに「台」と呼ぶに相応しい構造と言える。天智十年建設の「新台」に対して、斉明六年五月建設の水時計建物が「旧台」と呼ばれたのかも知れない。

平安時代では、文献史料から水時計を設置した建物がより具体的に分かる。『日本文徳天皇実録』天安二年(八五八)正月五日条や、『日本三代実録』貞観十七年(八七五)八月八日条には「陰陽寮漏剋鼓、不撃自鳴」とあり、水時計と報時鼓とは近くにあった。『延喜大蔵省式』には「陰陽寮漏刻台」とあり、水時計は「漏刻台」と呼ばれる施設に設置されていた。『中右記《ちゅうゆうき》』には、大治二年(一一二七)二月十四日の平安宮の大火災によって、平安宮遷都時造営の「陰陽寮鐘楼《しょうろう》」が焼失したが、「渾天図《こんてんづ》(=天体図)漏刻等具」は取り出すことができた、との記載がある。『百練抄』も同内容の記事を載せる。

清少納言の『枕草子』一六一段(九九五年)には、「(前略)。官の司の朝所にわたらせ給へり。(中略)。時司などは、ただかたはらにて、鼓の音(鐘の音)も例のには似ずぞ聞ゆるを、ゆかしがりて、わかき人々廿人ばかり、そなたにいきて、階よりたかき屋にのぼりたるを、これより見あぐれば、あるかぎり薄鈍の裳・唐衣、おなじ色の単襲、くれなゐの袴どもを着てのぼりたるは、いと天人などこそえいふまじけれど、空より降りたるにやとぞ見ゆる。（後略）」（岩波書店 日本古典文学大系）とある。すなわち、「時司」には「たかき屋」があり、それは大治二年に焼失した桓武天皇創建の陰陽寮鐘楼であったと解せられる。平安宮では、水時計は報時用の鐘鼓と共に、陰陽寮の中にある高い建物、すなわち「鐘楼（鼓楼）」の中に設置されていたのである。階を使って建物に昇った女官達の裳がひるがえる様子を、清少納言が下から見上げて天女のようだと言っていることからすると、上階は周囲に壁がなく開放されており、そこに報時用の鼓と鐘とが置かれていたのであろう。

五　水落遺跡諸施設の機能の復元

1、黒漆塗木箱の機能と性格

水落遺跡では、基壇中に埋め込まれた設備の一部が遺存しただけで、建物内に設けられたはずの設備は残っていなかった。だが、建物の真中に据えられていた小型黒漆塗木箱は施設の心臓部ともいえる最も重要なものであったと考えられ、それが中国の広州城や交泰殿にある水時計の受水槽とほぼ同大である点は、この施設の機能、用途を考える時、極めて重要である。小型木箱は清浄な水を貯めた水槽と判断されたし、水が満たされれば大型木箱に流し出し、さらに大型木箱の西辺にある排水口と木樋とによって建物外へと排水できる構造になっていた。黒漆塗であることを含めて、こうした諸特徴は小型木箱を受水槽とする水時計として、まさに相応しいものである。

中国の天文台では、水時計は二重三重の壁で囲んだ密室の中に南面して置くのが常であった。水落遺跡でも、外側柱の位置と入側柱の位置に二重に壁が設けられ、水時計はその内室内に納められたらしい。受水槽と見る小型木箱の南は大型木箱へと続くから、水時計は南向きに設置されたと見てよい。したがって、受水槽を含めた水時計の全長は二・七mほどに復元でき、それは広州城例や交泰殿例とほぼ同大となることも注目したい。

2、楼状建物の機能と設備

『書紀』は日本最初の水時計によって「民に時を知らせた」と記すが、報時方法については何も語らない。大化三年の小郡宮《おごおりのみや》での報時法は鐘を撞くものであった。天智十年に近江大津宮に造った水時計では、鐘と鼓とを用いて報時しており、これは律令制下の定時報時方法の直接の基になった。日本最初の水時計でも、報時に鐘は使用されたであろう。

漏刻鐘は梵鐘と同形の鐘を使う。これも中国の制を導入したものである。たとえば長安景竜観の景雲二年（七一一）鐘銘には、この鐘が長安の都に時刻を知らせる辰鐘として製作されたことを記す。『延喜陰陽寮式』凡撞漏刻鐘料条によると、漏刻鐘を撞《つ》く撞木《しゅもく》は、直径約二八cm、長さ約四・八mの長大な松木が用いられた。香取秀真はこの撞木の径から陰陽寮漏刻鐘は、口径が一二〇cmほどの大鐘と推定する（香取秀真『金工史談』桜書房　昭和16年）。古代寺院の梵鐘《ぼんしょう》では、奈良時代の法隆寺西院鐘（口径約一一八cm、通高一八七cm弱）、滋賀県園城寺《おんじょうじ》鐘（口径約一二一cm、通高一九cm余）、平安時代の京都府宇治平等院鐘（口径約一二四㎝、通高二〇一㎝余）等の諸大寺の梵鐘がこれに近い。いずれも総高が二mに近く、重さ二トンほどの大鐘である。

報時鼓に関しては、『日本三代実録』貞観八年（八六六）四月二六日条に、漏刻鼓《こ》を修理している間、兵庫大鼓を借用した記事がある。軍令を遠くまで伝達する兵庫の太鼓と同様に、音響を遠くまでとどろかすことのできる大太鼓であったらしい。

水落遺跡は、以上のべてきたように、楼状建物の諸特徴、建物と一体で設けられた水を使う諸施設の特徴、遺構の年代などを総合的に判断して、斉明六年五月に皇太子中大兄皇子が日本で初めて造った水時計と水時計台跡と考えるのである。一階の二重壁で囲まれた中に水時計が設置され、壁がなく開放された二階に報時鐘等が吊られていたのだろう。

水時計には狂いが出る避け難い欠陥があった。そのため、他の時刻測定装置を併用して補正することが必須であった。中国の天文台では、天体観測により水時計の狂いを調整した。水落遺跡の楼状建物がことさら堅固な基礎工法で建てられているのは、渾天儀《こんてんぎ》などの天体観測機器を備え、天文台的機能を併せ持っていたからではないのか。天武四年紀（六七五）正月の「始めて占星台を興す」が天文台に関する最初の記事であるが、これが水時計台を兼ねたか否かは分からない。大治二年に焼亡した平安宮陰陽寮鐘楼では、中に漏刻や「渾天図」が備えられていたから、天文台的役割も持っていたかも知れない。だが、斉明六年や天智十年の水時計製作記事には天体観測に関わる記述がなく、渾天儀などの存在も確かめられない。しかし、水時計台の近くに、太陽の南中や夏至などを観測する「圭《けい》表《ひょう》」が設置され、水時計による計時を適宜補正したであろうことは十分に推測できる。

3、水落遺跡の構造とその性格

水時計台だけが単独で建っていたのではない。周りを囲むように南・東・北に数棟の掘立柱建物がある。どれも飛鳥の宮殿建築の中で一級の規模・内容をもつものである。未発掘地になお何棟かの建物が埋もれているはずである。これら建物群は水時計台の南約一〇mにある東西掘立柱塀と、北約二五mにある掘立柱大垣によって画されていたらしい。水時計台は二つの塀で画された南北約六五mの空間の中に、多数の建物とともに一郭を構成していたのである。東は飛鳥寺の西限までは達せず、東西幅八〇mほどと推定できる。この一郭は時刻を計り、報ずるためだけの施設であったのだろうか。

律令制下では、漏刻の仕事は中務省の一部局である陰陽寮が占い・暦・天文と共にあわせ担当した。陽明文庫蔵の平安宮図等によると、平安宮陰陽寮は、宮城の東部、朝堂院の東にある中務省の東に接し、太政官からは道を隔てたすぐ北に位置した。それは『枕草子』の記載や、大治二年の火災で陰陽寮と共に焼亡した諸施設の配置からも裏付けられる。

裏松固禅《うらまつこぜん》の『大内裏図考証《だいだいりずこうしょう》』によると、平安宮陰陽寮は約七八m四方、面積六〇〇〇㎡ほどの規模であった。それは水落遺跡の一郭の推定範囲とおよそ合致する。水落遺跡の一郭は漏刻・占い・暦・天文の仕事を併せ行う役所の施設であったのではないか。

陰陽寮の初見は『書紀』天武四年（六七六）正月一日条であり、律令的な官司が整えられてくるのも、天武天皇時代からとするのが従来の定説であった。水落遺跡の先に見たような構成からすると、陰陽寮の機構は斉明天皇の時代にかなりの程度整えられていた可能性が高くなってくる。

4、水落遺跡の廃絶

六七〇年頃、水落遺跡の諸施設は廃絶する。水時計台をはじめ、北を限る大垣や建物群はすべて解体され柱が抜取られる。柱抜取り穴や黒漆塗木箱跡、そして水時計台周囲の貼石構造物を埋める土には、炭化物や焼土を含む共通した特色があり、同時に解体・廃絶したことが確かめられる。大垣の北に続く石神遺跡でも、水時計台と同時期の建物群や大井戸が廃絶し解体される。廃絶原因は広範囲を焼きつくした火災にあった。火災が水落遺跡にまで及んだか否かは確認できていない。いずれであったにせよ、水時計台などが、この火災が原因で機能を終焉し、石神遺跡の建物群と一体で解体・撤去されたことは疑いない。

『書紀』天智十年の近江大津宮での水時計設置記事によると、飛鳥の水時計を運んだかのように記している。しかし、水時計の受水槽と推定できる施設は水落遺跡に残されていたし、火災が原因で水時計台が廃絶したとなれば、厳密な意味での移設は疑わしい。

水落・石神遺跡では、建物の撤去後、盛土整地して再度大造営が行われている。前段階とほぼ同位置に大垣が再建されるなど一部継承されているが、建物群の構造や配置等には大きな違いがある。それは斉明天皇時代の施設を改造したという程度のものではない。この大規模な造営は、天武天皇による飛鳥再建事業の一環であったろう。

六　古代日本の時刻制度

1、律令制下の定時時刻制

中大兄皇子による水時計の初造と報時には、どのようなねらいがあったのだろうか?。古代中国では、天子は領土と共に、民衆の時をも支配すべきものと考えられ、「時を授け暦を頒《わか》つこと」は、天子のみに許される大権であった。中大兄皇子も中国の天子にならい「時空《じくう》」の支配者たらんと意図したのではなかったか。

時刻制はその後、七〇一年の大宝令の制定による律令体制の本格的整備と共に、明確な漏刻時刻制として展開していく。

律令制下の本格的都城《とじょう》、平城京や平安京での都市生活は、漏刻の使用を基本とする明確な時刻制によって様々な規制を受けることになる。当時、時刻制には二種があった。一つは定時の時報制であり、もう一つは宮城諸門の開閉の刻限に関わる時刻制である。定時時刻制については、『令義解』職員令陰陽寮条などに規定が見える。すなわち、陰陽寮には漏刻博士二名がいて漏刻を管理し、二十人の守辰丁を使って、鐘と鼓とを用いて報時する。その時法は、一日を十二等分し、一時(二時間)を四刻に分け、さらに一刻(三十分)を十分する定時法であった。『令集解』宮衛令《くえりょう》開閉門条に引く『古記』には、「寅一点」「卯四点」等とあり、同関市令市恒条によれば「午時」などとあり、奈良時代には辰刻《しんこく》は十二支によって「時」で表記し、刻は「点」と表記するのが一般的であった。平安時代になると、「午刻」のように「刻」と表記するように変り、『延喜陰陽寮式』段階では、さらに「辰一刻二分」のような表記法に変わる。

報時方法については、『延喜陰陽寮式』諸時撃鼓条に、「諸時撃鼓　子午各九下、丑未八下、寅申七下、卯酉六下、辰戌五下、巳亥四下、並平聲、鐘依刻數」とあり、「時」は鼓を使って、子と午の時（十一時と二十三時）は九打、以下毎時一打ずつ減って、巳と亥の時（九時と二十一時）では四打を撃ち、その撃ち方は「平声」、すなわち毎打同じ強さ・調子で撃って報ぜられた。また、「刻」は鐘を一刻から四刻まで、その時の「刻」の数だけ撞く決まりであった。

2、平城京・平安京における諸門開閉時刻制

もう一つの重要な時刻制が、『令義解』宮衛令開閉門条などに見える宮城諸門や京城《けいじょう》門の開閉を報ずる撃鼓時刻制である。まず、朱雀門以下の宮城四周の門などの「諸門」は、「第一開門鼓」を撃ち終わると開門される。次いで、「第二開門鼓」を撃ち終わると「大門」、すなわち朝堂院《ちょうどういん》南門と大極《だいごく》殿《でん》院門とが開けられる。閉門は、「退朝鼓《たいちょうこ》」を撃ち終わると「大門」を閉め、「閉門鼓」を撃ち終わると「諸門」を閉じる規定であった。いっぽう、「京城門」、すなわち「羅城門《らじょうもん》」は、「暁鼓《ぎょうこ》」＝「第一開門鼓」の音が鳴り始めると開かれ、「夜鼓《やこ》」＝「閉門鼓」の音が絶えれば、閉ざされる規定であった。

門の鍵の出し入れの時刻も、『令義解』宮衛令開閉門条に細かい規定が見える。すなわち、「第一開門鼓」を撃ち始める三刻前に鍵を出し、「閉門鼓」の三刻後にそれを返却する。「諸門」と「京城門」の鍵は「御所」に保管されており、厳しく管理された。「坊門《ぼうもん》」の鍵は、坊令が管理する規定であっ

た。だが、平城京や平安京に坊門があった可能性は乏しい。

開閉門鼓を撃ち鳴らす時刻については、『令集解』宮衛令開閉門条に一例をあげて、「寅之一尅」(午前三時)に第一鼓を撃ち、「卯之二尅」(午前五時三十分)に第二鼓を撃つべし、とある。さらに、『古記』に云うとして、第一開門鼓は「寅一点」(午前三時)に、第二開門鼓は「卯四点」(午前六時三十分)に、閉門鼓は昼の漏刻の水が尽きる時で、「日入り」を限りとして撃つとしている。大化三年(六四七)の小郡宮《おごおりのみや》での官人礼法では、有位者は「寅」の時に宮の南門外に並び、日の出とともに朝庭に入り、朝参するよう規定されていたが、『古記』が作成された天平十年(七三八)頃も、ほぼ同時刻に朝参が行われたのである。

『延喜陰陽寮式』撃開閉諸門鼓条には、「開閉門鼓」を撃ち鳴らす刻限が二十四節気《せっき》の季節に応じて、すなわち一年間を八日から十二日間程の区分で四十群に分けて細かく変化する規定が見える。たとえば、今の十二月下旬から正月にあたる大雪十三日から冬至十五日に至る間は、「日出」と「日入」が「辰一刻二分」と「申四刻六分」で、「卯四刻六分」に「諸門」を開く鼓を撃ち、「辰二刻七分」に「大門」を開く鼓を撃ち、「午一刻六分」に退朝鼓、「酉一刻二分」に閉門鼓を撃つ。今の六月下旬から七月上旬にあたる芒種十三日から夏至の十五日までの間は、日出が「寅四刻六分」で、日入が「戌一刻二分」であり、「諸門」を開ける鼓を「寅四刻」に撃ち、「卯二刻」に「大門」を開ける鼓を撃つ。退朝鼓は「巳一刻八分」に、閉門鼓は「戌一刻九分」に撃つように規定されていた。すなわち、「第一開門鼓」は日出の五~七分前、「第二開門鼓」は日出後一刻四分~二刻五分後、「退朝鼓」は太陽が南中する十二時前後、「閉門鼓」は日入後五〜七分後に撃つ定めであった。『令義解』宮衛令開閉門条が「第一開門鼓」を「暁鼓」、「閉門鼓」を「夜鼓」ともいっているのは、このような撃鼓法であったからである。すなわち、『延喜式』段階では、日出前に「第一開門鼓」を撃って羅城門と宮城諸門とを開き、日出後に「第二開門鼓」を撃って、朝堂院南門と大極殿閤門《こうもん》を開き、昼前のほぼ巳二刻から午一刻までの間に、「退朝鼓」を撃ってこれらを閉じ、日入後に「閉門鼓」を撃って宮城諸門や羅城門を閉じたのである。「開門鼓」を撃つ時刻は、『令義解』宮衛令開閉門条よりもやや遅くなっている。

以上のように、奈良・平安時代の都城諸門開閉時刻は日出・日入を基準に定められており、時刻表示は定時法によったものの、その運用は季節的で不定時法的時刻制であった。

諸門を開閉する鼓はどこで撃たれたのであろうか。規定が『延喜式』では陰陽寮式にあること、また、『令集解』宮衛令開閉門条に収める朱記と貞説が「陰陽寮撃つべし」としていること、師に云うとして「鼓は時司の鼓と同」とあることからすると、鼓は陰陽寮にある漏刻鼓と同じものを使い、守辰丁が撃ったものと解される。その撃ち方は、『令集解』宮衛令開閉門条におさめる『古記』に、「第一開門鼓」、「第二開門鼓」ともに、十二連打を二回繰り返し撃つとある。『延喜陰陽寮式』撃開閉門鼓条では、「第一開門鼓」、「第二開門鼓」ともに、十二連打を最初は弱く、次第に強く大きくなるように、二回繰り返し撃つよう規定されている。定時を報せる鼓は、九打から四打まで「平声」に撃たれたから、聞く者は鼓の数と音の調子とによって両者を明確に区別できたのである。その音は宮城から、三・五km以上も離れた羅城門でも耳にすることができ、京内くまなく伝達されたわけだ。

この開閉門鼓が、毎日朝堂で行われる朝政への官人の登・退朝の刻限規定と密接に結びついていたことは言うまでもない。『令義解』公式令京官上下条では、京官は朝堂院南門や大極殿閤門の開門を合図する「第二開門鼓」が鳴り出す前に登朝し、これら門を閉じる「退朝鼓」を撃ち終わった後に、退朝する規定であった。位階《いかい》をもつ者は、毎日、南門外で日出を待って朝庭に入る。朝庭で天皇を拝してから、十二時頃まで朝堂・曹司《そうじ》で執務するのが原則であったのである。外官も、日出と共に登朝し、午刻の後に退朝する決まりであった。

平城京や平安京に住む都民の日常生活も、この時刻制によって大きく規制された。まず、『令義解』宮衛令分街条によると、「夜鼓」の声が絶えて以降、「暁鼓」が鳴るまでの間、京の道を通行することはできず、外出が禁じられた。「夜鼓」と「暁鼓」とは、それぞれ「閉門鼓」と「第一開門鼓」であろう。分街条等は「街鼓」とするが、同条が引く『古記』には、本来は坊門に備えられる鼓を使用するが、まだ行われていないとある。『令釈』も、「街鼓」は漏刻鼓とは別の鼓としている。だが、平城京や平安京に「坊門」が存在した可能性は乏しく、したがって「坊門鼓」の存在も疑わしい。

都民の生活を支えた東市と西市は、『令義解』関市令開門条などによると、市門は日が出て開け、日が入ると閉じられたが、開店は、「午時」から日没前までであった。市の終了は、日入前に鼓を九打ずつ三回繰り返し撃って知らせられた。開店する午刻は「退朝鼓」に、閉門する日入前は「閉門鼓」に相関するのであろう。諸門開閉鼓は夜間外出の禁止、市の開店時間など、京内に住む官人や庶民の生活時間をも大きく規制するものであったのである。

なお、諸国国府では、漏刻の設置・時刻制度に関する明確な規定がない。漏刻時刻制は、本来、京のみを対象とし、諸国国府等を含むものではなかった。それが、宝亀五年（七七四）十一月、大宰府と陸奥国府多賀城《たがじょう》とに、九世紀には、出羽国府、胆沢城《いさわじょう》鎮守府にも漏刻が設置されるに至る。いずれも辺要の国府等の官衙である。これら辺要の諸国は、しばしば外敵や蝦夷《えみし》の攻撃を受けることがあった。こうした変事は飛駅によって中央に報告され、その文書には発信の年月日とともに、時刻を記載する必要があったからであろう。

3、時刻制導入の目的と展開

宮廷における時刻制導入の目的は、単なる日常生活の便宜のためであったわけでは無論ない。それは「朝政《ちょうせい》定刻制」という中央政治の必要に基づくものであった。そのことは、時刻制導入初期の信頼できる舒明八年と大化三年の二史料が、いずれも官人の朝政への登・退朝に関するものであることからも裏付けられる。「朝政定刻制」は、官人のいわば勤務条件を明確にする朝政の整備に関連するものであり、それはまた、中央豪族層等の官僚化や官僚制整備の展開と一環するものであった。

舒明《じょめい》八年（六三六）と大化三年の「朝政定刻制」の制定は、どの程度の実効性を伴っていたのか。舒明八年制の場合は、大臣蘇我蝦夷《そがえみし》が従わなかったとあるように、時刻制の導入が意図されただけで実効を伴わなかった。大化三年制は実際に施行されたらしい。しかし、鐘は退朝時のみ撃たれ、登朝時には撃たれなかったようだ。これでは「朝政定刻制」の実効性は大きく縮小する。「鐘」は朝庭の一郭の「中庭」に置かれた。それは令制下における陰陽寮のように、宮殿造営当初に計画されたものではなく、「朝政定刻制」という新たな行政規定を実施するにあたり、暫定的に「中庭」を利用したものである。「朝政定刻制」の導入・展開は、計時機器の発展とともに、官僚制の整備や宮殿構造・都城制の発展の程度と密接に相関する。この時期、官人制や宮殿構造の整備・都城制は、なお未発達であったのである。

日本では、斉明六年（六六〇）五月の漏刻の初造が本格的漏刻時刻制の起源となった。この漏刻は、飛鳥の「京」に時刻報知する目的で設置されたものである。だが、報時の道具や報時方法、時刻制などの具体的内容は明らかではない。天智十年（六七一）四月、近江大津宮に新造された漏刻台では、「鐘」と「鼓」とを併用して報時されるようになる。天武天皇時代の飛鳥の都で、報時に鼓を用いたことは、朱鳥元年（六八六）、謀反の罪によって死を賜った大津皇子の臨終の詩に「鼓声《こせい》短命を催す」（『懐風藻《かいふうそう》』）とあることによっても明らかである。天智十年四月の鐘鼓による報時方法は、『令義解』職員令陰陽寮条や『延喜陰陽寮式』に見える、辰刻を「鼓」、刻を「鐘」で知らせる律令制報時法の直接の基礎となったと見てよい。

問題は斉明六年五月の報時道具と方法である。漏刻の製造は明確な時刻制の導入を意味し、少なくとも天智十年四月以降は、鐘鼓を用いた報時法と深く関わる。中大兄皇子による漏刻初造は、正確な時計を基に明確な時刻制の導入を意図したものであって、鐘鼓を併用する定時報時法もこの時に採用された可能性は高い。鐘鼓報時法は長安城《ちょうあんじょう》等で街路に設けた鐘楼・鼓楼によって時刻を報せる唐制を導入したものであることは言うまでもない。

なお、報時道具は、鐘から鼓へ、そして鼓と鐘とを併用するに至るとする説がある（岸俊男「鼓楼と鐘楼」『古代宮都の探究』塙書房　昭和59年）。令制では、定時の報時と宮城門の開閉時刻の報時とで、全く異なる方法がとられたのであって、岸説には両時刻制の理解に混乱が認められる。

七　漏刻を扱う役所——陰陽寮——

1、陰陽寮の構成と成立

令制下において、漏刻時刻制度を担当した役所について見ておこう。養老令職員令によれば、中務省の一部局である陰陽寮が漏刻を管掌した。陰陽寮の仕事は大きく五つに分けられる。一は天体と気象現象の吉凶と妖祥の観測、及びその密奏。二は造暦。三は漏刻の管理、運用と報時。四は卜占と地相、五は陰陽生、天文生、暦生など後進の教育である。

役人組織は、『令義解』職員令陰陽寮条によると、事務官は、頭（長官）一名・従五位下、助（次官）一名・従六位上、允（判官）一名・従七位上、大属（主典）一名・従八位下、小属（主典）一名・大初位上の五名であり、さらに、上述の各仕事を担当する専門的技術官、および学生が置かれていた。すなわち、卜占・相地を管掌する陰陽部局は、陰陽師六名・従七位上、陰陽博士一名・正七位下、陰陽生十名。造暦と天文・気象観測部局は、暦博士一名・従七位上、暦生十名、天文博士一名・正七位下、天文生十人である。漏刻の管理・運用、報時を担当する部局は、漏尅博士二名・従七位下、守辰丁二十名が定員であり、その他、使部二十人と直丁二人が置かれた。陰陽寮全体では、頭以下八十九名の職員がいたことになる。

陰陽寮の官制が唐の制度にならったものであることは言うまでもないが、唐では、暦・天文・漏刻と、占卜とは別部局が担当するなどの違いがあった。『唐六典』によると、唐では、天文、暦、漏刻は秘書省下にある太史局が担当し、その総定員は一〇五四名であった。卜占は、宗廟の祭祀礼儀を担当する太常寺に付属した太卜署（定員八九名）が官掌した。両分野の総定員や長官の人数、その位階などを見ると大差があり、天文・暦・漏刻の分野が、占卜の分野よりはるかに重んぜられていたようである。また、太史局は学術・技術的分野に重点があり、太卜署は宗教・祭祀的分野が中心であった。

計時、報時を任とする漏刻部局は、挈壺正《けつこせい》二名（従八下）、司辰十九名（正九下）、漏刻典事十六名、漏刻博士六名、漏刻生三六〇名、典鐘二八〇名、典鼓一六〇名の計八四三名により構成された。暦関係の定員は四十四名、天文関係の定員は一五七名であったから、漏刻は多くの人員を擁する重要部局であったことが窺われよう。挈壺正と司辰の職掌は、日本令では「漏刻博士」により担当された。唐令の「漏刻博士」は「漏刻生」を教えることを任務としたが、日本令の場合は、「漏刻生」は定員化されていなかった。また、挈壺正以下の専門家が四十三名、将来の漏刻科学を支える漏刻生が三六〇名と、精密な漏刻の製作・運用・研究に関連する学術的な分野の充実ぶりが顕著である。さらに、報時を担当する典鐘と典鼓の人員が多いことも特色の一である。これは、報時が昼夜を通じて休むことなく行われなければならないためであり、報時施設が宮殿内や京内各所に設置されるなど、壮大な報時機構が存在したことと関係していよう。

以上のように、日唐の組織・人員の規模の違いは大きい。とくに唐令制では、将来の学術的分野への充実が顕著であるのに対して、日本令では学術関係の体制が弱体である。これは科学的分野における発達の程度の差が関係するのだろう。日本では中国から知識を単に輸入、模倣するにとどまり、天体観測、暦術などの学術上の実際的研究は著しく低かったのである。とくに漏刻部局は、暦・天文・陰陽の三部門とは違って、学生をもたず、後進を育成する制度すら組織化されていなかった。それでも漏刻部局には漏刻博士二名、守辰丁二十名と他部局よりも多くの人員が配属されていた。昼夜たえまなく漏刻を運転し、報時するため交替勤務制がとられていたからであろう。とはいえ唐の報時人員が典鐘と典鼓とを合わせて四四〇名と膨大であるのとの差は大きい。これには、日本古代の都城の規模や、日本の令制における時刻報知方法が限定的な範囲のものであったことと関係していよう。

守辰丁《しゅしんてい》の身分については、『万葉集』に「時守」と記され（巻十一・二六四一）、平安京では、守辰丁は諸司厨町《しょしみくりや》の一郭に住居を与えられていたから、仕丁の一種であったと考えられる。

なお、日本では、占卜方術部門の位置は天文・暦・漏刻部局に比べ、人員、位階の上で大差がない。「陰陽寮」の官名が使用されているように、占卜方術部門の位置は相対的に高かった。日本の令制では、唐令制を輸入しつつも、太史局と太卜署との両官司を統合してはるかに簡略化し、特質を盛り込みつつ「陰陽寮」として組織したのである。

陰陽寮はいつ成立したか。それを統括する中務省は、下に一職五寮三司を管轄する極めて多岐な職掌と機能をもつ官司であった。中務省は八省の中で最も遅れ大宝令段階になって整備されたが、その被管官司の中には、天智・天武朝にすでに存在したものがある。陰陽寮も中務省への組織化以前から存在した。その初見は、天武四年紀（六七五）正月丙午朔条であって、起源は少なくともこの時を遡る。陰陽寮の官職の一である「陰陽師」の名も、天武十三年（六八四）二月など天武紀にたびたび登場し、持統六年（六九二）二月には、「陰陽博士」も見える。ただ、陰陽以外にどのような職掌を行う組織であったのか、それを示す史料を欠いている。天武四年正月に興したという「占星台」もまた陰陽寮に所属していた可能性が高い。

2、水落遺跡の構成と性格

水落遺跡は水時計台と付属建物群等から構成される施設である。その規模は、水時計台の北二十五mにある東西大垣と、南一〇mにある東西塀との間で、南北六十五mの範囲を占めた。この二つの塀で画された一郭の南寄りに水時計台が建ち、その外周をめぐる貼石構造物の外縁に沿って、東西南北の四辺に南北、ないし東西に細長い計四棟の掘立柱建物を配し、四隅に二間四方の角楼《すみろう》状総柱建物を建てる構成、すなわち、水時計台を中心に八棟の建物がそれを四角く囲む、極めて規格性の高い配置構成が復元できる。水時計台の東北方約三〇mにも東西十一間、南北二間の長大な建物がある。この建物の南側は未発掘だが、さらに幾棟かの建物の存在が想定できる。建物のないところは全面丁寧な石敷となる。水時計台は単独にあるのではなく、南北を塀で限った一郭の中の西寄に水時計建物群が

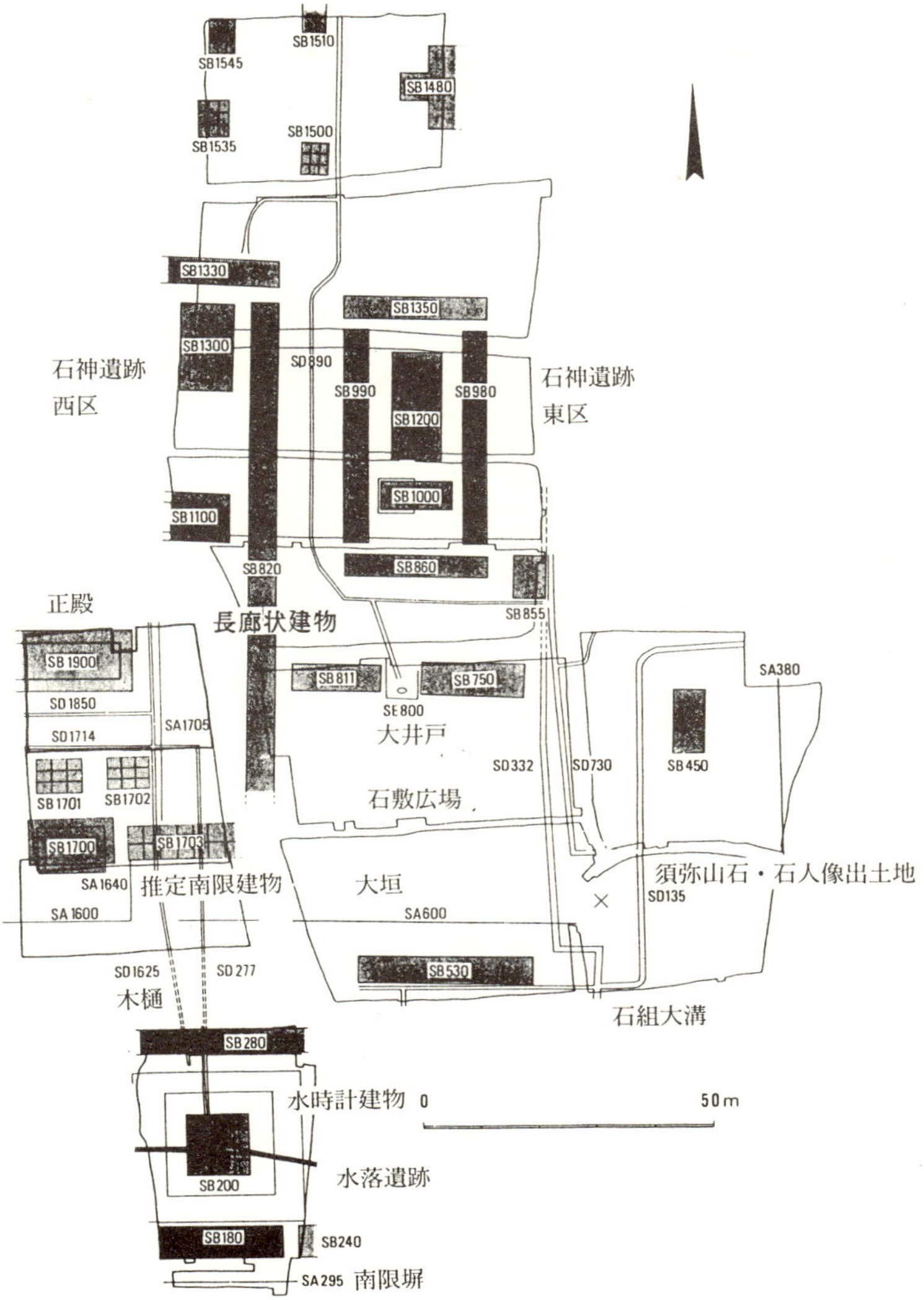
SB1545
SB1510
SB1480
SB1535
SB1500
SB1330
SB1350
SB1300
SD890
石神遺跡
西区
SB990
SB980
石神遺跡
東区
SB1200
SB1000
SB1100
SB820
SB860
SB855
正殿
長廊状建物
SB1900
SB811
SB750
SA380
SD1850
SE800
SD1714
SA1705
大井戸
SB450
SD332
SD730
SB1701
SB1702
石敷広場
SB1700
SB1703
SA1640
推定南限建物
大垣
須弥山石・石人像出土地
SD135
SA1600
SA600
SB530
SD1625
SD277
木樋
石組大溝
SB280
水時計建物
0
50m
SB200
水落遺跡
SB180
SB240
SA295
南限塀

水落遺跡と石神遺跡

配置され、その東方にも多くの建物を配する構成であったのである。東限は未発掘で確定していない。しかし、飛鳥寺までは達しておらず、東西は最大でも一一〇mを越えない。上述の東西棟建物あたりまでとすれば、東西幅は八〇mほどとなる。

一郭の規模が南北六五m、東西八〇m、面積五〇〇〇㎡ほどとすれば、これは平安宮陰陽寮の規模の二十六丈（約七八m）四方に近い。この一郭は漏刻とともに、陰陽・天文・暦等を所管した陰陽寮の先駆的な機能を備えた官衙であったのではないか。

八　飛鳥寺西一帯の構成と性格

水時計施設はなぜ飛鳥寺の西に設けられたのか。飛鳥寺は六世紀末に建造された飛鳥最初の本格的施設であって、その建設は飛鳥時代の幕開けを告げる暁鐘であった。寺は南北二㎞、幅四〇〇m程の飛鳥盆地の中央に位置を占め、七世紀を通じて、南北三〇〇m余、東西二〇〇m余の伽藍地を保持し続けた。ために、宮都の諸施設は飛鳥寺の南側か北側に分断され、その占地に大きく影響を及ぼすこととなった。飛鳥寺の西側で飛鳥川までの間に残された空間は幅一〇〇mほど。一帯はどのように使用されたのか。

『書紀』によると、皇極《こうぎょく》、斉明、天智、天武、持統《じとう》朝にかけて、飛鳥寺西一帯は、天皇への忠誠を誓約する儀礼や、蝦夷・隼人《はやと》等を対象とした饗宴、服属儀礼が行われる場所として登場してくる。そこには「飛鳥寺西の槻樹《つきのき》」があり、饗宴に際して「須弥山像《しゅみせん》」が造立されることもあった。飛鳥寺西一帯のこうした役割は、大化のクーデター（六四五年）直後、「飛鳥寺西の槻樹」下に群臣を集めて、天皇へ忠誠を誓約させた儀礼を初見として確認できる。「飛鳥寺西の槻樹」は神が降臨する聖樹と見られ、その周辺が神聖な場と意識されたのである。

発掘調査によって、飛鳥寺西一帯の構造が明確になりつつある。まず、飛鳥寺西門周辺の南北長二〇〇mほどを占める南部は、建物のない空間地であったのに対して、水落・石神両遺跡がある北部は、建物が密集するなど内容を大きく異にすることが注目される。

南部の遺構は少なくとも二時期に細分できる。前期では、南北に長く延びる大規模な掘立柱塀などがあるが、建物はなく、広範囲が空間地であった。後期は西門西方一帯の広範囲で大規模な造作が行われる画期である。西門の西約九mの位置に、南北一二〇m以上にわたって延びる石組大溝が作られ、その西側に飛鳥川に向って段々に低くなる石敷・礫敷施設が設けられる。石敷・礫敷《れきじき》施設は、西門の南三〇mから、その北一二〇mまでの南北約一五〇m間で確認できており、さらに南・北に続く。西は西門の西方七〇m付近まで確認できる。建物遺構は全くなく、一帯はまさに「広場」と呼ぶに相応しい構造であった。そのうち、西門付近の南北八〇m程の範囲は川原石を丁寧に敷きつめた石敷であるのに対して、以北は礫や瓦片をやや雑に敷き均した礫・瓦敷となる。西門付近が「広場」の中心地であったようである。

『書紀』によると、「飛鳥寺西の槻樹」周辺は、少なくとも天武天皇時代には、かなりの広さをもつ開放的な空間地であったらしい。西門付近に槻樹があったのであろう。

石神遺跡出土の須弥山石〈奈良国立文化財研究所飛鳥資料館許可済〉

石神遺跡出土の石人像〈奈良国立文化財研究所飛鳥資料館許可済〉

石敷・礫敷の「広場」や石組大溝は、七世紀後半に造られ、藤原京遷都頃まで存続した。私は、石敷「広場」は後述する北部の画期的造営と一連で、斉明朝に整備されたものと見ている。なお、前期も一帯は空間地であって、儀礼の「広場」であった可能性は十分にある。

北部の石神遺跡一帯では、とくに斉明六年五月頃に、水時計施設と一体で宮殿の中枢部と同様の格式の高い大規模建物群を密集して建てる大造営が行われる。それは天智天皇が近江大津宮へ遷都する頃まで存続した。一帯は東西大垣を境にして、南の水時計施設の一郭と北の石神遺跡の一郭とに区分される。石神遺跡では、斉明紀に登場する「須弥山像」にあたると見られる須弥山石や石人像《せきじんぞう》の噴水石が出土しており、園池も存在したらしい。東北日本産の土器も多量に出土しており、『書紀』に記された宮廷付属の服属儀礼の場であったらしい。ことに西区は、斉明天皇や皇太子中大兄皇子らが出御して、蝦夷・隼人・種子島人らに対して冠位《かんい》の授与や饗宴等の一連の服属儀礼を行う「正殿」を含む中枢施設であった。新羅《しらぎ》産の細頸壺《ほそくびつぼ》や百済《くだら》産の獣脚硯《じゅうきゃく》も発見されていることから見ると、新羅に対する朝貢《ちょうこう》儀礼もここで行われていた可能性が高い。

朝貢・服属儀礼を行う施設の中に、水時計施設を一体的に建造したことの歴史的意義は極めて大きい。先に見たように、古代中国では、天子は、「授時頒暦《じゅじはんれき》」、すなわち空間的領域とともに人民の「時」をも支配すると考えられた。服属儀礼を行う施設と同じ場所に「時」を管理する施設を一体的に造ったことには、中国に倣って「時空」の支配者たらんとした中大兄皇子を中心とする当時の朝廷の政治改革の理念が象徴的に示されているのではないか。

蘇我本宗家を滅ぼした直後であるこの時期に、蘇我馬子の発願になる飛鳥寺の西一帯を服属儀礼の場として拡充整備し、合わせて「時」を管理する施設を建造することには、天皇を頂点とする支配体制の強化という重要な政治的意義があった。斉明天皇の時代には、飛鳥とその周辺において大規模かつ広域にわたる画期的な都づくりが行われるようになるが、飛鳥寺西一帯の整備もその基本構想と一貫する重要な事業だったのである。

天武天皇時代には、石神・水落遺跡一帯で斉明天皇時代とは違った新たな計画で造営が行われる。だが、石神遺跡の服属儀礼に関わる饗宴場としての機能は継承されたらしい。水落遺跡も同様の性格の場所に変わり、四面廂《しめんびさし》付きの大規模建物などが存在することからすると、この時期、北部の中枢的場所となった可能性がある。しかし、北部の施設の内容は低下しており、斉明朝に比べて儀礼空間としての重要性は相対的に減じたと見られよう。天武紀の饗宴記事に大槪が頻繁に登場するのはこの点に関わるのかもしれない。藤原京遷都後、新たな計画で造営が行われ、服属儀礼に関わる饗宴場としての機能は終焉する。

なお、のちの陰陽寮の先駆的な機能を備えていたと推定される水落遺跡や石神遺跡の服属儀礼の施設はいわば官衙であり、宮殿付属の施設である。これらが斉明天皇時代の皇居である後飛鳥岡本宮から離れた別の場所にあったことは疑いない。当時は、律令制的な官僚機構が次第に整えられてくる過渡期であるが、これら諸官司は天皇が住む皇居とは別の場所で、飛鳥盆地内の所々に設けられていたらしい。いわば、飛鳥盆地全体で、後の律令体制整備期の、たとえば藤原宮や平城宮のような本格的宮殿の役割を担ったのである。

また、飛鳥寺西の広場や石神遺跡に見るように、宮廷付属の施設としての性格は皇極天皇から持統天皇までの五代の天皇に継承されている。水落・石神遺跡の発掘は、飛鳥時代の宮殿の構造や実態を考える上で、極めて重要な問題を我々に投げかけるのである。

斉明五年（六五九）七月紀に、「京内《きょうない》」諸寺に盂蘭盆《うらぼん》経《きょう》を説かせた、という記事が見える。これは飛鳥の都に「京」の存在を推定させる最初の記事として注目される。この「京」とは何か?。単なる「都」の意味を越えた「特別行政区」、すなわち明確に指定された範囲をもつ「政治的首都空間」を意味した。律令制的中央集権国家の体裁が整いつつあるなか、中央政府の官僚機構の整備が進み、役人層も増大してくる。彼らは、飛鳥とその周辺に集住するようになり、その居住区を含めて「都」域が、「京」とされたのである。その「京」域は、飛鳥盆地を中心に、後の藤原京域のかなりの範囲を含むものであった。中大兄皇子による漏刻の初造は、こうした飛鳥の「京」の成立と深く関わっており、政治や、「京」内住民=都民の生活を明確な時刻基準によって規制し、統率することに大きなねらいがあったのである。

〈参考文献〉

1　岸　俊男「漏刻余論」（『古代宮都の探究』塙書房　昭和59年）

2　狩野　久、木下正史『飛鳥藤原の都』岩波書店　昭和60年
3　木下正史『飛鳥・藤原の都を掘る』吉川弘文館　平成5年
4　奈良国立文化財研究所『飛鳥・藤原宮発掘調査報告』IV－飛鳥水落遺跡の調査－（奈良国立文化財研究所学報第55冊　平成6年）
5　木下正史「飛鳥の都市景観」（『古代史研究最前線』新人物往来社　平成10年）

万葉びとと時刻

――奈良時代時刻制度の諸相――

川崎　晃

一　古代の時刻制度

はじめに　古代の時刻制度については、すでに橋本万平氏[注1]、岸俊男氏[注2]、今泉隆雄氏[注3]、厚谷和雄氏[注4]、斉藤国治氏[注5]等諸先学による研究がある。一〇世紀前半に編纂された『延喜式』によれば、平安時代前期には時刻制度が浸透し、官人の勤務時間のみならず、儀式の進行など広く政治・儀礼の場に及んでいた様相が知られる。しかし、それ以前については断片的な史料しか残存しておらず、不明な点が多い。そこで本稿では、はじめに諸先学の研究に導かれつつ古代の時刻制度について概観し、以下奈良時代の時刻制度の様相を、文書、木簡の検討を通して探り、万葉びとの生活環境の一端に触れてみたい。

時刻制度の導入　律令国家の形成に官僚制の整備は不可欠の課題であった。政府はその一環として時刻制度を導入し、官人の勤務時間を定めようとした。『日本書紀』舒明八年（六三六）七月条には、

「大派王《おほまた》、豊浦大臣《とゆらのおほおみ》に謂《かた》りて曰く、『群卿及び百寮、朝参《みかどまゐり》すること已に懈《おこた》れり。今より以後、卯の始《うのとき》に朝《まゐ》りて、巳の後《みのとき》に退《まか》でむ。因りて鐘を以て節《ととのへ》とせよ』といふ。然るに大臣従わず」と見える。大派王が官人の朝参、退朝について、「卯」の時（午前五〜七時頃）に出勤し、「巳」の時（午前九〜十一時頃）に退庁するようにしようと提案したが、豊浦大臣（蘇我蝦夷）が反対したというのである。蘇我蝦夷が反対した理由は明らかではないが、朝政の定刻化は豪族層の官人化に直結するものであり、政治の主導権をめぐる対立を語るのであろう。

また、大化三年（六四七）是歳条によると、礼法が定められ、位のある者は寅の時（午前三〜五時頃）に南門の外に整列し、日の出とともに仕事につき、午の時（午前十一〜午後一時頃）に到って鐘を聞き退庁することになった。退庁の時を告げる鐘台が小郡《おごおりの》宮の中庭に設置された。このような朝参・退朝の制度は、漏刻《ろうこく》（水時計）の設置とともに、より精度を増して行われたと推測される。

斉明六年（六六〇）五月是月条には「皇太子、初めて漏剋《ろこく》を造る。民をして時を知らしむ」とあり、大津宮遷都後の天智十年（六七一）四月辛卯（二十五日）条には「漏剋を新しき台《うてな》に置く。始めて候時《とき》を打つ。鐘鼓《かねつづみ》を動《とどろか》す。始めて漏剋を用ゐる。此の漏剋は、天皇の、皇太子に為《まし》ます時に、始めて親《みずか》ら製造《つく》れる所なりと」云云とある。

昭和五十六年（一九八一）に飛鳥水落遺跡で木桶（暗渠《あんきょ》）や銅管をともなう堅固な基壇上に総柱礎石建物跡が発見されたが、この遺構は六六〇年に造営された漏剋関連施設と推定されている。(注6) 漏剋は大津宮の新台に移され、本格的に使用されたとみられる。大津宮の新台では、鐘と鼓により時報が告げられたという。

古代の時刻制度　古代の時刻制度は『延喜式』陰陽寮諸門鼓条の分析から、一日を等分して時刻を定める定時法にもとづき、季節に関係なく、一日を十二等分する十二辰刻法によっていたとされる。[注7] また『延喜式』によると、一日を十二の「時」（辰刻）に分け、「時」を十二支の名で呼んでいる。また「一時」（現在の二時間）を一点（刻・剋とも記す）から四点までに四分し、さらに「一点」（現三〇分）を零分から九分まで十等分した。「一分」は現在の三分に当たる。

　このような十二辰刻法にもとづき時報が告げられたのであるが、『延喜式』陰陽寮諸時鼓条によると、「時」を告げるには鼓を打ち、「刻」を告げるのは鐘を撞いた。時を告げる鼓は、子時（午後十一時）と午時（午前十一時）は九打、丑時（午前一時）と未時（午後一時）は八打、寅時（午前三時）と申時（午後三時）は七打、卯時（午前五時）と酉時（午後五時）は六打、辰時（午前七時）と戌時（午後七時）は五打、巳時（午前九時）と亥時（午後九時）は四打が同じ強さ（「平声」）で打たれた。また「刻」については一刻から四刻まで、刻の数だけ鐘を撞くと定められていた。

　漏刻は令制下には中務《なかつかさ》省の管下の陰陽寮《おんようりょう》に設置されたと推測され、職員令9陰陽寮条によると、漏刻博士二人とその部下の守辰丁《しゅしんちょう》二〇人が配置されていた。時の進行をはかる目盛りの付いた箭《せん》を監視する漏刻博士の指示のもとに、決められた時刻に守辰丁が鼓と鐘を打って時刻を知らせたのである。

時守之《ときもりが》　打鳴鼓《うちなすつづみ》　数見者《よみみれば》　辰尓波成《ときにはなりぬ》　不相毛恠《あはなくもあやし》（巻十一・二六四一）

右の万葉歌の作歌時期は不明であるが、「時」を告げる鼓の数を指折り数え、思いびとを待ったのであろう。「時守」は陰陽寮の守辰丁のことと考えられる。

定時法にもとづく時刻制度が大宝令に遡るであろうことは、『令集解《りょうのしゅうげ》』宮衛令《くえいりょう》開閉門条に引用される大宝令の注釈書である「古記」に、第一開門鼓は「寅の一点」（午前三時頃）、第二開門鼓は「卯の四点」（午前六時三十分頃）とあることからもうかがえる。

大宝令以前の時刻制度　ところで、「鼓」で想起されるのは大津皇子の臨終詩である（『懐風藻《かいふうそう》』）。詩中「鼓声短命《こせいたんめい》を催《うなが》す」とあることから、天武朝にも鼓によって時報が告げられていたのではないかと推測される。この詩の先行詩、陳《ちん》の叔宝《しゅくほう》の詩にも「鼓声命を催す役」とあるが、(注8)鼓による時報が行われていたとすれば問題はない。

天武紀には「戌《いぬのとき》より子《ねのとき》に至るまでに」（天武九年紀十一月三日条）、「四剋《ときのをはり》にして皆散《あら》けぬ」（天武十一年紀九月十日条）、「戌に逮《いた》りて」（天武十三年紀十一月二十一日条）、「酉の時」（朱鳥元年紀正月十四日条）などの表記があるが、文飾の可能性もある。しかし、奈良県飛鳥池遺跡から「卯時□[召カ]」と記された召文《めしぶみ》とみられる木簡が出土しており、併出の紀年木簡には「己卯年」（六七九・天武八）とあり、(注9)天武朝に時報が行われていたことがうかがわれる。天武四年紀正月条には占星台が建設されていることなどを勘案すれば、定時法か、不定時法かは定かではないが、時報が行われていたことは誤りなかろう。

次に藤原京出土の木簡を見てみたい。

1　月十一日戌時奉□

（『飛鳥・藤原宮発掘調査出土木簡概報（二）』七頁、『藤原宮木簡（一）』二四号、五四頁）

藤原宮北面中門北側の濠跡から出土した木簡で、宮城門の出入に関するものとみられる。併出の紀年木簡は辛卯年（持統五・六九一）から大宝三年（七〇三）までのものであり、浄御原令下に遡る可能性が高いが、断案はしがたい。

2・□月［九カ］□日申時□□

・秦連若麻呂奉□

（『飛鳥・藤原宮発掘調査出土木簡概報（五）』八頁）

藤原宮東面大垣外濠より出土、併出木簡の和銅三年（七一〇）の年紀、「郡」の表記から大宝令以後の木簡である。宮城門の出入に関するものとみられる。

3・□□　金刺舎人荒山

・『□□　巳時食酒飯也』

（『飛鳥・藤原宮発掘調査出土木簡概報（六）』七頁）

藤原宮東面外濠から出土、表面とは別筆で、食事時間を指定したものであろうか。併出木簡には「評」と「郡」の表記が混在しており、大宝令以前とは断案しがたい。

この時期の時刻を記した文字資料としては、他に栃木県那須郡湯津上《ゆづかみ》村笠石神社所在の「那須国造碑」がある。

永昌元年己丑四月飛鳥浄御原大宮那須国造／追大壹那須直韋提評督被賜歳次庚子年正月／二壬子日辰節殄故意斯麻呂等立碑銘偲云爾（以下略）

永昌元年己丑四月、飛鳥浄御原大宮の那須《なす》国造、追大壹《ついだいいち》那須直韋提《いで》、評督を被《こうむ》り賜ひ、歳《ほし》は庚子に次《やど》る年の正月二壬子の日の辰の節《とき》に殄《みまかり》ぬ。故《かれ》、意斯麻呂《おしまろ》等、碑銘を立て偲びて、爾《しか》云う。

（以下略）

「那須国造碑」は那須直韋提の没年「庚子」（七〇〇年）からさほど距てぬ時期に立碑されたと考えられる。文体は漢籍を踏まえた文言により修飾され、「永昌《えいしょう》」という唐の則天武后《そくてんぶこう》の年号が用いられており、七〇二年の遣唐使の帰国前とすると、新羅からもたらされた情報、もしくは渡来系新羅官人が関わったと推測される。「辰節」を「辰の節《とき》」（午前七〜九時頃）と訓むならば、死去の時刻を記す特異な例といえる。ちなみに死去の時刻を記す例としては、天平勝宝二年（七五〇）四月一五日『維摩詰経《ゆいまきつきょう》』巻下跋語《ばつご》に「己丑歳（天平勝宝元・七四九）八月廿六日子時、過往亡者（子の時、過往《すぎにし》亡者）穂積朝臣老[注10]」、あるいは後述する宝亀二年（七七一）二月十日付「丸部大人《わにべのうし》解」に「今月十日寅時、己男死去」がある。また、唐の金石文では「浄蔵禅師《じょうぞうぜんじ》身塔銘」に「天寶五載歳次丙丁（丙戌の誤り・七四六）十月廿六日午時」とあるのが早い例で（『金石萃編』）、「那須国造碑」は唐の例より早いことになる。なお「辰節」を「とき」と訓み「辰節《とき》に殄ぬ」と訓む余地もあろう。

藤原京期の時刻の記載された木簡は、管見の限りでは右の三例で[注11]、「刻」まで記した例はいまだみない。定時法にもとづく時刻制度は、浄御原令期に遡る可能性を多分に含みながらも確証を得るに至らない。

二　地方と時刻制度

辺境の要衝　律令国家が漏刻を設置したのは京のみで、地方には及ばなかったのであろうか。『続日本紀』宝亀五年（七七四）十一月乙巳（十日）条には次のような記事がある。

陸奥国言さく、「大宰・陸奥は同じく不虞《ふぐ》を警《けい》す。飛駅《ひやく》の奏、時剋を記《しる》すべし。而《しか》るに大宰には既に漏剋有れども、この国には、独《ひと》りその器《うつは》無し」とまうす。使を遣《つかは》してこれを置かしむ。

右の陸奥国の言により、大宰府には既に七七四年以前に漏刻が設置されていたことが判明する。一方、大宰府にならぶ辺境の要衝の地である陸奥にはこの時になってようやく設置されたのである。ここで注意されるのは、「飛駅の奏、時剋を記すべし」とある点である。公式令《くしきりょう》9飛駅下式条では、勅命を在外諸司に下達する場合には飛駅が出発する時刻を明記することになっている。ところが逆に在外諸司が飛駅を発遣して上奏する場合の規定である「上式」には時刻を記す規定がない（10上式条）。諸注釈は省略とみるが、これは恐らく省略されたのではなく、時刻を計る施設の配備が不充分なためであろう。そのことは陸奥国言が飛駅出立時刻の記入の条件として漏刻の配備をあげていることからもうかがえる。なお、『延喜式』民部上によると、大宰府・陸奥に置かれた守辰丁は各六人であり、陰陽寮の人数に比べるとあまりに少ない。

ちなみに『三代実録』貞観十三年（八七一）八月丁酉（二十三日）条には「勅すらく、出羽国始めて漏刻を置く」とあり、八七一年には辺境の要地、出羽国にも漏刻が置かれたことが知られる。

国府の漏刻　ところで、『続日本紀』天応元年（七八一）三月乙酉（二十六日）条によると「美作《みまさか》国言《まう》さく『今月十二日の未の三点に苫田《とまた》郡の兵庫鳴り動きき。また四点に鳴り動くこと先の如し。その響、雷霆《らいてい》の漸く動《とどろ》くが如し』とまうす」とあり、さらに「伊勢国言さく、『今月十六日の午の時、鈴鹿関の西中城《にしのなかのき》の門の大鼓、自《おのづか》ら鳴ること三声《みこゑ》あり』とまうす」とある。右は光仁天皇不予の前兆を告げる記事であるが、伊勢国言では「午の時」（午前十一〜午後一時頃）と時のみを記す。伊勢国については宝亀十一年（七八〇）六月辛酉（二十八日）条にも「伊勢国言

西鉄太宰府駅前の漏刻石像

さく『今月十六日己酉の巳の時に鈴鹿関の西内城《にしのうちのき》に大鼓一たび鳴る』とまうす」とある。「巳の時」は午前九〜十一時頃、いずれも鈴鹿関に設置された大鼓に関わる記事で、「時」のみを記す。一方、美作国言には時ばかりでなく刻まで伝える。「未の三点」は午後二時頃、「四点」は午後二時三十分頃にあたる。「刻」まで記す詳細な報告から、少なくとも美作国には漏刻が置かれたようにも推測される。また、長野県屋代《やしろ》遺跡群からは「十七日卯時（午前五〜七時頃）□／主帳」と郡が発信したとみられる木簡が出土しており、(注12)併出木簡から奈良時代前半、郷里制下のものと推定される。

このように、地方においても国府・郡家・関などに何らかの計時器械が設置されていたと思われる史料があるが、漏刻に限れば前にも触れた『延喜式』民部上の守辰丁の課役免除の規定には大宰府と陸奥国しか見えず、他の国府の規定はない。目下のところは、日時計（圭表）や香時計を想定しておく他はない。(注13)

このようにみると、奈良時代に確実に漏刻が置かれた行政機関としては、中央政府の中務省陰陽寮と地方の大宰府、陸奥国府ということになる。後に述べるように時刻の記された木簡の出土分布が、屋代遺跡群、兵庫県市辺遺跡(補記2)の木簡を除くと平城京に限られることもそうしたことの反映であろう。(注14)

三　正倉院文書と時刻

安都雄足と時刻　次に「正倉院文書」から時刻を記した例を気付いたままにあげてみる。

1　「天平十九年（七四七）正月十九日酉時　春宮舎人田邊史廣江」
（「甲可寺造仏所牒案」『寧楽遺文』中、四六〇）

2　「天平宝字二年（七五八）九月廿一日未時／主典志斐連麻呂」
（「造仏司牒」『大日本古文書』14・一七一）

3　「（天平宝字六年）主典安都宿祢　下／三月廿八日午一点」
（「造石山院所符案」『大日本古文書』15・一七七〜一七八）

4　「天平宝字六年（七六二）三月廿九日巳四点主典安都宿祢」
（「造石山院所解案」『大日本古文書』5・一六三、15・一七八）

5　「天平宝字六年七月十八日巳時領下道主」
（「石山院牒」『大日本古文書』5・二五一〜二五二）

6　「（天平宝字）六年十二月八日辰時下道主」
（「石山院解」『大日本古文書』5・二八八）

7　「（天平宝字六年）十二月八日辰時下道主」
（「下道主啓」『大日本古文書』16・二四〜二五）

8　「天平宝字六年十二月十五日申時下道主」
（「石山院解」『大日本古文書』5・二八九）

「正倉院文書」中において時刻を記した例は少ないが、造石山寺《ぞういしやまでら》（院）所《しょ》（滋賀県大津市の石山寺の造営にあたった役所）に関わる文書に偏在しているのが特徴である。「刻」まで記す例は3、4のみで、差出人はいずれも造東大寺司《ぞうとうだいじし》の主典《さかん》で造石山寺所の別当（長官）であった安都《あと》宿祢雄足《おたり》である。また下村主道主《しものすぐりのみちぬし》は雄足のもとで案主《あんず》（事務官）として実務に携わった人物である。そこで次にこのような文書の一例として4の天平宝字六年三月二十九日付「造石山院所解案」を掲げてみる。

造石山院所解　申未到鑄工事
秦中国　狛皆万呂
右、依司牒旨、以二十七日可向於院。然以今日巳時、僅山代野守参、款云、秦中国等者、依有私障故、今明日間留奈良者。因此、件野守者不得用度勘申者。然件　御鏡、可作有期、無可怠延。事大早速。加数有仰給、仍附返向仕丁、更請処分如前、今具状以解、付仕丁阿刀乙麿
天平宝字六年三月二十九日巳四点主典安都宿祢
（『大日本古文書』5・一六三、15・一七八、続々修18・3）

造石山院所解し申す　未だ鋳工到らざる事
秦中国《はたのなかくに》　狛皆万呂《こまのみなまろ》
右、司《つかさ》（造東大寺司）の牒の旨に依り、二十七日を以て院に向かふべし。然るに今日（二十九日）巳時を以て、僅かに山代野守《やましろののもり》参り、款《なげ》きて云く、「秦中国らは、私障の故有るに依り、今明日の間奈良に留まる」と、てへり。此れに因り、件の野守は用度を勘するを得ずと申す。然るに件の御鏡は作るに期有るべし。怠延《たいえん》すべきこと無く、事大いに早速なり。加ふるに以て数《あまた》仰せ給こと有り、仍りて返向の仕丁《しちょう》に附して、更に処分を請ふこと前の如し、今具《つぶさ》に状し、以て解す。「仕丁阿刀乙麿《あとのおとまろ》に付《さず》く」

天平宝字六年三月二十九日巳四点主典安都宿祢

天平宝字六年三月、孝謙上皇の勅命により一尺鏡四面の鋳造が命ぜられた。この解（上申書）は鋳鏡《ちゅうきょう》文書群中の一通である。(注15) 命を受けた造石山寺所では鋳鏡に必要な鋳工の派遣を造東大寺司に要請し、それにともない造東大寺司は鋳工を三月二十七日に造石山寺所に向かわせた。ところが二十九日の巳の時（午前九時頃）になって山代野守ひとりが到着し、秦中国ら鋳工たちが私的な事情で奈良に留まっていることを報告した。製作期限に遅れることを危惧した安都雄足は急遽秦中国、狛皆麻呂の派遣を造東大寺司に要請したのである。解には「三月二十九日巳四点」とある。「巳の四点」は午前十時三十分頃である。野守の報告を巳時に受け即座にこの解が出されたのである。ここで注意されるのは雄足が「巳」という「時」のみならず、「四点」という「刻」までも記して文書を発信していることである。文書に発信時刻を記すのはきわめて異例で、前述した飛駅を発するような非常事態、緊急事態を伝える場合であった（公式令9飛駅下式）。わざわざ「刻」まで記したのは、事態の深刻さを造東大寺司に伝え、緊急の対応を求める上で有効な手段であったといえるであろう。

このように見ると、下道主が文書に「時」を記すのは、雄足の指導、影響下にあったためと推測される。それにしても、多くの文書を残している雄足の文書中で、時刻記載が造石山寺所に限られるのは、造石山寺所には漏刻があったということであろうか。

請暇解・不参解　奈良時代の官人の時間意識がうかがえる史料としては他に請暇解や不参解がある。請暇解《せいかげ》は休暇願、不参解《ふさんげ》は欠勤届である。

広田連清足《きよたり》（浄足とも）という写経生は天平宝字四年（七六〇）十月「今月二十三日夕従《よ》り、足腫《は》れ、歩行に便ならず」という理由で、翌二十四日に治療のために十日間の休暇を願い出ている（『寧《な》楽遺文《らいぶん》』下・五七七頁、『大日本古文書』4・四四六、14・四四七〜八）。ここには時間までは記されていないが、休暇を願う理由を明らかにするために「夕従り」という情況が明記されている。

同様に後家《あとや》川麻呂（河麻呂とも）の怠状《おこたりじょう》（無断欠勤の始末書）には「今朝漸《ようや》く腹張り、終に下痢に及ぶ。救治を加うと雖も、猶止息《しそく》すること無し。若し小安有らば、便りに即ち参上せんと欲す。須臾《しゅゆ》の間、更に留連《りゅうれん》無し」と、「今朝」からの病状を述べ、無断欠勤せざるを得なかった事情を説明している（『寧楽遺文』下・六〇九頁、『大日本古文書』20・六二）。

右の例は「今朝」、「夕」といった時の経過を表す表現であるが、「時刻」を記す例がある。

9荆国足解　申不参状事
右縁私経奉写、此日之間怠侍、纔以八月廿日写了。参向
為間、以同日午時國足妻之兄死去告来。以是不得
忍棄、山代退下、今録怠状申送、以解
宝亀三年八月廿一日酉時
謹上　道守尊卿　記室　（『寧楽遺文』中・六〇五頁）

東大寺写経所の経師《きょうし》である荆国足《いばらのくにたり》の解によると、八月二十日に出勤しようと思っていたところ、「午の時を以て、国足の妻の兄死去せるを告げ来る」によって、やむを得ず「山代に退下」した由を

記し、「宝亀三年（七七二）八月二十一日酉時」と発信の時を記している。「午の時」は午前十一時頃であり、その翌日の「酉の時」（午後五時頃）にこの「怠状」をしたためているのである。もう一例は、経師丸部大人《わにべのうし》の場合である。

10丸部大人解　申請暇事

合十四箇日

右以今月十日寅時、己男死去、為斎食請暇件如、仍注状、以解

宝亀二年二月十日

（『寧楽遺文』中・五九〇頁）

丸部大人の請暇解は数通残存しており、息子の死去までの経過がある程度たどれる。それによれば大人は息子の「腫瘡病《しゅそう》」（はれもの）治療のために宝亀二年（七七一）正月五日に四日間、二月七日に三日間の休暇を願い出ている。発病の時期は不明であるが、少なくとも一ヶ月以上の看病が続いている。しかし、必死の看病もむなしく「右、今月（二月）十日寅時、己が男死去す」とあるように、十日の「寅時」（午前三時頃）、夜明けに亡くなってしまった。(注16)

近親者の死亡を理由とした休暇願はその他にもみられるが、「以今月某日、死亡」、あるいは「以今月某日、某（男、母など）死去」などと記す書例が一般的で、「時」まで書くのはきわめて例外的である。大人の息子に対する切々たる心情が伝わってくる文書である。この丸部大人の息子をめぐる数通の請暇解から想起されるのは、「男子名を古日《ふるひ》といふに恋ふる歌三首」（巻五・九〇四〜九〇六）のことである。かけがえのない宝物、白玉のような息子古日がある日絶命する。掌中の宝物を失った悲しみを

よんだ歌である。古日の歌の背景には、「七歳までは鳥の内」といわれる子どもの死のこうした現実があったのである。大人にとってはなんともやり切れぬ「寅時」であったろう。

召文　この他に天平宝字四年九月二十七日付「奉写一切経所《ほうしゃいっさいきょうしょ》経師等召文《めしぶみ》」（『大日本古文書』14・四四五）に「辰時受」、「卯時」、「受巳時」といった追記が見える。召文は召喚状のことであり、この文書は奉写一切経所（東大寺写経所）が二十六人の経師らを召喚しようとしたものである。鬼頭清明氏はこの追記が三人に限られることから、召文を伝達した時点、あるいは出仕の確認の時点である可能性が高いとされている。（注17）

四　木簡と時刻制度

平城京跡出土の木簡　時刻記載のある奈良時代の木簡を渉猟すると、出土地は屋代遺跡群、市辺遺跡の例を除くと平城京に限られる。そこで、次に平城京跡出土の時刻記載木簡を気付いたままにあげておく。なお、以下『平城宮発掘調査出土木簡概報』を『概報』、『平城京長屋王邸跡―左京二条二坊・三条二坊発掘調査報告―』（注18）を『長屋王邸跡報告』と略す。

（ア）平城宮跡出土木簡

1　□□申時石川宮□　（『概報（三）』、『平城宮木簡（三）』七六頁）

2　（表面）天平六年六月廿二日未時□［附カ］海連　（『概報（三）』、『平城宮木簡（三）』九九頁）

いずれも平城宮東南隅の東一坊大路西側溝（東面外堀）から出土した。

3・「十二月十七日辰時奉入人□□人」

・「持鉏四柄　」（『概報』六・五頁）

4・「辰時辰□〔時カ〕十九日〔　　〕」

・「〔日下マ友足奉〕　丸子〔　〕」（『概報』六・五頁）

右二点は東院の南の左京二条二坊条間大路南側溝から出土した。『概報』は宮城門内への出入に関するものとされている。併出紀年木簡に「八年」と記すものがあり、天平八年（七三六）前後のものと推定される。

5「□御輿人□御輿□　部〔　〕□□部　□石万呂〔　〕

右四人□月□□日申時」

「　十八　」（『概報』九・四頁）

第一次大極殿南東楼閣風建物の掘立柱抜き取り穴から出土、『概報』は天平勝宝五年（七五三）以前のものとされる。「申時」という時間を記していることから、この木簡は御輿《みこし》人四人の召文と推測される。「申時」は召喚時間であろう。

6「常陸那賀郡大伴マ弟末呂　巳時」（『概報』十・九頁）

佐紀池の南から出土、和銅六年（七一三）の紀年木簡を併出する。常陸国那賀郡は大伴部弟末呂《おとまろ》の本籍地であろう。この木簡も召文と推測され、「巳時」（午前九時頃）は弟末呂の召喚時間を記したものと推測される。[注19]

7「□□□□　十一月廿五日酉時」　（『概報』十一・八頁）

第一次朝堂院から出土。『概報』は神亀から天平初年（七二五〜七三〇年代初頭）にかけての造成事業に関連したものとされる。

8（表面）「□□諸背取未時向□□□」　（『概報』十一・一五頁）

東院の東面大垣外濠から出土、併出の紀年木簡は天平十五年（七四三）から天平二十年までのものが出土している。諸背を人名とすれば、諸背を未時に□□に向かわせる、あるいは参向の意か。

（イ）長屋王家木簡

9・○以大命符　□〔吉〕備内親王　縫幡様進上
・○使文老末呂二月廿二日　巳時　稲栗　（『概報』二十一・五頁）

吉備内親王に縫幡《ぬいはた》の様《ためし》（手本）を進上せよという主人長屋王の命（「大命《おほみこと》」）を伝えた木簡。「巳の時」は木簡を差し出した時刻。「時」を明記したのは、遅延をおそれ、緊急性を伝えるためであろう。先に見た「造石山院所解」を参酌すれば、木簡に時刻を記載したのは飛駅下式を意識したか、あるいは倣ったのであろう。

10・○返報　進上米十二斛〈太七／小十〉合故附草良
・○下黒万呂　五月廿一日『辰時』少書吏　家扶　（『概報』二十一・八頁）

米の進上に対する返書（「返報《へんぽう》」）。「返報」の語は『令集解』公式令令旨《りょうじ》式集、空海「叡山《えいざん》の澄和上啓《ちょうかしょうけい》の返報書」（「続性霊集補闕抄」）などにみえる。発信時刻が別記（追記）されている。

「少書吏《しょうさかん》、家扶《すけ》」は家政機関の職名で、文書責任者。

11・○返抄　米壱拾伍斛　塩陸篭　腊捌筥　海藻弐拾連
・○右肆色　附即奈良宮万呂　二月十七日午時大伴蓑万呂
□□　櫃壱合机三前　秦道万呂
（『概報』二十一・八頁）

米、塩、腊《きたい》、海藻《め》など四種の食品の受取状（「返抄」）である。

12・進上炭廿四篭六月一日卯時鴨伊布賀
（『概報』二十一・一一頁）

炭の進上木簡（送り状）、鴨伊布賀《かものいふか》は進上責任者で、発信者。進上元は不明。

13・人□婢　相□土女三日分食給在　右二人
福女十五日分食給在
・和銅五年三月四日　午時　家令
（『概報』二十一・二三頁）

婢二人への食料支給伝票。「家令《かみ》」は家政機関の職名。

14・御命宣　筥六張急々取遣仕丁
・二人　三月五日　巳時四点　廣足
『概報』二十三・五頁）

主人の命（「御命《おほみこと》」）で筥《はこ》六張を請求したもの。木簡の発信に際し、「巳時四点」（午前十時三十分頃）と「刻」までを記すのは管見の限り唯一の例である。「急々」と緊急の用件を記す木簡は他にも見るが、家政機関職員の廣足が特に「刻」まで記したのは、9と同様に主人の命であり、緊急性を伝えるためであろう。

15・又匏廿口右二種進出
・八月十七日巳時［　］
家扶［　］　（『概報』二十三・六頁）

□と匏《なりひさご》を請求したもの。「又」は不明。

16・□□辰一点未一点戊一点吉□酉向吉　倭□□□
・［　］　□月十三日己丑火□　（『概報』二十五・六頁）

「刻」まで記すが「辰一点未一点戊一点吉」は吉時、「□酉向吉」は吉方（方位）を表す。占いの結果を記したものであろう。

17・進上葛濃郡　米□〔十カ〕二石　十月十五日［　］
・和銅□〔七カ〕年十月□九日　辰時　（『概報』二十五・七頁）

山背国葛濃《かどの》（葛野）郡から米が進上されたことを確認した伝票か。

長屋王家木簡は併出の年紀木簡から和銅三年（七一〇）から霊亀三年（七一七）の間のものとすることができる。右のうち時刻記載例はいずれも木簡の発信時刻を記したものと考えられる。これらの諸例で注目されるのは、14、16の時刻の「刻」までを記した木簡である。これまで指摘された「刻」を記載した初見は天平十年頃になった大宝令の注釈書である「古記」の記載例であり、文書では天平宝字六年の造石山寺所の文書であった。これにより用例は遂に奈良時代初期まで遡ることになった。

（ウ）二条大路木簡

18（裏面）〈比上毛□／□我□止□〉天平□年三月十六日伯部太麻呂巳時

（『概報』二十二・六頁）

二条大路南端の東西溝から出土した進上木簡の裏面である。併出の紀年木簡は天平三年から天平十一年で、天平七・八年が多いという。時刻の記載を年月日の下ではなく、進上責任者である伯部太麻呂の下に記す唯一の例である。

19・牒　五十長等所　進入人堤家主右人
・取今月五日酉時進入如件〈九月五日付得／嶋□〉

（『概報』二十四・六頁）

二条大路北端東西溝から出土。併出の紀年木簡は天平三年（七三一）から天平八年（七三六）の間。「進入」の語から門の通行に人名と進入時刻を記し、守衛側（「五十長等所」）に充てた牒と推測される。(注20)

20 □平八年九月十三日辰時従七位下行□□□□□□〔大目　部宿祢カ〕「□」

（『概報』二十九・二七頁）

二条大路北端の東西の溝状土坑から出土、併出の紀年木簡は天平七・八年が中心で八年までに収まるという。

（エ）告知札・牓示札

告知札　次に掲げる木簡は平安時代の木簡であるが、路頭に掲示したもので、告知札《こくちさつ》・牓示札《ぼうじさつ》と呼ばれる。文書の伝達を考える上のみならず、時刻の観念を知る上で興味深い史料である。

21「告知　往還諸人　走失黒鹿毛牝馬一匹在験片目白 額少白

件馬以今月六日申時山階寺南花園池辺而走失也　九月八日
若有見捉者可告来山階寺中室自南端第三房□」
（『概報（七）』八頁、『木簡研究』第十六号・一九九四、一九〇頁）

奈良市佐紀《さき》町の平城京左京東三坊大路東側溝跡から出土した一メートルもある長大な木簡で、併出した次の19の木簡から平安時代初期のものと推定される。この告知札は逃げた馬の私的な捜索願で、平安京と旧都平城京を結ぶ幹線道路であった東三坊大路に突き立てられ、往還人に告知された。捜索願を書いたのは連絡先となっている山階《やましな》寺（興福寺）僧坊に居住する僧侶であろう。(注21)

告知札では、まず馬の特徴を述べ、「件《くだん》の馬、今月六日、申《さる》の時を以て、山階寺の南の花園の池辺（猿沢池）にして走り失するなり」と、馬を逃がした日付、「申の時」（午後三〜五時頃）という時刻、そして場所を明記している。時刻についていえば、時刻の知識をもつのは限られた人々であろう。「申の時」が漠然と夕方を意味するといった理解はされていたかも知れないが、時を表現する一般的な語として通念化していたとは思われない。従って、こうした告知は文字を解せる人を媒介とする口頭伝達がともなったと推測される。馬の特徴だけでなく、時刻の表示は迷い馬を発見した人への重要なデータとなる。

22「告知捉立鹿毛牝馬一匹□右馬以今月一日辰時依作物食損捉立也至于今日未来其主
験額髪□〔毛カ〕□□馬□可来隅寺□□天長五年四月四日」
（『概報（七）』八頁、『木簡研究』第十六号・一九九四、一九〇頁）

この告知札は右の木簡と同様に平城京東三坊大路東側溝跡から出土した天長五年（八二八）の木簡である。内容は右の例とは逆に鹿毛の牝馬を捉えたことを持ち主に知らせるものである。「今月（四月）一日辰時（午前七～九時頃）を以て、作物を食損するに依り、捉え立つ」と、馬を捉えた日時を明記している。「隅寺《すみでら》に……来るべし」とあり、この告知札を書いたのも時刻の知識をもつ隅寺（海龍王寺）の僧侶かと推測される。

牓示札　右の例はいずれも京周辺の例であるが、次に地方の例をあげる。平成十二年（二〇〇〇）に石川県津幡《つばた》町加茂遺跡から出土した牓示札《ぼうじさつ》は嘉祥年間（八四一～八五〇）のもので、加賀国府の命をうけ、加賀郡家が管下深見村の駅家・郷・刀禰《とね》らに通達した三〇〇字以上も記した木簡であり、国府から郡家への通達文書がそのまま「高札」として掲げられたと推測される。(注22)この牓示札は八ケ条からなるが、その一条に

23　一、田夫朝以寅時下田夕以戌時還私状（田夫、朝は寅の時を以て田に下り、夕は戌の時を以て私に還《かえ》るの状）

とあり、「寅の時」から「戌の時」まで田で働け、というのである。しかし、前述したように「寅の時」とか「戌の時」という時刻制度が地方社会にまで浸透し、社会通念となっていたとは思われない。要は日の出から日没までというのであろう。

ところで、『延喜式』陰陽寮諸門鼓条には宮城十二門の開閉についての規定がある。それによると立夏五日から立秋八日までの間は「寅四刻九分開諸門鼓」、「戌一刻一分閉門鼓」とある。つまり午前

四時半頃に諸門を開き、午後七時頃に諸門を閉じることになっていた。この諸門開閉の時刻規定は、右に見た牓示札の労働時間とまさしく合致するのである。(注23)すなわち、加賀国府のとった勧農政策に見る労働時間の設定は、中央における諸門の開閉時刻をそのまま表記したもので、農民の自然的時間観念にもとづく日の出、日没といった通念とは著しくかけ離れた表現であった。牓示札におけるこうした表現の理解は、「口示」と明記されているように、識字者を媒介とする口頭伝達を前提にしなければあり得なかったのである。

この一片の牓示札が語るものは大きい。律令国家の文書主義は地方行政に浸透していったが、そこに記載される時刻表記は、現実の農民の通念とは乖離したものであったことを浮き彫りにしていよう。

以上、時刻記載のある奈良時代の木簡を通覧すると、①時刻を記す木簡は少ないが、とりわけ「刻」までを記す木簡は、占いと見られる木簡を含めわずか二例である。②従来、「刻」を記す初見は天平十年頃に成った「古記」の記載例とされていたが、14、16の出土により「長屋王家木簡」の時期、すなわち和銅三年から霊亀三年の間まで遡ることになった。③用例に見られる「刻」記載は、いずれも「一点」から「四点」の範囲であり、奈良時代の時刻制度は、『延喜式』の規定と同様の時刻法であったことが確実となった。④木簡では文面に差し出し(発信)時刻を記載する他に、宮城門を通過する際の許可証、召文などに時刻が記されている。⑤差し出し時刻を記載する場合、文書・木簡とも表記位置は年月日の下(日下)に記すのを原則としており(例外は18のみ)、飛駅下式を意識、もしくは倣って、緊急の際に、その緊急性を相手に伝達する表現としての意味を持ったと考えられる。⑥時刻表記は「巳時四点」の如く、「十二支＋時＋点」と表記する、といった点が指摘できる。

五 『万葉集』と時刻表現

（ア）五更法にもとづく表現

古代中国で行われた夜間の時間表現に五更法がある。日没から日の出までを五分した時間表現である。一夜を一更から五更までに五分したことは『顔氏家訓《がんしかくん》』（書証第十七）に見える。この五更法の用例は『古事記』、『日本書紀』、『日本霊異記』などには見えないが、『続日本紀』には四例ある。

夜、一更《いちかう》に至りて数千の僧をして脂燭《ししょく》を擎《さき》げ、……三更《さむかう》に至りて宮に還《かへ》りたまふ。

―天平十八年十月甲寅（六日）条―

八日の初更《しょかう》、風急《はげ》しく波高くして……十一日の五更《ごかう》に帆檣《ほばしら》は船底に倒れ、……

―宝亀九年十一月乙卯（十三日）条―

ところが、これに比して『万葉集』には多くの用例がある。

まず、巻十六・三八二四の左註に「於時夜漏三更、所聞狐声（時に夜漏三更《やろうさんこう》にして、狐の声聞こゆ）」とある。「夜漏」は「昼漏」に対比される言葉で、それぞれ夜、昼を意味する。『宋書』暦志や『隋書』天文志上・漏刻などに見え、『令集解』宮衛令開閉門条にも「夜漏刻尽きる」、「昼漏刻尽きる」などと見え、漏剋のシステムから生まれた漢語である。次に歌を見てみよう。

佐保川尓《さほがはに》　小驟千鳥《さをどるちどり》　夜三更而《よくたちて》　尓音聞者《ながこゑきけば》　宿不難尓《いねかてなくに》（巻七・一一二四）
織女之《たなばたの》　袖続三更之《そでつぐよひの》　五更者《あかときは》　河瀬之鶴者《かはせのたづは》　不鳴友吉《なかずともよし》（巻八・一五四五）
客在者《たびなれば》　三更判而《よなかにわきて》　照月《てるつきの》　高嶋山《たかしまやまに》　隠惜毛《かくらくをしも》（巻九・一六九一）
此者之《このころの》　五更露尓《あかときつゆに》　吾屋戸之《わがやどの》　秋之芽子原《あきのはぎはら》　色付尓家里《いろづきにけり》（巻十・二二一三）
泊瀬風《はつせかぜ》　如是吹三更者《かくふくよひは》　及何時《いつまでか》　衣片敷《ころもかたしき》　吾一将宿《あがひとりねむ》（巻十・二二六一）
夕月夜《ゆふづくよ》　五更闇之《あかときやみの》　不明《おほほしく》　見之人故《みしひとゆゑに》　恋渡鴨《こひわたるかも》（巻十二・三〇〇三）
五更之《あかときの》　目不酔草跡《めざましぐさと》　此乎谷《これをだに》　見乍座而《みつついまして》　吾少偲為《われをしのはせ》（巻十二・三〇六一）
春儲而《はるまけて》　物悲尓《ものがなしきに》　三更而《さよふけて》　羽振鳴志芸《はふきなくしぎ》　誰田尓加須牟《たがたにかすむ》（巻十九・四一四一）

用いられているのは「三更」と「五更」のみである。「三更」は「くだつ（ふけぬ）、よひ、よなか、さよ」、「五更」は「あかとき」などと訓まれている。「夜三更」と「夜漏三更」は同義。

（イ）「時の異称」にもとづく表現

家持が越中から帰京する際の様子を伝える題詞の一節に「五日平旦《へいたん》に上道《みちだち》す。仍りて国司の次官已下の諸僚皆共に視送《みおく》る」（巻十九・四二五一題詞）とあり、目録にも同様に「五日平旦」と見える。「平旦」は中国で用いられた時の異称で、『孟子』に「平旦の気」（告子章句上）などと見えるように、明け方、暁の意であり、本来季節により時間が変わる不定時法にもとづく時間表現である。晋の杜預《どよ》は『春秋左氏伝』昭公五年の「日之数十、故有十時（日の数は十なり。故に十時有り）」に注して、十時を誤りとして「夜半、鶏鳴、平旦、日出、食時、禺中《ぐちゅう》、日中、日昳《にってつ》、晡時《ほじ》、日入、黄昏《こうこん》、人定《じんてい》」の十二をあげている（『春秋経伝集解』巻二十一）。

この十二の時の異称では、『万葉集』の「鶏鳴」を用いた大伯皇女の作が知られる。

吾勢祜乎《わがせこを》　倭辺遣登《やまとへやると》　佐夜深而《さよふけて》　鶏鳴露尓《あかときつゆに》　吾立所霑之《あがたちぬれし》（巻二・一〇五）

十二の時の異称は『日本書紀』では推古紀以後、とりわけ天武紀に集中する。例えば天智九年（六七〇）四月三十日条には「夜半之後」の語があり、〈あかつき〉と訓ぜられ、壬申紀七月五日条「夜半」は〈よなか〉と訓まれている。夜半の後であるから暁ということなのであろう。この不定時法にもとづく時間表現は、のちに定時法の十二辰と結びつけられるようになる。

天武紀七年（六七八）に「平旦〈トラ〉時」（四月七日条）、天武紀十一年（六八二）には「昏時〈イヌノトキ〉」（八月三日条）、「平旦〈トラノトキ〉」（八月十七日条）、「日中〈ムマノトキ〉」（九月十日条）、天武紀十三年（六八四）に「人定〈ヰノトキ〉」（十月十四日条）、「日没時〈トリノトキ〉」（十一月十三日条）、「平旦〈トラノトキ〉」（朱鳥元年九月甲子二十七日条）などの語が見え、十二支にもとづく訓みがあてられている。右の訓は鎌倉時代に書写された北野本『日本書紀』巻二十九によっている。（注24）

この十二の時の異称と十二辰の対応は、恐らく中国で成立していたと思われるが、日本ではいつ頃確認できるであろうか。今泉氏は鎌倉時代初期に成立した『二中歴《にちゅうれき》』や平安時代末期成立の『簾中抄《れんちゅうしょう》』に見えることを指摘されているが、[注25]それ以前、平安時代前期に成立した漢和辞書『新撰字鏡《しんせんじきょう》』に既に「鶏鳴〈丑時〉、平旦〈寅時〉、日出〈卯時〉、食時〈辰時〉、隅中《ぐちゅう》〈巳時〉、日中〈午時〉、日映(昳カ)〈未時〉、晡時〈申時〉、日入〈酉時〉、黄昏〈戌時〉、人定〈亥時〉、夜半〈子時〉」の如く、時の異称に十二辰があてられている。[注26]このことからすると時の異称と十二辰の対応は、平安時代前期まで遡ることができる。

なお、黛弘道氏は表記、用字から『日本書紀』巻二十九「天武紀（下）」の特徴を指摘されているが、時の異称が集中することも特徴の一つに加えることができるであろう。[注27]

（ウ）仏教の「六時」による表現

皆人乎《みなひとを》　宿与殿金者《ねよとのかねは》　打礼杼《うつなれど》　君乎之念者《きみをしおもへば》　寐不勝鴨《いねかてぬかも》　（巻四・六〇七）

右の歌は「笠女郎が大伴宿祢家持に贈る歌二十四首」中の一首で、天平年間の歌とされている。諸注釈は歌中の「金（鐘）」を時刻を告げる鐘とする。しかし、前述したように「時」を告げるのは鼓であり、「刻」を告げるのが鐘であった。とするならば笠女郎は「刻」の数だけ打たれる鐘の音を詠んだことになる。

橋本氏はこれを寺院の鐘の音とされる。[注28]仏教界では昼夜を六分して六時を制して、読経などを行った。この六時の制は季節とともに時刻に変化がある不定時法と推定されており、昼は晨朝《じんじょう》、日中、日没、夜は初夜、中夜、後夜《ごや》の称で呼ばれる。『日本霊異記』には信濃国の優婆塞《うばそく》が「六時ごとに」天女のような女人を賜えと願った話が見える（中巻、第十三）。この六時ごとに鳴らす鐘が六時鐘である。『万葉集』にはこのうちの「初夜」の語が見え、いずれも「よひ」と訓じている。

奥山尓《おくやまに》　住云男鹿之《すむといふしかの》　初夜《よひ》不去《さらず》　妻問芽子乃《つまどふはぎの》　散久惜裳《ちらまくをしも》（巻十・二〇九八）

従明日者《あすよりは》　恋乍将去《こひつつもいかむ》　今夕弾《こよひだに》　速《はや》初夜《くよひ》従《より》　綏解我妹《ひもとけわぎも》（巻十二・三一一九）

之奈謝可流《しなざかる》　越尓五箇年《こしにいつとせ》　住〻而《すみすみて》　立別麻久《たちわかれまく》　惜《をし》初夜《きよひ》可毛《かも》（巻十九・四二五〇）

この六時の制にもとづく時の呼称は『万葉集』に限らず、『日本霊異記』や平城宮跡出土木簡にも用例がある。ここでは「初夜」、「後夜」と記された木簡の例をあげる。

a・物部君　二人
　刑部千鳥
・初夜

b・□豊国　物部牛万呂
　刑部千鳥　　三人後夜
・今請千鳥

（『平城宮発掘調査出土木簡概報（二十四）』十四頁）

c・刑部千鳥

・人五□〔百カ〕□□

中衛百卅人

（『平城宮発掘調査出土木簡概報（三十）』六頁）

いずれも「二条大路木簡」に見えるもので、『長屋王邸跡報告』によれば、「初夜」、「後夜」の用例が七例確認されている。また、宮城門の警護に関わる木簡では、兵衛府関連の木簡は人名は氏のみが記されるのに対して、「初夜」、「後夜」と記された木簡には氏名が記されのが特徴で、しかもa・b・cの木簡に見える刑部千鳥が、c木簡により「中衛」に関わるとみられることから、中衛府の夜間の警備担当に関する木簡と推測されている。また、十二支による時の呼称でなく六時の呼称を用いるのは、警備の対象が夜間の仏事であったためとされている。十二辰刻法の報時と不定時法の六時の制との対応関係は不明である。

それにしても気になるのは夜間の鼓鐘による時報のことである。漏剋の修理の間、兵庫の太鼓を陰陽寮に賜っていることや（『三代実録』貞観八年四月二十六日条）、『延喜式』陰陽寮撞鐘木条に規定される鐘の撞き木の大きさ（長さ約四・八m、太さ約三〇cm）（注29）から想定される鐘の大きさからすると、規定通りに報時すればかなりの音量になるであろう。夜間の時報についてはなお不明な点が多い。

おわりに　右に見たように奈良時代の官人の生活に時刻制度は確実に浸透していった。しかし、『万葉集』には多彩な「時」の語彙は見られるものの十二辰刻法に基づく時刻表記は、歌語としてはもちろん、題詞にも左注にも使用されていない。現実の時刻制度の浸透ぶりと『万葉集』の表記とは著しい対照をなしている。しかし、万葉びとがまったく時刻表記をしなかったわけではない。万葉びとが採ったのは中国文学にみられる時の異称であった。ここに『万葉集』の文学としての特徴がよく現れているといえる。

注1 橋本万平『日本の時刻制度』（塙書房・一九六六）、「万葉時代の暦と時制」（久松潜一監修『思想と背景』「萬葉集講座」第二巻、有精堂出版・一九七二）、『計測の文化史』（朝日新聞社・一九八二）、「『延喜式』の定時法」（『日本歴史』五四〇・一九九三年五月）
2 岸　俊男「鼓楼と鐘楼」、「漏剋余話」（いずれも『古代宮都の探求』塙書房・一九八四）
3 今泉隆雄「飛鳥の漏刻台と時刻制の成立」（『古代宮都の研究』吉川弘文館・一九九三）
4 厚谷和雄「平安時代古記録と時刻について」（『日本歴史』五四三・一九九三年八月）、「奈良・平安時代に於ける漏剋と昼夜四十八刻制」（『東京大学史料編纂所研究紀要』四　・一九九四年三月）
5 斉藤国治『日本・中国・朝鮮　古代の時刻制度　古天文学による検証』（雄山閣・一九九五）
6 奈良国立文化財研究所飛鳥資料館『飛鳥の水時計』（一九八三）
7 橋本万平・前掲注1、斉藤国治・前掲注5など参照。
8 小島憲之「近江朝前後の文学　その二―大津の臨終詩を中心として―」（『萬葉以前』岩波書店・一九八六）
9 奈良国立文化財研究所『飛鳥・藤原宮発掘調査出土木簡概報（十四）』一二頁（一九九九）

10 『大日本古文書』3・三八八、『寧楽遺文』中巻・六二一頁。
11 この他に宮仕えの良日を占った木簡「時者卯辰間乙時吉」(『木簡研究』第一六号・一九九四)がある。
12 長野県埋蔵文化財センター『屋代遺跡群出土木簡』八四頁(一九九六)、木簡学会『木簡研究』第一八号(一九九六)
13 かつて故黒羽清隆氏から地方の計時に香時計を重視する滝川政次郎氏の説(『池塘春草』一九六八)をご教示いただいたが未見である(黒羽清隆『生活史でまなぶ日本の歴史』地歴社・一九八四)。なお、天平七年(七三五)四月、唐より帰国した吉備真備は「測影鉄尺一枚」を将来している(『続日本紀』)。
14 地方出土の時刻記載木簡としては兵庫県姫路市前東代遺跡から「十二月廿九日辰巳時金鳴従東」が出土しているが(『木簡研究』第七号・一九八五)、平安時代の卜占に関わる木簡と思われる。
15 この鋳鏡関連文書については岡藤良敬氏の研究があるので参照されたい。岡藤良敬「天平宝字六年、鋳鏡関係史料の検討」(『正倉院文書研究』五・吉川弘文館・一九九七)
16 「己男死去」の「己」字を栄原永遠男氏は「亡」字に釈読されておられるが、「己」が穏当であろう(栄原永遠男「平城京住民の生活誌」・『日本の古代(九)』中央公論社・一九八六)
17 鬼頭清明「召文木簡について」(『古代木簡の基礎的研究』塙書房・一九九三)
18 長屋王家木簡、二条大路木簡については奈良国立文化財研究所『平城京長屋王邸跡―左京二条二坊・三条二坊発掘調査報告―』(吉川弘文館・一九九六)を参照した。
19 鬼頭清明「常陸国の木簡から」(『古代木簡と都城の研究』塙書房・二〇〇〇)
20 「五十長」は軍団の隊正に充てられた例があり(「天平六年出雲国計会帳」神門団、「天平十年周防国正税帳」長門国豊浦団)、「五十人」を率いた責任者のことと思われるが(『律令』日本思想大系、補注・六二〇頁)、職員令62左兵衛府条では番長は百人を率いる。『長屋王邸跡報告』が指摘しているように中衛府の責任者である可能性が高い。また、「取月日」の用例は『万葉集』に「取八月五日」(巻十九・四二五〇題詞)がある。また、8に「取未時」がある。

21 僧侶の時刻に関する教養の一端は、景戒の『日本霊異記』に見える時刻表記からうかがえる。

22 石川県埋蔵文化財センター「加茂遺跡現地説明会資料」、平川南「家持と日本海沿岸の文学世界」(『家持の争点Ⅰ』高岡市萬葉歴史館叢書13、二〇〇一年三月刊行予定)など参照。

23 藤井一二氏が「よみがえる平安農村」(『富山新聞』十月九日)で同様の指摘をされている。

24 『日本書紀北野本』(貴重図書複製会叢書)による。

25 今泉隆雄 前掲注3。

26 京都大学国語学国文学研究室編『新撰字鏡増訂版』(『古典索引叢刊』三・一九七三)による。

27 黛 弘道「『天武紀(下)』の史料批判」(土田直鎮先生還暦記念会編『奈良平安時代史論集(上)』吉川弘文館・一九八四)。なお、本文にあげた以外に十二支の訓のない「昏時」(天武紀十三年十一月二十一日条)があり、これを含めれば八例となる。

28 橋本万平 前掲注1のうち「万葉時代の暦と時制」

29 前掲注6

(『万葉集』は新編日本古典文学全集『萬葉集』(小学館)による。

(補記)脱稿後、奈良国立文化財研究所「木簡データベース」「時」検索資料に接した。まさしく文明の利器、驚愕すべきことである。見落とし二点を補足しておく。

a・（略）天平八年七月廿七日午時従八位下安曇〔　　　（『概報（二十二）』）

　二条大路出土木簡である。

b・〔　　〕
　器□　納印進出〔　〕
・〔　〕子二坐月々省常食数
　　□日未時従□
　　　（『概報（二十三）』六頁、『平城京木簡（一）』六八頁）

　長屋王家木簡である。

（補記2）兵庫県氷上町市辺遺跡から「六月五日卯時□〔使カ〕」と記す奈良時代前半の木簡が出土した。市辺遺跡は地方官衙関連遺跡とされる（『木簡研究』第二二号・二〇〇〇）。

編集後記

　昨年、当館は開館十周年を迎えた。ここまで到達できたのは、諸先輩のご尽力、多くの方々のお力添えによるものである。深く感謝申し上げたい。また十周年を機に、第四回企画展「大伴家持—その生涯の軌跡—」を開催することになった。当館ではおよそ三年ごとに企画展のテーマ替えをしているが、十年目にいたって、まさに「家持に還る」がごとく、当館設立の由縁である大伴家持をようやくテーマとすることになった。是非ご来館いただきたい。

　さて、今年度の研究テーマは「時」である。王者は時空の支配をめざした。日本においても七世紀初頭に暦の伝来が伝えられ、後半には漏剋（水時計）が設置された。暦や時刻制度の移入は万葉びとにどう影響を与えたのであろうか。

『万葉集』には「時」に関する語彙が豊富にあり、様々な「時」表現がみられる。万葉びとは、どのようなことに「時」を感じとっていたのだろうか。自然のうつろい、肉体の変化、心のうつろい等々、本書を通して現代人の「時」の観念とは異なる、万葉びとの「時」の感性を発見されることであろう。

　今回も研究の第一線に立つ先生方のご協力を得て、万葉びとの時間意識から時刻制度まで、文学を中心に、国語学、民俗学、考古学、歴史学と多角的な視野から「時」にアプローチすることができた。ご多忙にもかかわらずご執筆をいただいた先生方に深く感謝申し上げたい。また、このたびも編集の労をおとりいただいた笠間書院大久保康雄氏に厚く御礼を申し上げる。
論集の刊行も来年で五冊目になる。来年度は『音の万葉集』を刊行する予定である。人間・動物・自然の生みだす「音」などをテーマに、万葉びとの「音」の世界を読み解いてみたい。

平成十三年二月

「高岡市万葉歴史館論集」編集委員会

執筆者紹介（五十音順）

阿蘇瑞枝《あそみずえ》　一九二九年鹿児島県生、東京大学大学院修了、昭和女子大学特任教授。文学博士。『柿本人麻呂論考増補改訂版』（おうふう）、『萬葉集全注　巻第十』（有斐閣）、『万葉和歌史論考』（笠間書院）ほか。

井手《いで》**至**《いたる》　一九二九年愛媛県生、京都大学（旧制）卒、大阪市立大学名誉教授。『遊文録』全六巻（和泉書院、刊行中）、『国語副詞の史的研究』（共著・新典社）、『萬葉集全注　巻第八』（有斐閣）ほか。

大久間《おおくま》**喜一郎**《きいちろう》　一九一七年東京市生、國學院大學文学部卒、明治大学教授を経て、高岡市万葉歴史館館長。文学博士。『古代文学の源流』（おうふう）、『古代文学の構想』（武蔵野書院）、『古代文学の伝統』（笠間書院）、『古事記の比較説話学』（雄山閣出版）、『古代歌謡と伝承文学』（塙書房）ほか。

川崎《かわさき》　**晃**《あきら》　一九四七年東京都生、学習院大学大学院修了、高岡市万葉歴史館学芸課長。「倭王権と五世紀の東アジア」（『古代国家の政治と外交』所収・吉川弘文館）、「古代史雑考二題」（『高岡市万葉歴史館紀要』10号）ほか。

木下正史《きのしたまさし》　一九四一年東京都生、東京教育大学大学院修了。東京学芸大学教授。文学修士。『飛鳥藤原の都』（共著・岩波書店）、『飛鳥・藤原の都を掘る』（吉川弘文館）、『歴史時代の考古学』（共著・学生社）ほか。

粂川光樹《くめかわみつき》　一九三二年京都府生、東京大学大学院修了、明治学院大学名誉教授。「山部赤人の時間」（『国語と国文学』一九八六年九月号）、「懐古的抒情の成熟」（『万葉集研究』第16集）ほか。

小島瓔禮《こじまよしゆき》　一九三五年神奈川県生、国学院大学大学院修了、琉球大学教授。『太陽と稲の神殿―伊勢神宮の稲作儀礼―』（白水社）、『猫の王』（小学館）、『日本の神話』（筑摩書房）、『蛇の宇宙誌』（東京美術）ほか。

新谷秀夫《しんたにひでお》　一九六三年大阪府生、関西学院大学大学院修了、高岡市万葉歴史館研究員。『万葉集一〇一の謎』（共著・新人物往来社）、「藤原仲実と『萬葉集』」（『美夫君志』60号）、「『次点』の実体」（『高岡市万葉歴史館紀要』10号）ほか。

関《せき》　**隆司**《たかし》　一九六三年東京都生、駒澤大学大学院修了、高岡市万葉歴史館研究員。『西本願寺本万葉集（普及版）』

巻第八』（おうふう）、「大伴家持が『たび』とうたわないこと」（「論輯」22）ほか。

田中夏陽子《たなかかよこ》　一九六九年東京都生、昭和女子大学大学院修了、高岡市万葉歴史館研究員。「有間皇子一四二番歌の解釈に関する一考察」（「日本文学紀要」8号）ほか。

身﨑　壽《みさき　ひさし》　一九四六年東京都生、東京教育大学大学院修了、北海道大学大学院教授。『和歌植物表現辞典』（共著・東京堂出版）、『宮廷挽歌の世界』（塙書房）、『額田王』（塙書房）ほか。

山口佳紀《やまぐちよしのり》　一九四〇年千葉県生、東京大学大学院修了、聖心女子大学文学部教授。文学博士。『古代日本語文法の成立の研究』（有精堂出版）、『古事記の表記と訓読』（有精堂出版）ほか。

高岡市万葉歴史館論集 4
時《とき》の万葉集《まんようしゅう》

平成 13 年 3 月 30 日　初版第 1 刷発行

編　者　高岡市万葉歴史館©
発行者　池田つや子
発行所　有限会社　**笠間書院**
〒101-0064　東京都千代田区猿楽町 2-2-5
電話 03-3295-1331(代)　振替 00110-1-56002
印　刷　壮光舎
製　本　渡辺製本所
ISBN 4-305-00234-5

高岡市万葉歴史館論集

①水辺の万葉集（平成10年3月刊）2800円
②伝承の万葉集（平成11年3月刊）2800円
③天象の万葉集（平成12年3月刊）2800円
④時の万葉集（平成13年3月刊）2800円
⑤音の万葉集（平成14年3月刊予定）

笠間書院